BASTEI
LÜBBE
TASCHENBUCH

ÜBER DIE AUTORIN

Nicole Trope lebt mit ihrem Mann und ihren drei Kindern in Sydney. Sie hat ihr Jurastudium abgebrochen, weil sie festgestellt hat, dass sie statt juristischer Abhandlungen lieber Geschichten schreibt. Sie wurde Lehrerin und nutzte die Ferien, um an ihrer Karriere als Schriftstellerin zu arbeiten. Inzwischen widmet sie sich ganz dem Schreiben. *Die Wahrheit über meine Tochter* ist ihr erster Roman, der auf Deutsch erscheint.

NICOLE TROPE

DIE WAHRHEIT *über meine* TOCHTER

Roman

Aus dem australischen Englisch
von Carola Fischer

BASTEI
LÜBBE
TASCHENBUCH

BASTEI LÜBBE TASCHENBUCH
Band 17547

Dieser Titel ist auch als E-Book erschienen

MIX
Papier aus verantwortungsvollen Quellen
FSC® C083411

Vollständige Taschenbuchausgabe

Deutsche Erstausgabe

Titel der australischen Originalausgabe: »The Secrets in Silence«
Originalverlag: Allen & Unwin

Textredaktion: Dr. Ulrike Strerath-Bolz, Friedberg
Titelillustration: © Arcangel/Yolande de Kort
Umschlaggestaltung: Manuela Städele-Monverde
Satz: two-up, Düsseldorf
Gesetzt aus der Minion
Druck und Verarbeitung: CPI books GmbH, Leck – Germany
Printed in Germany
ISBN 978-3-404-17547-5

1 3 5 7 6 4 2

Sie finden uns im Internet unter www.luebbe.de
Bitte beachten Sie auch: www.lesejury.de

Hey babe, how are you enjoying the view so far?

HERBST

1

»Rettungsdienst.«

»Hallo! Es geht um meine Tochter, ich brauche einen Krankenwagen für sie. Und zwar sofort! Meine Tochter ist bewusstlos und blutet. Sie blutet überall.«

»Atmet sie noch? Oder wissen Sie das nicht?«

»Hm, ob sie … atmet? Ja, sie atmet, aber überall ist Blut … im ganzen Badezimmer.«

»Wissen Sie, woher das Blut kommt?«

»Ich … ich weiß nicht. Ihre ganze Hose ist voller Blut. Und der Boden auch. Überall! Mein Gott, wo kommt das ganze Blut her?«

»Bitte, Sie müssen sich beruhigen, damit wir Ihnen helfen können.«

»Meine Frau ist Krankenschwester. Sie sagt, das Blut kommt … was hast du gesagt? Ich weiß nicht! Ich verstehe das nicht! Hören Sie, Sie müssen sofort einen Krankenwagen schicken!«

»In Ordnung. Bitte atmen Sie tief durch. Ein Krankenwagen ist auf dem Weg zu Ihnen. Können Sie bitte Ihre Adresse für mich wiederholen?«

2

Minnie drehte sich nach links, dann nach rechts und versuchte, sich in die enge Kabine zu zwängen.

»Dagegen sollte es ein Gesetz geben«, entrüstete sie sich nach alter Gewohnheit. Nachdem sie die Toilettentür geschlossen hatte, stand sie einen Moment lang da und atmete tief durch. Sie schämte sich für ihren schwerfälligen Körper. Bitterer Geschmack stieg in ihrem Mund auf, und sie schluckte mehrmals. Geduldig wartete sie, bis ihr Herz wieder in seinem üblichen Rhythmus schlug, und tupfte sich mit ihrem roten Schal den Schweiß von Stirn und Lippen. Der kurze Spaziergang hatte ihr die Röte ins Gesicht getrieben, und sie sehnte sich nach einem eiskalten Bad. Sie blieb stehen, bis sich ihr Kreislauf beruhigt hatte.

»Okay, wir werden das Kind schon schaukeln«, murmelte sie. Mit leicht zitternden Armen hängte sie ihre große Tasche an den kleinen Haken auf der Rückseite der Tür. Sie war froh, den Metallhaken dort vorzufinden. Zwar wusste sie nicht, warum irgendjemand den Haken von der Tür der Toilettenkabine hätte stehlen sollen, aber sie hatte schon von den seltsamsten Dingen gehört, die irgendwo geklaut worden waren.

Letztes Jahr hatte sogar jemand eine Orchidee aus ihrem Vorgarten gestohlen, die gerade aufgeblüht war. Der Dieb musste Eimer und Spaten dabeigehabt haben, um mitten in der Nacht ihren Garten umzugraben. Minnie war so entsetzt über die Tat gewesen, dass sie der Verlust der Pflanze kaum mehr aufregte, auch wenn sie die wunderschönen Rosatöne der Orchidee vermisst hatte.

Sie war durch das ganze Einkaufszentrum zu diesen Toiletten

gelaufen. Die meisten Menschen brauchten für diese Strecke nur ein paar Minuten, aber für Minnie war es ein Marathon. Die Innenseiten ihrer Oberschenkel würden bestimmt rot und rau sein. Doch sie ging lieber hierher, denn in der Regel waren diese Toiletten leer. Die Geschäfte in der unmittelbaren Nähe waren aufgegeben worden, und der Raum lag weit genug von den Supermärkten, Obst- und Gemüseläden entfernt.

Immer wenn sie es auf keinen Fall mehr bis zu Hause aushalten konnte, zog sie sich in diese leeren Toiletten zurück. Die anderen Toiletten in dem viel besuchten Teil des Einkaufszentrums mochte sie nicht benutzen, weil sie dort die angewiderten Blicke der anderen Frauen in der Warteschlange ertragen musste. Kichernde Teenager. Kleine Kinder, die sie mit offenem Mund anstarrten. Obwohl man recht oft fettleibige Menschen sah, waren Kinder von Minnies Anblick schockiert. Die Toilettenanlage in dem geschäftigen Teil des Einkaufszentrums war groß und geräumig, aber die Kabinen waren dennoch klein, und viele Leute beobachteten, wie Minnie sich dort hineinbugsierte. Das Badezimmer zu Hause war größer, dort konnte sie so tun, als hätte sie eine normale Figur. Es war der einzige Raum im ganzen Haus, den sie und ihre Mutter umgebaut hatten.

Minnie hob den Saum ihres rosa gemusterten Kleides hoch und bewegte sich rückwärts auf die Toilette zu. Sie zerrte gerade mit beiden Händen an ihrer Unterhose, als sie ein pfeifendes Geräusch vernahm.

»Großer Gott, Mum, was um Himmels willen kann das wohl sein?«, flüsterte sie.

Möglicherweise hatte sie selbst das Geräusch verursacht. Je dicker sie wurde, desto schwerer fiel es ihr, die Kontrolle über ihren Körper zu behalten. Aber sicherheitshalber würde sie in der Schüssel nachsehen müssen. Sich auf eine Toilette zu setzen, die man nicht sehen konnte, war schon schwierig genug, auch ohne sich zu fragen, was vielleicht darin lauerte. Wer wusste schon, was so alles durch die Kanalisation nach oben kroch? In Amerika hatte man schon Alligatoren in der Toilette gefunden.

Sie zog die Unterhose wieder hoch, ordnete den Stoff ihres weiten Kleides und drehte sich dann Stück für Stück herum, bis sie in die Toilette sehen konnte.

Später würde Minnie Gott für ihre kräftige Blase danken, und für ihr starkes Herz, denn wer hätte ahnen können, dass man so etwas in der Toilette eines Einkaufszentrums fand?

Sie schrie nicht, denn das war nicht ihre Art, und ein Panikanfall verbrauchte zu viel Energie. Nach einem Moment der Fassungslosigkeit griff sie in die Toilette und holte den blutverschmierten Säugling heraus.

»Sieh dir das an, Mum, sieh dir das nur an!« Sie fasste das Baby unter den Armen und sagte: »Lieber Gott, gib mir die Kraft, diese Aufgabe zu bewältigen!«

Die Füße des Babys hatten unten im gekrümmten Abflussrohr gesteckt, und sein Kopf hatte unter dem Rand der Toilettenschüssel gelegen.

Als Minnie das Baby aufhob, heulte es kurz schrill auf. In der Toilettenkabine war es kalt, aber der schleimige Körper des Babys fühlte sich warm an. Es konnte noch nicht lange her sein, dass es im Mutterleib geborgen gewesen war.

»Was für ein unwürdiger Start ins Leben, Kleines«, murmelte Minnie.

Sie fragte sich, wo die Mutter wohl war. Hatte Minnie sie gesehen? Auf dem Weg hierher war sie ein paar Menschen begegnet, aber sie hatte die Angewohnheit, starr geradeaus oder auf ihre schlurfenden Füße zu schauen, um den Blicken der anderen auszuweichen. Sobald man Blickkontakt aufnahm, glaubten einige Leute, sie hätten das Recht, zu grinsen oder eine Bemerkung zu machen. Minnie erinnerte sich an blutrot lackierte Fußnägel in hohen schwarzen Stilettos, an schwarze Stiefel und ihre eigenen rot geäderten Füße, aber sie hatte kein Gesicht gesehen.

Das Baby war noch durch die Nabelschnur mit der Plazenta verbunden, bemerkte Minnie jetzt.

»Die Nabelschnur muss durchtrennt werden, Mum, so viel weiß ich schon.«

Vorsichtig legte sie das Baby zurück in die Toilettenschüssel und kramte in ihrer gold-grün gesprenkelten Handtasche nach einer Haarklammer und ihrer Nagelschere.

»Eine Lady ist immer auf alles vorbereitet«, hätte ihre Mutter jetzt gesagt.

»Ich hätte nie gedacht, dass ich je auf so etwas vorbereitet sein müsste, Mum«, sagte Minnie mit gedämpfter Stimme. Was sie zu tun hatte, wusste sie aus den Fernsehdokumentationen zum Thema Geburt, von denen sie niemals genug bekam. Es war genau wie bei den Mädchen, die sich zu Tode hungerten und dabei fortwährend Kochshows anguckten – die reinste Folter.

Die Scheren im Fernsehen sahen immer riesig aus, aber Minnie musste eben improvisieren. Das Durchtrennen der Nabelschnur schienen die Babys nicht zu spüren. Minnie hoffte, dass das der Wahrheit entsprach. Sie schloss die Augen und dachte einen Augenblick darüber nach, wie der kompetente Arzt im Fernsehen die Nabelschnur in der Hand gehalten hatte. In den Dokumentationen übernahmen meist die Väter diese Aufgabe. Wie schwierig konnte es also schon sein?

Minnie steckte die Haarklammer an die Stelle, die sie für richtig hielt. Dann wartete sie noch eine Minute lang, bevor sie mit ihrer Nagelschere das zähe Gewebe durchschnitt. Es war ein ekelhaftes Gefühl, aber sie dachte nicht darüber nach. Sie musste dieses arme kleine Geschöpf von seiner Nabelschnur befreien.

Nachdem die Nabelschnur durchtrennt war, hob Minnie das

Baby wieder aus der Toilettenschüssel und lauschte, ob inzwischen noch jemand den Toilettenraum betreten hatte. Doch sie hörte nur den entfernten Lärm aus dem Einkaufszentrum.

In den Dokumentationen über Geburten wurden stets die entzückten Gesichter der Mütter gezeigt, sobald die Geburtsschmerzen vorüber waren und der Säugling sicher auf dem Bauch der Mutter lag. Minnie mochte besonders gern den Moment, wenn sich Mutter und Kind zum ersten Mal ansahen und es schien, als würden sie einander erkennen. Sie blickte auf das Baby in ihren Armen. Es hatte die Augen geschlossen, aber während sie es beobachtete, öffnete es sie ein klein wenig und sah sie starr an.

Minnie hätte am liebsten geweint, so wie es die Frauen im Fernsehen taten, aber das würde sie jetzt nicht weiterbringen.

»Was sollen wir denn jetzt mit dem Baby machen, Mum?«

Die Stille in dem Toilettenraum wurde nur von ihren schweren Atemzügen und dem leichten Keuchen des Babys unterbrochen.

Sie waren allein.

Dann begann das Baby richtig zu weinen, und Minnie fühlte, wie ihr Verstand für einen Moment aussetzte, bevor ihre Hände die Arbeit übernahmen. In einem Arm hielt sie das Baby, während sie mit der anderen Hand den Schal von ihrem Hals nahm.

Die Toilettenkabine war so eng, dass Minnie sich kaum bewegen konnte. Sie schob den Säugling zur Seite und legte seinen Kopf in ihre Armbeuge, so wie sie es bei den Ärzten im Fernsehen gesehen hatte. Der kleine, glitschige Körper wand sich auf ihrem Arm hin und her, und sie hatte Angst, sie könnte ihn fallen lassen. Schnell schloss sie den Toilettendeckel und breitete den Schal darüber aus. Dann legte sie das Baby, das nun laut schrie, auf den Schal und wickelte es fest darin ein, sodass nur noch Nase und Mund aus dem roten Kokon herausschauten. Die beiden Enden des Schals steckte sie unter dem Stoff fest, dann hielt sie das Baby in die Höhe und betrachtete es eingehend.

»Was meinst du, Mum?«

Das Weinen des Babys hatte nachgelassen, sobald Minnie begonnen hatte, es in den Schal zu wickeln. Nun war es ganz still. Seine Augen waren geschlossen, als ob es bei seiner kleinen Beschwerde eben seine gesamte Energie verbraucht hätte.

Minnie legte ihr Ohr an die Brust des Babys. Als sie spürte, wie sie sich auf und ab bewegte, nickte sie.

Sie drehte sich wieder um und öffnete die Kabinentür.

Der Toilettenraum hatte nur drei Kabinen, und immer noch war alles leer. Minnie stieß einen Seufzer der Erleichterung aus und bemerkte erst jetzt wieder den Druck auf ihrer Blase.

»Scheiße!«, sagte sie laut. Der ungewohnte Geschmack des Wortes auf ihrer Zunge gefiel ihr.

»Lieber Gott, verzeih mir, aber ich bin sicher, du verstehst, warum ich gerade die Nerven verloren habe«, sagte sie.

Sie ging zurück in die Kabine. Als sie die Tür schloss, entdeckte sie ihre große Tasche, die dort immer noch am Haken hing.

Sie warf einen Blick auf den schlafenden Säugling, nahm dann die Tasche vom Haken, öffnete sie und legte den Säugling behutsam hinein. Das Baby schnaufte ein wenig, gab aber sonst kein Geräusch von sich.

»Gut so.« Minnie zog die Toilettenspülung, um das Becken vom Blut des Babys zu reinigen. Zwei Mal musste sie spülen und dann noch eine gefühlte Ewigkeit warten, bis der Wasserkasten wieder gefüllt war.

Sie benutzte die Toilette, spülte ein weiteres Mal und zwängte sich dann mit der großen Tasche in ihren verschwitzten Händen aus der Kabine.

Draußen streifte sie sich die Riemen der Tasche über die Schulter, wusch sich die Hände und verließ den Toilettenraum.

Eilig stapfte Minnie durch das Einkaufszentrum zu ihrem Auto. Eine Hand hatte sie in der Tasche auf die Brust des Kindes gelegt, um sicherzugehen, dass es genügend Luft bekam. In der Tasche lag auch ein Laib weiches Brot, den sie gekauft hatte, kurz bevor sie sich zur Toilette aufgemacht hatte. Sie hoffte, dass das Brot ein behagliches Bettchen für das Baby war.

Während sie durch das Einkaufszentrum trottete, sah Minnie sich ständig um – jeden Moment erwartete sie, dass jemand ihr auf die Schulter tippte. Ihr Herz schlug wie wild in ihrer Brust, und immer wieder musste sie sich den Schweiß von der Stirn wischen.

Als sie ihr Auto erblickte, wollte sie vor Freude laut jauchzen, aber sie ging einfach nur weiter darauf zu. Nachdem sie eingestiegen war, holte sie das Baby aus der Tasche, legte es vorsichtig auf den Beifahrersitz und stützte es wieder mit dem Brotlaib.

»Wir werden das Kind schon schaukeln«, sagte sie zu sich selbst, während sie langsam rückwärts aus der Parklücke fuhr. »Wir werden das Kind schon schaukeln.«

Als sie den Parkplatz des Einkaufszentrums hinter sich gelassen hatte, fing sie an zu kichern und hörte nicht mehr auf, bis sie in die Einfahrt zu ihrem Haus einbog.

»Jetzt gibt's kein Zurück mehr, Mum«, sagte sie.

Im Haus drehte Minnie die Heizung auf und wickelte das Baby langsam aus dem Schal.

»Du bist also ein Mädchen«, sagte sie.

Das Baby begann wieder zu wimmern.

»Sieh mal, Mum, es ist ein kleines Mädchen. Wer würde so ein armes kleines Ding wie sie einfach allein lassen, was meinst du?« Sie schüttelte den Kopf. »Na ja, Gott sei Dank hast du kräftige Lungen«, sagte Minnie zu dem Baby. »Du bist hungrig, meine Kleine. Ich muss dir Nahrung besorgen und ein paar Anziehsachen und – o mein Gott, es gibt so viel zu tun.«

Das Baby weinte jetzt lauter und verzweifelter.

»Jetzt ist aber gut!«, sagte Minnie. »Du musst dich beruhigen, ich kümmere mich um alles. Hier bei mir bist du sicher. Hier bei mir und Mum bist du vollkommen sicher.« Für einen Moment schloss sie die Augen. »Lieber Herrgott, führe und beschütze mich in meinem Bestreben und behüte auch dieses kleine Menschlein.«

Sie wickelte das Baby wieder in den Schal und hielt es sich vor die Brust. Es roch nach Erde und ein bisschen auch nach Blut. Minnie ließ den kleinen Körper sanft gegen ihren großen Busen wippen, und das Baby schloss wieder die Augen.

Nach der Geburt konnten Neugeborene viele Stunden lang schlafen, das hatte ein Arzt im Fernsehen gesagt. In Minnies Lieblingssender lief eine Babysendung nach der anderen. Und Abend für Abend saß sie auf ihrem roten Samtsofa, verschlang die Bilder der Babys und ihrer glücklichen Familien und stopfte sich gleichzeitig Unmengen von Essen in den Mund.

»Wer hätte gedacht, dass ich jemals so eine Chance bekomme, Mum?«

Minnie wusste, dass sie sich einen Plan zurechtlegen musste. Auf keinen Fall konnte sie wieder zurück ins Einkaufszentrum gehen, aber weiter unten in ihrer Straße war ein *7-Eleven*. Bis dorthin konnte sie zu Fuß gehen und alles Nötige für die nächsten Tage besorgen. Den Rest würde sie später im Internet bestellen.

Nicht einen Augenblick lang dachte sie daran, die Polizei anzurufen oder irgendjemandem von ihrem Fund zu erzählen.

»Die Wege des Herrn sind unergründlich«, hatte ihre Mutter immer gesagt.

Und das genügte Minnie.

3

»Mr Sanderson? Sind Sie Mr und Mrs Sanderson?«

»Ja, ich bin Max Sanderson.«

»Mr Sanderson, ich bin Dr. Elias. Ich habe Ihre Tochter behandelt. Sie ist doch Ihre Tochter, richtig?«

»Ja, ich bin Taras Vater. Und das hier ist Ihre Stiefmutter.«

»Ist Taras Mutter auch hier?«

»Nein, sie ist … äh …«

»Meine Güte, Max. Ich bin Alicia Sanderson, Dr. Elias. Ich bin Taras Stiefmutter, und zwar schon seit zehn Jahren. Ihre Mutter befindet sich in Peace Hills.«

»In der Nervenklinik?«

»Ja, meine Frau … ich meine, meine Exfrau, leidet an einer bipolaren Störung und an Schizophrenie.«

Max, Alicia und der Arzt schwiegen einen Moment, um die intimen Informationen zu verarbeiten, die gerade ausgesprochen worden waren.

Max schüttelte den Kopf, als wollte er den Gedanken an seine Exfrau vertreiben. »Was ist mit Tara los? Geht es ihr gut? Warum hat sie so stark geblutet? Wo kam das ganze Blut überhaupt her?«

»Bitte kommen Sie mit mir, dort hinten können wir in Ruhe reden.« Dr. Elias war groß und dünn. Er hastete den Flur entlang, ohne eine Antwort abzuwarten.

Alicia nahm Max' Hand, und sie folgten dem Arzt in einen kleinen Raum mit einem beigefarbenen Ledersofa, einem Wasserspender und einer leuchtend grünen Topfpflanze. Die dicken, wachsartigen Blätter sahen beinahe künstlich aus.

Vorsichtig setzten sie sich auf das Sofa. Alicia kannte den

Zweck solcher Räume nur zu gut, und obwohl sie wusste, dass Max zu Tode erschrocken war und dass sie selbst höchst besorgt sein sollte, verspürte sie in erster Linie Verdruss. Sie ließ Max' Hand los und verschränkte die Arme vor der Brust.

Heute Morgen hatte Tara behauptet, sie fühle sich nicht gut, und war dann aus dem Haus gestürmt. Und anstatt ihr hinterherzulaufen, war Alicia einfach nur froh gewesen, das missmutige Mädchen eine Weile nicht ertragen zu müssen.

»Mr Sanderson, Sie wissen, dass Tara mit dem Krankenwagen hierhergebracht wurde. Sie ist direkt in die Notaufnahme gekommen, und dann hat man mich dazugerufen. Ich habe heute auf der Entbindungsstation Bereitschaft.«

»Aber dann sind Sie … für schwangere Frauen zuständig. Das stimmt doch, Alicia?«

»Das ist richtig, Mr Sanderson. Wir haben Tara gründlich untersucht, und wir konnten die Blutung stoppen.«

»Das ist gut, stimmt's, Ali? Das ist doch gut, oder?«

Alicia nickte. Sie wollte Max anschreien, er solle den Mund halten. Sie wusste, was jetzt kam.

»Mr Sanderson, die starke Blutung war ein Hinweis darauf, dass ihre Tochter irgendwann in den vergangenen zwölf Stunden entbunden hat. Die Blutung war das Ergebnis einer sekundären postpartalen Hämorrhagie. Die Ursache hierfür kann eine Infektion sein, oder – wie bei ihrer Tochter – ein Stück Plazenta, das noch im Uterus war.«

»Was meinen Sie damit, sie hat entbunden? Das ist unmöglich – das ist vollkommen unmöglich! Ihnen muss ein Fehler unterlaufen sein. Die Blutung muss … irgendwo anders herkommen.«

»Mr Sanderson, es tut mir leid, aber es besteht kein Zweifel daran, dass Tara vor Kurzem entbunden hat.«

»Wird sie sich wieder erholen?«, fragte Alicia.

»Ja, Mrs Sanderson, sie wird sich erholen. Wir haben sie

rechtzeitig behandelt. Sie hat zwar eine Transfusion gebraucht, aber es wird ihr bald wieder gut gehen.«

»Aber ich verstehe das nicht. Wie kann sie denn schwanger gewesen sein? Sie ist doch erst fünfzehn … Wir haben nichts davon gewusst. Alicia, warum haben wir das nicht gewusst?«

Vor fünf Minuten war ich nur ihre Stiefmutter, dachte Alicia. Aber jetzt soll ich alle Antworten kennen. Sie seufzte. »Ich habe keine Ahnung, Max. Du weißt doch, wie sie ist …«

»Zur Hölle, Alicia, lass uns doch jetzt nicht auf dem Kind herumtrampeln«, sagte Max.

»Ich trample nicht auf ihr herum, Max. Ich sage nur, dass sie sehr verschlossen ist. Die meiste Zeit verbringt sie allein in ihrem Zimmer, und sie trägt immer diese vielen Schichten übereinander. Sie könnte alles Mögliche darunter verbergen.«

»Du bist doch Krankenschwester, Alicia.«

»Ich betreue Frauen, nachdem sie ihr Kind zur Welt gebracht haben, Max. Bitte mach mich nicht dafür verantwortlich!«

»Das tue ich nicht, Alicia. Ich sage doch nur …«

»Mr und Mrs Sanderson, im Augenblick gilt unsere Sorge dem Baby.«

Max und Alicia erröteten. Sie hatten vollkommen vergessen, dass Dr. Elias noch im Raum war.

»Dem Baby?«, fragte Max verwundert.

»Genau, Mr Sanderson, dem Baby. Ihre Tochter hat vor Kurzem entbunden, und wir haben keine Ahnung, wo der Säugling ist. Vielleicht war es eine Totgeburt, aber das Kind könnte auch noch am Leben sein. Ich habe die Polizei benachrichtigt, sie wird gleich hier sein.«

»Die Polizei? Was zum Teufel soll die hier?«

Alicia legte warnend eine Hand auf Max' Arm.

»Mr Sanderson, es tut mir leid, aber wir sind verpflichtet, solche Fälle zu melden. Wir haben eine Sorgfaltspflicht dem Kind gegenüber.«

»Haben Sie Tara gefragt, wo das Baby ist?«, fragte Max.

»Sie ist zwar kurz aufgewacht, aber sie wollte keine unserer Fragen beantworten. Dann ist sie wieder eingeschlafen, aber das ist normal. Wenn Sie sie vielleicht fragen würden?«

Alicia erhob sich. »Können Sie uns sagen, in welchem Zimmer sie liegt?«

Dr. Elias stand auf und öffnete die Tür zum Flur. »Gehen Sie geradeaus durch diese Tür dort und dann hinauf in den zweiten Stock. Sie ist in Zimmer zweihundertvier. Und Mrs Sanderson?«

»Ja?«

»Sie hat ganz allein entbunden. Das muss eine extrem traumatische Erfahrung gewesen sein. Ein Psychiater wird bald zu ihr kommen, und ich werde auch wieder bei ihr sein, sobald ich ein paar andere Patientinnen untersucht habe. Ich denke, wir sollten es langsam angehen lassen und …«

Alicia hob abwehrend die Hand. »Ich verstehe, was Sie sagen wollen, Doktor. Ich werde Tara nicht bedrängen, aber wir müssen herausfinden, wo das Baby ist. Je schneller wir das klären, desto besser. Komm jetzt, Max.«

Max ließ Alicia vorangehen und trottete hinterher. Sogar an ihr völlig unbekannten Orten übernahm Alicia die Führung. In einem Krankenhaus fiel es ihr besonders leicht, die Verantwortung zu übernehmen. Max blickte auf seine Füße und versuchte, sich die letzten Monate ins Gedächtnis zu rufen. Hatte Tara zugenommen? Alicia hatte recht, Tara trug immer unzählige Klamotten übereinander, aber er hatte angenommen, das sei so Mode. Er hatte sich sogar Sorgen gemacht, sie könnte mit der vielen Kleidung einen großen Gewichtsverlust kaschieren. In irgendeinem Buch hatte er mal gelesen, dass Mädchen im Teenageralter das machten. Aber dann war es im Job in den letzten Monaten total chaotisch gewesen, und er hatte … Na ja, er hatte es Alicia überlassen, zu Hause alles zu regeln. Wie sollte er die Marketingabteilung leiten und sich gleichzeitig um alles andere kümmern? Seine Mitarbeiter warteten täglich darauf, dass weitere Stellen gestrichen wurden – es konnte jeden treffen. Eine Woche lang schien alles vorüber zu sein, dann ging es wieder von Neuem los. Die ganze Abteilung befand sich am Rande eines Nervenzusammenbruchs. Es gab so unendlich viele Dinge, über die er sich den Kopf zerbrechen musste.

Vielleicht hatte er also nicht so viel Zeit zu Hause verbracht, wie er sollte, aber Alicia war da gewesen. Warum hatte sie nichts bemerkt? Fielen Frauen solche Dinge nicht auf?

Manchmal schien Alicia Tara bewusst aus dem Weg zu gehen. Tara war schwierig, das stimmte, aber sie war fünfzehn. Alle fünfzehnjährigen Mädchen waren schwierig, oder etwa nicht? War Tara schwieriger als die meisten anderen? Deuteten ihre Stimmungsschwankungen gar auf etwas anderes hin? Und jetzt das ... Was zum Teufel sollte das alles bedeuten? Warum hatten Alicia und er nichts bemerkt?

»Max, hörst du mir überhaupt zu?«

»Wie bitte? Entschuldige, ich war ...«

»Max, wir müssen in dieser Sache eine geschlossene Front bilden. Wir müssen entschieden auftreten und Tara dazu bringen, uns alles zu erzählen. Sonst könnte das hier ein echtes Problem für sie werden, jetzt, wo die Polizei hinzugezogen wurde.«

»Das weiß ich, Alicia. Glaubst du etwa, ich wüsste das nicht?«

*

In Zimmer 204 lag Tara mit geschlossenen Augen im Bett. Ihr Gesicht hatte denselben blassen Ton wie die grauweißen Laken, und ihr blondes Haar war verfilzt und fettig. Ein Infusionsschlauch mit einer durchsichtigen Flüssigkeit steckte in ihrem Arm. Sogar ihre Lippen waren weiß. Max starrte seine Tochter an und musste plötzlich an den Tag denken, als Tara von der vierten Treppenstufe auf den Holzfußboden gesprungen war und sich das Handgelenk gebrochen hatte. Mit weißen Lippen und Tränen in den Augen war sie zu ihm gekommen. Damals war sie vier Jahre alt gewesen. Ihre Mutter war mal wieder im Krankenhaus gewesen, wo man die richtige medizinische Behandlung für sie zu finden versuchte. Danach war sie nie mehr wirklich nach Hause gekommen, aber damals waren Tara und er noch voller Hoffnung gewesen und hatten auf sie gewartet.

Max setzte sich auf einen Stuhl neben dem Bett und verschränkte die Arme hinter dem Kopf. Jedes Mal, wenn Sasha ins Krankenhaus gekommen war, hatte er geglaubt, dass die Ärzte die richtige Behandlung finden würden. Dieses Mal würde es Klick machen, hatte er gehofft, Sasha würde auf das Medikament ansprechen, sie würde nach Hause kommen und mit ihnen in der Realität leben wollen. Sie wäre wieder die Frau, die er an der Universität kennengelernt hatte. Irgendwann fing er an, sich für seine Dummheit zu hassen, für sein fortwährendes Hoffen. Er hasste sich dafür, aber er konnte es nicht ändern.

Tara hatte Zeter und Mordio geschrien, als er sie wegen des gebrochenen Handgelenks ins Krankenhaus gefahren hatte. Sie wusste, wenn man einmal im Krankenhaus war, blieb man dort für lange Zeit. Man verpasste Geburtstagspartys und Schulkonzerte. Damals war ihre Mutter schon sechs Monate von zu Hause fort gewesen, und obwohl Max jeden Abend betete, sie möge zu ihnen zurückkehren, hatte er angefangen, andere Frauen zu treffen. Er betrog seine Frau. Diese Tatsache beschönigte er nicht; er akzeptierte einfach, dass er ein mieser Ehemann war. Er sehnte sich nach Körperkontakt, nach einer Partnerin. Über viele Jahre hinweg war seine Beziehung zu Sasha wie die zu Tara gewesen, nicht wie eine Beziehung zwischen Mann und Frau. Er kochte und machte sauber, erinnerte sie an ihre Medikamente und rief sie mehrmals täglich an, um zu hören, wie es ihr ging. Je väterlicher seine Rolle wurde, desto schwerer fiel es ihm, sich selbst als ihren Ehemann zu sehen. One-Night-Stands waren nicht sein Ding, und er schämte sich jedes Mal furchtbar, wenn er den Babysitter bezahlte, aber er war schließlich auch nur ein Mann.

Als die Ärzte ihm die letzte Hoffnung nahmen und ihm rieten, Sasha noch ein, zwei oder drei Jahre Zeit zu geben, begann er, sich mit Alicia zu treffen. Auch Alicia war zunächst ein One-Night-Stand gewesen, aber es war mehr daraus geworden. Er war ihr gegenüber vollkommen offen gewesen. Sie wusste, dass er verheiratet war und wo Sasha war, und sie war dennoch einverstanden gewesen. Er hatte Alicia niemals angelogen.

Als er das erste Mal mit Alicia ausgegangen war, hatte er Tara erzählt, er müsse arbeiten. Sie war gerade fünf Jahre alt geworden, und sie glaubte alles, was er sagte.

Das ist eine Ewigkeit her, dachte Max und sah seine beängstigend blasse Tochter an.

Für ihren ersten gemeinsamen Abend hatte Alicia das Restaurant ausgesucht, und sie schlug auch vor, welches Gericht er wählen solle. Sie sprach mit dem Kellner und bestellte die Getränke, und als er bemerkte, dass sein Steak zu sehr durchgebraten sei, kümmerte sich Alicia auch darum. Max musste nicht einmal den Mund öffnen oder den kleinen Finger rühren. Er spürte, wie er sich entspannte, wirklich entspannte, zum ersten Mal seit Jahren. Alicia nahm ihn mit auf einen Kaffee in ihre Wohnung und half ihm, sein Hemd auszuziehen. Sex, bei dem auch Gefühle im Spiel waren, hatte er seit Taras Geburt nicht mehr gehabt. Er war so verdammt dankbar für Alicia.

Zehn Jahre später sah Tara in dem Krankenhausbett nicht viel größer aus als mit fünf Jahren. Unter der Bettdecke konnte er ihren gewölbten Bauch erkennen, in dem bis vor Kurzem ein Baby gewesen war. Ein Baby?

Er wollte Tara übers Haar streichen und sie auf den Schoß nehmen. Er wollte ihr sagen, dass alles wieder gut würde, doch er hatte nicht die geringste Ahnung, wie er sie nach dem Baby fragen sollte.

Wie konnte sie ein Kind bekommen haben? Das war ein vollkommen absurder Gedanke. Max ließ den Kopf in die Hände sinken.

»Hallo, Tara«, sagte Alicia.

Max blickte auf. Tara hatte die Augen geöffnet.

»Hallo, mein kleines Mädchen«, sagte er.

Tara starrte sie beide einfach nur an.

»Du bist im Badezimmer ohnmächtig geworden«, begann Alicia. »Dein Vater musste die Tür eintreten.« Sie sagte nichts von dem Blut, das unter der Tür durchgesickert war, im Flur eine Lache gebildet hatte und schließlich auf dem Holzfußboden geronnen war. Sie sagte nichts von Taras Brüdern, die vor Entsetzen laut geschrien hatten, und sie erwähnte auch nicht das Chaos, das sie würde beseitigen müssen, sobald sie wieder zu Hause war. Sie erzählte Tara nicht, dass Ethan und Michael im Auto geheult hatten, als Max und sie eiligst mit ihnen zu ihrer Mutter gerast waren. Und sie erwähnte mit keinem Wort, dass Anne geschrien hatte, als die beiden Jungen blutige Fußabdrücke auf ihrem cremefarbenen Teppich hinterlassen hatten.

Einen Moment lang wollte sie ihr das alles haargenau beschreiben, damit Tara verstand, wie viel Ärger sie ihnen gemacht hatte. Dann schämte sie sich für ihre Gedanken. Wann bin ich nur zu so einer schrecklichen Hexe geworden?, fragte sie sich.

Laut sagte sie: »Du hast eine Transfusion bekommen, weil du sehr viel Blut verloren hast, aber der Arzt sagt, es wird dir bald wieder gut gehen. Ein paar Tage wirst du dich noch schwach fühlen.« Es tröstete sie, dass sie zumindest ein paar Fakten wiedergeben konnte.

Wo ist Tara wohl hingegangen, um das Baby zur Welt zu

bringen?, überlegte sie bei sich. In der Nähe ihres Hauses gab es einen Park und ein Einkaufszentrum, das man gut zu Fuß erreichen konnte, aber dort waren immer viele Menschen unterwegs.

Tara drehte sich um und sah Max an. Ihre Augen wurden größer. Sie hatte die gleichen dunkelbraunen Augen wie ihr Vater. So dunkel, dass sie manchmal beinahe schwarz schienen. Ethan hatte die gleichen Augen.

»Ach, Liebling, warum hast du uns denn nichts erzählt? Warum hast du uns nichts gesagt? Wir hätten dir doch geholfen. Du hättest sterben können.« Max griff nach Taras Hand. Ihre Finger schlossen sich um seine, aber sie sagte kein Wort.

»Tara«, sagte Alicia sanft. »Du musst uns sagen, wo das Baby ist. Wir müssen das Baby finden und sichergehen, dass es ihm gut geht.«

Tara schaute Alicia an, schaute durch sie hindurch, wandte dann den Kopf ein wenig zur Seite und schloss die Augen.

»Tara«, sagte Alicia.

Max stand auf und legte eine Hand auf Alicias Arm. »Lass sie, Alicia. Sie braucht Ruhe. Lass gut sein. Fahr doch nach Hause. Ich bin sicher, die Jungen gehen deiner Mutter schon auf die Nerven. Ich bleibe heute Nacht hier, und morgen früh klären wir die ganze Angelegenheit.«

»Aber der Arzt hat gesagt, dass wir eine Antwort von ihr brauchen, Max. Irgendwo da draußen ist ein Baby, das medizinische Hilfe benötigt.«

Max legte Alicia die Hand auf den Rücken und dirigierte sie sanft zur Tür. »Ich kann jetzt nicht darüber nachdenken, Alicia. Tara braucht meine ganze Aufmerksamkeit. Ich werde versuchen, mit ihr darüber zu reden, aber du weißt ja selbst, sie mag es gar nicht, wenn man sie bedrängt. Fahr nach Hause, ich kümmere mich hier um alles.«

Alicia nickte knapp.

Max sah, dass sie verletzt war, dass sie sich ausgeschlossen fühlte, aber er musste Tara jetzt den ersten Platz einräumen. Manchmal nahm einem Alicia die Luft zum Atmen.

Er ging zum Stuhl zurück, setzte sich wieder hin und legte seine Hand auf Taras. Ihre Hand war klein und weiß. Die Geste fühlte sich sinnlos an, und Max kam ihre weiche, blasse Haut fremd vor.

Wie lange ist es her, seit ich sie zuletzt berührt habe?, fragte er sich. Es konnte Wochen her sein, aber genauso gut auch schon Monate. Als kleines Mädchen war sie ständig auf seinen Schoß geklettert, hatte seine Hand gehalten oder sein Gesicht berührt, um auf sich aufmerksam zu machen. Auch er hatte sie oft berührt. Kleine Kinder waren so offen für Körperkontakt. Ständig legte er Ethan die Hand auf die Schulter oder streichelte Michael im Nacken, wenn er mit den beiden sprach. Jeden Morgen und jeden Abend gab er ihnen einen Kuss. Er war sicher, dass er auch Tara geküsst und gestreichelt hatte, aber irgendwann hatten Tara und er aufgehört, sich zu umarmen, sich überhaupt anzufassen.

Max schloss die Augen und überlegte, wann er seine Tochter das letzte Mal umarmt hatte oder wann Alicia das zuletzt getan hatte. Wenn sie sich öfter umarmt oder Tara einfach häufiger berührt hätten, wäre die Schwangerschaft nicht unbemerkt geblieben. Er öffnete die Augen wieder und sah seine Tochter an. Mit den Jahren war sie abweisend und reizbar geworden. Sie wollte nicht angefasst werden, aber er hätte es trotzdem tun sollen – und wenn er ihr nur übers Haar gestrichen hätte.

»Mein Gott, Liebes, es tut mir so leid«, sagte er zu Tara.

Sie öffnete die Augen.

»Es tut mir leid«, wiederholte er.

Tara sah ihn nur an.

»Es tut mir so leid, dass dir das passiert ist, meine Kleine«, fuhr er fort. »Es tut mir leid, dass wir … dass ich das nicht habe kommen sehen, dass ich nichts bemerkt habe. Es tut mir leid, dass ich dich nicht mehr beachtet habe. Kannst du etwas sagen? Kannst du mir einfach sagen, dass alles wieder gut wird?«

Tara blickte ihn weiterhin unverwandt an, und Max wusste nichts mehr zu sagen. Letzte Woche hatte er sich mit Dave auf ein Bier getroffen und ihn bemitleidet, weil seine Scheidung ihn so mitnahm. Mit einem Anflug von Zufriedenheit hatte er festgestellt, dass sein eigenes Leben endlich in geregelten Bahnen verlief, auch wenn manche Menschen das langweilig fanden. Sein Job ging ihm auf die Nerven, aber das war normal. Das ging allen so. Alicia und Tara verstanden sich nicht wirklich gut, aber sie gingen höflich miteinander um. Ethan und Michael machten Alicia und ihm viel Freude. Er konnte jeden Tag zur Arbeit gehen und abends zu einer warmen Mahlzeit in ein ordentliches Haus zurückkehren, mit dem Gefühl, dass die Dinge ihren geregelten Gang gingen. Sein Leben mit Alicia war so anders als die Jahre mit Sasha, dass er es manchmal selbst kaum glauben konnte. Wenn er damals nach einem langen Arbeitstag nach Hause gekommen war, hatte sich ihm der Magen zusammengezogen beim Gedanken daran, was er vorfinden würde. An manchen Tagen war das Haus blitzsauber, Kuchen und Muffins standen auf dem Tisch, und ein Braten schmorte im Ofen. Dann spielte Tara mit einer Bastelarbeit, die sie mit viel Mühe und Geduld gefertigt hatten, und Sasha setzte ein steifes Lächeln auf. Meist war sie zu beschäftigt, um sich hinzusetzen und zu essen, zu hektisch, um mit ihm zu reden, doch er versuchte die Ordnung im Haus und ihre Geschäftigkeit als gutes Zeichen zu werten. Er vermied es, sie nach ihren Medikamenten zu fragen. Wann immer er das tat, hob sie abwehrend die Hände und verließ den Raum. Deshalb hielt er den Mund und überprüfte heimlich die Pillenschachteln.

Einige Medikamente wirkten nicht; andere wirkten, aber Sasha wollte sie nicht einnehmen. Dann fand er seine Frau eines Tages zusammengerollt auf dem Sofa liegend vor, während Tara sie mit Erdnussbutter fütterte. Das ganze Haus war unordentlich, und Max wusste sofort, dass er wieder ganz von vorn beginnen musste.

Jetzt bereute er seine Selbstgefälligkeit. Er bereute, dass er geglaubt hatte, er hätte die Dinge im Griff. Es war offensichtlich, dass das nicht stimmte. Wer konnte schon sagen, welche Spuren die Jahre mit ihrer Mutter bei Tara hinterlassen hatten?

Alicia hatte immer wieder vorgeschlagen, dass Tara mit einem Psychologen sprechen sollte, aber Tara hatte sich stets geweigert. Ihrer Meinung nach sorgten Psychologen und Ärzte dafür, dass man ins Krankenhaus kam, und mit jedem Mal wurde der Aufenthalt länger, bis man eines Tages gar nicht mehr nach Hause kam. Mit den Jahren hatte Tara eine Menge über die Krankheit ihrer Mutter gelernt. Im Internet hatte sie alles darüber gelesen, was sie finden konnte. Sie wusste, dass die Krankheit in der Familie lag, dass sie erblich war.

»Am Anfang ist es nur eine Sitzung beim Therapeuten, Dad. Und am Ende sitze ich neben Mum in Peace Hills.«

»Das ist doch Unsinn, Tara. Du hast einfach eine Menge durchgemacht. Wir beide haben eine Menge durchgemacht. Du sollst doch nur mit jemandem reden. Vielleicht gibt es etwas Entscheidendes zu sagen.«

»Ich bin nicht krank, Dad! Mit mir ist alles in Ordnung.«

»Tara, du weißt, dass die Ärzte nicht schuld sind an der bipolaren Störung deiner Mutter. Das ist dir doch klar, Liebes?«

»Mum hat aber immer etwas anderes behauptet. Sie hat gesagt, es ging ihr gut, bis du sie gezwungen hast, zu diesen Ärzten zu gehen. Sie hat gesagt, mit ihr war alles in Ordnung, bis sie mit der Therapie begonnen hat und sich mit Pillen vollstopfen musste.«

»Aber Tara, das ist doch nicht wahr! Du weißt doch noch, wie es mit ihr zu Hause war. Du kannst dich nicht mehr erinnern, wie sie vor der Therapie war, aber ich schon. Sie war sehr krank.«

»Egal. Ich backe nicht fünftausend Kuchen, und ich liege nicht den ganzen Tag im Schlafanzug auf dem Sofa. Mir geht's gut.«

»Ich will dir nur helfen, Tara. Ich möchte, dass du glücklich bist.«

»Das weiß ich. Und Alicia hätte gern, dass sich jemand anderer mit mir auseinandersetzt …«

»Tara, bitte fang nicht wieder damit an! Auch Alicia versucht nur zu helfen.«

»Dann sag ihr, sie soll mich in Ruhe lassen!«

Er hätte darauf bestehen sollen, dass Tara zu einem Psychologen ging, aber sie schien ganz gut zurechtzukommen. Er hatte Alicia kennengelernt, und sie war für Tara in den letzten zehn Jahren eine Art Mutter gewesen. Als Ethan und Michael auf die Welt kamen, wurde das Zusammenleben schwieriger, aber er hatte das für die normale Rivalität unter Geschwistern gehalten.

»Ach, meine Süße«, sagte er zu seiner schweigenden Tochter. »Was ist nur mit uns geschehen?«

Tara schloss wieder die Augen.

Sie hatte das Gefühl, etwas sehr Schweres würde auf ihrem Bauch liegen. Sie konnte sich nicht vorstellen, genug Energie für eine Bewegung aufzubringen, den Arm zu heben oder den Mund zu öffnen. Sie war müde und erschöpft. Ihr ganzer Körper tat weh, und sie fühlte Blut aus sich herausrinnen, wie bei einer heftigen Periode. Woher das Blut kam, wusste sie nicht, und auch nicht, warum sie in diesem Bett in dem weißgrauen Raum lag. Ihre Hand fühlte sich merkwürdig an, als wäre etwas daran befestigt. Sie wollte sich umdrehen und daran rütteln, aber ihr fehlte die Kraft dazu. Sie konnte sich nicht konzentrieren und keinen klaren Gedanken fassen. Wenn sie die Augen schloss, war es besser. Irgendetwas war passiert, etwas Schlimmes, aber sie wusste nicht, was. Sie hörte ihren Vater seufzen. Als er sich zurücklehnte, knarzte der Stuhl.

»Es hat wehgetan, Daddy«, wollte sie sagen. »Es hat so furchtbar wehgetan.«

4

Minnie legte das eingewickelte Baby wieder auf den Fußboden. Der Schal war mit Blut verschmutzt, aber für den Moment musste das genügen. Gern hätte sie das arme kleine Wesen gebadet, aber es gab so viele Dinge, die sie vorher noch erledigen musste. Der erdige Geruch des Babys breitete sich im Zimmer aus. Minnie fand die Mischung aus Blut und Erde nicht unangenehm. Das Baby sah nicht glücklich aus. Ihr eigenes Hungergefühl erinnerte Minnie daran, dass es Nahrung brauchte. »Das arme Ding muss am Verhungern sein, Mum.«

Sie leerte ihre Tasche und legte ein paar zusammengefaltete Handtücher hinein. Das Baby schien das recht bequem zu finden, und es schlief glücklich wieder ein, als Minnie die Tasche behutsam vor- und zurückschwang. Mit der Tasche über der Schulter trat sie vor die Tür und bemerkte Silhouetten im Vorgarten drei Häuser weiter. Inzwischen richtete sich ihr Blick immer zuerst dorthin.

Sofort drehte sie sich um und ging zurück ins Haus.

Schweiß rann ihren Rücken hinab, und sie spürte ihre Hand zittern. Sie waren draußen im Garten.

Die Jungs, so nannte Minnie sie bei sich, obwohl der Begriff »Jungs« ein bisschen harmlos klang für die drei Männer, die dort drüben eingezogen waren. Sie waren jung – sehr jung –, aber scheinbar voller Zorn und Zynismus. Minnie konnte ihre aufgestaute Wut über drei Grundstücke hinweg spüren.

Der Vorgarten der Jungs war als einziger in der ruhigen Wohnstraße ungepflegt. Gewöhnlich lagen dort überall Bierdosen und Abfälle herum. Nun stand auch ein altes Sofa im Garten. Die Mülltonnen quollen über, und der Gestank mischte sich mit der Drohgebärde, die von dem ganzen Haus auszugehen schien.

Die Straße war alt; schlichte kleine Häuser reihten sich aneinander. Bei einem oder zwei Häusern war ein zweites Geschoss aufs Dach gesetzt worden, aber die meisten waren einstöckig mit zwei oder drei Schlafzimmern. Die Häuser waren alle weiß oder cremefarben gestrichen, nur die Farbe der Mauer- und Dachränder sowie der Fensterumrandungen war von Haus zu Haus verschieden. Minnies Haus hatte eine blaue Randbemalung, nebenan war alles rostfarben, und gegenüber stand ein Haus mit einem schrecklichen Lilaton. Es hatte viel Gerede gegeben, als die beiden älteren Herren, die dort lebten, diese Farbe für ihr Heim gewählt hatten. June, die im Haus nebenan wohnte, war damals sehr aufgebracht gewesen, aber mit der Zeit hatten sich alle an die Farbe gewöhnt.

Minnie hatte ihr ganzes Leben lang in dieser Straße gewohnt und noch nie daran gedacht, etwas an ihrem Haus zu verändern. Sie und ihre Mutter hatten niemals ein zusätzliches Zimmer gebraucht. Nur das Badezimmer hatten sie neu machen lassen, das hatte ihre Mutter für notwendig befunden.

»Wir müssen doch in unsere eigene Dusche passen, nicht wahr, mein Liebling?«, hatte sie gesagt.

Die Küche hatte noch immer Resopal-Arbeitsflächen und braune Furnierschränke, aber Minnie pflegte alles so sorgfältig, dass die Schränke und Flächen ebenso gut erst fünf oder fünfzehn Jahre alt hätten sein können. Auf dem Lifestyle-Sender liefen zahlreiche Programme, wie man seinem Zuhause einen Retro-Look gab.

Alle in der Straße sorgten für eine heimelige Atmosphäre drinnen und einen gepflegten Garten vor dem Haus. Im Frühjahr verteilten June und Lou Rosenableger, sodass dieselben weißen und rosafarbenen Rosen in der ganzen Straße blühten.

Das Haus, in dem jetzt die Jungs wohnten, hatte früher genauso ausgesehen wie alle anderen, aber nur wenige Tage, nachdem die neuen Mieter eingezogen waren, begann der Garten zu sterben. June vermutete, dass die Jungs nachts auf die Blumen und Pflanzen urinierten. »Wie die Tiere«, flüsterte sie Minnie zu, als ob die neuen Hausbewohner durch die Wände hören könnten. Insgeheim dachte Minnie, dass der Garten, wie alle Lebewesen auf der Welt, begriffen hatte, dass sich niemand mehr um ihn kümmern würde, und deshalb einfach aufgegeben hatte.

Die rosafarbenen und weißen Rosen waren zuerst eingegangen, und jetzt im Herbst bestand der Rasen in dem Garten überwiegend aus Unkraut und Erde. »Am liebsten würde ich nachts mal hinübergehen und alles wieder in Ordnung bringen«, sagte June, der der verwahrloste Garten körperliche Schmerzen bereitete.

An einem Samstagnachmittag zu Beginn des Sommers waren sie plötzlich da gewesen. June und Minnie hatten es sich gerade bei einer Tasse Tee in Junes Vorgarten gemütlich gemacht. Minnie verließ nur selten das Haus, aber auf ihren Besuch bei June einmal pro Woche verzichtete sie nur ungern. Jeden Samstagnachmittag schleppte sie sich zum Nachbarhaus und sank in einen Gartenstuhl neben June, die schon mit Tee und Schokoladenkuchen auf sie wartete.

An jenem Nachmittag unterhielten sie sich eine Zeit lang über das warme Wetter und die Wahrscheinlichkeit einer Hitzewelle, als ein Kleinbus mit schrecklichen bunten Graffiti die Straße entlangdonnerte und dann abrupt anhielt. Minnie merkte, wie sie im Stuhl neben June errötete, als Worte wie »Scheiße« und »Vollidiot« aus dem Bus zu ihnen herübergeschrien wurden.

Schweigend beobachteten sie das Geschehen und warteten darauf, dass der Bus weiter zu dem nahegelegenen Highway aufbrechen würde, aber er blieb vor dem leeren Haus nur drei Türen von Minnies Zuhause entfernt stehen.

So lange Minnie denken konnte, hatten Susan und Patrick in diesem Haus gelebt, aber als beide innerhalb nur weniger Monate verstarben, wusste ihre Tochter nicht, was sie mit dem Elternhaus machen sollte.

»Ich muss das Haus behalten, Minnie. Ich kann doch nicht einfach so den letzten Ort aufgeben, an dem sie zusammen glücklich waren«, sagte Mary zu Minnie, als sie das Haus ausräumte. »Ich werde es erst mal für ein, zwei Jahre vermieten, um Zeit zu haben, mich in Ruhe zu entscheiden.«

Minnie hatte dazu genickt und sich ein junges Paar ausgemalt, das dort mit ein oder zwei Kindern einziehen und die Straße mit Leben füllen würde. Inzwischen war Minnie die jüngste hier. Die erwachsenen Kinder der Nachbarn waren weiter aus der Stadt gezogen, wo die Häuser erschwinglicher waren.

Minnie sehnte sich nach Kindergeschrei und Trubel auf der Straße. Dem Treiben der Familien zuzusehen machte sie glücklich.

Aber es war keine junge Familie, die das Haus von Susan und Patrick übernommen hatte. Stattdessen stiegen zwei junge Männer aus dem Bus und öffneten die hintere Tür, um einen dritten Mann herauszulassen. Alle drei trugen enge Jeans, die ihnen von der Hüfte rutschten und die grauen Unterhosen darunter zeigten. Sie begannen, den Bus auszuladen, wobei sie ständig »Scheiße« und »Wichser« sagten und auch auf den Gehweg spuckten. Minnie hatte sich nicht vorstellen können, dass es solche jungen Männer überhaupt gab. »Die hat der Teufel zu uns geschickt – Jesus, beschütze uns«, hätte ihre Mutter dazu gesagt.

Eine Weile später stellte sich einer der Männer – der mit der blonden Igelfrisur – in die Mitte der Straße und schaute Minnie und June, die stumm vor Entsetzen an ihrem Tee nippten, direkt an. »Was zum Teufel glotzt ihr beiden Hässletten so?«

Er lallte ein wenig, was Minnie auf das viele Bier zurückführte, das die drei beim Ausladen getrunken hatten. Im Garten lagen bereits überall leere Dosen herum. June wurde knallrot, und Minnie stand auf, ließ sich dann aber gleich wieder in den Stuhl fallen. Sie hatte keine Ahnung, was sie sagen sollte. Der Mann lachte, und seine Freunde fielen mit ein. Dann gingen sie ins Haus und schlossen die Tür hinter sich.

In den darauffolgenden Wochen beobachtete June das Haus und seine Bewohner und berichtete Minnie alles haarklein.

»Da ist noch einer, der immer zu Besuch kommt. Der sieht wie ein Junge aus, manchmal hat er noch seine Schuluniform an. Ich würde gern mal erfahren, ob seine Eltern wissen, was er da tut. Bestimmt würden sie im Boden versinken, wenn sie wüssten, mit wem er seine Zeit verbringt. Am Freitagabend ist er über Nacht geblieben, aber am Samstag ist er wieder nach Hause gegangen. Irgendwie macht er immer einen verdächtigen Eindruck auf mich – als hätte er Angst, erwischt zu werden.«

Minnie hielt nach dem Jungen Ausschau und überlegte, ob sie ihm raten sollte, sich von den drei schrecklichen Männern fernzuhalten, aber dazu fand sie nie den Mut. Der Junge schien nicht mal alt genug, um sich zu rasieren, und er fluchte auch nicht so viel wie die anderen. Tatsächlich war er meistens still.

»Das liegt an diesem Shoppingcenter«, sagte June. »Ich habe schon zu Lou gesagt, das bringt nur Ärger in unser Viertel. Und dann haben sie auch noch diesen albernen Skatepark mit den Rampen gebaut. Weiß der Himmel, was für Typen sich da rumtreiben.«

»Das Shoppingcenter gibt es aber schon lange, June«, entgegnet Minnie vorsichtig. June mochte es nicht, wenn man ihr widersprach.

»Leider, würde ich sagen«, sagte June.

Niemand in der Straße wusste, was man gegen die neuen Bewohner tun konnte. Tagsüber schliefen sie die ganze Zeit, und nachts ließen sie laut dröhnende Musik laufen. Bis zum Morgengrauen konnte man sie streiten und fluchen hören. Die jungen Männer hatten nicht lange gebraucht, um aus dem Haus die reinste Hölle zu machen.

Hin und wieder kam die Polizei, aber mit der Zeit bekamen die Nachbarn Angst, sie zu Hilfe zu rufen. Häufig lief nach einem Besuch der Uniformierten einer der jungen Männer wild schreiend die Straße auf und ab und rief: »Wer von euch Idioten war das? Kommt sofort raus, ihr Dreckskerle. Wir werden jeden Einzelnen von euch plattmachen.« Noch mehr Drohungen wurden ausgestoßen, bis der Alkohol oder andere Drogen zu wirken begannen und der Störenfried sich ins Haus zurückzog.

Und dann war da noch die Sache mit William. June und Lou hatten William bei sich aufgenommen, als er noch ein Junges war. Der Kater war zusammen mit ihren Kindern groß geworden. Die vergangenen Jahre hatte er meist schlafend auf Lous Füßen verbracht. Als junger Kater war William nachts umhergestreunt und hatte June gelegentlich eine gefangene Ratte nach Hause gebracht. »Du böser Junge«, sagte June dann jedes Mal, aber dabei lächelte sie. Manchmal fanden Minnie oder ihre Mutter William an der Hintertür ihres Hauses, dann gaben sie ihm ein wenig Milch, bevor sie ihn zu June und Lou zurückbrachten. Andere Nachbarn taten dasselbe. Wo immer William auch hinlief, wurde er freundlich empfangen.

Nachdem die Jungs eingezogen waren und die ganze Nacht laut Musik dröhnte, entschloss sich Lou, mit ihnen zu reden.

June hatte ihm nichts von ihrer ersten Begegnung am Tag des Einzugs erzählt. »Wegen seinem Herz, Minnie«, flüsterte sie. »Wenn er erfährt, was die gesagt haben, wird er total wütend sein. Ich glaube nicht, dass sein Herz das verkraftet.« Sie versuchte, ihm das Gespräch mit den Jungs auszureden. »Du darfst nicht vergessen, dass du schon achtundsiebzig bist, Lou«, sagte sie. »Du musst nicht mehr alle Probleme allein lösen. Denk doch mal daran, was mit dem Fernseher passiert ist. Du weißt genau, dass sie ihn gestohlen haben.«

»Die Polizei hat keine Beweise dafür gefunden, June. Vielleicht haben wir sie falsch eingeschätzt. Es ist Zeit, die Wogen zu glätten. Ich werde ihnen den ein oder anderen väterlichen Rat geben, schließlich müssen wir alle hier zusammenleben.«

»Warum rufen wir nicht noch mal die Polizei?«, fragte Minnie.

»Sie sind doch nur jung«, erwiderte Lou. »Das Problem mit den Jugendlichen von heute ist doch nur, dass keiner ihnen beigebracht hat, wie man sich richtig verhält.«

Minnie hatte dazu genickt. Sie glaubte nicht so recht, dass Lou eine Ahnung davon hatte, wie man mit jungen Männer am besten umging, aber Lou war ein pensionierter Sanitäter, der vor Minnie gern damit prahlte, dass er Dinge gesehen hatte, die einem die Haare zu Berge stehen ließen.

»Überlass das doch der Polizei«, sagte auch June. »Warum willst du immer den Helden spielen?«

»Komm schon, June«, entgegnete Lou. »Du musst dir keine Sorgen machen. Man muss ihnen nur deutlich machen, dass sie etwas ruhiger werden sollen.«

Entschlossen marschierte er zu dem Haus der Jungs hinüber, die alle vier im Garten herumlungerten. An dem Tag war es furchtbar heiß. Minnie beobachtete zusammen mit June, wie Lou von der Gartenpforte aus mit den Jungs sprach, und sie versuchten zu verstehen, was der mit der Igelfrisur antwortete. Der vierte im Bunde blickte meist nur auf seine Füße, und gleich nachdem Lou seine kleine Rede beendet hatte, machte er sich zur Bushaltestelle auf, um nach Hause zu fahren. Erhobenen Hauptes und mit einem Lächeln auf den Lippen kehrte Lou zu ihnen zurück. »Er hat gesagt, es tut ihnen leid, dass sie uns gestört haben, und sie werden leiser sein, wenn wir nicht mehr die Polizei rufen. Ich habe ihnen versprochen, dass wir das nicht mehr tun. Das gehört sich so für gute Nachbarn. Wir sollten nur akzeptieren, dass sie hin und wieder mal eine Party feiern. Wir waren doch auch mal jung, oder?«

Minnie hatte zu dem Haus hinübergesehen und war dem Blick des großen, dünnen Kahlkopfs begegnet. Er hatte ihr ein makabres Lächeln geschenkt und dann gewinkt.

In jener Nacht hörte man keine Musik, aber es war auch die Nacht, in der William verschwand.

»Er rührt sich doch kaum noch«, sagte June am nächsten Morgen, nachdem sie und Lou den Kater in der gesamten Nachbarschaft gesucht hatten. »Wo kann er nur hin sein?«

Gegen Abend waren die meisten Nachbarn draußen unterwegs auf der Suche nach William. Minnie saß auf der Vordertreppe und hielt Ausschau. Mit ihrem schweren Körper kam sie zu Fuß kaum weiter als bis zum Ende der Straße.

Schließlich fand man William in einem Gartenteich drei Straßen weiter. »Er hätte unmöglich noch so weit laufen können«, sagte Lou. »Irgendjemand muss ihn eingefangen haben.«

June weinte nicht – sie wusste, dass William nur ein Haustier gewesen war –, aber Lou fuhr sich mit der Hand über die Augen und putzte sich lautstark die Nase. Sie begruben den Kater im Vorgarten. Von ihrem Grundstück aus schauten die Jungs zu. Sie tranken Bier und lachten die ganze Zeit während Williams trauriger kleiner Beerdigung.

Niemand deutete an, dass es die Jungs gewesen sein könnten – niemand sagte überhaupt auch nur ein Wort –, aber am nächsten Abend klopfte einer von ihnen bei June und Lou an der Tür und fragte mit unschuldiger Miene: »Wir haben dieses Halsband auf der Straße gefunden. Es gehört doch nicht etwa Ihrer Katze?«

June wollte zur Polizei gehen. »Und was wollen wir denen sagen?«, fragte Lou. Er hatte das Halsband genommen und es in eine Kiste neben seinem Bett gelegt.

In dieser Nacht war die Musik wieder ohrenbetäubend laut gewesen. Lou sprach nicht mehr davon, zu den jungen Männern hinüberzugehen, um mit ihnen zu reden.

Minnie steckte sich Ohrstöpsel in die Ohren, wenn sie zu Bett ging, und gab heimlich Tausende Dollar für die Sicherheit ihres Hauses aus. Sobald die Sonne untergegangen war, ließ sie per Knopfdruck die Rollläden an den Fenstern herunter. Sie schob den Doppelriegel vor die Haustür und verriegelte die Hintertür dreifach. Der einzige Weg ins Haus führte über das Dach, deshalb beklagte sich Minnie bei einem Kammerjäger über Ratten, und der Mann stellte überall auf dem Dachboden Fallen auf. Niemand würde hereinkommen, ohne dass Minnie es hörte. Manchmal machte sie sich Sorgen, dass ein Feuer ausbrechen könnte. Es gab Berichte von Familien, die es wegen der vielen Schlösser und Riegel an Türen und Fenstern nicht mehr rechtzeitig aus dem Haus geschafft hatten. »Ich vertraue auf Gott im Himmel, er wird mich beschützen«, beruhigte sie sich selbst, wenn ihr diese Gedanken durch den Kopf gingen.

Sie hatte auch Mary angerufen, aber Mary ließ sich gerade scheiden, und sie reagierte kühl und verärgert. »Sie zahlen jeden Monat pünktlich die Miete, Minnie«, sagte sie. »Es tut mir leid, dass du sie nicht magst, aber damit kann ich mich gerade nicht auseinandersetzen.«

»Was glaubst du, woher sie das Geld für die Miete haben?«, fragte Minnie Lou.

»Ach, ich nehme an, sie bekommen alle Arbeitslosengeld. Es ist ziemlich einfach, die Schule abzubrechen und sich vom Staat durchfüttern zu lassen.«

»Müßiggang ist des Teufels Ruhebank«, hätte ihre Mutter in dem Moment gesagt. Sie hatte still und leise Hunderte Decken für »gottlose Wilde« gestrickt, während sie neben Minnie gesessen und darauf geachtet hatte, dass diese ohne Unterlass für ihren Buchhaltungskurs lernte. Minnie studierte die Zahlen und lauschte dem Klappern der Plastikstricknadeln ihrer Mutter. Wenn die stierenden Blicke der anderen Studenten am College unerträglich wurden oder ein Prüfungstermin unausweichlich näher rückte, wollte sie aufgeben, doch die schnell arbeitenden Hände ihrer Mutter erlaubten keine Diskussion. »Du wirst einen Beruf erlernen, wenn ich dir schon nichts anderes hinterlassen kann«, hatte ihre Mutter gesagt. Inzwischen war Minnie ihr natürlich sehr dankbar.

»Dieses furchtbare Pack lebt von unseren Steuergeldern«, sagte June. »Von unseren Steuern.«

Die Jungs zahlten weiterhin ihre Miete, und Musik zu hören verstieß nicht gegen das Gesetz. Tatsächlich hatten sie nichts verbrochen, sie waren einfach nur unangenehm. Man konnte ihnen nichts beweisen. Noch nicht. Also konnte man nichts gegen sie unternehmen. Die wüsten Drohungen, die sie in betrunkenem Zustand ausstießen, klangen einfach nur dumm, als Minnie sie der freundlichen Polizistin am Telefon zuflüsterte.

»Sie haben also gedroht, Sie zu töten?«, fragte die Polizistin.

»Also, nicht mich zu töten«, antwortete Minnie.

»Und wem haben sie mit dem Tod gedroht?«

»Niemandem persönlich. Es war wohl eher eine allgemeine Drohung für alle in der Nachbarschaft.«

»Wissen Sie, wenn Sie sich von diesen Männern bedroht fühlen, können Sie gesetzlich gegen sie vorgehen. Sie dürfen sich Ihnen dann nicht mehr nähern.«

»Muss ich dafür nicht vor Gericht gehen? Und würden die jungen Männer dann nicht davon erfahren?«

»Ja, Sie müssen zum Gericht, und natürlich müssen die Beschuldigten erfahren, was man ihnen zur Last legt.«

»Oh«, sagte Minnie, während sie sich ausmalte, wie sie im Gerichtssaal angestarrt wurde und danach den Rest ihres Lebens in Angst vor der Rache der Jungs verbrachte. »Nein, danke«, fuhr sie fort. »Ich bin sicher, so schlimm ist es gar nicht.«

Als sie nun mit der Tasche wieder im Haus stand, ging Minnie im Kopf ihre Möglichkeiten durch. Sie hatte Angst vor den Jungs, und diese Angst war noch nie so groß gewesen wie jetzt. Denn jetzt musste sie nicht nur sich selbst beschützen, sondern auch das Baby.

Auf gar keinen Fall durfte sie das Baby den grausamen Scherzen der Jungs aussetzen. Meist drängten sie Minnie einfach zur Seite und beschimpften sie als »fette Kuh«. Über die Beleidigungen machte Minnie sich keine Gedanken, wenn die Jungs sie aber zur Seite drängten und sie dabei die Tasche fallen ließ, könnte das Baby verletzt werden. Und wenn das Baby zu weinen anfing, würden die Jungs wissen wollen, was es in ihrer Tasche zu suchen hatte. Vielleicht taten sie ihr nichts. Vielleicht waren sie betrunken oder bekifft oder einfach faul. Vielleicht kamen sie aber auch auf die Idee, genau in diesem Moment ihre üblen Scherze mit ihr zu treiben. Minnie konnte nicht fortlaufen, und sie konnte sich auch nicht richtig wehren. Mit dem Baby war sie noch hilfloser als sonst.

»Was soll ich tun, Mum?«, sagte sie.

Ein oder zwei Mal lief sie im Wohnzimmer auf und ab. Schließlich hob sie das schlafende Baby hoch und versuchte, es sich mit einem langen, dünnen Schal vor den Bauch zu binden. Da er zu kurz war, musste sie zwei aneinandergeknotete Schals benutzen. Dann zog sie den alten Mantel ihrer Mutter an. So sah sie noch ein bisschen dicker aus, aber das Baby war in Sicherheit. Behutsam zog sie den Stoff ihres Kleids zur Seite, sodass sie den Atem des Babys direkt auf ihrer Haut spürte und wusste, dass es gut geschützt war.

»In Ordnung, Kleines«, sagte Minnie. »Wir werden das Kind schon schaukeln.«

Sie hatte diese Redewendung von ihrer Mutter übernommen, und sie erinnerte sich daran, sie schon als kleines Kind gehört zu haben, wann immer eine Aufgabe in Angriff genommen werden musste. Ihre Mutter hatte sie damit ermuntern wollen, weg vom Sofa und hinaus in die Welt zu gehen, und diese Worte hatten ihr auch bei der Bewältigung unüberwindbarer Hindernisse Mut gemacht. Ob ich auch dieses Kind geschaukelt kriege?, überlegte Minnie, als sie die Haustür öffnete.

Draußen war es kalt, und es dämmerte bereits, daher machte sich Minnie in zügigem Tempo zum *7-Eleven* auf. Sie hielt den Kopf gesenkt, und bis die Jungs sie bemerkten, war sie schon an ihnen vorbei.

»Mensch, schaut doch mal, wie die läuft!«, rief einer von ihnen ihr nach, aber das war auch schon alles.

Minnie nahm die Beleidigung beinahe dankbar hin. Sie achtete nicht auf ihre wundgeriebenen Oberschenkel und ihre schmerzenden Muskeln, sie ging einfach weiter, so schnell sie konnte. »Es ist nicht mehr weit«, sagte sie zu sich selbst. Ihre Lungen brannten, und sie schwitzte am ganzen Körper, aber sie konnte nicht anhalten. Für eine Pause blieb keine Zeit.

Es war nicht mehr weit.

5

Schulkinder füllten ihre Becher mit bunten Kaltgetränken aus der *Slush*-Maschine und bewarfen sich gegenseitig mit ihren Sachen. Ausnahmsweise war Minnie froh um den Trubel im Laden. Normalerweise wurde jeder Einkauf wegen der starren Blicke und des Kicherns hinter vorgehaltener Hand zur Qual, aber heute drängte Minnie sich an den Menschen im Laden vorbei, ohne auch nur einen Gedanken daran zu verschwenden.

Sie winkte Lela zu, als sie hereinkam, und Lela nickte, während sie die Preise von Zeitungen und Schokolade für eine erschöpft aussehende Mutter mit fünf Kindern in die Kasse eintippte.

»Hör endlich auf, um Himmels willen, hör endlich auf damit«, sagte die Mutter gerade zu dem kleinsten Kind, das immerzu an ihrem Hosenbein zerrte.

Minnie fragte sich, ob die Frau wusste, wie viel Glück sie hatte, aber wahrscheinlich wusste sie das nicht. Für Minnie waren fünf Kinder ein unfassbarer Glücksfall, aber die Frau sah einfach nur total müde und erschöpft aus. Schon als Kind hatte Minnie sich das bunte Treiben von Familien mit vielen Kindern ausgemalt, und sie hatte sich geschworen, eines Tages selbst die Mutter so einer Familie zu werden. Als sie endlich verstanden hatte, dass selbst ganz alltägliche Träume nicht für jeden in Erfüllung gingen, war es schon viel zu spät, um die Sache allein in Angriff zu nehmen. Jedes Mal, wenn jetzt eine Hitzewallung die Wechseljahre ankündigte, überkam sie ein so starkes Gefühl der Einsamkeit und Verzweiflung, dass sie sich hinsetzen musste, bis es vorüber war.

Gestern noch hätte sie die Frau angestarrt und dann unzählige Esswaren in ihren Einkaufskorb gestapelt, um ihren Seelenschmerz zu lindern, aber heute … heute war alles anders.

Sie ging in den hinteren Bereich, wo sie alles Nötige finden konnte. Die Sachen für das Baby würden ein Vermögen kosten, aber das war ihre geringste Sorge. Sie griff nach Windeln, zwei Trinkflaschen und einem Babymilchpulver, einigen Schnullern, Babyseife und einer kleinen Packung Bodys, die offensichtlich schon seit Jahren im Regal lag. Für Babys gab es nur noch einige kleine Rasseln mit Löwengesichtern und beweglichen Pfoten, sonst nichts mehr. Minnie nahm eine Rassel, obwohl sie wusste, dass das unsinnig war.

Sie ging zur Kasse und breitete alles vor Lela aus, die nur die Augenbrauen hochzog. Minnie hatte nichts zu essen gekauft. Es war das erste Mal, dass sie den Laden ohne mindestens ein halbes Dutzend Schokoriegel in der Tasche verließ.

Lela hatte buschige Augenbrauen und dunkle, ausdrucksvolle Augen, und jetzt strich sie ihr Kopftuch glatt. Minnie wusste, was das bedeutete. Lela überlegte, welche ihrer Fragen sie zuerst stellen sollte.

In der Schlange hinter Minnie begannen zwei Jugendliche mit riesigen *Slush*-Bechern in der Hand sich gegenseitig abzudrängen. Einer prallte gegen Minnie und stieß sie nach vorn.

Automatisch legte Minnie schnell die Hände über die Brust, um ihr geheimes Päckchen zu beschützen. Für einen Moment wurde sie furchtbar wütend. Am liebsten hätte sie sich umgedreht und wäre mit geballten Fäusten auf die Jugendlichen losgegangen.

»Jungs, Schluss mit lustig oder ihr fliegt raus hier«, sagte Lela laut.

Lelas durchdringende Stimme brachte Minnie stets zum Grinsen. Sie wirkte zart und war als junges Mädchen aus Pakistan hierhergeschickt worden, um den Sohn eines alten Freundes ihres Vaters zu heiraten. An ruhigen Tagen beklagte sich

Lela über die Dummheit ihres Ehemannes, aber ein schiefes Lächeln begleitete ihre Worte, und Minnie wusste, es schwang auch etwas Liebe darin mit.

Lela hatte ihren Mann gedrängt, den *7-Eleven* aufzumachen, und nach zwanzig Jahren schmiss sie den Laden im Grunde allein. Ihre Kinder waren inzwischen erwachsen, aber sie selbst sah nicht viel älter aus als damals, als Laden und Tankstelle eröffnet worden waren.

»Meine Kusine kommt zu Besuch«, kam Minnie Lela zuvor.

»Kusine?«

»Ja, sie ist eine Großkusine aus der Familie meiner Mutter, und sie hat ein Baby, und, na ja, weißt du, sie ist noch sehr jung und kommt nicht so gut zurecht. Also habe ich ihr angeboten, dass sie eine Weile bei mir wohnen kann.« Es war ein einziger Wortschwall. Auf dem Weg zum Laden hatte Minnie sich zurechtgelegt, was sie sagen würde, und sie war zufrieden, dass sie im letzten Augenblick aus der Nichte noch eine Kusine gemacht hatte. Lela wusste, dass sie ein Einzelkind war. Lela wusste das meiste von ihr. Lela kannte ihre unerfüllten Wünsche. Lela wusste vom Tod ihrer Mutter und wie schwer es Minnie manchmal fiel, den Tag durchzustehen. In der Regel kam sie erst abends zum Tanken, wenn die Familien zu Abend aßen oder es sich vor dem Fernseher gemütlich machten. Minnie kannte die Tageszeiten, zu denen sie Lela beinahe sicher allein vorfinden würde. Dann füllte sie den Tank ihres Autos und kaufte genug zu essen, um auch ihren Magen zu füllen. Schon während sie mit Lela plauderte, verputzte sie ein oder zwei Schokoriegel. Manchmal riet Lela Minnie, weniger Schokolade zu essen, aber sie schlug das immer nur sehr behutsam vor.

»Wie lange wird sie denn bleiben?«

»Ach, wer weiß das schon?«, sagte Minnie, die genau wusste, wann die Kusine verschwinden und das Kind ihrer Obhut überlassen würde. »Stell dir vor, sie ist einfach so weggegangen«, würde sie Lela erzählen. Und sie wusste, Lela würde mit dem Kopf nicken angesichts der Dummheit der Jugend, und sie würden beide der Meinung sein, dass das Kind bei Minnie besser aufgehoben war. Aber dieser Auftritt kam erst später. Im Augenblick musste Minnie Lelas fragenden Blick aushalten.

»Babys machen viel Arbeit«, sagte Lela.

»Das weiß ich«, sagte Minnie. »Aber du wirst mir – wirst uns – doch helfen, oder?«

»Natürlich. Ich kann dir auch noch einiges geben, wenn du nichts gegen abgelegte Sachen hast. Ich habe die Babysachen für meine Enkel aufbewahrt, aber Ahmed macht keine Anstalten, eine Frau zu finden, und Malika rümpft auch nur die Nase, wenn ich sie frage, was ich für ihre Kinder später aufheben soll.«

»Na ja, wahrscheinlich wird sie alles neu kaufen.«

»O ja, Madame Rechtsanwältin und ihr Doktorenehemann würden nicht mal im Traum daran denken, ihren Kindern Secondhand-Klamotten anzuziehen.«

Lela verpasste niemals eine Gelegenheit, mit ihren Kindern anzugeben, und Minnie nickte lächelnd. Bei dem Gedanken, dass auch sie eines Tages so prahlen könnte, stieg Freude in ihr auf.

»Ich nehme liebend gern alles, was du mir geben kannst, Lela. Ich möchte dem kleinen, armen Ding so viel Gutes tun, wie ich nur kann.«

»Du bist eine gute Kusine«, sagte Lela, während sie begann, Minnies Einkäufe in die Kasse einzutippen. Das Baby war aufgewacht, zappelte und quiekte. Minnie hustete laut, während sie Lela das Geld gab, um die Laute des Kleinen zu übertönen.

»Geht es dir gut?«, fragte Lela.

»Ja, ich hab nur was im Hals – sieh mal, die Schlange ist so lang. Ich komme nächste Woche vorbei und zeige dir das Baby.«

»Okay, bis dann«, sagte Lela und hatte den Blick schon auf

den nächsten Kunden gerichtet. Die Jugendlichen hatten geduldig gewartet, während sie Minnie abkassiert hatte.

Als Minnie den Laden verließ, spürte sie eine Welle der Erleichterung. Die Nachtluft war kühl. Vorsichtig öffnete sie den Mantel, damit das Baby etwas Luft bekam. Sofort fing es an zu schreien. Mit gesenktem Kopf eilte Minnie die Straße entlang. Sie musste jetzt schnell nach Hause.

*

Minnie wickelte das Baby aus dem Schal und legte es vor die Heizung. Das Baby brauchte Nahrung, aber zuerst musste Minnie die Flasche sauber machen, und sie war sich sicher, dass sie abgekochtes Wasser für die Babymilch benötigte.

Auf dem Schal klebte eine schwarze, eklige Masse. Minnie wollte gar nicht erst darüber nachdenken, was das wohl sein konnte. Das Baby war schmutzig, aber offensichtlich auch furchtbar hungrig.

»Sieh dir das arme Ding nur an, Mum. Ich muss das Kleine unbedingt baden.«

Sie würde sich ein Buch über Säuglingspflege besorgen, und sie musste mit dem Baby zum Kinderarzt. Säuglinge mussten vom Arzt untersucht werden, oder etwa nicht? Sie spürte einen Anflug von Traurigkeit, weil sie mit siebenundvierzig Jahren nichts weiter über Kinder wusste als das, was sie im Fernsehen gesehen hatte.

Sie riss die Windelpackung auf und musste eine Weile mit der Windel herumhantieren, bevor sie diese dem Baby angelegt hatte. Dann ließ sie das schreiende Kind liegen und verschwand in der Küche, um die Milch zuzubereiten. Gott sei Dank, auf der Milchpulverpackung war eine Anleitung aufgedruckt.

Zehn Minuten später zerrte das Babyschreien an Minnies Nerven. »Ich werde noch vollkommen verrückt, Mum.« Ihr

Magen rebellierte vor Hunger, denn sie hatte den Nachtmittagstee ausgelassen, aber sie hatte jetzt Wichtigeres zu tun.

Sie überprüfte die Temperatur der Milch mit dem Unterarm, fand die Flasche noch zu heiß, obwohl sie die ideale Temperatur nicht kannte, und hielt sie unter fließend kaltes Wasser. Sie vermutete, dass Babys ihre Milch am liebsten lauwarm tranken.

Im Wohnzimmer hob sie das schreiende Baby hoch und hielt ihm die Flasche an die Lippen, aber es schrie einfach weiter. Minnie merkte, wie ihr wieder der Schweiß ausbrach. Es war sehr warm in dem Raum, das Baby zappelte und schrie in einem fort. Minnie schickte ein Stoßgebet zum Himmel und drückte dann mit beiden Fingern den Flaschensauger, sodass einige Tropfen auf die Zunge des Babys fielen. Sofort war es still, hielt die Flasche fest im Mund und begann zu saugen.

»Danke, lieber Gott, für dein Erbarmen«, sagte Minnie.

Das Baby saugte eine Weile an der Flasche, dann hielt es inne und drehte sich zur Seite. Es ließ den Sauger los und verzog das Gesichtchen.

Minnie hob das Kleine hoch und legte es sich auf die Schulter. Vielleicht hatte es genug getrunken. Das Baby machte ein Bäuerchen, und Minnie spürte, wie sich sein kleiner Körper entspannte. Noch einmal gab sie ihm die Flasche. Sie machten so lange weiter, bis die Flasche fast leer war und das Baby seine Lippen zusammenpresste.

»In Ordnung«, sagte Minnie.

Sie brachte das Baby in ihr Schlafzimmer und legte es aufs Bett. Im ganzen Haus war es inzwischen warm, aber Minnie wollte das kleine Wesen nicht zu lange nur mit einer Windel bekleidet lassen. In der Mitte des Kingsize-Betts wirkte es so winzig, dass Minnie bei dem Anblick lächeln musste. Sie zog eine der Kommodenschubladen auf, holte alles heraus, was drinnen war, und polsterte das Fach dann mit Handtüchern aus. Vom Boden hob sie einen sauberen Schal auf, dankte ihrer Mutter insgeheim für das immer gleiche Weihnachtsgeschenk und wickelte das Baby wieder ein. Dann legte sie es in die Schublade.

Einen Moment lang beobachtete sie das schlafende Kind und lauschte der Stille.

Das waren ein paar außergewöhnliche Stunden gewesen.

Sie war so müde, dass sie glaubte, eine Woche lang durchschlafen zu können.

Ihr Bett lockte, aber es gab noch so viel zu tun. Das ganze Haus war unordentlich, und sogar ihr Schlafzimmer – ihr geliebter Zufluchtsort mit dem großen Bett, dem Mahagoni-Schreibtisch und der Kommode – sah schrecklich aus.

»Jetzt gibt's kein Zurück mehr, Mum«, sagte sie.

Sie hatte furchtbaren Hunger, aber langsam gewöhnte sie sich an das Gefühl der Leere – nur fühlte sie sich gar nicht leer, lediglich ihr hungriger Magen verlangte nach Nahrung. Es war schon lange her, dass Minnie versucht hatte, die beiden Empfindungen zu unterscheiden.

Minnie ging in die Küche, wo sie ein Glas Wasser hinunterkippte, dann kehrte sie ins Schlafzimmer zurück und setzte sich an den Schreibtisch. Sie schaltete den Computer ein. *Was braucht ein Baby?*, tippte sie in die Suchzeile ein.

Achtundzwanzig Millionen Ergebnisse wurden angezeigt.

Minnie begann zu lesen. Eine halbe Stunde später holte sie die Kreditkarte aus ihrer Handtasche und fing an, Geld auszugeben.

6

»Wo ist das Baby?«, fragte der Arzt.

»Wo ist das Baby?«, fragte die Polizistin.

»Wo ist das Baby?«, fragte der Psychiater.

»Wo ist das Baby?«, fragte Alicia.

»Wo ist das Baby?«, fragte ihr Vater.

Ich habe mich verirrt, wollte Tara sagen. Ich weiß nicht mehr weiter. Warum findet denn niemand zu mir?

Doch die Worte waren in ihrem Inneren gefangen. Manchmal öffnete sie den Mund, um sie herauszulassen, aber sie rührten sich einfach nicht.

Draußen vor dem Krankenhausfenster begann ein verregneter Tag, und drinnen kamen und gingen Menschen. Und alle stellten dieselbe Frage. Polizisten hatten das Baby überall gesucht. Sie hatten den Park und das Einkaufszentrum durchkämmt, waren die Straßen rund um ihr Elternhaus abgelaufen und hatten bei den Anwohnern nachgefragt, aber niemand wusste etwas.

Am wenigsten von allen wusste Tara.

»Du musst etwas sagen – irgendwann wirst du mit uns sprechen müssen«, sagte Dr. Elias in ruhigem Ton.

Tara blickte den Arzt an und schüttelte den Kopf. Sie konnte nicht sprechen. Mit einer Hand berührte sie ihren Hals, um ihm das zu signalisieren.

Kurze Zeit später erschien er mit einem anderen Arzt, der sie untersuchte.

»Ich glaube, dass sie in Wirklichkeit sprechen kann. Nicht zu sprechen ist ihre Entscheidung«, urteilte der zweite Arzt.

Ab und zu legte Tara eine Hand auf ihren Bauch und fasste

in das weiche, faltige Fleisch. Dann wollte sie sich am liebsten übergeben, weil das Gefühl so eklig war. Sie wusste nicht, was geschehen war. Immerzu stellten die Erwachsenen die eine Frage, und sie verstand nicht, warum sie das gefragt wurde.

Die Zeit vor dem Krankenhaus war ein schwarzes Nichts. Sie bekam keine Erinnerung zu fassen, nirgends fand sie einen Anhaltspunkt. Es war einfach alles schwarz.

In dieser Nacht schlief ihr Vater in einem Sessel neben ihrem Bett. Wenn Tara hätte sprechen können, hätte sie gesagt: *Fahr nach Hause, Dad. Mir geht's gut hier.* Aber sie hielt den Mund, und als sie mit pochendem Herzen aus dem Schlaf hochfuhr, öffnete sie die Augen und fühlte, wie gut ihr seine Nähe tat. Wie damals, wenn sie als kleines Kind mit ihrer Decke und ihrer Puppe im Schlepptau in sein Bett gekrochen war. Der schwarzgraue Bart machte ihn älter, und die blutunterlaufenen Augen ließen ihn böse aussehen.

Früh am nächsten Morgen kaute er auf einer Scheibe Toast von Taras unberührtem Frühstück herum und schnauzte am Handy Kollegen im Büro an. Er hatte es in seiner Firma bis zum Chef der Marketingabteilung gebracht, aber er schien darüber nicht sehr glücklich zu sein. »Das ist ein Haufen Mist«, hatte ihn Tara darüber sagen gehört. »Endlose Sitzungen und Berichte, damit ich dann irgendeinem Kunden sagen kann, dass die Menschen sich brennend für seine neue Butter interessieren. Alles nur hohle Phrasen und Blödsinn.«

»Dann mach doch wieder Buchhaltung«, sagte Alicia.

»Das habe ich noch mehr gehasst«, erwiderte ihr Vater dann.

Tara begriff, dass die beiden das Gespräch über seine Arbeit nur der Form halber führten und dass ihr Vater niemals etwas ändern würde. Er hatte viel zu viele Verpflichtungen, zu viele Menschen, für die er verantwortlich war. Tara fragte sich, was ihr Krankenhausaufenthalt wohl kosten würde.

Sie hatte immer noch die gleiche Sicht auf die Arbeit ihres

Vaters wie Ethan und Michael. Alle drei verstanden sie, dass Daddy morgens früh ins Büro ging und abends spät heimkam und dass eine Menge Leute für ihn arbeiteten, aber weiter gingen ihre Gedanken nicht. Tara hatte niemals genügend Interesse aufgebracht, um ihn zu fragen, was ihm seine Arbeit wirklich bedeutete. Zumindest kam regelmäßig Geld herein.

Ihr Vater blieb bei ihr, bis Alicia mit einer Tüte mit Sushi, Muffins und Kuchen kam, als ob Essen das Problem lösen würde.

»Fahr nach Hause und ruh dich aus, Max. Ich bleibe hier, bis ich die Jungen von der Schule abholen muss. Ich habe in der Arbeit Bescheid gegeben, dass ich die nächsten ein, zwei Wochen nicht kommen kann.«

»Ruf mich an, bevor du gehst«, sagte Max noch. Dann beugte er sich vor und drückte seine Lippen auf Taras Stirn.

An der Tür des Krankenzimmers atmete er tief durch und straffte die Schultern für die Welt da draußen. Dann ging er hinaus. Alicias Blick folgte ihm, und Tara merkte, wie sie den Kopf schüttelte, weil Max so fremd und erledigt aussah.

In den Fernsehnachrichten eine Stunde später versteckte er sein Gesicht hinter der Jacke und stieß die vor dem Krankenhaus aufgebauten Kameras um. Tara hatte Mühe, ihren Vater in dem Mann wiederzuerkennen, der da verzweifelt »Kein Kommentar« schrie.

Alicia schaltete zu einer grauenvollen Daily Soap um.

»Wie haben die so schnell davon erfahren?«, murmelte Alicia. Da sie keine Antwort erhielt, breitete sie das mitgebrachte Essen vor Tara auf einem Krankenhaustablett aus. Tara mochte nichts essen, aber sie konnte Alicias Aufregung spüren, also setzte sie sich auf und schob sich gehorsam ein paar Sushi in ihren Mund. Es war ihre Lieblingssorte, und sie wusste, dass Alicia dafür extra zu einem Sushi-Restaurant in einem entlegenen Stadtviertel gefahren war.

»Danke«, hätte Tara gern gesagt. Und: »Es tut mir leid, dass ich euch so viel Ärger mache«, denn sie hatte schon vor Jahren verstanden, dass sie für Alicia eine Quelle ständigen »Ärgers« war.

Eine Weile später kam Dr. Elias noch einmal, um nach Tara zu sehen, und sobald er durch die Tür war, stürzte sich Alicia auf ihn.

»Wie um alles in der Welt hat die Presse davon Wind bekommen?«, stieß sie hervor, ohne den Arzt zu grüßen.

Dr. Elias zuckte die Achseln. »Sauregurkenzeit, nehm ich an. Außerdem hat die Polizei überall nach dem Baby gesucht und dabei sicherlich mit vielen Leuten gesprochen.«

»Hat jemand vom Krankenhaus mit der Presse geredet?«, fragte Alicia, aber Dr. Elias zuckte nur wieder die Achseln. Tara hätte am liebsten ihr Wasserglas nach ihm geworfen. »Das ist vollkommen inakzeptabel«, fuhr Alicia fort. »Das ist eine Familienangelegenheit, das ist privat. Sie haben die Pflicht, ihre Patienten vor so etwas zu schützen.«

»Ich verstehe, dass Sie aufgeregt sind«, sagte Dr. Elias. »Aber wenn die Tatsache, dass jeder da draußen weiß, was passiert ist, uns dabei hilft, das Baby zu finden, dann wäre das doch gut, oder?«

Tara sah, wie Alicia in sich zusammensackte. Sie fiel auf den Stuhl neben dem Bett.

»Ich habe das Gefühl, das ganze Land redet über uns«, sagte sie.

»Wo ist das Baby?«, fragte die perfekt frisierte Frau im Fernsehen in diesem Moment.

Tara konnte fühlen, wie die Frage in ihrem Kopf größer wurde, wie sie allen Raum einnahm und Teil ihrer Atmung wurde.

Die Stunden schlichen dahin, und sie spürte, wie sich die Wahrheit heimlich und leise in ihre Erinnerung zurückdrängte.

Sobald sie die Augen schloss, hatte sie Bildfetzen vor sich. Eindrücke flackerten kurz auf und wurden dann zu dem Schwarz, das sie davon abhielt, herauszufinden, was passiert war.

Sie erinnerte sich an den Schmerz, und dass sie gelaufen war, und sie erinnerte sich an große, rot geäderte Füße in blauen Leinenschuhen. Alles andere war schwarz.

Der Psychiater kam noch einmal, um etwas über den Verbleib des Babys herauszufinden. Er sah Tara fest an, und sie hielt seinem Blick stand. Als er zu sprechen anfing, hoben und senkten sich seine Augenbrauen. Er redete unentwegt davon, wie wichtig es für sie war, das Geschehene zu akzeptieren, und wie dringend das Neugeborene gefunden werden musste, um es in Sicherheit zu bringen.

»Hilf uns, das Baby zu finden, Tara, damit wir es retten können – damit wir dich retten können«, sagte er. »Du musst dich uns mitteilen«, sagte er.

Er nahm Taras Hand und legte mit Nachdruck einen Stift hinein. Seine Hände waren weich und trocken, und Tara drehte sich bei der Berührung der Magen um. »Es wäre sehr schön, wenn du etwas aufschreiben könntest, das uns weiterhilft.«

Tara hielt den Stift in der Hand. Sie rollte ihn zwischen den Fingern hin und her, setzte ihn aufs Papier, aber sie konnte ihre Hand nicht zum Schreiben bringen. Ihre Finger fühlten sich schwer und unbeweglich an. Der Stift rollte vom Bett und fiel klackernd zu Boden.

Der Psychiater seufzte. »Du musst einen Weg finden, dich uns mitzuteilen, Tara.« Er redete immer weiter, bis Tara es leid wurde, den Bewegungen seiner Augenbrauen zu folgen. Sie schloss die Augen und glitt in einen leichten Schlaf.

Schuhe schlappten leise auf dem Boden, als der Psychiater aufgab und aus dem Zimmer ging. Dann hörte Tara die schweren Schritte ihres Vaters, der gekommen war, um Alicia abzulösen.

Geht weg, wollte sie zu allen sagen. *Geht weg und lasst mich in Ruhe nachdenken.* Sie wusste, dass sie das Puzzle zusammensetzen könnte, wenn die Erwachsenen nicht immerzu auf sie einredeten. Warum tauchten ein Paar blaue Schuhe in ihrer Erinnerung auf? Wohin war sie an jenem Tag gegangen? Warum hatte sie so große Schmerzen gehabt? Unter der Decke befühlte sie ihren wabbeligen Bauch und wunderte sich, wie dort ein Baby hineingepasst hatte. Der Gedanke war so absurd, dass sie lachen musste, aber das Lachen erstarb in ihrer stummen Kehle.

Flüsternd berichtete Alicia Taras Vater, was die Ärzte gesagt hatten.

»Sie denken, es könnte ein Zeichen sein … dafür sein …«

»Sie ist nicht wie ihre Mutter – sie ist nicht so«, sagte ihr Vater.

»Aber die Krankheit ist genetisch bedingt«, sagte Alicia. »Wir müssen diese Möglichkeit in Betracht ziehen. Es könnte sein, dass Tara an derselben Störung leidet wie ihre Mutter. Eine Schwangerschaft zu verschweigen und ein Neugeborenes zu verstecken ist jedenfalls kein normales Verhalten. Und es ist auch nicht normal, dann nur noch zu schweigen. Man muss kein Arzt sein, um das zu kapieren.«

»Nein!«, schrie ihr Vater, und Tara riss die Augen auf, denn jetzt sollten alle wissen, dass sie wach war. »Keine Medikamente. Sie braucht Zeit. Wir bringen sie nach Hause – ich bin sicher, zu Hause wird sie mit uns reden. Aber keine Pillen. Dazu bin ich nicht bereit … noch nicht. Ich kann das jetzt einfach nicht.«

Tara beobachtete, wie Alicia die Arme vor der Brust verschränkte. Dann musste sie den Polizisten vorbeilassen, der noch einmal gekommen waren, um Fragen zu stellen.

Wo haben sie nur alle diese vielen Wörter her?, dachte Tara.

»Das ist eine sehr ernste Angelegenheit«, sagte der Polizist mit den blauen Augen. »Sie wird angeklagt werden, zumindest ein Neugeborenes ausgesetzt zu haben, und wenn wir das Baby nicht mehr lebend finden, kommt auch noch Mordverdacht hinzu.«

»Vielleicht ist es tot zur Welt gekommen«, sagte Max.

»So etwas kann man feststellen, Max«, mischte sich Alicia ein.

»Wie kann man so etwas feststellen? Wie kann die Polizei das wissen? Wie zum Teufel …?«

»Max, bitte beruhige dich. Wir alle wollen nur das Beste für Tara und das Baby. Es ist nicht sehr hilfreich, wenn du dich so aufführst.«

»Ich führe mich nicht auf, Alica. Ich will nur wissen, wie die herausfinden wollen, ob das Baby tot oder lebend geboren wurde.«

»Die Polizei untersucht, ob das Baby geatmet hat – bei einer Totgeburt hat es das nicht.«

»Ach so«, erwiderte Max. Dann schwieg er.

Der Polizist nickte. Er sah jünger aus als Taras Vater. Ihr Schweigen machte sie unsichtbar. Alle standen um ihr Bett herum und sprachen über sie. Am liebsten hätte sie den Mund aufgerissen und laut geschrien: *Ich bin hier! Seht ihr mich? Ich bin hier!* Aber ihr Mund blieb geschlossen, und das Gespräch ging weiter.

»Ich muss Ethan und Michael bei meiner Mutter abholen«, sagte Alicia gerade, als Daniel Walters zur Tür hereintrat. Tara bemerkte, dass ihr Vater und Alicia leicht die Schultern sinken ließen, als ob sie sich nun, da Verstärkung gekommen war, entspannen konnten. Daniel Walters küsste Alicia zur Begrüßung auf die Wange und schüttelte ihrem Vater die Hand, aber zu Tara sagte er kein Wort.

»Gott sei Dank«, sagte Max.

»Also, ihr müsst euch überhaupt keine Sorgen machen. Bis jetzt wurde noch keine Anklage erhoben, und ich werde nicht zulassen, dass sie Druck auf Tara ausüben. Unser Interesse gilt ihr allein.« In diesem Moment sah er endlich zu Tara.

»Du erinnerst dich sicher an Daniel Walters«, sagte Alicia zu Tara. Tara nickte. Daniel kam mit wichtigen Unterlagen zu ihnen nach Hause und trank mit ihrem Vater Whiskey.

Als der Polizist und Dr. Elias ein weiteres Mal an diesem Tag ihr Zimmer betraten, um sie zum Reden zu bringen, wartete Daniel bereits.

»Tara muss erst einmal ein unfassbar traumatisches Erlebnis verarbeiten, und wenn Sie auf dieser Art der Befragung bestehen, ist es gut möglich, dass das Mädchen einen Zusammenbruch erleidet«, fuhr er den Polizisten an, als der gerade seine erste Frage gestellt hatte.

»Mr Walters, wir machen uns Sorgen um das Baby. Wenn Tara es irgendwo allein gelassen hat, könnte es womöglich noch am Leben sein«, sagte Dr. Elias. Anfangs war der Arzt sehr nett zu Tara gewesen, aber jetzt verhielt er sich einfach nur gemein.

Alicia warf dem Arzt einen Blick zu. Sie war von Beruf Krankenschwester, und Tara verstand, was sie mit diesem Blick sagen wollte: »Das ist vollkommen sinnlos.«

Alicia musste los, um ihre eigenen Kinder bei ihrer Mutter abzuholen. Tara wusste, dass Ethan und Michael ihre Großmutter nicht gern besuchten. Anne hasste Unordnung, und sie ermahnte die beiden unentwegt, leiser zu sein. Sie waren erst sieben und fünf Jahre alt, und es tat Tara leid, dass sie bei Anne bleiben mussten wegen etwas, das sie getan hatte. Sie fragte sich, ob Alicia ihnen etwas über ihre große Schwester erzählt hatte.

»Ich melde mich, sobald ich zu Hause bin«, sagte Alicia zu Max, aber er unterhielt sich flüsternd mit Daniel Walters und schien sie nicht zu hören. Alicia zog die Tür hinter sich zu.

Der Polizist und Dr. Elias standen auf der einen Seite des Raums, ihr Vater und Daniel auf der anderen.

Tara beobachtete sie alle genau. Der Raum war zu klein für all die Menschen, die sich um das Baby sorgten. Der Gedanke, dass das Baby gestorben sein könnte, machte Tara traurig, aber sie wusste nicht, was sie daran ändern konnte. Das verschwundene Baby konnte unmöglich etwas mit ihr zu tun haben.

»Ich bringe Tara nach Hause«, sagte ihr Vater.

»Sie war nur einen Tag hier«, erwiderte der Arzt. »Sie braucht mehr Zeit, um sich zu erholen.«

»Alicia, meine Frau, ist Krankenschwester. Sie kann sich um Tara kümmern«, entgegnete ihr Vater.

Tara wusste, dass Alicia kein Bedürfnis hatte, sich um sie zu kümmern.

»Sie werden Ihre Pässe abgeben müssen, und ein Therapeut wird zu Ihnen nach Hause kommen und mit Tara sprechen«, sagte der Polizist.

»In Ordnung.«

»In Ordnung.«

Alle im Raum waren wütend und reagierten abwehrend. Sie sprachen mit gedämpfter Stimme zu Tara und behielten ihre Gedanken für sich, aber Tara wusste auch so, dass das alles ihre Schuld war. Und trotzdem brachte sie kein Wort heraus, und ihre Erinnerung blieb schwarz.

7

Silbrig pinkfarbene Schmetterlinge zierten die Wände von Taras Zimmer, und auf ihrem iPod waren eintausend Songs gespeichert.

Jetzt kam ihr das Zimmer fremd vor. Sie war eine Fremde hier. Sie konnte sich nicht vorstellen, dass sie vor zwei Tagen aus diesem Zimmer gegangen war und ihre Welt ins Chaos gestürzt hatte.

In der Ecke stand ein Schrank voller Klamotten, die ihr eine Zeit lang nicht gepasst hatten. Sie zog ihre Miniröcke und engen Jeans aus den Stapeln hervor und konnte nicht glauben, dass sie die jemals angehabt hatte. Sie war immer dicker geworden, bis auf einmal das schwarze Nichts da gewesen war.

Sie war wegen des Babys dicker geworden, weil sie schwanger gewesen war.

Sie war immer dicker geworden, aber es hatte einen Grund gegeben, dass sie immer mehr Raum einnahm, wo sie doch am liebsten klein und unsichtbar gewesen wäre. Sie war schwanger gewesen.

Schwa-nger.

Schwan-ger.

Schwang-er.

Manche Wörter konnte man so lange wiederholen, bis sie jegliche Bedeutung verloren. Jetzt hier in ihrem Zimmer dachte sie an die Zeit, bevor das schwarze Nichts alles eingehüllt hatte.

Sie war verängstigt gewesen und hatte sich gedemütigt gefühlt. Ein schreckliches Gefühl hatte sie ergriffen: In ihrem Körper bewegte sich etwas. Sie war schwanger. So fühlte sich eine Schwangerschaft an. Sie war schwanger gewesen.

In ihren Träumen kam das Wesen durch ihre Bauchdecke geschossen und versuchte, sie zu fressen.

Zuerst hatte sie die Veränderung in ihrem Körper ignoriert. Sie hatte noch nie genau auf ihre Periode geachtet. Einmal im Monat waren plötzlich ihre Unterhosen blutbefleckt, und sie hatte einen Heißhunger auf Schokolade. Als sie begriff, was in ihr vorging, las sie ein paar Informationen im Internet nach, die nur das bestätigten, was sie schon wusste. In unzähligen langweiligen Vorträgen in der Schule war es Thema gewesen. Man konnte beim ersten oder zweiten Mal schwanger werden. Und der Sex musste nicht mal schön gewesen sein. Nur ein kurzes, hastiges Stoßen, danach mied sie seinen Blick. In ihrer Phantasie war das Erlebnis viel schöner. Sie fand, man sollte auch das in der Schule sagen.

Sie verabscheute ihren anschwellenden Körper und versteckte ihn, so gut sie konnte. Selbst wenn sie meinte, vor Hitze umzukommen, trug sie mehrere Kleidungsstücke übereinander. Stets verbargen mehrere Schichten den kleinen Parasiten in ihrem Inneren. Manchmal musste sie etwas zu essen aus der Küche stibitzen. Sie wurde von innen aufgefressen, genau wie sie es geträumt hatte. Sie verdeckte das Wesen in ihrem Bauch mit zu viel Kleidung und tat so, als wäre es nicht da; auf diese Weise überstand sie die Phase des Dickseins. Sie wartete einfach darauf, dass es irgendwann vorbei sein würde.

Sie hatte sich nicht überlegt, was sie tun würde, sobald die Wehen einsetzten. Sie wusste nicht genau, wann die Schwangerschaft zu Ende sein sollte, sie kannte nur ein paar ungefähre Termine, die sie im Netz gefunden hatte. Man konnte den Tag der Geburt berechnen. Aber was genau bedeutete dieser Tag? Den Beginn des Endes meines Lebens, dachte Tara.

Auf Hunderten Websites sah man rundliche Frauen mit zahnlosen Babys im Arm lächeln. Die Kommentare waren fröhlich, lauter Ausrufe des Entzückens. Ich bin überhaupt nicht wie diese Frauen, dachte Tara. Ich kann unmöglich ein Baby bekommen.

Sie wusste, was passieren würde, aber sie weigerte sich, darüber nachzudenken.

Sie erinnerte sich, dass sie in den Monaten vor dem schwarzen Nichts den Wunsch gehabt hatte, sich einfach schlafen zu legen und erst wieder aufzuwachen, wenn alles vorüber war. Sie dachte daran, ihrem Vater von der Schwangerschaft zu erzählen; einmal hätte sie sich beinahe verraten, als sie mit ihren Freunden zusammen war. Sie wollte gern alles erzählen, sie sehnte sich verzweifelt danach, mit jemandem zu sprechen, aber scheinbar hatten alle Stillschweigen verabredet. Und da alle so taten, als würde nichts mit ihr geschehen, konnte auch sie so tun, als ob nichts wäre.

»Du bist doch ein kluges Mädchen, Tara«, hatte ihr Vater zu ihr gesagt, als er im Krankenhaus ihre Hand gehalten hatte. »Wie bist du nur auf die Idee gekommen, du könntest eine Schwangerschaft ignorieren?«

Ich habe nicht nachgedacht, wollte sie antworten, aber natürlich konnte sie ihren Mund nicht bewegen. *Ich habe einfach nicht nachgedacht.*

Vor zwei Tagen, als die Schmerzen stärker geworden waren, war sie zu Alicia gegangen, um sie um Hilfe zu bitten. Alicia war gerade dabei, Wäsche zusammenzulegen und mit ihrer Mutter zu telefonieren.

»Was ist denn?«, fuhr sie Tara an.

Tara schüttelte nur den Kopf und ging zur Haustür.

»Du bist zu krank, um zur Schule zu gehen, aber ins Shoppingcenter, das geht schon, oder?«, sagte Alicia.

Noch einmal fühlte Tara einen stechenden Schmerz in der Bauchgegend. Fest umklammerte sie den Türgriff und wartete, dass der Schmerz vorüberging, dann trat sie aus dem Haus.

»Ich weiß wirklich nicht weiter, Mum«, hörte sie Alicia noch sagen. »Die ganze Zeit hängt sie in diesem dämlichen Skatepark beim Shoppingcenter herum. Ich bin sicher, sie trifft sich dort mit einem Jungen. Wirklich, ich habe keine Ahnung, was ich mit ihr machen soll.«

»Dann lass mich doch einfach in Ruhe, verdammt noch mal«, schoss es Tara durch den Kopf. Es war der letzte Moment von jenem Tag, an den sie sich jetzt noch erinnern konnte. Vielleicht war es auch nur der letzte Moment, an den sie sich erinnern wollte. Andere Bilder stiegen in ihr auf. Blaue Schuhe, quälende Schmerzen, Angst.

»Ich habe keine Ahnung, was ich mit ihr machen soll«, hatte Alicia gesagt.

Wusste Alicia jetzt, wie sie mit ihr umgehen sollte? Wie sie mit der Schwangerschaft und dem Baby umgehen sollte? Hatte überhaupt irgendjemand eine noch so vage Vorstellung?

Warum kann ich mich nicht an das Baby erinnern?, fragte sie sich. Habe ich es irgendwo allein gelassen? Kann man ein Baby vergessen, so wie man seine Sporttasche irgendwo vergisst?

Sie war schwach und müde, legte sich aufs Bett und schlief stundenlang. Sie wünschte, sie hätte ein Tagebuch geführt oder zumindest einen Terminkalender, irgendetwas, wo sie hätte erfahren können, wer sie vor all dem hier gewesen war, aber sie hatte es nie gemocht, jeden einzelnen Tag festzuhalten. Es gab so viele Tage, die sie einfach nur vergessen wollte.

An diesem Nachmittag ging Max wieder zur Arbeit, um dort »die ganzen verfluchten Brände zu löschen«. Er küsste Tara auf die Stirn und überließ sie ihren bösen Träumen, in denen ihr Vater verzweifelt versuchte, eine in Flammen stehende Hauswand hochzuklettern. Am obersten Fenster rief Tara ihm laut etwas zu, aber die Hitze war übermächtig, und er fand keine Möglichkeit, seine Tochter zu retten.

Alicia brachte Essen und Wasser für Tara ins Zimmer, maß ihre Temperatur und reichte ihr ein Schmerzmittel, aber sie sagte nichts über das Baby, und Tara war dankbar für den Aufschub. Sicherlich war die Ruhe bald wieder vorüber.

Die Abendnachrichten brachten bereits eine andere Story als Aufmacher. Irgendein Star ließ sich scheiden. Es gab immer einen Star, der sich scheiden ließ.

*

»Versuch es bitte, Liebling«, sagte ihr Vater, als er nach Hause kam. Er brachte ein Tablett in ihr Zimmer und fühlte sich sichtlich unwohl, während er im Anzug auf ihrem pinkfarbenen Sitzsack saß. »Bitte versuch, etwas zu sagen. Irgendetwas, alles kann uns helfen. Wenn du uns sagen kannst, wo das Baby ist, können wir die ganze Angelegenheit aus der Welt schaffen.«

Er reichte ihr einen silbernen Kugelschreiber und das kleine Notizbuch, das er immer bei sich trug, um alles aufzuschreiben, was er nicht vergessen durfte. Tara schlug das Buch auf und überflog die Seiten mit den nummerierten Stichpunkten. Ihr Vater musste sich an sehr viele Dinge erinnern.

Der schwere Stift in ihrer Hand ruhte auf einer neuen Seite, und sie überlegte, ob sie ihre Erinnerungen durchnummerieren sollte. Wenn alle Gedanken über das Baby in dieses kleine Notizbuch passten, dann konnte die Sache nicht so schlimm sein.

Ihr Vater wand sich auf dem Sitzsack hin und her und wartete.

Der Kugelschreiber berührte das Blatt und beschrieb einen Kreis. Immer weiter fuhr die Mine im Kreis herum und drückte tief in das Papier ein. Der Kreis füllte sich mit schwarzen Linien. Die Seite zerriss.

Ihr Vater seufzte und stand auf, um unten mit seiner unkomplizierten, nicht so kaputten Familie zu Abend zu essen. Tara war an seine Enttäuschung gewöhnt.

»Wenn du nur mal versuchen könntest, wirklich ein Teil dieser Familie zu sein, würde das unser Leben sehr viel leichter machen«, hatte er vor vielen Monaten zu ihr gesagt, nachdem sie sich wieder einmal mit Alicia gestritten hatte.

Früher einmal war das meine Familie, wollte sie sagen, aber niemand sprach je aus, was er dachte, bis auf ihre Mutter – und man konnte ja sehen, wohin sie das gebracht hatte.

Tara schaltete den Computer ein. Ihre Geschichte war überall im Netz zu lesen.

Sieh mal einer an – jetzt bin ich jemand.

Niemand wusste, wer sie war, denn Daniel Walters sorgte dafür, dass ihre Identität geheim gehalten wurde. Sie war minderjährig. Im Sinne von klein und unwichtig. Aber in allen Nachrichten wurde über ihren Vater berichtet. Die Menschen waren nicht dumm. Die Welt konnte ihre Geheimnisse nicht für sich behalten.

Ihre Freunde hatten ihr Nachrichten auf Facebook geschickt, aber Tara konnte sich nicht überwinden, sie zu lesen. Stattdessen las sie sämtliche Artikel, die über Nacht wie Frühlingsblumen aus dem Boden geschossen waren. In den Artikeln tauchten immer wieder die Wörter »mutmaßlich« und »Polizei« und »Mord« auf. Tara las sich auch die Kommentare durch. Hunderte von Meinungen. Hatten die Leute nichts anderes zu tun?

Oje, das arme, kleine Ding, ganz allein da draußen in der Kälte. Die Mutter sollte lebenslänglich ins Gefängnis.

Genau darum sollten Teenager keinen Sex haben. Sie begreifen nichts von den Konsequenzen.

Wie konnte es passieren, dass die Familie nichts von der Schwangerschaft mitbekommen hat? Was sind denn das für Leute?

Das arme, arme kleine Baby. Was für ein schrecklicher Tod.

Ich denke, wir sollten diese Familie in Frieden lassen. Das Mädchen ist offensichtlich krank oder verrückt oder etwas in der Art.

Kinder sollten keine Kinder bekommen. Wo war ihre Mutter? Was für ein Mensch tut so etwas? Man sollte sie erschießen.

Die Kommentatoren machten immer so weiter, die Welt attackierte sie, warf sie zu Boden und überließ es ihr allein, wieder auf die Beine zu kommen.

8

Minnie wurde vom Donnern eines Motorrads aus dem Schlaf aufgeschreckt. Sie hievte sich aus dem Bett, nahm flüchtig ihren Körpergeruch und die zerknitterten Kleider wahr und warf dann schnell einen Blick in die Schublade.

Das Baby schlief friedlich – immer noch schmutzig lag es in seinem bunten Kokon.

Es war zehn Uhr morgens.

In der Nacht war Minnie alle zwei Stunden von dem Weinen des Babys aufgeweckt worden. Es wollte weder essen noch schlafen, und als Minnie es endlich wieder zum Schlafen gebracht hatte, blieben ihr nur wenige Minuten, bis das Baby wieder die Augen aufschlug. Irgendwann im Laufe der Nacht, so gegen drei Uhr morgens, war die Windel voll mit einer zähen, schwarzen Masse. Minnie wäre in Panik verfallen, wenn sie nicht im Internet gelesen hätte, dass es sich dabei um das sogenannte Kindspech handelte. Danach beruhigte sich das Baby, trank ein paar Minuten lang aus der Flasche und schlief ein. Minnie hatte nichts gegessen, nicht geduscht, sie war einfach in ihr Bett gesunken.

»Gut, meine Kleine«, sagte sie zu dem schlafenden Baby. »Mach nur weiter so, ich kriege das alles in den Griff. Sicher kommen heute schon ein paar von den Sachen, die ich für dich bestellt habe.«

Sie stand auf, duschte endlich, räumte auf und aß einen Apfel, bevor das Baby wieder aufwachte. Der Rest des Tages gehörte dem Säugling.

Minnie badete das Baby schließlich noch vor der Mittagsflasche – zumindest war es das, was sie für das Mittagessen hielt, denn inzwischen verstand sie, dass sich die Tage und Nächte jetzt nicht mehr nach der Uhrzeit in Mahlzeiten aufteilten, sondern nur noch in Stunden. Auf einigen Websites stand, man solle dem Baby alle vier Stunden die Flasche geben, andere empfahlen, immer dann zu füttern, wenn das Kleine hungrig war, so wie man es mit Stillbabys machte. Als sie das las, spürte Minnie einen Schmerz in ihrer Brust. Wie fühlt es sich an, wenn das Baby an der eigenen Brust trinkt?, überlegte sie. »Es hat keinen Zweck, nach den Sternen zu greifen«, hatte ihre Mutter immer gesagt.

Das Baby zu baden war eine knifflige Angelegenheit; Minnie musste den Waschzuber mit Wasser füllen und immer wieder die Wassertemperatur prüfen. Sie hatte zwar ein spezielles Thermometer bestellt, aber das war noch nicht geliefert worden, deshalb tauchte sie ihren Arm bis zum Ellbogen ins Wasser, um den richtigen Wärmegrad für das Baby zu bestimmen.

Als Minnie das Baby aus dem Schal wickelte, fing es sofort an zu weinen. Sein Klagen wurde immer verzweifelter, während Minnie herauszufinden versuchte, wie sie das kleine Wesen ins Wasser senken konnte, ohne es fallen zu lassen. Aber sobald der kleine Körper mit dem Wasser in Berührung kam, wurde das Baby still. Es schien das schwerelose Gefühl im Wasser zu kennen und zu mögen.

»Ob die Kleine es vermisst, nicht mehr im Bauch ihrer Mutter zu sein, Mum?«, fragte Minnie und unterdrückte schnell den Anflug des Bedauerns, dass das Baby niemals in ihrem Bauch gewesen war.

Stille breitete sich aus, und Minnie fühlte, wie sich ihr ganzer Körper entspannte. Sie schaukelte das Baby im Wasser sanft hin und her und betrachtete fasziniert den kleinen Körper, die winzigen Fingernägel. »Schlaf Kindlein, schlaf!«, sang Minnie. Das Baby öffnete die Augen, die heute dunkler wirkten, und blickte Minnie direkt an. Minnie hielt den Atem an. Sie hatte Angst, sich zu bewegen und das Baby zu erschrecken. »Hallo, mein kleines Mädchen«, sagte Minnie in leisem Singsang. »Ich bin Minnie.« Und weil sie nicht anders konnte, fügte sie hinzu: »Ich bin deine Mutter.«

Das Baby starrte sie unentwegt an. Minnie war von seinem Blick gebannt, dieser Moment war absolut perfekt. So muss sich wahre Liebe anfühlen, dachte Minnie. Darüber reden sie alle. Die Mütter im Fernsehen, die zu weinen anfangen, sobald sie ihre Babys sehen, und dann ihr ganzes Leben für die Kleinen aufgeben – das hier ist der Grund dafür.

Das Baby und sie sahen einander an, eingetaucht in Wasser und Schweigen.

Sie spürte, wie das Wasser abkühlte. Die Vorderseite ihres Kleides war nass geworden.

»Dann werden wir dich mal saubermachen«, sagte sie. Sie beugte sich vor und tauchte den ganzen Arm unter, um das Baby zu halten. Mit der freien Hand goss sie etwas Schaumbad ins Wasser. Mit langsamen, fließenden Bewegungen fuhr sie über den Körper des Babys und genoss das Gefühl seiner weichen Haut. Als sie etwas Shampoo auf den Kopf des Babys goss und die letzten Überreste der Geburt abwusch, schloss das Baby seine Augen und stieß einen tiefen Seufzer aus. »Das gefällt dir, nicht wahr?«, fragte Minnie.

Als das Baby sauber war, nahm Minnie es aus dem Zuber und legte es auf ein großes Handtuch, das sie auf der Ablage daneben ausgebreitet hatte. Das Baby tat seine Enttäuschung über das Ende des Bads lauthals kund, aber seine Schreie verklangen, nachdem Minnie ihm eine Windel und einen Body angezogen hatte und es auch in einen neuen, sauberen Schal gewickelt hatte.

»Bald haben wir richtige Babydecken für dich, meine Kleine, aber im Augenblick muss der Schal hier genügen.«

Sie fütterte das Baby, das bald schon wieder einschlief. Dann klingelte es an der Tür.

Das Namensschild auf der Brust stellte den Zusteller als Matt vor, einen Mann mit dünnen Armen und hervortretenden Adern. Aufmerksam betrachtete er Minnie, als versuchte er abzuschätzen, welchen Platz sie im Leben dieses Babys einnahm, für das er so viele Sachen anlieferte. Noch bevor Minnie etwas sagen konnte, hatte er sich eine Meinung gebildet. »Wann ist der Termin?«, fragte er lächelnd. Offensichtlich gehörte es zu seinem Job, ein paar freundliche Worte mit den werdenden Müttern zu wechseln.

Minnie blickte auf ihren hervorstehenden Bauch und seufzte. »Nächste Woche«, sagte sie und versuchte, ein Lächeln auf ihre Lippen zu zaubern, das Aufregung und Freude über das bald zur Welt kommende Baby verriet.

»Gut«, sagte Matt, der nicht wusste, bis zu welchem Alter Frauen Kinder bekommen konnten, aber doch fand, diese dicke Person hier sähe wirklich alt aus.

Er ging zum Wagen zurück, um den Rest der Lieferung zu holen. Alles zusammengenommen war die Bestellung mehrere Tausend Dollar wert. Sein Boss war begeistert gewesen. Die meisten Frauen informierten sich vorher und kauften dann einiges hier und einiges dort ein, nur die sehr großen Sachen bestellten sie bei einem Anbieter, aber diese Kundin hatte alles, Windeln für einen gesamten Monat eingeschlossen, bei ihnen geordert.

»Das ist dann alles, meine Liebe«, sagte er, obwohl die Worte aus seinem Mund merkwürdig klangen. Diese Frau hätte seine Mutter sein können, so alt sah sie aus.

Minnie gab ihm zehn Dollar Trinkgeld und war froh, dass die Jungs nicht im Garten waren. Sie hatte keine Ahnung, was sie mit den Kartons tun würde, wenn sie alles ausgepackt hatte. Sie würde sie im Haus behalten müssen, bis sie sie in Stücke zerlegt entsorgen konnte. Lou und June hatten die Verpackung eines Flachbildschirmfernsehers auf die Straße gestellt, und der schicke neue Fernseher war noch in derselben Nacht verschwunden.

Die Polizei fand keine Beweise, dass die Jungs den Fernseher gestohlen hatten, aber damals hatte Lou im Garten gestanden und stundenlang davon geredet, dass er kein neues Gerät mehr kaufen würde. Minnie wusste, dass er noch am Abend nach dem Diebstahl einen zweiten Fernseher angeschafft und die Verpackung in Windeseile entsorgt hatte. Lou wollte einfach nur sichergehen, dass das Gerät diesmal in seinem Haus blieb.

Die Polizei befragte die Jungs zu dem gestohlenen Fernseher, wie sie sie auch schon zu dem Rasenmäher befragt hatte, der von dem Grundstück am Ende der Straße weggekommen war, und zu dem iPhone, das aus Lillys Haus verschwunden war – nur zwei Türen von Minnie entfernt.

Die Jungs hatten stets eine hieb- und stichfeste Ausrede, und Einbrüche hatte es in der Straße schon immer gegeben. Niemand konnte ihnen etwas beweisen.

Wenn Minnie etwas Teures neu kaufte, zerriss sie den Karton in kleine Stücke, sodass man nicht mehr erkennen konnte, was drin gewesen war.

Nun schaute Minnie auf den eleganten Kinderwagen mitten in ihrem Wohnzimmer und stellte sich vor, wie schön es sein würde, mit dem warm und sicher eingepackten Baby im Sonnenschein die Straße auf und ab zu spazieren. Endlich würde sie June auf ihrem täglichen Spaziergang begleiten können. June ermunterte sie immerzu, an die frische Luft zu gehen, aber Minnie hatte nie ganz verstanden, wozu das gut sein sollte. Nun konnte sie es kaum abwarten, June das Baby zu zeigen. June und ihre Mutter waren viele Jahre lang eng befreundet gewesen, und Minnie hatte oft genug ihr Geflüster über »die arme Minnie« mitbekommen.

Mit zwanzig hatte Minnie June für ihr fortwährendes Mitleid beinahe gehasst. Mit dreißig hatte Minnie nur genickt, wenn

June sie mit Ratschlägen überschüttete – wo sie die herhatte, wusste Minnie nicht. Mit vierzig hatte Minnie begonnen, June zu meiden, so gut es ging, aber dann war ihre Mutter erkrankt, und June kam zu ihr, bot tatkräftige Hilfe an und spendete Trost.

Inzwischen freute sich Minnie darauf, einmal in der Woche mit June Tee zu trinken. Abgesehen von Lela war June so ziemlich die einzige Person, mit der Minnie jemals offen redete. Ein paar Mal hatte June halbherzig versucht, Minnie von einer Diät oder einem Fitnessprogramm zu überzeugen, und im Laden zeigte Lela ihr manchmal einen neuen Mahlzeitenersatzriegel oder Appetitzügler, aber meistens sahen die beiden Frauen in Minnies Leben über ihre üppigen Körpermaße hinweg.

»Mit zweihundertfünfzig Kilo kann man nicht alt werden, Minnie«, hatte Dr. Benson einmal bei einer zufälligen Begegnung im Supermarkt zu ihr gesagt.

Der unprofessionelle Ausbruch verletzte Minnie zutiefst, und sie hasste den Arzt dafür; gleichzeitig verstand sie, dass, seiner Meinung nach, sie selbst dringend etwas ändern musste. Beim Anblick der Tiefkühlmahlzeiten und Schokoriegel in ihrem überbordenden Einkaufswagen stockte ihm der Atem.

Minnie verspürte den Wunsch, ihn anzuschreien. Sie wollte genau dort im Supermarkt laut losbrüllen und ihn anspucken, erst recht, als Dr. Bensons hübsche Frau mit drei Bund Spargel in der Hand an seine Seite trat.

»Sie haben gut reden«, hatte sie stattdessen gemurmelt und sich an den beiden vorbeigedrängt.

Gern wäre sie mit dem Baby zu Dr. Benson gegangen, um ihm zu beweisen, dass sie zu mehr fähig war als nur zum Essen, aber der Arzt würde Fragen stellen und die Kusine ausfindig machen wollen, die ihr Baby bei Minnie gelassen hatte. Sie musste einen neuen Arzt für das Baby finden und sich wieder eine Lüge ausdenken, vielleicht, dass sie gerade erst zugezogen sei.

»Hoffentlich kann ich diese ganzen Lügen später noch auseinanderhalten, Mum.« Minnie begutachtete die Sachen, die für das Baby geliefert worden waren. »Ich weiß, es ist falsch, Mum, aber sieh dir die Kleine mal an, dann weißt du sofort, sie braucht uns, das arme Ding.«

Das ganze Wohnzimmer war voll mit Sachen für das Baby. Der kleine, ordentliche Raum sah nicht länger nach Minnie aus. Sie konnte fühlen, dass sich ihre Welt verändert hatte. Vor ihrem geistigen Auge tauchten zwei riesige Zahnräder mit ineinandergreifenden Zähnen auf, und sie beobachtete, wie sie gegeneinander liefen. Beide Räder waren rostig, denn für Minnie hatte sich seit vielen Jahren nichts verändert. Selbst nach dem Tod ihrer Mutter hatte sie den erdrückenden Schmerz einfach in ihren Alltag mitgenommen. Jetzt aber spürte sie, wie die Räder in Bewegung kamen. Sie merkte, dass eine gewaltige Veränderung in ihr vorgegangen war.

Da standen ein grauer Kinderwagen mit rosa Tupfen und ein Hochstuhl mit einem rosa gemusterten Polster. Es gab Strampler und Söckchen, Höschen und Oberteile, alle in rosa und lila Tönen. Außerdem Handtücher und Waschlappen und mehrere Packungen Windeln für Neugeborene. Und da waren Bodys und Spielzeug und ein Babybett, das zusammengebaut und mit einer rosa geblümten Unterlage sowie einer hellrosa Decke ausgelegt werden musste. Als Minnie all diese Dinge im Internet bestellt hatte, waren die Zahlen nur so über den Bildschirm gerattert, und sie hatte daran denken müssen, dass sich irgendwo jemand vor Freude über die hohe Summe die Hände rieb. Der Anbieter hatte versprochen, am nächsten Tag zu liefern, und tatsächlich war alles pünktlich eingetroffen. Der Zusteller hatte drei Mal zum Lieferwagen laufen müssen, um die gesamte Bestellung ins Haus zu bringen. Plötzlich war das Haus, das für Minnie und ihre Mutter die perfekte Größe gehabt hatte, zu klein für ein Baby und all die Dinge, die es brauchte.

»Stell dir mal vor, was man alles für so ein kleines Baby

braucht, Mum. Wo sollen wir mit den ganzen Sachen hin?«, fragte Minnie, aber sie kannte die Antwort bereits.

*

Sobald das Baby schlief, aß Minnie eine Scheibe Toast und überzeugte sich selbst von ihrem Plan.

Das Zimmer stand schon seit zwei Jahren leer. Minnie war überrascht, wie viel Zeit bereits vergangen war. Die ersten Tage, Wochen und Monate hatten sich wie eine Ewigkeit angefühlt. Aber dann drängte sich die Außenwelt durch das Fernsehen herein, und ihre Kunden waren es leid, auf einen Rückruf von ihr zu warten. Sie musste ihre Gedanken auf etwas anderes lenken. Inzwischen waren zwei Jahre vergangen.

Niemals hätte Minnie sich vorstellen können, dass sie Möbel verschieben und Schränke ausräumen müsste, um Platz für jemand anderen zu schaffen. In Minnies Leben würde es nie einen anderen Menschen geben. Damit hatte sie sich schon abgefunden, lange bevor ihre Mutter krank wurde.

Sie hatte Charlotte bis zum Ende gepflegt. Als ihr Herz nach dem letzten Atemzug aufhörte zu schlagen, hatte Minnie ihre Hand gehalten. Zu dem Zeitpunkt hatte Minnie ein Stück weit begriffen, dass ihre Mutter sterben würde, aber auf das, was kam, als es wirklich passierte, war sie nicht vorbereitet.

Es schien ihr vollkommen unmöglich, dass Charlotte diese Welt tatsächlich verlassen hatte. In den ersten Tagen nach der Beerdigung war Minnie überzeugt, dass ihre Mutter sich nur ausruhen würde oder einkaufen gegangen war oder jemanden besuchte.

Eines Nachts verfolgte ihre Mutter sie laut rufend in ihren Träumen: »Ich will mich doch nur verabschieden«, aber Minnie hielt nicht an und hörte nicht hin.

Am nächsten Morgen stand Minnie auf und bereitete sich

ein großes Frühstück zu: Eier mit Schinken, Pancakes mit Sirup und Schokolade. Dann setzte sie sich vor den Fernseher und aß so lange, bis die Werbepause begann. Ein alter Mann erklärte dort, wie wichtig eine Sterbegeldversicherung sei. In diesem Moment wurde Minnie schlagartig bewusst, dass ihre Mutter tot war. Wirklich richtig tot.

Der Verlust ihrer Mutter hinterließ ein riesiges Loch in Minnies Leben. Eines Abends wäre sie bei dem Versuch, das Loch zu füllen, beinahe erstickt. Das große Stück Schokolade hatte sich gerade noch rechtzeitig wieder gelöst. Mehrere Minuten lang saß Minnie zitternd und fassungslos auf dem Sofa, bevor sie schließlich weiteraß.

Sie hatte Selbstmordgedanken, aber da sie nicht in die Badewanne passte, konnte sie sich nicht die Pulsadern aufschneiden, und sie wusste nicht, wie viele Tabletten sie schlucken musste, um ihren massigen Körper einzuschläfern.

»Ich bin zu dick, um mich umzubringen, Mum.« Dr. Benson fiel ihr ein, der sich Sorgen machte, sie könnte wegen ihres Übergewichts sterben, und unwillkürlich musste sie lachen.

In der Kirche waren sie nett zu ihr, aber ohne Charlotte ging Minnie immer seltener hin. Mit ihrer Mutter zusammen hatte sie die Blicke der anderen Gemeindemitglieder aushalten können, aber allein war sie wie eine große Insel umgeben von einem Meer aus gerauntem Mitleid. Sie musste sich zusammenreißen, um nicht wütend auf Gott zu sein. Charlotte hätte keinen Zorn auf Gott geduldet. »Er bürdet uns nicht mehr auf, als wir tragen können, Liebling. Da kannst du dich auf ihn verlassen.« Aber Minnie war eifersüchtig, weil Gott die Gesellschaft ihrer Mutter genoss, während sie allein auf der Erde zurückblieb, wo es für sie nichts anderes mehr gab als Kuchen und Fernsehen.

Für Minnie war Charlotte viel mehr als nur ihre Mutter; sie beide waren Verbündete gegen das Unheil in der Welt und insbesondere gegen das Unheil der Männer. Das war schon seit

Langem so, genau genommen seit ihr Vater zu der vierjährigen Minnie gekommen war, um ihr einen Gute-Nacht-Kuss zu geben, und angefangen hatte, sie zu berühren und zu streicheln und schließlich seine Finger hingesteckt hatte, wo sie nicht hingehörten. Minnie hatte es den Atem verschlagen, sie riss die Augen auf, und vor Angst zitterte sie am ganzen Körper. Die Berührung tat ihr weh, aber ihr Vater wiederholte in einem fort, wie schön das war, und seine Finger schoben sich immer weiter vor. In dem Moment, als Minnie glaubte, sich übergeben zu müssen, drang die Stimme ihrer Mutter von der Tür her zu ihr. »Was zum Teufel tust du da?« Ihr Vater sprang vom Bett und drehte sich um. Seinen schrumpelnden Schwanz hatte er in der Hand, die nicht an Minnie rumgemacht hatte.

Charlotte setzte ihn noch an diesem Abend mit Fußtritten und laut ausgestoßenen Drohungen, die Polizei zu rufen, vor die Tür.

»Ich hatte doch gar keine Wahl.« Ihr Vater zeigte auf ihre Mutter. »Wer will denn auf die draufklettern? Wer will die schon berühren?«

Charlotte lachte ihren Ehemann lauthals aus. Sie richtete sich kerzengerade auf, sie war groß, und Minnie wurde plötzlich bewusst, was für ein kleiner Mann ihr Vater war.

So muss man also sein, wenn man die bohrenden Finger vermeiden will, dachte Minnie. Groß und dick.

»Tschüs, Minnie«, sagte ihr Vater, aber Minnie kauerte in der Ecke und versteckte ihr Gesicht hinter ihrem Plüschhasen.

»Sie hat dir nichts mehr zu sagen, du schrecklicher kleiner Perversling«, sagte Charlotte.

»Du warst schon immer eine Spaßbremse, Charlotte«, erwiderte er.

»Bei dir gab's nicht viel zu bremsen.« Dann schlug Charlotte die Tür zu und wandte sich ihrer Tochter zu, die einem Häuflein Elend glich.

»Mach dir nichts draus, Liebling«, sagte sie. »Es war nicht deine Schuld.«

Sie zog Minnie ein schönes Kleid und hübsche Schuhe an, und sie gingen zum Laden, Eiskrem kaufen. Später saßen sie zusammen auf dem Sofa vor dem flimmernden Fernseher, bis Minnie einschlief und die Ereignisse des Abends schon sehr weit weg schienen. Minnie wusste, bei ihrer Mutter war sie jetzt und für immer in Sicherheit, und es schien, als hätten sie beide sich niemals mehr von diesem Sofa fortbewegt.

Manchmal starrte Minnie auf das Hochzeitsfoto ihrer Eltern, das auf dem Kaminsims einen Ehrenplatz einnahm, als sollte es Minnie legitimieren und ihrem Dasein Glaubwürdigkeit verleihen. Auf dem Foto sah ihre Mutter rosig und rundlich aus und platzte beinahe aus ihrem weißen Hochzeitskleid. George, ihr Vater, hatte sich die Haare ordentlich zurückgegelt und blickte zufrieden und stolz drein. Mit fünf Jahren war Charlotte für sie nur ihre Mutter gewesen, und Minnie konnte nichts anderes in ihr sehen als die Frau, die sie liebte. Aber mit zehn Jahren schaute sie gebannt auf das Foto und bemerkte den Unterschied zwischen der Charlotte von damals und der von heute. Neben ihr würde George keinen Platz mehr auf dem Foto haben.

»Ich glaube, ich wollte einfach heiraten«, sagte Charlotte in einem der seltenen Momente, in denen sie über George sprachen, als Minnie schon erwachsen und reif genug für so ein Gespräch war.

Als sie älter wurde, lernte Minnie aus Büchern und aus dem Fernsehen, dass einem Vater eine wichtige Rolle in der Familie zukam. In ihren Teenagerjahren glaubte sie, George vermissen zu müssen, aber er war auch in ihrer frühen Kindheit immer nur eine Randfigur gewesen. Während Charlotte ihr einziges Kind großzog, existierte er kaum noch.

»Mehr als alles andere wollte ich ein Kind«, gestand Charlotte eines Tages.

»Also hast du ihn nur geheiratet, um mich zu bekommen?«, fragte Minnie, und als Charlotte nickte, wurde ihr warm ums Herz.

George fehlte weder Charlotte noch Minnie sehr.

Ihre Mutter fing wieder an zu arbeiten, und Minnie ging zur Schule, aber jeden Abend kamen sie zusammen und saßen still und zufrieden auf dem Sofa, aßen und schauten Fernsehen.

Fernsehen und Trostessen waren die Wiedergutmachung für all die Schwierigkeiten, auf die die beiden Frauen draußen in der Welt trafen. Charlotte besuchte die Abendschule und lernte Buchhaltung. Dann fing sie in einer großen Firma an. Sie bekam ein kleines Büro im Erdgeschoss, in das sie sich täglich hinein- und wieder herausquetschte.

Ihr erster Impuls war, jeden, der sie anstarrte oder über sie lachte, zur Rede zu stellen, aber sie wusste, dass es besser war, den Mund zu halten, denn sie brauchte das Geld. Sie war nicht einen Tag krank, und sie sprach nie mit den Kollegen, außer über die Arbeit. Wenn Charlotte die anderen unverheirateten Frauen im Büro über ihre Verabredungen am Freitagabend reden hörte, unterdrückte sie den Wunsch, dazuzugehören. »Ich habe Minnie«, sagte sie sich, und beinahe unabsichtlich wurde Minnie ihre beste Freundin und ihr Lebensgrund.

Als kleines Mädchen hatte Minnie noch Freundinnen, obwohl sie schrecklich schüchtern war, aber je älter und dicker sie wurde, desto öfter blieb sie allein. Wenn sie mal eine Freundin mit nach Hause brachte, langweilte sich das kleine Mädchen bald angesichts des ritualisierten Essverhaltens, das Charlotte und Minnie beim Nachmittagstee vormachten, und das Mädchen wollte nie wieder zum Spielen kommen.

In der Schule wartete Minnie so lange in der Bibliothek, bis es klingelte und sie zurück ins Klassenzimmer gehen konnte, wo sie still in der letzten Reihe saß.

Minnie sollte mehr zu den Diskussionen in der Klasse beitra-

gen, stand in jedem ihrer Zeugnisse, aber selbst wenn sie einmal die Hand hob, schienen die Lehrer sie nicht zu sehen. Sie war so unsichtbar, wie es ein dicker Mensch nur sein konnte. Mit vierzehn wünschte sich Minnie einen Freund, aber sie wusste nicht, wie sie das anfangen sollte. »Wie spreche ich einen Jungen an?«, fragte sie sich.

Eine Zeit lang gab es Jungen – mehr Jungen, als sie es je für möglich gehalten hätte. Sie waren wie hypnotisiert von ihren riesigen Brüsten und schienen sich nicht an ihrem Taillenumfang zu stören. Charlotte predigte Enthaltsamkeit und Selbstbeherrschung, aber Minnie wusste, dass sie ihre Chance nutzen musste, solange sie eine hatte. Ein Junge war zum Tee zu ihnen gekommen und hatte Charlotte erzählt, dass seine Eltern sehr religiös seien, und daher hatte Charlotte Minnie erlaubt, mit ihm spazieren und ins Kino zu gehen. Joel hatte fettige Haare und roch merkwürdig nach Zitronen, aber seine schwitzigen Hände ließen Minnies Herz schneller schlagen.

In einer versteckten Ecke im Park schliefen sie miteinander. Minnie fand es schmerzhaft und grässlich, aber sie liebte die Aufmerksamkeit, die Joel ihr in diesem Moment schenkte. Nachdem sie ein paar Monate zusammen waren, machte Joel mit ihr Schluss und sagte laut auf dem Schulhof, dass er ihre Muschi nicht finden könne, weil sie zu dick sei. Minnie fühlte sich plötzlich ausgeschlossen, alle anderen aus ihrer Klasse blickten auf sie herab, während sie kichernd dastanden und ein paar Jungen Joel abklatschten. Sie konnte das breite Grinsen auf den Gesichtern derjenigen sehen, die bei ihrer Demütigung mitgewirkt hatten.

Zu Hause packte ihre Mutter Joel in dieselbe Schublade wie Minnies Vater, und die beiden gingen zum Chinesen, wo sie ein Fünf-Gänge-Menü aßen. Seit dem Tag bekam Minnie immer Hunger auf Frühlingsrollen und Pflaumensoße, wenn sie an Joel dachte.

Danach gab es keine Jungen mehr in ihrem Leben. Zuerst hatte Minnie Angst vor ihren eigenen Gefühlen, später war sie so dick, dass sie mit der Wand des Klassenzimmers zu verschmelzen schien. Aber sie hatte immer noch ihre Mutter. Am Ende eines jeden Tages gab es etwas im Fernsehen und ein Take-away-Essen. Das war genug. Das musste genügen.

Sonntags gingen sie zusammen in die Kirche, und so wie Reverend Sam es darstellte, schien Gott der perfekte Mann zu sein. Er liebte sie, er verzieh ihnen jeden Fehler, er hatte für alles Verständnis. Was konnte man sich noch mehr von einem Mann wünschen? Er ging behutsam mit ihnen um und wollte nur das Beste für sie. Er war perfekt. Minnie und ihre Mutter behielten jede ihre Schwärmerei für Reverend Sam für sich.

Und dann wurde Charlotte krank. Ratlos schweigend beobachtete Minnie die Verschlechterung ihrer Gesundheit. Nachdem der Arzt erklärt hatte, dass es keine Hoffnung mehr gab, konnte Minnie nur noch für sie kochen. Aber Charlotte hatte in all den Jahren genug Nahrung zu sich genommen. Sie wurde immer weniger, während Minnie niedergeschlagen auf dem Sofa saß, zwei Portionen aufaß und Trost in amerikanischen Sitcoms suchte. Minnie glaubte, wenn sie Charlotte ihren Platz in dem Kreislauf von Kochen, Essen und sinnlosem Sitcom-Konsum freihielt, würde ihre Mutter zweifellos ihre rechtmäßige Seite auf dem Sofa wieder einnehmen. June schaute jeden Tag vorbei und kümmerte sich wie eine Schwester um Charlotte. Wenn Minnie jetzt an diese Zeit zurückdachte, war alles mit dem Schimmern der Fernsehbilder überzogen. In ihrer Phantasie zeigten sämtliche Totenbettszenen Charlotte.

Eine Woche, bevor Charlotte ihren letzten Atemzug tat, hatte Minnie angefangen zu weinen, und sie weinte noch wochenlang weiter. Ihr war bewusst, dass sie weit mehr beweinte als nur ihre Mutter. Sie beweinte die Hoffnungslosigkeit ihres Lebens. Und sie weinte auch ein wenig um ihren Vater, der in diesem

Moment nicht da war, auch wenn sie sich kaum noch an ihn erinnern konnte.

Die Tränen hinderten sie nicht daran, sich weiterhin ständig Essen in den Mund zu stopfen. Sie weinte immerzu, wenn sie kochte, saubermachte, aß und arbeitete. Und als sie schon glaubte, dass ihr Gesicht immer nass sein würde, versiegten die Tränen. Schließlich vergoss sie nur noch einmal in der Woche Tränen um ihre Mutter.

Nun stand Minnie vor dem Zimmer ihrer Mutter und sprach ein Gebet. Dann wartete sie auf die Antwort Gottes, aber Gott hatte offensichtlich gerade viel zu tun.

Auf Zehenspitzen betrat sie das Zimmer. »Was meinst du, Mum? Macht es dir etwas aus, wenn das Baby hier reinkommt?«

Der Raum war kalt und still. Die Tür war zwei Jahre lang geschlossen gewesen, nur einmal in der Woche hatte Minnie hier Staub gewischt. Die rosa Flauschdecke, die ihre Mutter so geliebt hatte, als sie sich kurz vor ihrem Tod vor Schmerzen krümmte, war sauber und straff über das Bett gespannt.

Minnie setzte sich aufs Bett und wartete auf die Tränen, die sie ganz gewiss vergießen würde, aber seltsamerweise war sie unfähig zu weinen.

Durch die Stille im Zimmer hindurch meinte sie die Melodie des Lieblings-Kirchenlieds ihrer Mutter zu hören: »Stille, mein Wille!« Sie summte mit: *Dann ist das Scheiden, der Kummer verschwunden, ewige Freundschaft vergütet das Leid.*

Gott hatte vielleicht etwas anderes zu tun, aber Charlotte würde sie beobachten.

»Du hast recht, Mum. Das wird schön, wenn du ein wenig Gesellschaft hast.«

Dann stand sie auf und machte sich an die Arbeit.

WINTER

9

Tara kletterte aus dem Bett und zog sich an. Sie musste unbedingt raus hier.

Die Wintersonne schien in ihr Zimmer und riss sie aus ihrer Lethargie. Sie war gern gelaufen, aber dann hatte etwas sie davon abgehalten … etwas. Ungläubig schüttelte sie den Kopf und sah hinaus in den Garten. Sie sehnte sich danach, wieder Pflaster unter ihren Füßen zu spüren. Sie sehnte sich nach dem Engegefühl in der Brust, das zu einem friedlichen Herzpochen wurde, sobald sie ihren Rhythmus gefunden hatte. Dennoch konnte sie jetzt nicht laufen gehen – noch nicht. Sie war zu lange aus der Übung. Sie würde das Training noch einmal ganz von vorn beginnen müssen.

Sie war ziemlich lange nicht gelaufen, wegen dieser weißen, wabbeligen Masse – ihr Bauch. Aber jetzt war er verschwunden. Zwar konnte sie noch nicht schnell rennen, aber sie konnte walken.

Ihr Vater hatte sie immer darin bestärkt, Sport zu treiben. Er fand es gut, wenn sie fit blieb, als ob sie mit körperlicher Stärke die genetische Zeitbombe abwehren konnte, die in ihrem Kopf tickte.

Bumm!, dachte sie, aber obwohl sie den Mund öffnete, kam kein Laut heraus.

Der Verlust ihrer Stimme verblüffte sie selbst genau so sehr wie ihren Vater, Alicia, die Ärzte. Sie wollte sprechen, sie wollte all die Fragen beantworten, auch wenn sie die Antworten nicht kannte, aber ihre Stimme blieb tief in ihr verborgen.

Immer wieder reichte ihr Vater ihr Stift und Papier und wartete darauf, dass sie etwas aufschrieb.

»Schreib etwas auf, Tara, irgendetwas. Es ist mir egal, was. Schreib einen Witz auf oder auch nur ein einziges Wort. Aber bitte, schreib etwas.«

Manchmal wurde er wütend und fing an zu fluchen. Dann führte Alicia ihn aus dem Zimmer und beruhigte ihn. Tara hielt den Stift, aber er fühlte sich fremd in ihrer Hand an. Sie bekam Schweißausbrüche und Herzrasen. Einmal weigerte sie sich, den Stift in die Hand zu nehmen, da wurde ihr Vater stinksauer.

»Tipp etwas«, sagte Alicia, wenn sie beide allein zu Hause waren.

Sie gab Tara ihr Laptop und verschränkte die Arme vor der Brust.

Tara legte ihre Hände auf die Tastatur, aber ihre Finger bewegten sich nicht.

Sie konnte weder ihrem Vater noch Alicia sagen, was sie hören wollten. Und obwohl sie es nicht aussprachen, wollten sie nicht, dass sie »Hallo« oder »Mir geht's gut« oder »Ich bin traurig« schrieb. Sie wusste, dass Max, Alicia, die Ärzte und die Polizei nur auf eine einzige Antwort warteten. Aber sie kannte die Antwort nicht, obwohl sie manchmal, für einen kurzen Moment, glaubte, wenn sie erst einmal zu schreiben anfinge, würde die Wahrheit nur so aus ihr heraussprudeln und sie mit sich in die dunkle Tiefe ihrer schrecklichen Tat ziehen. Sie konnte niemandem sagen, wie viel Angst ihr dieser Gedanke einjagte. Wenn sie nachts allein in ihrem Zimmer war und durch die Nachrichten auf ihrer Facebook-Seite scrollte, hielt sie die Hände über die Computertastatur und wartete darauf, dass ihre Finger auf die Tasten sanken und sie der Welt mitteilte: *Ich bin noch da …* aber sie brachte kein einziges Wort zustande.

Tara konnte spüren, wie verzweifelt Alicia und ihr Vater waren. Die meiste Zeit versteckte sie sich vor den beiden in ihrem Zimmer.

Es war viel leichter, auf dem Bett Musik zu hören, bis sie nur noch die Worte der Songtexte im Kopf hatte. Die Worte von jemand anderem waren leichter als ihre eigenen. Wenn sie Songs über Liebe und Liebeskummer hörte, dachte sie nicht mehr über die Antwort nach, auf die alle warteten.

Aber heute wollte Tara nach draußen.

»Wo willst du hin?«, fragte Alicia, als sie Tara mit dem Schlüssel in der Hand an der Haustür abfing.

Tara sah auf ihre Füße. Alicia fiel es schwer, zu glauben, dass Tara nicht sprechen konnte. Sie verzog den Mund und schüttelte leicht den Kopf, wenn Tara auf ihre Fragen mit Schweigen reagierte. Tara war klar, dass Alicia ihr Schweigen für einen Trick hielt, mit dem sie Aufmerksamkeit auf sich zog. Und Tara machte ihr deshalb keinen Vorwurf, denn sie hasste sich selbst dafür.

Früher hatte es ganze Tage gegeben, an denen Tara nicht mehr als ein Schulterzucken oder einen genervten Kommentar von sich gab. Einmal hatte sie nur aus Spaß den ganzen Tag lang geschwiegen, um zu sehen, ob Alicia oder ihr Vater das bemerken würden. Aber nur ihren kleinen Brüdern fiel auf, dass sie stumm blieb, und auch sie gaben schnell auf, als sie ihre Fragen nicht beantwortete. Ethan und Michael wussten, dass sie in Ruhe gelassen werden wollte, wenn sie nicht ausdrücklich anbot, mit ihnen zu spielen. Am Ende dieses Tages hatte Tara es als Triumph empfunden, dass sie jegliche Konversation mit Alicia und Max vermeiden konnte, aber später im Bett hatte sie eine Traurigkeit erfasst, die sie an die dunklen Tage mit ihrer Mutter erinnerte. Konnte man sie im hektischen Familienalltag wirklich so leicht übersehen?

Ihre Freunde hatten Tara erzählt, dass auch sie sich manchmal unsichtbar fühlten. Niemand fühlte sich von seinen Eltern wirklich verstanden.

»Meine Mutter macht sich ständig Sorgen darüber, mit wem mein Vater wohl gerade ins Bett geht. Wenn ich mit ihr zu reden versuche, sieht sie einfach nur total gelangweilt aus«, erzählte Jody.

»Mann, genau das wünsche ich mir«, rief Emma aus. »Sobald meine Mutter mich sieht, fängt sie an, mir Vorhaltungen zu machen.«

»Ich glaube, Alicia hasst mich«, hatte Tara eines Tages gesagt. Sie hatte die Worte unvermittelt fallen lassen, um zu sehen, wie ihre Freundinnen reagieren würden.

»Zu uns ist sie immer sehr nett«, sagte Jody.

»Ach, Jody, du bist wirklich so naiv«, meinte Emma nur. Dann lief einer der süßen Jungs aus dem Jahrgang über ihnen vorbei, und es gab andere Dinge zu bereden.

Die Polizei war verärgert über ihr Schweigen, die Ärzte waren frustriert, Alicia und ihr Vater machten sich große Sorgen, und dennoch konnte sie nichts sagen.

Regelmäßig hatte sie Termine bei einem Therapeuten, den das Gericht bestellt hatte. Alle hofften, Dr. Adams würde ihr die Worte entlocken können. Es war schwierig, Anklage gegen jemanden zu erheben, der keine einzige Frage beantworten konnte. Daniel Walters versicherte ihnen, dass keine Anklage erhoben werden würde.

»Er ist ein wirklich guter Anwalt – das muss man ihm zugestehen«, sagte Alicia zu Max, als sie die Rechnung sah.

»Er schüttet alle mit Papierkram zu«, sagte Max. Tara stellte sich die Polizei und die Ärzte umgeben von riesig hohen Stapeln Papier vor. Würde Daniel Walters auch sie unter Papierstapeln begraben?

Ethan und Michael fanden es nicht schlimm, dass sie nichts sagen konnte. Sie konnte immer noch Monopoly spielen und Kindersendungen mit ihnen anschauen.

»Ich … ich würde manchmal auch lieber nicht reden«, sagte Ethan zu Alicia, die sich über Taras Schweigen beklagte.

»Ich will auch nicht reden«, sagte Michael, und beide schlangen schützend ihre Arme um ihre Halbschwester. Tara verkniff sich ein Lächeln, wenn Ethan und Michael sie verteidigten. Bei der unkomplizierten, bedingungslosen Liebe ihrer kleinen Brüder wurde ihr warm ums Herz.

Tara wartete geduldig ab, dass Alicia sie daran hindern würde, das Haus zu verlassen, aber Alicia sagte kein Wort. Tara erkannte, dass Alicia nicht nur die Worte zurückhielt, die sie am Verlassen des Hauses hinderten, sondern auch den Schwall Fragen über das, was sie getan hatte. Tara begriff, dass zwei Menschen mit Schweigen reagierten, wenn es sein musste. Max war in der Arbeit und ihre Brüder in der Schule. Tara durfte niemals allein sein, nur unter dieser Bedingung hatte man sie nach Hause gelassen.

Schließlich hatte Alicia eine Entscheidung getroffen und sagte: »Bitte, geh nicht weiter als bis zum Ende der Straße, Tara. Wenn du verschwindest, werden sie uns verhaften.«

Tara nickte zum Zeichen des Einverständnisses, obwohl sie wusste, dass das nicht der Wahrheit entsprach.

»Dein Vater kommt in einer Stunde nach Hause, damit ich zur Arbeit kann«, sagte Alicia, und Tara nickte noch einmal.

Alicia machte einen Schritt auf sie zu, und Tara durchfuhr ein neuer Gedanke. Wollte Alicia sie umarmen? Sie machte einen Schritt rückwärts, um der möglichen Berührung mit ihrer Stiefmutter auszuweichen. Alicia hatte ihr Zusammenzucken bemerkt und wich nun auch zurück.

Leise schloss Tara die Tür hinter sich und hielt ihr Gesicht in die Sonne.

10

Alicia machte sich daran, noch eine Ladung Wäsche in die Maschine zu füllen.

Sie hatte mit dem Gedanken gespielt, Tara um Hilfe zu bitten, aber sie wusste, dass das keinen Zweck hatte. Die stumme Anwesenheit des Mädchens machte sie nervös. Es war einfacher, die Hausarbeit selbst zu erledigen.

Sie hätte sie nicht aus dem Haus lassen dürfen, denn das konnte zu ungeahnten Schwierigkeiten führen. Aber darüber wollte sie jetzt nicht nachdenken. Sie atmete tief durch und schaltete die Waschmaschine an.

»Zeit für eine Kaffeepause«, sagte sie laut zu dem leeren Haus.

Während Alicia in der Küche ihren Kaffee trank, stellte sie sich Tara vor, die die Straße hinunter zum Park oder ins Shoppingcenter ging. Sie trug eine Lederjacke, die Alicia verabscheute, aber es war klar, dass sie das Teil nie mehr ausziehen würde, wenn Alicia ihr das je sagte. Bevor Ethan und Michael auf die Welt kamen, waren Alicia und Tara gern zusammen shoppen gegangen. Tara folgte Alicia geduldig von Geschäft zu Geschäft und probierte jedes Kleidungsstück, das Alicia ihr hinhielt, ohne Murren an.

»Ich habe getan, was ich konnte. Oder etwa nicht?«, sagte sie. Aber da war niemand, der ihr hätte antworten können, niemand bestätigte ihre Meinung, und Alicia traute sich nicht, diese Frage an jemand anderen als sich selbst zu richten.

Als Ethan geboren wurde, war die achtjährige Tara beschützend um sein Babybettchen geschlichen und hatte jeden davor gewarnt, ihren kleinen Bruder zu stören. Alicia ließ das Mädchen mithelfen, sich engagieren, denn das hatte ihr die Psychologin geraten. Und Tara war eine wunderbare große Schwester. Als Michael geboren wurde, hatte ihr Interesse an Babys nachgelassen, aber sie wollte sich immer noch um ihren kleinen Bruder kümmern. Danach wurde das Leben immer anstrengender: Alicia musste arbeiten und drei Kinder großziehen, Max ging frühmorgens aus dem Haus und kehrte spätabends zurück, und irgendwann in dieser langen Zeit bekam ihr Verhältnis zu Tara einen Knacks. Wenn Alicia über die letzten Jahre nachdachte, konnte sie nicht sagen, wann genau das gewesen war. In einem Moment war Tara ein fröhliches, hilfsbereites Mädchen, im nächsten war sie wütend und schlecht gelaunt und schwer zu ertragen. Das war der Lauf der Dinge, das wusste auch Alicia. Teenager mussten sich schrecklich aufführen, damit ihre Eltern akzeptieren lernten, dass sie ihr Elternhaus eines Tages verlassen würden. Dann wäre dies auch für die Eltern ein Freudentag. Aber was, wenn man keine Erinnerung an ein Neugeborenes hatte, das sich an die Mutterbrust klammerte, um zu überleben? Was passierte, wenn man in dem missmutigen Teenager nicht auch den süßen Blick einer Zweijährigen erkannte?

Manchmal überlegte Alicia, was geschehen würde, wenn Ethan und Michael ins Teenageralter kamen, aber sie konnte sich nicht vorstellen, die beiden nicht zu lieben, sie nicht immerzu beschützen zu wollen. *Ich bin ein schlechter Mensch,* dachte sie in schlimmen Momenten. *Ich bin eine böse Stiefmutter.*

»Kann man ein Kind, das nicht das eigene ist, wirklich aufrichtig lieben?«, hatte Alicia ihre Freundin Meg gefragt, kurz nachdem sie Max kennengelernt hatte.

»Natürlich kann man das«, antwortete Meg. »Viele Menschen adoptieren Kinder oder nehmen Pflegekinder auf und lieben sie genauso, als wären es ihre eigenen.«

Ich bin ein schlechter Mensch, dachte Alicia, wenn ihre Abneigung gegen Tara mit jedem Streit wuchs.

Dann versuchte sie tage- und wochenlang, geduldig und verständnisvoll zu sein, aber Tara schrie und kreischte, jammerte und beklagte sich, und Alicia würde wieder von Antipathie ihr gegenüber erfüllt sein.

Und sie machte sich noch aus einem anderen Grund Sorgen um Tara. Ihre Mutter war in Peace Hills und lebte vollkommen in ihrer eigenen Welt. Je älter Tara wurde, desto mehr achtete Alicia auf Anzeichen, dass das Mädchen wie ihre Mutter wäre. Sie verstand Taras wachsenden Groll, aber sie musste sichergehen, dass ihren eigenen Kindern nichts passierte.

Im Augenblick redeten ihre Söhne mit ihrer stummen Stieftochter, und eifersüchtig beobachtete Alicia, wie sehr die beiden ihre Halbschwester liebten.

»Das ist doch wunderbar, Alicia«, sagte Max. »Eines Tages, wenn wir nicht mehr sind, haben sie zumindest noch sich.«

Alicia wusste, was sie denken und fühlen sollte. In den vergangenen Jahren hatte sie die bittere Erkenntnis gehabt, dass sie nicht die Wohltäterin war, für die sie sich immer gehalten hatte. Schon als Kind hatte ihre Mutter oft gesagt: »Alicia wird einmal Krankenschwester; sie ist so ein liebevolles, fürsorgliches Mädchen.« Und Alicia hatte das immer für die Wahrheit gehalten. Sie war lieb und freundlich und fürsorglich, und sie würde diese Eigenschaften für den Rest ihres Lebens beibehalten. Sie liebte ihren Beruf als Krankenschwester, sie half anderen Menschen, sich besser zu fühlen, sie gab emotionale Unterstützung genauso wie körperliche; inzwischen betreute sie junge Mütter und ihre Babys, und sie liebte es, wenn die Mütter vollkommen erschöpft und verzweifelt zu ihr kamen und mit dem Gefühl nach Hause gingen, dass sie wieder eine Woche durchhalten würden. Alicia verstand sich mit jedem – denn sie hatte begriffen, dass die unsympathischsten Menschen Liebe und Geduld am nötigsten brauchten –, aber bei Tara scheiterte sie kläglich. Taras Art nagte an ihr, und wie oft sie sich auch sagte, dass das Mädchen unter dem Verlust seiner Mutter litt, brachte sie dennoch weder die grenzenlose Geduld noch das Mitgefühl auf, die es brauchte, um mit ihrer Stieftochter friedlich auszukommen. Alicia war schon immer ein Mensch gewesen, der viel gab; Tara schnappte mit beiden Händen nach allem, was sie kriegen konnte. Früher hatte Alicia Tara einmal geliebt – es war nicht die bedingungslose Liebe gewesen, die sie für Ethan und Michael empfand, aber sie hatte das Mädchen geliebt. Wenn sie jetzt über ihre stumme Stieftochter mit dem versteinerten Gesicht nachdachte, hasste sie sie ein klein wenig.

Meine Güte, Hass war so ein schreckliches Wort, so voller Zorn. Hasste sie Tara wirklich? Sie hoffte, dass es nicht so war. Es war niederschmetternd, sich einzugestehen, dass sie dieses Gefühl für ihre verzweifelte Stieftochter hegte. Allein bei dem Gedanken daran fühlte sie sich unbehaglich. Im Grunde sollte sie zu solch destruktiven Gefühlen gar nicht fähig sein.

Taras Gesicht war so schmal und eingefallen, der Blick ihrer dunklen Augen war gehetzt; trotzdem bemühte sich Alicia, zumindest ein wenig Mitgefühl für sie aufzubringen. Sie war schwanger geworden und hatte das Baby dann sich selbst überlassen. Alicia hatte nur mit dem armen kleinen Wesen Mitleid, das wahrscheinlich draußen allein in der Kälte gestorben war. Die Tatsache, dass sie so wenig mit dem Kind fühlte, das sie die letzten zehn Jahre großgezogen hatte, beunruhigte Alicia zutiefst. Diese Tatsache stellte nicht nur ihre Ehe infrage, sondern auch ihren eigenen Platz in der Welt.

Wenn sie wollte, konnte sie jede einzelne Kränkung aufzählen. Hatte Tara angefangen, sie zu verletzen, bevor Alicia vorgeschlagen hatte, dass sie zum Psychologen gehen solle, oder erst danach? Alicia konnte sich nicht erinnern, aber sie konnte sehr wohl alle Kränkungen aufzählen, die Tara ihr zugefügt hatte. Denn das bedeutete, dass ihrer beider Entfremdung nicht allein ihre Schuld war … oder doch? Einmal hatte Tara eine Rolle im Schultheater übernommen und nur Max zur Aufführung eingeladen. Als Tara ihre Periode bekam, wandte sie sich an die Krankenschwester in der Schule; Alicia erzählte sie erst Monate später davon. Während eines Gesprächs mit Eltern und Lehrern verkündete sie laut und deutlich: »Mein Vater arbeitet, und meine Mutter konnte nicht kommen, deshalb ist meine Stiefmutter Alicia jetzt hier.«

Die Liste mit Taras Verfehlungen wurde von Jahr zu Jahr länger. In einem Streit darüber, wann sie abends zu Hause sein sollte, hatte Alicia die Nerven verloren und laut geschrien: »Es ist nicht meine Schuld, wenn deine Mutter sich nicht um dich kümmern kann.« Sie hatte ihre Worte sofort bereut und versucht, sich zu entschuldigen, aber Tara hatte sie einfach stehen lassen. Später am Abend hatte sie Max im Flüsterton von dem Streit berichtet.

Tara war voller unbändigem Zorn, und manchmal hatte Alicia Angst um die ganze Familie. Jetzt hatte sie diese schreckliche Tat begangen. Es war unfassbar schrecklich. Wenn Alicia Tara jetzt ansah, erkannte sie, dass das Mädchen etwas vermisste. Tief in Taras Innerem war eine Dunkelheit, und Alicia wusste nicht, wie sie damit umgehen sollte. Sie versuchte, nicht an den armen Säugling zu denken. Kurz überlegte sie, wie lange es wohl gedauert hatte, bis das Baby gestorben war, wie sehr es gelitten hatte, und ein kalter Schauer lief ihr über den Rücken. Wenn man Mutter wurde, waren die Bedürfnisse des Babys das Einzige, was zählte. Warum hatte Tara nicht so gefühlt? Irgendetwas stimmte nicht mit dem Mädchen. Wie konnte Tara einen Säugling alleinlassen, der sich in ihrem Bauch gedreht und sie getreten hatte, der in ihr gelebt hatte?

Um Himmels willen, sie selbst verdiente ihren Lebensunterhalt damit, sich um Babys zu kümmern. Wie sollte ausgerechnet sie Mitleid mit jemandem haben, der einen Säugling dem leidvollen Tod überließ? Abends betete sie, dass das Baby eine Totgeburt gewesen war. Das würde auch erklären, warum Tara nicht sprechen konnte. Nur dann konnte Alicia den kleinen Spalt am Horizont entdecken, durch den ein wenig Licht drang. Wenn Tara ihr eigenes Kind hatte sterben lassen, dann war etwas mit ihr überhaupt nicht in Ordnung. Wie war es möglich, dass sie so ein Kind mit aufgezogen hatte?

Aber dann dachte sie daran, wie lieb Tara zu ihren kleinen Brüdern war. Kinder spürten instinktiv, wenn jemand nichts mit ihnen zu tun haben wollte. Tara hatte sich immer um Ethan und Michael gekümmert. Wenn sie auf die beiden aufpasste, fand Alicia sie bei ihrer Rückkehr glücklich und zufrieden vor. Tara spielte mit ihren Brüdern, sie umarmte und streichelte sie. Sie war eine wundervolle große Schwester. Immer wenn Taras Verhalten Alicia zur Verzweiflung brachte, rief sie sich ihr Verhältnis zu ihren kleinen Brüdern ins Gedächtnis und wusste, dass mehr in dem Mädchen steckte als die üblichen Stimmungsschwankungen eines Teenagers.

Wie also hatte das alles passieren können? Wie hatte Tara Max und ihr ihre Schwangerschaft so lange verheimlichen können und dann das Baby sterben lassen?

Nachts kreisten die Gedanken unablässig in ihrem Kopf, sie fand keinen Schlaf und war tagsüber streng und ungeduldig mit ihren Söhnen. Dann bekam Alicia Angst, dass das hier erst der Anfang war. Eine düstere Zukunftsvision befiel sie, in der Max und sie den Rest ihres Lebens für zwei Menschen sorgen mussten, die allein nicht zurechtkamen. Zwei Menschen, die niemals in ihr Leben hätten treten sollen.

Sie war nicht auf der Suche nach einem Mann mit einem Kind und einer Frau gewesen, die die meiste Zeit in einer psychiatrischen Klinik verbrachte. Aber sie mochte Max' dunkelblonde Haare und seine dunklen Augen. Wenn er lächelte, konnte er die Verzweiflung, die ihm wie ein verlorenes Hündchen folgte, nicht verstecken. Alicia hatte den gleichen Fehler wie viele andere Frauen begangen: Sie hatte sich in einen Mann verliebt, weil sie ihn retten wollte. Auch jetzt wollte sie ihn vor dem Schmerz beschützen, den sein eigenes Kind ihm zufügte. Sie hatte nicht damit gerechnet, dass er sich von Sasha scheiden lassen würde. Aber als sie seinen Heiratsantrag annahm, war sie fest entschlossen, Tara eine gute Mutter zu sein.

Im ersten Jahr ihrer Ehe hatte sich Alicia von Max und Tara die ganze Zeit beobachtet gefühlt, als ob sie darauf warteten, dass sich ihr Verhalten änderte, dass sie so wurde wie Sasha. Die wunderschöne, gebrochene Sasha. Alicia gab sich alle Mühe, stets ruhig zu bleiben, immer alles unter Kontrolle zu haben, immer die Stimme der Vernunft zu sein. Tara vertraute sich ihr mehr und mehr an, und als Ethan und Michael auf die Welt kamen, fand Alicia, sie könne sich selbst beglückwünschen, denn sie hatte alles richtig gemacht. Aber dann begann Tara, mehr und mehr vor ihr zu verheimlichen. Sie gab Widerworte und wollte auf einmal ihre Mutter besuchen. Hätte sie die Konflikte mit Tara vermeiden können?

Wenn Max und sie ein entspanntes Verhältnis zu Tara gehabt hätten, wäre sie nicht immer mit diesem seltsamen Jungen, Liam, losgezogen, um mit ihm abzuhängen. Alicia seufzte: Vielleicht hätte ich geduldiger mit ihr sein sollen, vielleicht strenger, aber das führte zu nichts, denn wer wusste schon, was richtig war. Sicher, sie konnte mit dem Finger auf sich zeigen und sich eingestehen, dass Max und sie einen großen Fehler gemacht hatten, aber die Einsicht kam zu spät und half ihr jetzt nicht weiter.

11

Tara wanderte die Straße entlang und lauschte ihren Schritten auf dem Pflaster. Langsam atmete sie tief ein und aus, der Geruch von verbranntem Holz aus einem echten Kamin stieg ihr in die Nase. Die frische Luft war schneidend kalt. Tara trug wieder ihre hautenge Jeans, die ihr lange Zeit nicht mehr gepasst hatte. Vor sechs Wochen war sie im Krankenhaus gewesen; inzwischen fühlte sie sich genau wie früher, nur … nur dass sie keine Stimme mehr hatte. Ihre Stimme blieb verschwunden.

Sie ging bis zum Ende der Straße und wartete beim Park. Gleich würden ihre Freunde in der Schule nach dem Klingeln zum Pausenende wieder in die Klasse laufen.

Tara fragte sich, ob die anderen immer noch über sie redeten oder ob sie sie bereits vergessen hatten.

Als Lulu weggezogen war, hatten sie ihr alle zusammen eine Karte geschrieben und eine Abschiedsparty für sie gegeben. An Lulus letztem Tag in der Schule hatten alle Mädchen geweint. Aber dann war Lulu mit ihrer Mutter und deren neuem Ehemann in Queensland, sie erfuhr nicht mehr, was an jenem Tag in der Schule passiert war, sie wusste nicht, dass Teresa und Mario miteinander gingen und dass Mario betrunken auf einer Party mit einem merkwürdigen Mädchen rumgemacht hatte, und es war zu kompliziert, Lulu die ganze Geschichte zu erklären. Selbst wenn Lulu online war, wurde sie nicht mehr in die Chats von Tara und ihren Freundinnen mit einbezogen, denn sie interessierte sich für Leute, die die früheren Freundinnen nicht kannten, und für Dinge, mit denen sie noch keine Erfahrung hatten.

Bei dem Gedanken an ihre Rückkehr in die Schule lief Tara

ein eiskalter Schauer über den Rücken. Ihr war bewusst, dass sie über Wochen überall in der Schule, von den Schülertoiletten bis zum Lehrerzimmer, Hauptgesprächsthema gewesen war, aber inzwischen würden Schüler wie Lehrer über etwas anderes reden. Wenn sie wieder in die Schule ging, würden ihre Mitschüler und ihre Lehrer ihr Schweigen für kurze Zeit akzeptieren und bald ihrer überdrüssig werden. Außerdem bestand immer noch die Möglichkeit, dass sie nicht an die Schule zurückkehren durfte. Die Polizei wollte sie wegen Totschlags anklagen, aber ihr Vater würde das nicht zulassen. Bis jetzt hatte niemand das Baby, von dem die ganze Zeit die Rede war, gefunden, woher wollten sie also wissen, dass es tot war? Immerhin, im Fall der Wasserballspielerin hatte das keine Rolle gespielt. Sie hatte behauptet, sie habe das Baby weggegeben, konnte das aber nicht beweisen und wurde für den Rest ihres Lebens weggesperrt. Daniel Walters zufolge war Tara minderjährig und »geistig labil«. Ihr Vater mochte es nicht, wenn Tara seinen Gesprächen mit dem Anwalt lauschte, aber Alicia bestand darauf, dass Tara über alle Schritte auf dem Laufenden war. Tara hörte sowieso nur hin und wieder zu, was Daniel Walters ihrem Vater sagte. Meistens dachte sie an Liam und daran, wie sehr sie ihn vermisste. Sie ging zu den Spielgeräten hinüber und setzte sich auf eine Schaukel. Behutsam schob sie sich vor und zurück und schlurfte mit den Schuhen im Dreck. Sie musste sich eingestehen, dass sie das Haus verlassen hatte, weil sie Liam sehen wollte. In den vergangenen sechs Wochen hatte sie jeden Tag an ihn gedacht. Sie hatte nichts dagegen, den ganzen Tag hier auf ihn zu warten, aber Alicia würde ärgerlich werden, wenn sie zu lange wegblieb. Eine halbe Stunde, beschloss sie in Gedanken. Ich gebe ihm eine halbe Stunde, dann gehe ich.

Von Anfang an hatten sie sich immer im Park getroffen. Jeden Nachmittag war sie um fünf Uhr zum Laufen aus dem Haus gegangen und hatte letztlich Liam im Park getroffen. Er war immer vor ihr da gewesen und hatte auf sie gewartet. Manchmal fanden sie eine ruhige Ecke, wo sie sich zurückziehen konnten, manchmal redeten sie einfach nur miteinander. Tara mochte es lieber, wenn sie redeten. Meist war sie es, die sprach, und er hörte ihr zu und spielte mit ihrer Hand.

Erst nachdem sie sich mit Liam getroffen hatte, lief sie ihre Runde. Sie fühlte sich leichter und schneller, wenn sie ihn gesehen hatte – zumindest war das so, bevor ihre Beziehung kaputtgegangen war. Sie wusste, warum sie es verbockt hatten. Liam war sehr wütend auf sie gewesen, und dann war sie noch wütender auf ihn gewesen, und dann war es aus.

Mit den Fingern befühlte sie das Handy in ihrer Hosentasche. Sie hätte ihm eine SMS schicken können, aber genauso gut hätte er sie kontaktieren können. Ihre Geschichte war überall in den Nachrichten gewesen, auch wenn ihr Name niemals genannt worden war. Liam kannte auch ihren Vater – sie waren sich nur einmal begegnet, aber er kannte ihn. Ihr Vater hatte Liam nicht gemocht, aber das hatte Tara auch nicht von ihm erwartet. Tara strich mit den Fingern über das Smartphone, schaltete es aber nicht frei. Er musste sie sehen, mit ihr sprechen wollen. Er musste dieses Bedürfnis haben, denn sie konnte sich nicht vorstellen, dass sie ihn so verzweifelt vermisste und er gar nichts fühlte. Wenn sie zusammen waren, hatte sie manchmal das Gefühl gehabt, sie beide wären eine Person. Dann beobachtete sie, wie sich seine Brust hob und senkte, und sie erkannte, dass sie im gleichen Rhythmus atmeten. Sie hatten sich geliebt, sie liebten sich immer noch, aber dann … Doch er würde kommen.

Vielleicht war er in der Schule. Vielleicht hatte ihn das Lernfieber gepackt, wie alle vor den Abschlussprüfungen, und er hatte jetzt, wo das Schuljahr bald zu Ende ging, endlich zu lernen begonnen. Sie hoffte, dass es so war, aber bei Liam wusste man nie. Das Problem waren seine Freunde. Sie gingen nicht mehr zur Schule, und Liam hasste es, dass er da immer noch hingehen musste. Zumindest war es einmal so gewesen. Wer wusste schon, wie er jetzt darüber dachte? Tara und er hatten sich so lange nicht mehr gesehen, er konnte sich inzwischen vollkommen verändert haben. Vielleicht war er von der Schule abgegangen oder hatte eine neue Freundin oder … aber darüber wollte sie nicht nachdenken. Tara beschloss, jeden Tag in den Park zu gehen und daran zu glauben, dass er dort eines Tages wieder auf sie warten würde – bis sie einen Grund hatte, nicht mehr daran zu glauben und nicht mehr dorthin zu gehen.

Sie hielt ihr lächelndes Gesicht in die Sonne und stellte sich vor, wie er neben ihr auf der Bank saß und ihre Hand nahm. Liam liebte das Schweigen.

Er zog es vor, nicht zu sprechen.

Vielleicht wusste er ja, wo ihre Stimme war.

12

Minnie wartete wochenlang, bis sie dem Baby einen Namen gab. Sie war immerzu müde und schaffte nicht mehr, als die Kleine zu füttern, die Windeln zu wechseln und sie zu baden. Das Baby hatte unaufhörlich Bedürfnisse, die erfüllt werden wollten. Füttere mich, lass uns Bäuerchen machen, trag mich, wieg mich hin und her.

Die Kleine wurde mit jedem Tag größer. Manchmal, wenn sie von einem Nickerchen erwachte, konnte Minnie ihr ansehen, dass sie im Schlaf gewachsen war. Abends, wenn sie ihre Milchflasche getrunken und Minnie sie gebadet hatte, kuschelte sich die Kleine an Minnie und vergrub ihren Kopf an deren Brust. Dann setzte sich Minnie in den Schaukelstuhl, der einst ihrer Großmutter gehört hatte, und sang dem Baby Kirchenlieder vor, bis ihm die Augen zufielen. Minnie spürte, wie sich ihre Aufregung legte und ihr Herz einen Freudenhüpfer machte angesichts des kleinen Wesens in ihren Armen. Sie musste sich zurückhalten, die Kleine nicht zu fest zu drücken. Die Augen des Babys wurden immer dunkler, bis die Farbe ein tiefes Braun war, das manchmal fast wie Schwarz wirkte. Das Baby hatte lange, dicke Wimpern und schaute fast die ganze Zeit auf Minnie. Minnie sprach ununterbrochen mit der Kleinen, oder sie sang ihr etwas vor oder sie betete für sie. Das Baby wurde es niemals leid, Minnie anzuschauen, und Minnie war immer glücklich, seinem Blick zu begegnen.

Minnie arbeitete immer nur kurze Zeit und machte dann eine Pause, um etwas zu schlafen und die Hausarbeit zu erledigen. An manchen Tagen schaffte sie es, zu frühstücken und Mittag zu essen, an anderen Tagen begnügte sie sich mit einem Apfel.

Ihre Kleidung war ihr plötzlich zu groß, und sie durchsuchte ihren Kleiderschrank, bis sie eine Hose fand, die ihr schon seit Langem nicht mehr gepasst hatte.

Minnie verließ nur selten das Haus. Sie versorgte das Baby und dachte sich eine Geschichte aus, die sie Lela und den Nachbarn erzählen würde.

June hatte sich gefreut, als sie von dem Baby erfahren hatte, das für eine Weile bei Minnie wohnen würde.

»Wir kommen euch besuchen, sobald deine Kusine sich eingerichtet hat«, hatte sie gesagt. »Lou und ich helfen euch gern. Wie alt ist die Kleine? Und wie heißt sie?«

Das Baby hatte in seinem Bettchen geschlafen, als Minnie zu June hinübergegangen war, um ihr von dem bevorstehenden Besuch ihrer Kusine zu erzählen. Während sie mit June sprach, hatte sie die ganze Zeit still gebetet, dass das Baby nicht aufwachen würde. June liebte Klatsch und fand oft kein Ende.

Einige Tage später hatte Minnie June angerufen und ihr berichtet, dass ihre Kusine mit dem Baby angekommen sei, beide aber eine starke Erkältung hätten. Ihr Lügenturm wurde immer höher.

»Ihr könnt natürlich trotzdem kommen und die beiden begrüßen«, hatte Minnie gesagt, aber sie wusste, dass June fürchterliche Angst hatte, sich irgendwo anzustecken; schließlich konnte auch aus einer harmlosen Erkältung eine schwere Lungenentzündung werden.

Eine Woche später berichtete Minnie am Telefon, dass sie sich angesteckt habe und nun auch erkältet sei und die kleine Familie Zeit benötige, um wieder gesund zu werden. June stellte Hühnersuppe vor die Tür, die Minnie dankbar über mehrere Abende verteilt aufaß.

Inzwischen waren einige Wochen vergangen, und Minnie fand, es war Zeit, ihren Plan voranzutreiben. Zeit für eine neue Geschichte.

Minnie sagte die Geschichte laut auf, um sich alle Details zu merken. »Meine Kusine ist mit dem Baby zu Besuch gekommen und für ein paar Tage geblieben. Einmal wollte sie abends ausgehen und hat mich gebeten, auf die Kleine aufzupassen. Ich habe gesagt: ›Natürlich passe ich gern auf. Geh aus und amüsier dich gut.‹ Ihr wisst ja, wie schwer es junge Mütter haben; ich wollte, dass sie ein paar Stunden für sich hatte. Aber sie ist nicht mehr zurückgekommen. Ich bin sicher, sie wird bald wieder da sein. Ich möchte nicht, dass die Polizei oder das Jugendamt davon erfährt, solange ich nicht weiß, was aus ihr geworden ist.«

Minnie stellt sich vor, wie June zu ihren Worten nickte und missbilligend über junge Leute tuschelte, die leichtsinnige Entscheidungen trafen. Sie hoffte inständig, dass June, Lela und die anderen Nachbarn akzeptieren würden, dass das Baby jetzt zu Minnie gehörte.

Denn natürlich war Minnie klar, dass das Baby zu jemand anderem gehörte.

»Es war in allen Nachrichten, Mum – die Polizei sucht immer noch nach einem verschwundenen Baby«, sagte Minnie laut, aber sie meldete sich nicht bei der Polizei.

»Die Ärzte müssen außer sich vor Sorge sein«, sagte Minnie, aber sie rief die Polizei immer noch nicht an.

»Die Mutter ist noch ein junges Mädchen. Sie ist erst fünfzehn. Sie wollte das Kind nicht. Sie hat es in der öffentlichen Toilette ausgesetzt. So eine Mutter braucht unsere Kleine nicht«, sagte Minnie.

»Sie haben das Shoppingcenter abgesucht, also muss die Mutter in der Nähe wohnen. Sie behaupten, sie hätten die ganze Gegend durchkämmt, aber keinen Hinweis gefunden. Stell dir das mal vor, Mum – es gibt keine Spur von dem Baby.«

»Du wärst eine wunderbare Mutter«, hatte Charlotte immer zu ihr gesagt.

Was für ein Leben konnte ein Teenager einem Baby schon bieten? Man musste erwachsen sein und mit beiden Beinen fest im Leben stehen, um ein Kind großziehen zu können.

Nirgendwo war ein Foto der Teenagermutter zu sehen gewesen, das Fernsehen hatte nur ihren Vater gezeigt. Der Mann hatte vollkommen erschöpft gewirkt. Er hatte sich beide Hände vor das Gesicht gehalten und »Kein Kommentar« in die Kamera gebrüllt. Er sah nicht so aus, als könnte er dem Baby ein guter Großvater sein.

Bis jetzt war die junge Mutter noch nicht angeklagt worden. Offenbar war ihre geistige Verfassung labil. Vermisste das Mädchen sein Baby? Was war die Ursache für ihren schwachen Geisteszustand?

Im Internet stand zu lesen, dass das Mädchen nicht mehr sprach, und auch, dass sie sich nicht daran erinnern konnte, was mit dem Baby geschehen war. Die Leute schrieben Kommentare auf die Webseiten. Schreckliche, zornige Kommentare. Früher hätte Minnie sich genötigt gefühlt, selbst den einen oder anderen Kommentar zu schreiben. Es war nicht fair, dass einigen Menschen die Freude an einem Kind vorenthalten wurde, während andere dieses Glück mit Vernachlässigung und Missbrauch verschleuderten.

Minnie betete und fragte Gott, ob sie zur Polizei gehen solle oder nicht. Sie bat Gott um ein Zeichen – um irgendein Zeichen, damit sie wusste, was sie tun sollte, aber Gott hatte anderes zu tun.

»Die Polizei wird sie mir wegnehmen, Mum, und wir werden sie nie wiedersehen. Selbst wenn sie mich nicht ins Gefängnis stecken, werden wir sie nie wiedersehen.«

Sie sollte zur Polizei gehen, das wäre richtig. Minnie wusste das. Sie wusste, dass sie das Baby warm einpacken und mit ihm zur Polizeistation gehen sollte, um alles zu erklären. Die Polizisten würden nicht lange brauchen, bis sie begriffen, dass das

Baby in Minnies Armen das von der Fünfzehnjährigen war. Ein DNA-Test würde für Gewissheit sorgen.

»Vielleicht ist es ja auch ein anderes Baby, Mum«, sagte Minnie, aber sie wusste es besser.

Nachts, wenn das Baby schlief, rang Minnie mit sich und versuchte Argumente dafür zu finden, warum man ihr erlauben sollte, das Baby zu behalten. Manchmal wachte sie morgens auf und war fest entschlossen, das Richtige zu tun. Sie machte sich und das Baby fertig, aber jedes Mal, wenn sie kurz davor war, das Haus zu verlassen und zur Polizeistation zu gehen, kam ihr etwas dazwischen. Das Baby brauchte noch eine neue Windel oder es wurde unruhig oder es fing grundlos an zu weinen.

»Sie will nicht weg von uns, Mum«, sagte Minnie dann, setzte sich auf das Sofa und wartete, dass die Zeit verging, bis sie das Baby wieder füttern musste.

Wahrscheinlich würde man die Mutter nicht anklagen. Sie war minderjährig. Heutzutage kamen Teenager nahezu immer ungestraft davon. Man musste nur an die Jungs drei Häuser weiter denken.

Einmal war ein Polizeiwagen die Straße entlanggefahren und hatte einen der Jungs mitgenommen, aber schon am nächsten Tag war er wieder da und fluchte grinsend über die »verdammten Bullen«. Minnie glaubte, dass das Leo war; er war groß und dünn und hatte überall Piercings. Aber es konnte genauso gut Callum sein, der etwas älter als die anderen aussah. Der Einzige, den Minnie sicher erkannte, war Brent. Seine Igelfrisur und sein starrer Blick prägten sich ins Gedächtnis ein. Er wusste, dass die Leute Angst vor ihm hatten; wahrscheinlich war das schon immer so gewesen.

Die Jungs hatten vor nichts Angst. Minnie fragte sich, ob das Mädchen, das das Baby ausgesetzt hatte, Angst hatte.

»Was soll ich tun, Mum?«, fragte Minnie, während sie das Baby in den Schlaf wiegte, aber ihre Mutter hatte ihr nichts zu sagen, und auch ihre Gebete blieben unbeantwortet. Eines Morgens beschloss Minnie endlich, dass sie an diesem Tag zur Polizei gehen und die Wahrheit erzählen würde. Sie stieg ins Auto, schnallte das Baby in seinem Autositz an und fuhr rückwärts aus der Einfahrt. Dann hielt sie an.

Trotz der Wintersonne war ihr kalt bis auf die Knochen.

Die Polizei würde sie wegen Kindesentführung anklagen, oder wegen etwas anderem, das ebenso furchtbar war, und, schlimmer noch, Fernseh- und Fotokameras würden Bilder von ihrem fetten Körper in Zeitungen, Fernsehen und im Internet verbreiten. Minnie war sich vollkommen bewusst, dass sie am Rande des Abgrunds stand. Wenn sie einen Schritt nach vorn machte, würde sie in die Tiefe stürzen. Aber wenn sie zurücktrat, wenn es ihr gelang, von der Bildfläche zu verschwinden, lag eine ganze Welt voller wunderbarer Erfahrungen und Erlebnisse vor ihr. Seit Langem schon hatte sie für dieses Glück gebetet und gefühlt, dass sie es verdiente.

Ihre Hände umfassten das Lenkrad, und ihr Atem ging keuchend. Sie würde das Kind nicht wieder hergeben. Die Entscheidung war gefallen. »Bei uns hat sie es viel besser, Mum«, sagte Minnie. »Wir werden gut für sie sorgen. Ich werde Reverend Sam bitten, die Kleine zu taufen.«

*

Das Baby schlief und trank und schlief wieder, und eines Tages lächelte es Minnie an. In diesem Augenblick begriff Minnie, dass sie niemals zur Polizei gehen und die Wahrheit erzählen würde – auch wenn das eine schreckliche Sünde war, für die sie direkt in die Hölle kommen würde.

Minnie hörte auf, über die Teenagermutter und ihren wütenden Vater nachzudenken. »Welchen Namen sollen wir ihr denn geben, Mum?«

Das Baby seufzte und öffnete seine kleine Hand, die aus dem Wickeltuch hervorschaute.

»Etwas Schlichtes fände ich gut. Einen Namen, den jeder richtig schreiben kann. Und der zu einer erwachsenen Frau ebenso passt wie zu einem kleinen Mädchen.«

Im Fernsehen pflanzte die Herzogin von Cambridge gerade einen Baum. Seit ihrer Heirat wurde sie stets Catherine genannt, vorher war sie einfach nur Kate gewesen.

Minnie gefiel der Name Kate.

Kate war unprätentiös. Kate konnte genauso gut eine Malerin sein wie eine Prinzessin. Mit einem Namen wie Kate konnte man alles sein. Sollte die Kleine später sehr hübsch sein, konnte sie Model werden, so wie Kate Moss. Sollte sie so aussehen wie Minnie, dann würde sie einfach nur Kate sein, die von zu Hause aus die Buchhaltung machte.

Minnie wollte ihr Kind nicht mit einem Namen wie ihrem eigenen belasten. Charlotte, die instinktiv gewusst hatte, dass sie nur ein Kind bekommen würde, hatte ihre Tochter nach einer Göttin benannt. Minerva war die Göttin der Poesie, der Medizin, der Weisheit, des Handels, der Weberei, des Handwerks und der Magie. So viele Erwartungen konnte ein kleines Mädchen nicht erfüllen – schon gar kein kleines, pummeliges Mädchen, dessen Hauptinteresse im Leben dem Essen galt.

Als Kate konnte man allen Erwartungen gerecht werden, wohingegen damals aus Minerva so schnell wie möglich Minnie geworden war. Auch die Lehrer in der Schule mussten immer ein wenig kichern, wenn sie ihren Namen laut vorlasen. Es war demütigend, so wenig von einer Göttin zu haben wie Minnie. Diese Erfahrung sollte Kate erspart bleiben.

»Sie heißt Kate«, erzählte Minnie Lela, als sie endlich zum ersten Mal wieder das Haus verließ. Sie hatte den Kinderwagen mehrmals zur Übung auf- und wieder abgebaut, damit es so aussah, als hätte sie alles unter Kontrolle.

»Und deine Kusine ist wirklich schon seit Wochen verschwunden?«, fragte Lela.

»Ja, ich habe sie die ganze Zeit nicht mehr gesehen, und soweit ich weiß, hat sie kein Handy. Ihre Eltern sind beide schon vor Jahren gestorben – weißt du, an Drogen. Darum habe ich ihr auch meine Hilfe angeboten. Weil ich wusste, dass wir beide auf uns allein gestellt sind.«

»Du solltest das wirklich der Polizei melden, Minnie. Du willst dir doch dieses Kind nicht für den Rest deines Lebens aufladen.«

»Oh, ich glaube schon, dass Jessica irgendwann zurückkommt, und wenn nicht, also, ich … ich habe eigentlich kein Problem damit, die Kleine aufzuziehen.« Minnie hatte den Namen Jessica für ihre Kusine gewählt, als sie ihre Geschichte wieder und wieder durchgegangen war. In Australien gab es viele Jessicas. Minnie begegnete Lelas Blick und sah Verständnis in ihren Augen.

»Und was ist, wenn du die Kleine in dein Herz schließt und dann kommt deine Kusine und nimmt sie dir fort?«

Minnie erzählte Lela nicht, wie sehr sie die Kleine schon jetzt liebte, und sie erwähnte mit keinem Wort, dass sie sich in Wahrheit nur Sorgen wegen der Polizei machte, die bei ihr auftauchen und ihr das Baby wegnehmen könnte, das im ganzen Land gesucht wurde. Zwar interessierte sich niemand mehr für diese Story, dennoch wachte Minnie nachts öfter schweißgebadet auf, die Arme nach dem Baby ausgestreckt, das ihr gerade entrissen wurde.

»Ich nehme an, wenn das wirklich passiert, werde ich damit zurechtkommen müssen«, antwortete Minnie.

Lela nickte. Minnie hatte in ihrem ganzen Leben noch nichts Unrechtes getan. Früher hatte sie sich einmal furchtbar wegen eines Bußgeldes für falsches Parken geschämt, das sie bekommen hatte, weil sie das Schild nicht richtig gelesen hatte. Niemand würde je auf die Idee kommen, dass sie so eine schreckliche, furchtbare Sünde begehen konnte.

»Gott belohnt die, die Gutes tun«, hatte ihre Mutter immer gesagt.

»Ich habe so viele Sachen, die ich dir geben kann«, sagte Lela, die, wie alle anderen in der Nachbarschaft, Minnie ihre Geschichte sofort abnahm. »Wunderschöne Kleidchen und anderes Zeug – es wird dir Spaß machen, die Kleine hübsch anzuziehen. Das musst du genießen, solange sie noch klein ist. Denn wenn die Kinder größer werden, haben sie ihre eigenen Ideen, was sie anziehen wollen, und glaub mir, dann ist es ihnen völlig egal, was du denkst.«

»Oh, das wird mir sicher Freude machen«, sagte Minnie und begriff, dass Lela nicht weiter in sie dringen würde.

»Ich weiß gar nicht, was mit den jungen Leuten heutzutage los ist«, sagte June, als Minnie ihr die neu aufbereitete Story berichtete, und auch Lou schüttelte die Zeitung in seinen Händen und nickte mit dem Kopf.

Niemand würde je die Wahrheit vermuten, beruhigte Minnie sich selbst. Niemand würde je auf die Idee kommen, dass die fette, friedliche Minnie zu so etwas fähig war.

Abends las Minnie Bücher über Babypflege und Kindererziehung und machte sich Gedanken darüber, was Kate alles brauchte und wie sie alles richtig machen konnte. An manchen Tagen schaffte sie es nicht einmal, eine ordentliche Mahlzeit zu essen, bevor es Zeit war, ins Bett zu gehen. Zum ersten Mal in ihrem Leben warf Minnie Essen weg. Sie fühlte sich satt. Kate füllte sie aus, ihre Zeit, ihr Herz, und sie verlor immer mehr Gewicht. Meist bemerkte Minnie das gar nicht. Sie war viel zu sehr damit beschäftigt, sich um Kate zu kümmern und sich Gedanken über all die Aufgaben zu machen, die damit verbunden waren.

Jeden Tag traf sie sich mit June zum Spazierengehen, denn

Babys brauchten frische Luft. Als sie das erste Mal zusammen spazieren gingen, war Minnie nach wenigen Minuten schweißgebadet und ihre Beine wundgescheuert. Die Hand auf die Brust gepresst, war sie auf eine nahe gelegene Mauer gesunken und hatte bestürzt festgestellt, dass sie nur wenige Meter die Straße hinuntergelaufen waren.

»Verschnauf du nur ein wenig, Minnie«, sagte June. »Es ist besser, ganz langsam anzufangen.«

Minnie hatte June dankbar angelächelt, und dann hatte sie das Lachen der Jungs vom Sofa im Garten gehört.

»Mensch, verdammter Mist, sieh dir das an – irgendeiner hat ihn der fetten Lesbe reingesteckt«, sagte der große Typ mit dem rasierten Schädel.

»Wer will die denn vögeln?«, sagte der Älteste von ihnen lachend.

»Du kannst es ja mal versuchen, Callum«, sagte Brent mit der Igelfrisur. »Du legst doch jede flach, die bei drei nicht auf dem Baum ist.«

»Leck mich, Brent, die würde mich erdrücken. Schau sie nur an – sie kann sich kaum bewegen.«

June hatte die Arme vor der Brust verschränkt, und Minnie erkannte, dass sie gleich etwas erwidern würde.

»Lass gut sein, June«, hatte sie gekeucht.

»Haltet das verdammte Maul«, rief Brent plötzlich seinen kichernden Kumpanen zu. Sofort verstummten alle. »Zumindest gibt sich die fette Kuh Mühe«, sagte er und scheuchte alle ins Haus. Minnie und June gingen zurück zu Minnies Haus und trugen den Kinderwagen nach drinnen, ohne von den Blicken der Jungs belästigt zu werden.

Die freundliche Geste von Brent kam für Minnie vollkommen unerwartet. Wäre er ein anderer Mensch gewesen, hätte sie ihm für seine Worte gedankt. In der Regel verabredeten Minnie und June ihren Spaziergang für den frühen Morgen; dann konnten sie sicher sein, dass Brent und seine Freunde noch schliefen. Aber manchmal war es so früh am Tag noch kalt, und sie mussten warten, bis es wärmer geworden war, bevor sie sich hinauswagten. Als Minnie und June die Jungs das nächste Mal in ihrem Vorgarten entdeckten, unterdrückte Minnie die Angst, die sie beim Anblick von Brents gruseligen Tattoos empfand, und lächelte ihm kurz zu, zum Zeichen, dass sie verstanden hatte, was für ein ganz anderer junger Mann sich hinter den Drohgebärden verbarg. Sobald sie Brents Blick begegnete, erkannte sie, dass sie einen Fehler begangen hatte. Er wandte den Kopf ab und spuckte auf den Bürgersteig – direkt vor den Kinderwagen. Minnie fühlte, wie sich ihr Magen zusammenzog, und June wich angewidert zur Seite aus.

»Barbaren«, murmelte sie. »Scheußliche Bestien«, flüsterte sie.

Minnie hielt die Augen auf den Bürgersteig geheftet und ging schnell weiter. »Sei still«, zischte sie June zu.

»Ich wette, dieser Kinderwagen war schweineteuer«, rief der Typ mit dem rasierten Schädel.

June konnte sich nicht mehr zurückhalten. Sie hielt inne, drehte sich um und hob drohend die Faust in die Höhe. »Haltet endlich euren dummen Mund«, schrie sie laut.

»Verdammt, kümmer dich doch um deinen eigenen Kram, du alte Hexe«, sagte Brent und kam langsam auf sie zu.

Minnie packte June am Arm und zog sie mit sich um die nächste Ecke. Sie drehte sich nicht um, aber lautes Gelächter folgte ihnen. Für die Jungs waren sie nur eine Lachnummer.

June und Minnie setzten sich an einer Bushaltestelle auf eine Bank und sahen sich keuchend an.

»Also wirklich«, fing June an, »ich weiß nicht, wie lange wir das noch ertragen können.«

»Hoffentlich ziehen sie bald wieder weg«, sagte Minnie.

»Vielleicht sollten wir kurz hier sitzen bleiben«, sagte June.

Minnie nickte zustimmend. Sie fragte sich, ob der junge Mann wusste, wie viel der Kinderwagen gekostet hatte. Es war nicht der teuerste Kinderwagen auf dem Markt, aber er hatte einiges gekostet. Minnie achtete immer darauf, dass niemand erfuhr, wie viel Geld sie hatte.

Im Grunde war es auch gar nicht so viel – es reichte sicher nicht dafür, ein Leben im Luxus zu führen –, aber sie hatte so viel, dass sie nicht arbeiten musste, wenn sie nicht wollte, und so viel, dass sie Kate alles kaufen konnte, was sie brauchte. Ihr Vater hatte ihr eine Immobilie hinterlassen, obwohl sie ihn nicht mehr gesehen hatte, seit ihre Mutter ihn aus dem Haus geworfen hatte. Er hatte niemals mehr versucht, Kontakt zu ihr aufzunehmen. Als Minnie von der Erbschaft erfuhr, wollte sie das Erbe nicht annehmen, aber Charlotte war anderer Meinung gewesen.

»Verkauf das Haus, mein Schatz. Verkauf es und behalt das Geld. Dann musst du dir nicht den Kopf darüber zerbrechen, woher du es hast, aber du wirst finanziell unabhängig sein. Das kann dein Vater ruhig für dich tun. Gott hab den alten Wichser selig.«

Minnie hatte sich ein Lachen über die Gotteslästerung ihrer Mutter verkniffen und tat genau das, was Charlotte vorgeschlagen hatte.

»Warum, glaubst du, interessieren die Jungs sich für den Preis meines Kinderwagens?«, fragte Minnie.

»Wer weiß schon, warum sie irgendetwas machen, Minnie. Also, wann willst du die Kleine zum ersten Mal mit Brei füttern?«

Minnie schluckte ihre Sorgen herunter und hörte sich Junes Ratschlag zu Reisflocken an.

13

Tara versuchte, jeden Tag in den Park zu gehen. Die Wintersonne tat ihr gut. Sie achtete darauf, dass sie stets wieder zu Hause war, bevor ihr Vater von der Arbeit kam.

Alicia fragte Tara nicht mehr, wohin sie ging, aber sie passte auf, dass sie ihr Handy bei sich hatte.

»Wenn du mich brauchst, schreib mir eine SMS«, sagte Alica. »Das ist doch okay, oder, Tara? Du musst mir nichts erzählen, auch nicht mit mir reden, aber im Notfall schreibst du mir eine SMS, ja?«

Tara fragte sich, wie sie ihre Finger dazu bringen sollte, einen Text zu tippen.

Alicia, die mal wieder dabei war, einen riesigen Berg Wäsche zusammenzulegen, schaute auf. Tara sah, dass ihre Augen glänzten, weil sie versuchte, die Tränen zurückzuhalten. Alicia weinte, wenn sie sehr wütend war, und Tara wusste, dass sie gerade jetzt vor Wut beinahe platzte.

Tara nickte Alicia zu und zeigte ihr das Handy. Sie trug es die ganze Zeit bei sich. Sie überlegte, ob sie ein paar beruhigende Worte für Alicia in ihr Telefon tippen sollte. Sie wollte Alicia diese Worte gern mitteilen, aber tief in ihrem Inneren schien eine große Hand alles in ein dunkles Schweigen zurückzudrängen. Wenn sie ihren Mund öffnete, wusste sie nicht, was herauskam. Wenn sie jetzt zu tippen anfing, was würde sie schreiben?

Sie ging aus dem Haus, schloss leise die Tür hinter sich und nahm einen tiefen, befreienden Atemzug.

Im Park saß sie still auf der Bank. An Wochentagen war der Park meist leer. Die Schaukeln bewegten sich gespenstisch hin und her, so wie immer, wenn niemand darauf saß. In der

Mitte stand ein großer Baum, auf den man wunderbar klettern konnte. Der Baum war eingezäunt, und es gab auch ein Schild: *Klettern verboten.*

Tara saß inmitten der Stille und atmete die Hoffnungslosigkeit ein.

Man hatte beschlossen, dass sie vorerst nicht zur Schule gehen würde. Ihr Vater, Alicia und der Psychologe hatten das beschlossen. Keiner von ihnen hatte Alicia auch nur angeschaut, als sie die Entscheidung getroffen hatten. Ihr Schweigen machte sie unsichtbar, wenn die Erwachsenen Entscheidungen treffen mussten.

Mrs Beeches, die Schulleiterin, hatte nur ungern in ihr Fortbleiben eingewilligt. »Ihre Noten sind im letzten Jahr schon schlechter geworden, Mr Sanderson«, hatte sie zu Taras Vater gesagt, der das Telefongespräch auf laut geschaltet hatte. »Wir wollen doch nicht, dass Tara vollkommen unvorbereitet in das nächste Schuljahr geht.«

Tara war kurz davor, zu kichern, als die Schulleiterin über das nächste Schuljahr sprach. Als ob das in einem Zusammenhang mit ihrem Leben stehen würde, als ob ihre Fünf in Geschichte irgendeine Bedeutung hätte.

»Das verstehe ich, Mrs Beeches«, hatte Max langsam und geduldig gesagt, so wie er immer redete, wenn er jemanden eigensinnig fand. »Aber jetzt wissen wir ja, warum ihre Noten so schlecht geworden sind, oder nicht?«

»Wahrscheinlich ja«, sagte Mrs Beeches, obwohl ihr Tonfall weiterhin vermuten ließ, dass sie jeden schlechten Schüler einfach für faul hielt – heimliche Schwangerschaften bildeten da keine Ausnahme.

»Im nächsten Jahr wird Tara alles aufholen, was sie jetzt verpasst hat. Hoffentlich ist diese ganze Geschichte dann vorüber, und sie wird wieder eine so gute Schülerin sein wie früher.«

»Das bleibt zu hoffen«, sagte Mrs Beeches.

»Herzlichen Dank für Ihr Verständnis«, sagte Taras Vater.

Die Lehrer schickten Tara Aufgaben per E-Mail, die sie zu Hause bearbeiten sollte. Tara las die Frage zu dem Englischaufsatz durch und konnte sich nicht vorstellen, jemals wieder einen Stift aufs Papier zu setzen. Wie konnte man sich für tote Dichter interessieren? Aus welchem Grund sollte sie über solche Dinge nachdenken?

Alle hofften, dass die Polizei bis nach den nächsten Ferien wüsste, ob Tara angeklagt werden würde. Und wenn ja, weswegen.

Oder sie hofften, dass das Baby gefunden würde. Oder dass Tara endlich sagen würde, wo das Baby war, dass sie ihren Mund öffnen und die Worte aussprechen würde.

*

Einmal in der Woche hatte Tara einen Termin bei Dr. Adams. Dr. Adams sah aus wie eine Großmutter. Sie hatte dichte, graue Locken und trug lange Röcke und bunte Perlenketten um den Hals. Ihre Brille saß tief auf der Nase, und sie strickte gern. Ihre erste Stunde hatten Tara und Dr. Adams schweigend verbracht. Anfangs hatte Dr. Adams Tara noch erklärt, wie die Therapie ablief, dann hatte sie die Schublade ihres dunklen Holzschreibtischs aufgezogen und ihre Strickarbeit hervorgeholt. »Das wird ein Pullover für meinen Enkel«, sagte sie. »Ich stricke, so schnell ich kann, denn er wird jede Woche größer.«

Der Pullover war dunkelblau. Tara und Dr. Adams saßen eine Weile stumm da, während die Nadeln klapperten.

»Möchtest du auch etwas stricken?«, fragte Dr. Adams, und zu ihrer Überraschung nickte Tara. Die Schreibtischschublade war voller Stricknadeln in verschiedenen Größen und bunten Wollknäueln. Tara entschied sich für Rosa. Zwar war Rosa schon lange nicht mehr ihre Lieblingsfarbe, aber sie wollte mit

Dr. Adams zusammensitzen und einen rosafarbenen Schal stricken. Dr. Adams zeigte ihr, wie sie eine Masche aufnahm, dann eine Schlinge machte und die Maschen von einer Nadel auf die andere brachte. Taras Strickarbeit sah ganz anders aus als die von Dr. Adams. »Du kriegst den Dreh schon noch raus«, sagte die Therapeutin.

Der Schal wurde mit jeder Woche länger. Manchmal schwieg Dr. Adams und manchmal sprach sie und sah Tara an, die nickte, zum Zeichen, dass sie sie verstanden hatte.

Tara verstand, dass sie ein Baby bekommen hatte.

Dr. Adams erzählte ihr immer wieder, dass sie ein Kind geboren hatte, aber Tara nahm diese Tatsache hin, als würde sie eine Geschichte aus ihrer Kindheit hören.

»Als du zwei warst«, erzählte ihr Vater gern, »hast du die Wände rot angemalt. Deiner Mutter ging es an dem Tag nicht gut, sie hat dich einfach machen lassen. Du hast lange rote Striche auf die Wände im Wohnzimmer gemalt. Die Farbe habe ich nicht mehr abbekommen, ich musste das ganze Zimmer neu streichen.«

Tara konnte sich nicht erinnern, dass sie die Wände angemalt hatte. Sie konnte sich weder an den roten Stift in ihrer Hand noch an die Reaktion ihres Vaters erinnern, aber die Geschichte musste so passiert sein, wie ihr Vater erzählte.

Ihre Gedanken an »das Baby« folgten einem ähnlichen Muster. Sie musste ein Kind zur Welt gebracht haben, weil alle das sagten, aber sie konnte sich an gar nichts erinnern. Sie hatte sechs Wochen lang geblutet. Die Blutungen hörten einfach nicht auf, und in ihrer Verzweiflung wollte Tara Alicia fragen, ob man langsam, über Tage und Wochen hinweg, verbluten konnte. Aber dann hatten die Blutungen aufgehört. Wenn sie scharf nachdachte, blitzte ein Bild von ihr mit blutüberströmten Beinen vor ihrem geistigen Auge auf, aber sie wusste nicht, wann das gewesen war und woher das ganze Blut stammte.

Ihr Bauch war fett und wabbelig gewesen, aber jetzt war er wieder so wie vorher – vor der Schwangerschaft. In manchen Nächten erlebte sie im Traum Angst und große Schmerzen, aber obwohl Tara klar war, dass sie diejenige war, die Angst und Schmerzen ausstand, blieb der Grund dafür stets im Dunkeln.

Sie hatte keine Ahnung, was sie der Polizei oder Dr. Adams oder Max und Alicia sagen sollte, und deshalb drückte die Hand in ihrem Inneren weiterhin die Worte nach unten. Und im Hinterkopf hatte sie immer den einen Gedanken: Wenn die Erwachsenen wüssten, wie sie sich fühlte, wenn sie den Mund öffnete und ihnen sagte, dass sie sich nicht an das Baby erinnern konnte, dass sie nicht daran glaubte, oder dass sie Angst vor der Wahrheit hatte, vor dem, was sie getan hatte, dann würde sie wie ihre Mutter enden. Was passierte, wenn sie das Baby umgebracht hatte? Was würde mit ihr geschehen, wenn sie seinen Kopf auf den Boden geschlagen oder den kleinen Körper in den Teich im Park geworfen hatte? War sie fähig, jemanden zu töten? Und wenn das der Fall war, war sie dann noch verrückter als ihre Mutter oder weniger verrückt oder einfach genauso verrückt?

Früher einmal, sie war ungefähr zwölf Jahre alt gewesen, da hatte sie gegoogelt: »Ist eine bipolare Störung erblich?« Fünf Seiten später war sie immer noch dabei, zu lesen. Und die Antwort auf jeder Website, von jedem Arzt lautete: Ja. Auf einer Website stand, wenn ein Elternteil an einer bipolaren Störung litt, dann hatte das Kind eine fünfzehn- bis dreißigprozentige Chance, selbst daran zu erkranken. Als Tara dreizehn wurde und die Welt von einem Tag auf den anderen nicht mehr dieser wunderbare Ort mit unzähligen Möglichkeiten war, sondern ein schwarzes Loch, aus dem sie nicht mehr herausfand, hatte Alicia vorgeschlagen, sie solle eine Psychologin aufsuchen. Tara machten schon die unkontrollierbaren Gefühle fertig, die durch ihren Körper jagten, und obwohl Emma und Jody meinten, ihnen ginge es auch so, beobachtete Tara argwöhnisch ihr eigenes Verhalten und achtete darauf, nicht aufzufallen, damit Alicia und ihr Vater nicht wieder auf die Idee kamen, sie zur Therapie schicken zu wollen.

Sie wusste, dass die Worte in ihr verschlossen bleiben mussten. Wenn man niemals erzählte, wie man sich fühlte und was man dachte, dann konnte das auch nie gegen einen verwendet werden.

*

Die Zeit verging, und Tara war gerade von der Bank aufgestanden, um nach Hause zu gehen, als sie ihn am anderen Ende des Parks entdeckte. Er wurde fast vollständig von einem großen Gummibaum verdeckt.

Sie blieb stehen und wartete. Vielleicht war er jeden Tag hier gewesen und hatte sich hinter dem Baum versteckt. Wenn sie ihn jetzt entdeckt hatte, dann weil er gesehen werden wollte. Tara stand einfach da, stumm und regungslos, und wartete, dass er sich entschließen würde, zu ihr zu kommen. Sie wollte gerade gehen, als er hinter dem Baum hervortrat und auf sie zukam. Sie hatte auf ihn gewartet, und jetzt war er da, aber als Tara ihn in dem zerrissenen T-Shirt und den Baggyjeans sah, erkannte sie, dass Liam nichts sagen oder tun konnte, was ihre Lage ändern würde. Er war einige Jahre älter als sie, aber er sah wie ein Junge aus. Er hatte sogar noch Pickel im Gesicht.

»Ha-ha-llo T.«, sagte er.

Sie nickte ihm zu.

»Ich weiß nicht … ich weiß gar nicht … ich weiß gar nicht, was ich s-sa-gen soll«, sagte er.

Tara fasste sich an den Hals, damit er wusste, dass auch sie keine Worte mehr hatte. Er fragte nicht, warum sie nicht sprechen konnte. Das war nicht seine Art. Er würde einfach abwarten, bis sie es ihm von selbst erzählte. Und wenn sie es nicht tat, würde er das auch akzeptieren.

Es schien ein Witz zu sein, wirklich. Er brachte kaum ein Wort heraus, und sie war gar nicht mehr fähig, zu sprechen.

Schweigend gingen sie zurück zur Bank, und Liam nahm ihre Hand. Tara blickte auf seine plumpen Finger und spürte, wie sich ihr Herzschlag beruhigte. Er musste nichts sagen – nicht unbedingt.

Sie blieben dort sitzen, bis sie mit dem Finger auf ihre Armbanduhr tippte, und er begriff, dass sie gehen musste.

Sie hatten sich so viel zu sagen, aber zu schweigen fühlte sich richtig an. Das Schweigen war notwendig.

Tara winkte ihm zu, als sie den Park verließ.

»Ich werde … werde … mo-morgen wiederkommen«, sagte Liam, und Tara nickte.

Auf dem Weg zurück zu ihrem Elternhaus, ihrem Zimmer und den vielen Fragen, wünschte sich Tara, sie könnte ihre Stimme wiederfinden.

Sie wollte gern singen.

14

June redete ununterbrochen, und Minnie las die Bücher über Babys und schrieb alles auf, was erledigt werden musste.

Im Internet las sie, dass das Baby von einem Kinderarzt untersucht werden musste. Kate musste gewogen, gemessen und geimpft werden. Auch ein Hörtest musste gemacht werden. Alle Untersuchungsergebnisse wurden in einem blauen Heft festgehalten. Im Internet stand, dass man das blaue Heft nach der Geburt vom Krankenhaus bekam. Kate brauchte auch eine Geburtsurkunde, damit sie eines Tages zur Schule gehen konnte. Sie musste offiziell existieren.

Minnie betrachtete das Problem von allen Seiten. »Was sollen wir jetzt tun, Mum?«, fragte sie.

»Pack den Stier bei den Hörnern, Schatz«, hatte ihre Mutter immer gesagt.

Minnie rief im Gesundheitszentrum an und vereinbarte einen Termin. Aber der zuständigen Kinderschwester würde sie die Geschichte von ihrer Kusine nicht auftischen können. Beim Arzt würden sie Beweise verlangen, Dokumente, die Kates Existenz bescheinigten. Die Kinderschwester würde mit der leiblichen Mutter sprechen wollen.

Minnie musste sich eine neue Geschichte ausdenken – eine für den Rest von Kates Leben. »Ich hasse es, zu lügen, Mum, aber es geht nicht anders.« Sie schaukelte Kate in ihren Armen, während im Hintergrund der Fernseher lief.

Es gab eine neue Sendung: *Ich wusste nicht, dass ich schwanger war.* Minnie schaute sich an, wie Frauen mit Bauchkrämpfen in die Notaufnahme kamen und mit Babys im Arm wieder nach Hause gingen. *Die haben Glück,* dachte sie.

Die Frauen waren meist sehr dick. Eine von ihnen sah aus wie Minnie früher. Inzwischen war Minnies Gesicht kantiger geworden, aber sie konnte sich erinnern, auch einmal so dick gewesen zu sein. Gebannt schaute sie zu, wie die dicke Frau im Fernsehen berichtete, dass sie geglaubt hatte, sich mit mexikanischem Essen den Magen verdorben zu haben, dann aber feststellen musste, dass sie ein Kind bekam.

»Also, Mum«, sagte Minnie. »Ich glaube, so geht's.«

Die Jungs dachten, das Baby wäre ihr eigenes. Sie kannten sich zwar nicht aus, aber Minnie glaubte, sie hätte eine Chance, auch andere Menschen davon zu überzeugen, dass sie Kates Mutter war.

Sie färbte ihre grauen Haare. Dicke Menschen waren alterslos. Sie würde sagen, sie sei dreiundvierzig statt siebenundvierzig. Mit dreiundvierzig konnte man noch ein Kind bekommen. Man konnte schwanger werden und es nicht bemerken – zumindest, wenn man schon immer sehr rundlich gewesen war. Minnie war jetzt etwas leichter als früher, aber Dr. Benson würde weiterhin von »krankhafter Fettleibigkeit« sprechen.

Sie stellte sich auf die Spezialwaage, die sie in Amerika bestellt hatte, und rechnete nach, dass sie in den Wochen mit Kate zwanzig Kilo verloren hatte.

Ganz hinten im Schrank fand sie ein altes Kleid aus Stretchmaterial. Es schmiegte sich wunderbar an ihren Körper. Minnie fühlte, wie ihre Haut an manchen Stellen lose herabhing.

Sie schminkte sich und überprüfte ihr Aussehen – zum ersten Mal seit langer Zeit sah sie sich im Spiegel an, nachdem sie jahrelang nicht richtig hingeschaut hatte, nachdem sie immer nur kleine Ausschnitte von sich erhascht hatte, weil man die ganze Minnie nicht mit einem Blick erfassen konnte.

»Ich glaube, so schaffe ich das, Mum«, sagte Minnie und fügte dann hinzu: »Lieber Gott, wenn du willst, dass ich dieses Kind behalte, dann lass diesen Termin gut ausgehen.«

Sie lächelte sich im Spiegel zu. Schließlich gab es keinen Grund, warum sie in ihren Gebeten nicht ihren eigenen Wünschen Ausdruck verleihen sollte. »In Ordnung, Katie«, sagte sie. »Wir werden das Kind schon schaukeln.«

*

»Hallo, ich bin Alicia«, sagte die schlanke Schwester in Jeans und einem gestreiften Oberteil.

Am liebsten würde ich dich wie einen Käfer zertreten, durchfuhr es Minnie. Sie hoffte inständig, dass man ihr die Angst und die Verzweiflung nicht ansah.

»Und wie heißt diese süße junge Dame?«, fragte Alicia.

»Sie heißt Kate«, antwortete Minnie und war froh, dass sie Kate das hübsche rosa Kleidchen mit den passenden Socken angezogen hatte. Der blonde Haarflaum auf dem Kopf ließ noch kein Geschlecht erkennen.

»Sie hat wunderschöne Augen«, sagte Alicia. »Einer meiner Söhne hat die gleiche Augenfarbe – so dunkel, dass sie fast schwarz wirken.«

»Sie ist wirklich hübsch«, sagte Minnie, und Alicia nickte.

»Dann schaue ich mir jetzt mal Ihr blaues Heft an.«

»Also, offen gestanden, habe ich keines – ich habe zu Hause entbunden, wissen Sie.«

Mit Verve begann Minnie ihre Geschichte zu erzählen und hoffte, dass sie die Lügen nicht durcheinanderwerfen würde. Die Sünden stapelten sich zu einem hohen Turm, aber wenn Kate sie anlächelte, schob Minnie alle Bedenken beiseite. Und wenn sie eines Tages in der Hölle landen würde, ihr schien es ein kleiner Preis für diesen Himmel auf Erden. In ihren Träumen jagte sie der Teufel, aber wenn das Morgenlicht auf Kates blondem Flaum glänzte, nahm Minnie die Strafe für ihre Sünden im Traum gern hin.

»Um ehrlich zu sein, habe ich die Schwangerschaft gar nicht bemerkt … ich bin ja ziemlich füllig, und da …« Minnie deutete ihre Rundungen an, sie demütigte sich vor der Kinderschwester, damit diese nur ihre Lügen sehen und der Wahrheit nicht auf den Grund gehen würde.

»Na ja, wie auch immer sie auf die Welt gekommen ist, jetzt ist sie da. Haben Sie die Geburt registrieren lassen?«

Minnie atmete langsam aus. So weit, so gut.

»Hm, noch nicht. Ich muss mich erst an alles gewöhnen. Ich war noch nicht beim Arzt, aber ich wollte Kate untersuchen lassen, um sicherzugehen, dass alles in Ordnung ist.«

»Sie hätte unbedingt gleich nach der Geburt von einem Arzt untersucht werden müssen. Dann wird Blut entnommen oder Vitamin K gespritzt, diese Maßnahmen sind wichtig.«

»Ach du meine Güte«, sagte Minnie und merkte, dass sie zu schwitzen anfing. Alicia sah sie aus freundlichen Augen an, aber um den Mund zeichnete sich ein strenger Zug ab.

»Ich habe wohl alles falsch gemacht«, sagte Minnie. Sie blickte auf ihre Füße und wischte sich über die Augen und hoffte, dass die Kinderschwester Mitleid mit ihr hätte.

»Machen Sie sich deshalb keine Sorgen«, sagte Alicia. »Wir werden das alles regeln. Es muss sehr aufregend sein, so überraschend ein Baby zu bekommen. Ich kann mir das gar nicht richtig vorstellen.« Einen Moment lang schwieg sie und starrte an die Wand. »Haben Sie überhaupt keine Anzeichen bemerkt, dass Sie schwanger sein könnten?«, fragte sie dann.

Minnie schüttelte den Kopf.

»Wirklich nichts? Ich meine, keine Übelkeit am Morgen, keine schmerzenden Brüste?«

»Es gibt sogar eine Sendung im Fernsehen darüber«, sagte Minnie leise. »Es kann passieren, dass man nichts merkt. Ich habe vor Kurzem meine Mutter verloren. Ich muss gestehen, dass ich ständig gegessen habe, um mich zu trösten.«

Alicia sah Minnie an und wandte den Blick schnell wieder ab.

»Also, Kate sieht gesund aus. Ich werde Ihnen ein blaues Heft besorgen, und Sie können im Internet nachschauen, wie Sie die Geburt registrieren lassen. Das kann schnell erledigt werden. Jetzt ziehen wir die Kleine aus und wiegen sie erst einmal.«

Minnie war stolz auf Kates rosige Rundlichkeit.

Alicia füllte das blaue Heft aus, und Minnie beantwortete ihre Fragen. Sie gab ein Durchschnittsgewicht als Kates Geburtsgewicht an, und auch eine übliche Größe.

»Sie hat ganz schön zugenommen«, sagte Alicia.

»Na ja, ich bin ja auch ziemlich füllig«, sagte Minnie und hoffte, dass Alicia nicht noch mehr Fragen stellen würde, die sie nicht beantworten konnte.

»Ja, aber das Baby sollte nicht zu dick werden. Wir werden ihr Gewicht im Auge behalten. Sie müssen auch mit ihr zum Kinderarzt gehen.«

»Ich habe schon einen Termin ausgemacht.«

»Gut. Haben Sie noch Fragen? Schläft die Kleine gut? Bekommt sie schon Brei?«

Minnie ließ Alicia noch einen weiteren Termin bei ihr vereinbaren, dann ging sie, das blaue Heft fest an die Brust gedrückt. Die Kinderschwester hatte alles aufgeschrieben, was Minnie ihr gesagt hatte. Jetzt war Kate schon fast offiziell.

Zu Hause schaute sie im Internet nach, was sie tun musste, um eine Hausgeburt anzumelden. Sie brauchte zwei unabhängige Zeugen, die die Geburt bestätigten.

Minnie gab Kate ihre Flasche und überlegte, welche zwei Menschen sie fragen konnte. Lela konnte sie fragen, aber dann würde sie ihr eine neue Geschichte erzählen müssen, und dazu war sie nicht bereit. Sie musste ihr Geheimnis bewahren, aber Geheimnisse fanden fast immer eine Lücke und reckten sich ans Licht.

»Was soll ich denn jetzt tun, Mum?«, fragte Minnie, aber sie kannte die Antwort schon. Charlotte hätte ihr geraten, zu beten. »Gott antwortet denen, die gewillt sind, ihm zuzuhören.«

Gott war merkwürdig still gewesen, als Minnie ihn gefragt hatte, ob sie der Polizei von dem Baby erzählen sollte oder besser nicht, aber sie musste zugeben, dass sie seine Antwort vielleicht gar nicht hören wollte.

Minnie wickelte Kate in eine Decke und legte sie in ihr neues Babybettchen. Im Moment sah Kate noch winzig darin aus, aber Minnie wusste, dass es nicht lange dauern würde, bis die Kleine den ganzen Platz ausfüllte.

Minnie setzte sich in den Schaukelstuhl, schloss die Augen und begann vor sich hinzusummen. Sie bat Gott um eine Antwort. Dieses Mal hörte sie wirklich zu.

In dem stillen Haus begann das Telefon zu klingeln.

»Hallo, Minnie, ich bin's«, sagte June. »Hast du vielleicht Lust, heute noch mal spazieren zu gehen? Wir waren zwar schon einmal draußen, aber in der Sonne ist es so schön, das tut diesem Baby von dir bestimmt gut.«

Diesem Baby von dir, wiederholte Minnie bei sich und wusste, dass sie eine Antwort auf ihre Frage bekommen hatte. Kate war ihr Baby. Sie gehörte zu Minnie, so sehr, wie ein menschliches Wesen zu einem anderen gehören konnte. Kate war ihr Kind, und sie würde sie unter keinen Umständen mehr hergeben.

»Sehr gern«, sagte Minnie. »Gib mir eine Stunde, sie macht gerade Mittagsschlaf, dann treffen wir uns vor der Tür … Oh, und June?«

»Ja, was ist denn?«

»Ich möchte dich um einen Gefallen bitten. Ich erzähle dir auf unserem Spaziergang, worum es geht.«

»Natürlich, meine Liebe, ich helfe immer gern.«

Minnie legte auf. »Jesus, ich danke dir«, sagte sie und ging in die Küche, um sich vor dem Spaziergang noch schnell einen Apfel zu holen.

Während sie zwei Äpfel aß, dachte sie darüber nach, was sie tun sollte. Gern hätte sie die Lügen über Kate aufgeschrieben, damit sie den Überblick behielt, aber sie wusste, dass es gefährlich war, solche Dinge schriftlich festzuhalten. An die Geheimnisse in ihrem Kopf kam niemand heran, solange sie nicht den Mund öffnete.

»Ich werde in die Hölle kommen, Mum«, sagte Minnie, aber es war ihr gleichgültig. Ihr ganzes Leben lang hatte sie versucht, ein guter Mensch zu sein, und wohin hatte sie das gebracht?

»Einsam und fett hocke ich auf dem Sofa, Mum, so weit habe ich es gebracht«, sagte Minnie. Sie war überrascht, dass sie wütend war. »Ich war ein so guter Mensch, wie man nur sein kann. Mein ganzes Leben lang war ich brav und anständig, so wie du es von mir verlangt hast. Und nun soll ich das Einzige aufgeben, was in meinem Leben schön ist. Ich weiß, Mum, was ich tue, ist falsch, aber weißt du was? Ihr könnt mich alle mal, und zwar jeder, der versucht, sie mir wegzunehmen.«

Minnie fühlte, wie ihr bei den Flüchen die Hitze ins Gesicht stieg. Sie goss sich ein Glas Wasser ein und nahm einen großen Schluck, um sich abzukühlen.

»Was ist denn nur los mit mir, Mum?«, sagte sie, aber im Grunde kannte sie die Antwort. Ihr ganzes Leben lang war sie ein sanftmütiges Kätzchen gewesen, sie kam niemandem in die Quere, sie hielt sich stets am Rand, aber jetzt musste sie ihr eigenes Junges beschützen, sie musste eine große Katze sein. Nur eine große Katze konnte ihr Junges beschützen. Niemand legte sich mit einer großen Katze an, niemand versuchte dann, ihr wegzunehmen, was ihr gehörte. Minnie würde eine Katze sein, eine große Katze, eine Riesenkatze. Für Kate würde sie sogar brüllen wie ein Löwe.

15

Wenn die Polizisten jetzt zu ihnen ins Haus kamen, sprachen sie nicht mehr darüber, das Baby zu finden und ein gutes Zuhause für es zu suchen, sie sprachen davon, die Leiche zu finden.

Tara verstand, dass sie dachten, das Baby, nach dem sie alle suchten, sei tot, aber sie wusste nicht, wie sie auf diesen Gedanken gekommen waren. Niemand wusste, wo das Baby war, wie also konnte die Polizei wissen, ob es tot oder lebendig war?

»Irgendwann musst du etwas sagen«, sagte die Polizistin. »Ich weiß, du denkst, wenn du schweigst, musst du nicht die Konsequenzen deines Handelns tragen, aber so ist es nicht.«

»Das reicht«, warf Daniel Walters ein. Tara beugte sich vor und öffnete den Mund. Sie wollte etwas sagen, irgendetwas, aber sie pustete nur Luft aus. Eine Minute lang starrten alle sie an, dann stand die Polizistin kopfschüttelnd auf.

»Wir melden uns wieder«, sagte der andere Polizist, der einen Schokoladenkeks gegessen hatte, während seine Partnerin mit Tara redete.

»Sicherlich«, sagte Taras Vater.

Sicherlich, dachte Tara, aber sie sprach es nicht aus.

*

»B-B-Brent ha-at ein Haus g-gemiet-tet. Er s-sagt, w-wenn i-i-ich v-vo-on der Schul-le a-abgehe und Stü-ütze b-bekomme, kann i-ich bei i-ihm w-wohnen.«

Liam fuhr mit den Fingern Taras Hand entlang. Im Park war es kalt, aber noch auszuhalten.

Sie sah ihn lange durchdringend an. Wenn ihre Stimme noch

da gewesen wäre, hätte sie ihn angeschrien. Liam senkte seinen Blick auf die Steine, die er mit den Füßen hin und her bewegte.

»S-sei nicht b-böse auf mich, T. I-ich k-kann das nicht m-mehr aushalten. V-verdammt, i-ich l-lerne eh nichts.«

Tara wandte ihr Gesicht von ihm ab und blickte in den kleinen Park. Auf der Schaukel saß ein kleines Mädchen und sang vor sich hin. Die Mutter saß auf einer Bank und hatte sich in eine Modezeitschrift vertieft.

Selbst wenn sie hätte sprechen können, wusste Tara, dass sie nichts sagen konnte, was seine Meinung ändern würde.

Als sie sich gerade kennengelernt hatten – als Tara noch ihre Stimme hatte und er gerade keine, als sie vierzehn Jahre alt war und nichts weiter –, da hatte Tara sich geweigert, Liams Freunde zu treffen.

Er hatte die Jungs mit zwölf im Skatepark kennengelernt, und seitdem konnte er sich nicht mehr von ihnen trennen. Nicht einmal für Tara konnte er das tun. Die Jungs waren älter als er. Sie waren älter, und ihr Leben hatte schon eine bestimmte Richtung eingeschlagen. Sie schwänzten die Schule und rauchten Joints im Skatepark und machten Witze über die Dummheit der Lehrer. Liam hielt sie für Götter. Sie machten einfach, was ihnen gefiel, ohne ständig Vorschriften von Erwachsenen zu bekommen, die Liam die Luft zum Atmen nahmen. Sie hatten einen Geheimvorrat an blitzschnellen besänftigenden Antworten für Lehrer und Polizisten, und sie schienen zu wissen, dass sie unantastbar waren.

Liam war voller Ehrfurcht für die Unverfrorenheit, mit der sie der Welt begegneten. Er hatte die meiste Zeit seines Lebens Angst vor anderen Menschen gehabt. Er wusste nicht, wie sein Stottern angefangen hatte, aber es überschattete sein ganzes Dasein. Seine Eltern hatten zu spät erkannt, dass er nicht einfach Schwierigkeiten beim Sprechen hatte, sondern dass er die Wörter nicht korrekt aussprechen konnte.

»Wenn du doch mal nachdenken würdest, bevor du den Mund aufmachst«, sagte sein Vater.

»Wenn du doch nur langsam sprechen würdest«, sagte seine Mutter.

Aber als er vollkommen aufhörte zu sprechen, fiel das beiden Eltern auf. Sie suchten Ärzte und Psychologen auf und Liam machte verschiedene Therapien, aber das Stottern kam immer wieder zurück. Für Liam war es anstrengend, unzählige Regeln zu beachten, bevor er den Mund öffnete. »Atme so ein, beweg den Mund auf diese Weise, sprich die Worte so aus«, befahl man ihm.

»Du musst es weiter versuchen«, sagte der Logopäde. »Wenn du dranbleibst, wird es bald besser.« Aber Liam war zu alt, um richtig sprechen zu lernen. Mit zehn Jahren versuchte er es einige Monate lang, bis er eines Tages einen groben Fehler machte und die anderen Kinder ihn wieder verspotteten.

Der lallende Liam nannten sie ihn, und manchmal hatte er das Gefühl, verrückt zu werden. Ein Wort hervorzubringen war für ihn so anstrengend, dass ihm der Schweiß ausbrach. Er wusste genau, was er sagen wollte, vor seinem geistigen Auge fügten sich die Wörter zu einem sinnvollen Satz zusammen, aber wenn er sprechen wollte, bekam er die Kiefer nicht auseinander und atmete ruckartig ein und aus. Manchmal erfüllte ihn unbändige Wut, er ballte die Hand zur Faust und hieb die Fingernägel tief in den Handballen, wo sie rote Druckstellen hinterließen.

Spätabends brüllten seine Eltern sich im Schlafzimmer an und schoben sich gegenseitig die Schuld für ihren sonderbaren Sohn zu. Sie liebten ihn – Liam wusste, dass sie ihn liebten –, aber er war sich bewusst, dass seine Eltern mit einem Kind mit seinen Problemen nicht umgehen konnten. Sie wollten bei Fußballspielen an der Seitenlinie stehen und stolz sagen: »Das ist mein Sohn.« Liam hasste Fußball, und jedes Mal, wenn seine Eltern Freunde zu sich nach Hause einluden, stand er gekrümmt und schwitzend da, wenn die Gäste versuchten, ein Gespräch mit ihm anzufangen.

Liams Zwillingsschwestern hatten früh zu sprechen und zu laufen begonnen, und sie waren total vernarrt in ihren kleinen Bruder, bis sie irgendwann keine Lust mehr hatten, zu warten, dass er einen Satz beendete. Wenn Liam sich abends mit seinen Eltern und Geschwistern an den Tisch setzte, lasteten all die Erwartungen, die er nicht erfüllt hatte, schwer auf ihm. Niemand aus seiner Familie war bewusst unfreundlich zu ihm, aber Liam spürte, dass alle darauf warteten, dass er besser sprach und besser zurechtkam. Manchmal überraschte er seine Mutter dabei, wie sie ihn ansah, wenn sie glaubte, er wäre in das Spielen mit der PlayStation vertieft. Er fühlte ihre Augen auf sich, und wenn er schnell aufblickte, erkannte er den Ausdruck tiefer Besorgnis auf ihrem Gesicht. Dann zog sich ihm der Magen zusammen. »Mach dir um dich selber Sorgen«, wollte er rufen, aber natürlich würde er die Worte nur stotternd hervorbringen und ihre Augen würden sich mit Tränen füllen, deshalb tat er so, als hätte er nichts gesehen, und konzentrierte sich wieder auf sein Spiel.

In der Schule hackten alle auf ihm herum, und er wehrte oder beschwerte sich nie. Er nahm die Beleidigungen als gerechte Strafe für sein Versagen hin. Mittags aß er allein. Danach saß er in der Bibliothek und las die ganze Grundschulzeit hindurch. Als er zwölf war, bekam er von einer Tante, die die Familie besuchte, ein Skateboard geschenkt. Seine Mutter kriegte fast einen Anfall und bestand auf einem Helm, Knie- und Ellbogenschützern. Liam erklärte sich mit allem einverstanden, solange er nur das rote Board mit den schwarzen Streifen und dem Schädelmotiv behalten durfte.

Ein paar Mal fuhr er den Bürgersteig rauf und runter, und dann, ohne weiter darüber nachzudenken, stieß er sich einmal ab und war auf und davon.

Auf dem Skateboard flog Liam dahin. Mit der Leichtigkeit

eines Vogels drehte er sich, wendete blitzschnell, sprang mit dem Board überall rauf und runter. Auf dem Skateboard musste er nicht sprechen. Er konnte den ganzen Nachmittag schweigen, auf der Rampe war er der Größte.

Als Brent, Leo und Callum herausfanden, dass Liam kaum ein Wort hervorbrachte, ohne zu stottern, waren sie schon vollkommen von seinen Skateboardkünsten fasziniert.

Brent kam als Erster auf ihn zu. Eines Nachmittags mitten im Sommer, Liam hatte gerade einen perfekten 360-Grad-Salto gemacht und saß in der Sonne, während ein paar andere Jungen auf dem Board ihr Bestes versuchten, kam Brent auf ihn zu.

»Das war ganz okay«, sagte Brent.

Liam sah auf und erblickte direkt vor sich den Jungen, vor dem er immer gewarnt worden war. Wenn Brent oben auf der Rampe stand, rückten alle zur Seite und ließen ihn vor. Einmal hatte ein Junge, der die Regel nicht kannte, sich an ihm vorbeigedrängelt und war vor ihm runtergefahren. Brent hatte dem Jungen mit dem Skateboard die Nase gebrochen. Der Junge war klug genug, seinen Eltern zu sagen, dass er hingefallen sei. Niemand kam Brent in die Quere. Liam hatte nur mit den Achseln gezuckt, als Brent vor ihm stand, denn er wusste, dass es am klügsten war, wenn er schwieg.

Brent setzte sich neben ihn, und ein paar Minuten später kamen auch Leo und Callum und setzten sich. Liam blickte sich im Skatepark um und verstand, dass er jetzt zu Brents Clique gehörte. Brent und Leo und Callum sprachen mit ihm, und er musste nur »Ja« oder »Nee« oder »Cool« sagen, wenn jemand einen tollen Sprung mit dem Board machte. Ein einzelnes Wort brachte auch Liam heraus, ohne aufzufallen.

Gegen Abend hob er zum Abschied seine Hand und Brent fragte: »Sehen wir dich morgen?« Liam konnte nur nicken. Während er auf seinem Skatboard nach Hause fuhr, begriff er, dass er zum ersten Mal in seinem Leben Freunde gefunden hatte. Brent konnte einem Angst einjagen, aber die war niemals so groß wie die Einsamkeit, die Liam manchmal nachts aus tiefem Schlaf aufschreckte.

In der Schule sorgte Brent dafür, dass keiner Liam mehr ärgerte. Eines Nachmittags stellte ein Lehrer Liam auf dem Schulhof wegen einer Chipstüte, die zu seinen Füßen lag, zur Rede.

»Heb das auf, Junge«, sagte der Lehrer.

»D-die ge-gehört n-nicht mir«, sagte Liam.

»I-ist m-mir e-egal«, verspottete ihn der Lehrer.

»Sollten Sie den Kindern nicht helfen, anstatt sich über sie lustig zu machen?«, fragte Brent, der hinter Liam auf der Treppe saß und ein Hotdog aß.

Der Lehrer bekam vor Zorn rote Ohren, drehte sich um und ging weg.

»Wichser«, sagte Brent zu dem weggehenden Lehrer.

Liam sagte gar nichts, aber er war Brent sehr dankbar für seine Worte. Brent gab ihm nicht das Gefühl, dass sich jemand schützend vor ihn stellte, der ihn für unfähig hielt; Brent war einfach er selbst, und der Lehrer hatte ihn genervt.

Inzwischen war Liam siebzehn und Brent neunzehn, und sie waren immer noch eine eingeschworene Clique. Jetzt tranken und rauchten sie alles, was sie auftreiben konnten, und für Brent war alles im Leben »Scheiße« und »Schwachsinn«. Leo und Callum nickten dazu und erklärten, dass auch für sie alles »scheißlangweilig« war. Auch Liam trank, in der Hoffnung, dass der Alkohol seine widerspenstige Zunge lösen würde, aber es wurde nur schlimmer. Ein Joint entspannte ihn so weit, dass er einen ganzen Satz herausbrachte, aber dann sagte Brent unweigerlich: »Halt dein verdammtes Maul, Liam.« Liam machte es nichts aus, dass Brent das sagte. Nach all den Jahren, in denen alle Menschen versucht hatten, ihn zum Sprechen zu zwingen, schätzte er Brents Offenheit. Brent hasste es, zuzuhören, wie Liam ein Wort nach dem anderen stammelte, und Liam hasste es ebenso. Für ihn war es eine Erleichterung, wenn man ihm befahl, einfach still zu sein.

*

»Sie sind Abschaum, Liam«, hatte Tara gesagt, nachdem sie Brent und die anderen kennengelernt hatte. »Dieser Vollidiot Brent sagt dir pausenlos, dass du das Maul halten sollst. Wie kannst du dich nur so behandeln lassen?«

»Er i-ist m-mein K-Kumpel«, sagte Liam, und Tara seufzte und drang nicht weiter in ihn.

Liam sollte für seine Abschlussprüfungen in der Schule lernen. Er sollte sich darüber Gedanken machen, was er studieren wollte. Er sollte darüber nachdenken, wie er einen Studienplatz bekam.

Tara wusste, dass Liams Zukunft, wenn er von der Schule abging und bei Brent einzog, aus Biertrinken und Jointsrauchen bestehen würde. Als sie noch mit Liam zusammen war, hatte Tara versucht, ihm klarzumachen, wie sehr Brent ihm schaden konnte, aber Liam hatte ihre Argumente nie eingesehen. Jetzt war sie nicht mehr in der Lage, etwas gegen Brent zu sagen, und selbst wenn Liam ihr zugehört hätte, ihre eigenen Probleme waren so erdrückend, dass sie sich mit denen von Liam nicht mehr auseinandersetzen konnte.

Und obwohl Tara ständig etwas gegen Brent sagte, verstand sie Liams Bedürfnis, in seiner Nähe zu sein, sehr gut.

Brent zog Menschen an. Er warf ein Netz aus, und es füllte sich mit verlorenen Seelen. Callum war immerzu mit blauen Flecken und Prellungen übersät. Bei ihm war der Grips eines kleinen Jungen im Körper eines Muskelschranks gefangen. Sein Stiefvater empfand seine körperliche Stärke als bedrohlich und prügelte ihm die Seele aus dem Leib, wann immer er konnte.

»Anfangs mochte er mich«, erzählte Callum Tara eines

Abends bei einer gemeinsamen Flasche Wodka, zu der Zeit, als Tara noch versuchte, gut mit Liams Freunden auszukommen. Brent lag schon bewusstlos am Boden.

»Als du noch ein Kind warst?«, fragte Tara.

»Ja«, antwortete Callum, und Tara hatte zustimmend genickt. Nur zu gut kannte sie die Sehnsucht, die man als Kind mit nur einem Elternteil verspürte, wo alle Kinder Mutter und Vater zu haben schienen. »Ich war erst sechs, als meine Mutter und er geheiratet haben. Er hat mir versprochen, dass wir immer die besten Freunde sein werden. Und so war es auch. Ich war ein guter Junge. Weißt du, ich habe immer alles getan, was er wollte. Aber als ich größer wurde, mochte er mich einfach nicht mehr. Als er mir zum ersten Mal eine geknallt hat, war ich schon größer als er.«

»Erwachsenwerden ist echt scheiße«, hatte Tara gesagt.

»Ja«, hatte Callum gesagt und genickt. Dann hatte er noch einen großen Schluck aus der Wodkaflasche genommen und war in seinen Gedanken versunken.

Wenn sein Stiefvater ihn schlug, stand Callum reglos da oder lag zusammengekrümmt auf dem Boden und wartete, dass dem Mann die Energie ausging. Er nannte ihn immer noch Daddy, weil seine Mutter darauf bestand.

Leo war in Brent verliebt und kämpfte um seine Zuneigung, wo er nur konnte. Vielleicht war er auch einfach nur auf der Suche nach jemandem, der ihm etwas Aufmerksamkeit und Geduld schenkte. Leo hatte sein ganzes Leben lang zurückstecken müssen, weil seine Schwester so viel Fürsorge benötigte.

Tara beobachtete die Jungs, und ihr war klar, dass Brent wusste, was da ablief. Unaufhörlich wurden Witze über Schwule und Lesben gerissen, und immer lachte Leo am lautesten. Er stieß auch die meisten Beleidigungen gegen die aus, die die Gruppe zum Außenseiter abstempelte.

Tara dachte, dass Brent Leo aus der Clique ausschließen

würde, wenn er die Wahrheit erkennen würde, aber das war nicht Brents Art, mit Menschen umzugehen. Er nahm Treue an, wo immer er sie bekommen konnte. Und eine Treue, die aus unerwiderter Liebe resultierte oder von jemandem kam, der im Selbsthass zu ertrinken drohte, war stark und mächtig. Brent behielt Leo in der Clique, weil er es liebte, von ihm bewundert zu werden. Er genoss die Blicke, die Leo ihm zuwarf, und dass Leo alles tat, was er wollte.

Manchmal legte er Leo die Hand auf die Schulter oder fuhr ihm über den Rücken. Es waren Gesten, die freundschaftlich wirkten, aber Tara wusste, was er tat; sie hatte beobachtet, wie Leo innehielt und stillstand, wenn Brent sich ihm näherte.

Brent umgab ein Geheimnis; tief drinnen schien er böse und gefährlich. Niemand kannte seine Vergangenheit. Spät abends begannen die Jungs über ihre Eltern zu reden. Callum machte Witze darüber, dass er unaufhörlich verprügelt worden war, und Leo erzählte von seiner behinderten Schwester. Nur Brent erwähnte nie, woher er kam. Keiner von ihnen war je bei ihm zu Hause gewesen. Wenn eine Pause entstand, während sie einen Joint herumreichten und über ihre kaputten Familien redeten, bezeichnete Brent seine Eltern schlicht als »Arschlöcher«, und das Gespräch ging weiter.

Tara fand Brent unglaublich sexy und zugleich vollkommen abstoßend. Bevor sie begriffen hatte, wie gefährlich er war, hatte Tara versucht, in die Clique aufgenommen zu werden. Sie wollte, dass Liams Freunde sie mochten, aber welche Freundin hätte sich das nicht gewünscht?

Eines Abends waren alle bei Liam zu Hause gewesen, dessen Eltern ausgegangen waren. Sie hatten Joints ausgetauscht und Bier getrunken. Dann war Liam auf dem Sofa eingeschlafen.

Tara stand auf, um nach Hause zu gehen. Sie wollte sich den Mund ausspülen und draußen ihren Vater anrufen, damit er sie abholte. Der Weg war zu weit, um zu Fuß zu gehen. Ihrem Vater würde sie erzählen, dass sie bei einer Freundin gewesen war, die in der Nähe wohnte. »Wir haben uns gestritten«, würde sie sagen, und er würde ihr Vorhaltungen machen, wie gefährlich es nachts allein auf der Straße sei.

»Ich rufe nur schnell meinen Dad an«, sagte sie zu Brent, als ihr auffiel, dass die anderen Mädchen, die an diesem Abend dabei gewesen waren, schon gegangen waren. Auch Callum war schon von seinem Stiefvater nach Hause gezerrt worden.

»Du musst noch nicht gehen.« Brent sprach langsam, von Dope und Alkohol berauscht.

»Nee«, sagte Tara. »Es ist besser, wenn ich jetzt gehe. Ich muss morgen noch lernen.«

»Du arbeitest zu viel, T.«, sagte er, und sie fühlte, wie sie zusammenzuckte, als er Liams Kosenamen für sie verwendete.

»Na ja, also, ich will das so, weißt du, ich will etwas aus meinem Leben machen.«

Sie hatte ihre Tasche in die Hand genommen und war über Leo gestiegen, der schlafend mit einer Bierflasche in der Hand auf dem Boden lag.

Sie hatte gerade in ihrer Tasche nach der Mundspülung gesucht, als Brent sich direkt vor sie stellte.

»Ich habe gesagt, du musst nicht gehen, T.«

Tara konnte sich an den Schauer erinnern, der ihr in jenem Augenblick über den Rücken lief. Aus nächster Nähe waren seine Augen himmelblau, sogar bei dämmerigem Licht. Brent war nicht viel größer als sie, dennoch nahm er sehr viel mehr Platz ein. Er roch nach Zigaretten und Aftershave.

Er hob die Hand und strich ihr sanft über die Wange. »Du bist so hübsch, Tara – so verflucht hübsch.«

»Mein Dad wartet auf meinen Anruf«, sagte sie. Das Blut rauschte in ihren Ohren, und es fiel ihr schwer, sich auf die Worte zu konzentrieren.

»So verflucht hübsch«, sagte Brent und fuhr mit seiner Hand

ihren Hals entlang bis zu ihrem Oberteil, umfasste eine Brust und drückte fest zu. Tara war so fassungslos, dass sie sich nicht wehren konnte. Brent befummelte weiter ihre Brust, sein Atem ging stoßweise, und sie merkte, wie ihr Verstand aussetzte, als er seine Lippen öffnete und sie anblickte.

»T-T-Tara«, sagte Liam hinter ihnen auf dem Sofa.

Brent nahm seine Hand so beiläufig von ihrem Oberteil, als hätte er eine Zigarette aus dem Päckchen gezogen, das er immer bei sich trug.

»Ich muss gehen«, rief Tara Liam zu, aber sie drehte sich nicht um. Ihr Gesicht war feuerrot, und sie bekam keine Luft mehr. Sie rannte die Straße hinunter, bis sie die Lichter von Liams Haus nicht mehr erkennen konnte. Dann erst rief sie ihren Vater an.

Er kam sie im Schlafanzug abholen und hielt ihr die übliche Predigt, wobei er auch betonte, wie wichtig sie für ihn war und wie furchtbar unglücklich er wäre, wenn ihr etwas zustoßen würde.

Tara ließ die Vorhaltungen über sich ergehen. Meist klang ihr Vater, als zitierte er aus einem schlecht geschriebenen Drehbuch.

Ihre Brust, wo Brent sie berührt hatte, brannte immer noch.

Ihr Vater hatte keine Ahnung, was sie gerade erlebt hatte, und er wusste auch nicht, was sie an den Abenden tat, wenn sie vorgab, bei einer Freundin zu sein.

Manchmal machte sie sich Gedanken, dass sie ihn belog. Sie hatte das Gefühl, einen Teil ihrer Persönlichkeit vor ihm zu verstecken, so wie ihre Mutter versucht hatte, ihm die Stimmen und die Wahnvorstellungen zu verheimlichen. Aber er würde ihr niemals erlauben, am Samstagabend mit ihrem Freund und seinen älteren Freunden abzuhängen. Sie hatte an alles gedacht. Sollte Max je bei Emma oder Jody anrufen, wussten die Freundinnen, was sie sagen sollten. »Sie ist gerade auf der Toilette. Sie ruft gleich zurück.« Dann sollte Emma oder Jody Tara anrufen. Sie behielt ihr Handy die ganze Zeit im Blick, damit sie rangehen konnte, sobald es klingelte.

Tara wartete auf den Anruf, wartete darauf, dass Max sie kontrollierte, aber das tat er nie. Vielleicht hätte ihr sein Vertrauen schmeicheln sollen, aber sie wusste, dass das nicht der wahre Grund war. Tara hatte immer den Verdacht, dass Max' neue Familie ihn in Beschlag nahm, sobald sie das Haus verließ. Sie zweifelte daran, dass ihr Vater je an sie dachte, wenn sie nicht bei ihm war. Fast schien es, als hätten sie und ihre Mutter niemals existiert. Ethan und Michael und Alicia waren die glückliche Familie, nach der er sich immer gesehnt hatte.

Als sie an jenem Abend im Bett lag, fühlte sie wieder Brents Hand auf ihrer Brust. Sie begriff, dass er sie zu seiner Liste der Menschen hinzufügen wollte, die von ihm abhängig waren. Aber sie ging davon aus, dass er, wenn er genug von ihr hätte, auch Liam dazu bringen würde, sie fallen zu lassen, und diesen Gedanken konnte sie nicht ertragen. Sie fing an, sich zu weigern, mit Liam zu seinen Freunden zu gehen. Liam stritt sich mit ihr deswegen, aber sie gewann den Eindruck, dass er verstand, was vorgefallen war. Er wusste, was Brent wollte und brauchte, und auch er wollte Tara nicht verlieren.

Jetzt, im Park auf der Bank, wollte sie Liam gern sagen, was sie all die Monate lang gedacht hatte.

»Ich hätte dich nicht gehen lassen dürfen«, wollte sie sagen, aber zu schweigen fiel ihr leichter als jede Diskussion.

Als sie festgestellt hatte, dass sie schwanger war, hatte sie es ihm gleich gesagt, und er war einfach nur wütend geworden. Wie fast jeder andere Junge auch, wenn er mit den Konsequenzen seines Tuns konfrontiert wurde, hatte Liam ihr die Schuld gegeben.

»W-wie zum T-Teufel konnte das passieren? Hast du denn nicht aufgepasst?«, sagte er.

Tara bemerkte, dass er weniger stotterte, wenn er von seinen Gefühlen überwältigt wurde und nicht mehr auf das achtete, was er sagte.

»Ich weiß nicht, Liam. Wie passiert das denn normalerweise?«

»Du wirst d-doch abtreiben, oder?«

»Ich habe noch nicht darüber nachgedacht. Ich will das verdammte Baby auch nicht, aber danke, dass du so tust, als wäre das allein meine Angelegenheit.«

Sie hätte sich gewünscht, dass er … was erwartete sie eigentlich von ihm? Sollte er sie unterstützen, ihr sagen, dass er sie liebte, egal was passierte? Sollte er ihr zureden, dass sie das Baby behielt? Die Wahrheit war, dass sie selbst jetzt, nach allem, was geschehen war, keine Ahnung hatte, was er hätte sagen können. Was richtig geklungen hätte. Sie wusste, dass sie durch die vielen Fernsehserien eine total verkorkste Vorstellung von Jungen gewonnen hatte, die sich wie erwachsene Männer benahmen. Liam hätte nichts sagen oder tun können, um zu verhindern, dass sie wütend auf ihn wurde. Sie drängte ihn, das Richtige zu sagen, und war enttäuscht, wenn er es nicht tat. Sie hatten es verbockt, egal, wer jetzt was sagte.

»T-tut mir leid, T.«, sagte er und ließ den Kopf hängen.

Tara wollte mit ihren Händen durch seine braunen Locken fahren und ihn zum Lächeln bringen. Er hatte ein wunderbares Lächeln. Normalerweise waren seine Augen dunkelgrün, aber wenn er lächelte, schienen sie hell von innen aufzuleuchten. Trotz ihrer Wut auf ihn konnte Tara fühlen, wie ihr Herz vor Liebe einen Satz machte.

Sie wollte nicht mehr an das letzte Gespräch mit ihm denken. Abtreibungen kosteten schließlich Geld, oder etwa nicht? Und selbst wenn sie einen Termin bekommen würde, müsste sie ihr Alter angeben. Sie würde Fragebogen und Formulare ausfüllen müssen. Niemals könnte sie das alles tun, ohne dass Alicia und ihr Vater davon erfuhren. Liam und sie waren die verschiedenen Möglichkeiten immer wieder durchgegangen, bis Liam schließlich die Diskussion leid wurde und sie angefahren hatte: »Wag es nicht, mir mein Leben zu versauen, Tara.« Dann war er weggegangen. Tara war zu müde gewesen, um ihm hinterherzulaufen, und auch zu sehr gefangen in der enormen Angst um ihre eigene Zukunft, um ihn zurückzurufen und noch mal mit ihm zu reden. Endlich spricht er mal einen ganzen Satz, ohne zu stottern, und dann ist er so ein Mistkerl, dachte sie.

An diesem Abend änderte er seinen Status auf Facebook auf »Single«, und ohne ein weiteres Wort waren sie nicht mehr zusammen. Tara war wie vor den Kopf geschlagen. Sie bat Emma, Liam auf Facebook zu kontaktieren, aber er antwortete nicht auf ihre Nachrichten.

Tara konnte Brents Einfluss förmlich spüren. Oft genug hatte sie mitangehört, wie er über andere Mädchen redete. »Sie ist nur eine Hure«, oder eine Lesbe oder eine Schlampe, mit diesen Worten beschrieb er die meisten Mädchen, die er kennenlernte. Dennoch standen die Mädchen auf ihn. Sie mochten die tätowierte Schlange auf seinem muskulösen Arm und seine hellblauen Augen. Tara war sicher, dass Liam Brent von ihrer Schwangerschaft erzählt hatte, und sie wusste, dass Brent ihm geraten hatte, sie aus seinem Leben zu verbannen. Sie schickte Liam einige Nachrichten und wartete die ganze Nacht Fingernägel kauend auf eine Antwort. Er war die halbe Nacht online, dann war er plötzlich wie vom Erdboden verschluckt. Aber Emma konnte sehen, dass er immer noch online war. Tara begriff, dass er sie von seinem Freundeskreis ausgeschlossen hatte. Bei dem bloßen Gedanken bebte sie vor Zorn. Liam war so leicht zu beeinflussen.

Auch Tara änderte ihren Facebook-Status und beendete die Freundschaft mit Liam. Sie hätte ihn anrufen können, sie hätte auf ihn einreden und ihn überzeugen können. Sie wusste, sie hätte ihm nur sagen müssen, dass sie abtreiben würde, und er wäre wieder bei ihr gewesen. Aber die kaltherzige Art, wie er seinen Facebook-Status einfach so in »Single« geändert hatte, hatte Taras Vertrauen in ihn erschüttert.

Sie lag zu Hause auf dem Bett und hasste ihn. Sie hörte auf zu essen, und alles wurde ihr gleichgültig. Ihr Vater schrie, Alicia machte ihr Vorhaltungen, aber sie hörte gar nicht hin. Sie ging zur Schule, kam nach Hause und ging ins Bett. Ihre Noten wurden schlechter.

Sie beobachtete, wie ihr Bauch wuchs und hatte das Gefühl, das wäre nicht ihr Körper.

Wenn sie nach der Schule nach Hause ging, sah sie ihn manchmal im Park sitzen. Er wartete darauf, dass sie zu ihm kam. Er war immer da. Sobald er sie sah, hob er die Hand und winkte ihr traurig zu, aber Tara drehte nur den Kopf zur Seite und lief weiter. Als ihr Bauch so dick geworden war, dass sie glaubte, alle Welt müsste ihr die Schwangerschaft ansehen, fing sie an, eine riesige Tasche mit sich herumzutragen. Niemand fiel etwas auf – oder zumindest sagte niemand etwas.

»Du hast ganz schön zugelegt«, sagte einer der Schwachköpfe in der Schule.

»Halt's Maul, du verdammter Idiot«, erwiderte Emma, die immer für ihre Freunde einstand.

Emma war nicht überrascht gewesen, als Taras Vater in den Nachrichten erschienen war.

Was ist passiert?, hatte sie in einer Nachricht an Tara gefragt, und als Tara aus dem Krankenhaus nach Hause kam und ihren Computer angeschaltet hatte, hatten alle ihre Freunde die Nachricht wiederholt: *Was ist passiert?*

Sie löschte sämtliche Nachrichten. Ein paar Wochen lang schickte Emma immer neue Nachrichten, die aber nie beantwortet wurden. *Ich habe mir gedacht, dass du schwanger sein könntest, aber ich wollte lieber nichts sagen. Tut mir leid, wenn ich dir keine gute Freundin war. Melde dich, wenn du mit jemandem reden willst. Ich bin für dich da, T. Wir sind alle für dich da.*

Tara zweifelte nicht, dass ihre Freundinnen mit ihr fühlten, aber sie konnte einfach nicht mit ihnen reden.

Irgendwann kamen keine Nachrichten mehr, und Tara war erleichtert, dass die anderen sie vergessen hatten. Sie wusste, dass sie wieder von vorn beginnen müsste, wenn sie in die Schule zurückkehrte. Sie würde ihre Freundinnen um Verzeihung bitten müssen, allen voran Emma.

*

Gegen Ende der Schwangerschaft, als ihr Bauch ganz von allein hart und wieder weich wurde, dachte sie daran, jemandem ihr Geheimnis anzuvertrauen.

Sie wollte Alicia und ihrem Vater von der Schwangerschaft erzählen, damit sie sich um alles Nötige kümmern konnten, aber sobald sie sich die Situation vorstellte, hörte sie schon ihr Urteil und ihr Unverständnis.

»Wann ist das passiert?«, überlegte sie, während sie auf dem Bett lag und ihren Bauch und das fremde Wesen, das sich darin bewegte, so gut es ging ignorierte. »Wann habe ich die beiden verloren?«

Denn es war nicht immer so schlecht mit ihnen gelaufen. Als sie klein war, hatte Alicia den fehlenden Platz ausgefüllt. Mit ihr waren sie eine richtige Familie geworden. Tara hatte das Gefühl, Sasha jahrelang erfolglos an diesen Platz gedrängt zu haben.

»Warum kannst du nicht wie Lilas Mutter sein?«, hatte sie Sasha mit nur vier Jahren gefragt. Oder besser gesagt, sie hatte geschrien. Sie hatte den Nachmittag bei einer Freundin verbracht, und als sie nach Hause kam, lag ihre Mutter schweigend auf dem Sofa. Lilas Mutter hatte Mittagessen gekocht und den Mädchen dann geholfen, ein Puppenhaus aus Pappkartons zu bauen. Sie hatte nicht getanzt oder dumme Lieder gesungen, sie war nicht durch den Raum gewirbelt, hatte grundlos gelacht und vor sich hingemurmelt. Lilas Mutter hatte einfach still dagesessen und die Fenster des Puppenhauses ausgeschnitten, denn Fenster waren für kleine Hände schwierig zu schneiden. Als das Puppenhaus fertig war, bekamen die Mädchen Saft und Kekse, und dann hatte Lilas Mutter leise am Telefon gesprochen. Tara hatte Lila um ihr friedvolles Zuhause beneidet, obwohl sie das damals noch nicht in Worte fassen konnte. »Warum kannst du nicht wie Lilas Mutter sein?«, war alles, was sie sagen konnte. Als die kleine Tara Alicia kennengelernt hatte, glaubte sie ihrem Traum einer Familie wie der von Lila näherzukommen.

Sie hatte Alicia vom ersten Tag an geliebt, obwohl eine kleine Stimme in ihrem Kopf sie ermahnte, ihre Mutter nicht aufzugeben. Alicia hatte an einem Samstagnachmittag einen Kuchen gebacken, und sie hatte an jedem folgenden Samstagnachmittag einen Kuchen gebacken. Alicia ging zur Arbeit und kam wieder nach Hause, und sie wusch die Wäsche, wenn der Wäschekorb voll war. Alicia brachte ihren Vater zum Lächeln, und sie las Tara abends vor dem Einschlafen eine Geschichte vor.

Ihr Verhältnis hatte sich nicht geändert, als ihre Brüder auf die Welt kamen. Als Ethan geboren wurde, war Tara begeistert von dem kleinen Wesen. Sie hatte geholfen, seine Windeln zu wechseln und ihn zum Schlafen zu bringen. Stundenlang hatte sie mit ihm gespielt, damit Alicia sich ausruhen konnte. Und auch als Michael zur Welt kam, hatte Tara sich gefreut, obwohl sie sich zu dieser Zeit nicht mehr so für Babys interessierte. Die Entzweiung zwischen Alicia und ihr hatte Tara erst sehr viel später bemerkt. Ihr Vater arbeitete viel und überließ die Kinder seiner Frau. Er musste viele Rechnungen bezahlen. Die psychiatrische Klinik Peace Hills kostete viel Geld, aber Max würde seine Exfrau niemals staatlicher Fürsorge überlassen. Alicia sorgte dafür, dass zu Hause alles lief. Niemals sagte oder tat sie etwas, das gegen Tara gerichtet war, aber eines Tages bemerkte Tara, wie Alicia Ethan und Michael ansah. Ihr Blick war so voller Liebe, dass Tara Dankbarkeit fühlte, in der Nähe einer solchen Mutter zu sein. Erst später fiel ihr auf, dass Alicia sie niemals so liebevoll anschaute. Alicia sah sie unentwegt an, aber dieser Blick war anders. Alicia schaute sie an, als ob sie auf etwas wartete. In diesem Moment trat Tara im Geist einen Schritt zurück. Sie ist nicht wirklich *meine* Mutter, dachte sie und war tief bestürzt über diese Erkenntnis. Natürlich hatte sie das immer gewusst, aber es kam ihr vor, als ob ihr Herz diesen Gedanken erst jetzt wirklich verstanden hatte. Alicia und Max gehörten beide zu Ethan und Michael, aber nur Max gehörte zu Tara. Tara war elf, als sie diese Einsichten gewann, und das war auch der Moment, in dem ihr Verhalten ihre Stiefmutter zu ärgern begann. Tara verstand jetzt, dass Alicia sich die ganze Zeit nur selbst geschützt hatte.

*

Im Park tippte Tara wieder mit dem Finger auf ihre Armbanduhr, damit Liam wusste, dass sie gehen musste.

»Ich … ich w-w-warte m-m-orgen auf dich«, sagte Liam. Tara streckte die Hand vor, um sein Gesicht zu berühren, und nickte. Er würde bis in alle Ewigkeit auf sie warten, wenn sie ihn darum bat, dessen war sie sich vollkommen sicher.

Zwischen ihr und Liam war es, als hätte es die Schwangerschaft und die zehnmonatige Trennung niemals gegeben. Tara hatte das Gefühl, wieder mit Liam zusammen zu sein, so wie früher. Als hätte sich nichts verändert. Tara wollte diesen Gedanken festhalten. Sie wusste, dass sie fünfzehn war und dass ihr Körper eine Erfahrung gemacht hatte, die erst erwachsene Frauen machen sollten. Liam war siebzehn und hätte schockiert sein sollen, dass seine Freundin nicht sprechen konnte und sich nicht erinnerte, was mit dem Baby passiert war. Aber im Park fühlte Tara sich selbst wie ein Kind, sie schob alle Sorgen beiseite, sie dachte darüber ebenso wenig nach wie Liam – es war sehr viel einfacher, einfach auf der Bank zu sitzen und Händchen zu halten.

16

»Aber, meine Liebe, das verstehe ich nicht«, sagte June. »Du hast doch gesagt, Kate wäre das Baby deiner Kusine.«

»Das weiß ich, June, und es tut mir leid, dass ich euch angelogen habe, aber ich habe mich so furchtbar geschämt. In meinem Alter sollte so etwas nicht mehr vorkommen, und, na ja, ich war nie besonders aktiv auf diesem Gebiet, deshalb habe ich wohl alle Anzeichen ignoriert. Als ich dann begriffen habe, was los war … also, die Situation war mir so peinlich! Ich meine, was hätte Mum dazu gesagt?«

»Oh, Minnie, sie wäre vollkommen entsetzt gewesen. Aber ich verstehe immer noch nicht, warum du uns nie etwas gesagt hast. Ich meine, du hast nie so ausgesehen … Also, mir ist aufgefallen, dass du etwas zugenommen hattest, aber eine Schwangerschaft … darauf wäre ich nie gekommen.«

»Ich weiß, ich hätte es euch gleich sagen sollen. Es tut mir wirklich leid, aber ich glaube, anfangs wollte ich es einfach nicht wahrhaben. Ich wollte kein Kind allein großziehen. Eigentlich habe ich nie geglaubt, dass ich mal ein Kind bekommen würde. Du weißt ja, ich gehe nicht gern aus.«

»Aber wo hast du den Vater denn kennengelernt? Wer ist es, Minnie? Meinst du nicht, er sollte von dem Kind erfahren? Sie sieht ihm bestimmt ähnlich. Sie hat deine Nase, finde ich, aber die Augen muss sie von ihm haben.«

»Ja, er hat die gleiche Augenfarbe, June. Also, ich habe den Mann über eine dieser Internetseiten kennengelernt, aber wir haben uns nicht besonders gut verstanden. Wir haben uns nur ein paar Mal getroffen. Ich wollte einfach … oh, June, es ist wirklich beschämend, aber ich wollte wissen, wie das ist.«

»Wie was ist, Minnie? Was in aller Welt meinst du?«

Minnie blickte in Junes hellblaue Augen und musste sich auf die Lippe beißen, um nicht loszukichern. Sie hatte schreckliche Angst, dass June die Wahrheit aus ihr herauspressen würde, und dennoch fand sie das absurde Gespräch hochkomisch.

»Ich hatte das vorher noch nie … ich hatte vorher noch nie Sex, June. Ich wollte einmal wissen, wie das ist, bevor ich alt werde.« June musste nichts von Joel erfahren. Er hatte sowieso keine große Bedeutung mehr.

»Also, das hätte ich ja niemals gedacht«, sagte June und schlug sich die Hand vor den Mund. »Als du jünger warst, waren da doch immer einige Jungen, und ich dachte, also, ich habe nie wirklich darüber nachgedacht, aber … meine Güte, Minnie.«

Minnie schenkte ihr ein schwaches Lächeln. »Ich habe gedacht, ich wäre zu alt, um schwanger zu werden. Und als es dann passiert ist, war ich so bestürzt, dass ich einfach so getan habe, als wäre nichts geschehen. Bis zu dem Tag, an dem sie auf die Welt kam.«

»Aber Minnie, wir hätten dir helfen können. Du weißt, Lou war Sanitäter, wir hätten uns um dich gekümmert. Und du hättest zum Arzt gehen sollen, Minnie. Du bist doch ein kluges Mädchen, du weißt, dass du zum Arzt musst, wenn du schwanger bist. Stell dir vor, was alles hätte schieflaufen können.«

»Ich weiß, June, ich weiß das alles. Aber alles ist gut gegangen. Sie ist hier, und ich habe alles allein hinbekommen. Das war nicht schön, aber ich habe es geschafft. Ich bin sicher, dass viele andere Frauen das auch so machen. Inzwischen bin ich mit Kate im Gesundheitszentrum gewesen, und ich habe auch einen Termin beim Arzt ausgemacht. Aber ich brauche unbedingt eine Geburtsurkunde für Kate, und deshalb müsstet ihr, Lou und du, bezeugen, dass ihr bei der Geburt dabei wart.«

Minnie spürte, wie June sich von ihr fortbewegte. Das Ganze war ihr zu viel. Die Tatsache war schockierend. June war verletzt, dass Minnie sie belogen hatte, verletzt, dass sie nicht jeden Moment der Schwangerschaft miterleben durfte. Minnie wusste, wenn sie wirklich schwanger gewesen wäre, hätte June sie zu jedem Arzttermin und auf jeder Einkaufstour begleitet.

June hatte zwei Söhne, von denen einer in Amerika lebte und mit einer Frau verheiratet war, die June nicht besonders mochte. Ihre Enkelkinder sah June nur alle paar Jahre, und die Zeit mit ihnen war immer zu kurz. »Ich habe das Gefühl, dass ich sie jedes Mal von Neuem kennenlernen muss«, hatte sie Minnie erzählt, als sie von ihrer letzten Reise nach Amerika zurückgekommen war.

Junes zweiter Sohn Benjamin war gerade zum dritten Mal im Irak. Die ganze Kirchengemeinde betete jeden Sonntag für seine unversehrte Heimkehr.

»Lieber Gott, was soll ich jetzt tun?«, betete Minnie leise, während June sich das Ausmaß ihres Verrats vor Augen führte.

»Ich verstehe das nicht, Minnie«, sagte June und fasste sich an den grauen Kopf. »Eine Geburt ist doch nicht so einfach. Du hast bestimmt Schmerzen gehabt. Warum hast du uns nicht zu Hilfe gerufen? Woher hast du gewusst, was du tun musst?«

»Ich schaue immer diese Fernsehsendungen über Geburten, die ganze Zeit.«

June seufzte.

»Ich wollte euch anrufen, wenn es losgehen würde«, sagte Minnie. »Mir war das alles zu viel, und ich wollte euch unbedingt dabei haben, aber sobald ich mich bewegte, musste ich immerzu pressen, und dann war sie auch schon da.«

»Ich hatte stundenlang Wehen, Minnie«, sagte June.

»Bei mir waren das nur ein paar Stunden«, sagte Minnie. »Vielleicht war es auch länger, so genau weiß ich das nicht.«

»Wir hätten dir geholfen«, wiederholte June.

»Ja«, sagte Minnie. »Vielleicht könntet ihr mir ja jetzt helfen.«

June nickte, und Minnie sah, wie sie mit sich kämpfte, ob sie ihr vergeben sollte. June nahm es nicht auf die leichte Schulter, dass sie ausgeschlossen worden war.

»June, ich weiß, dass ich dich gekränkt habe. Ich hätte dir von der Schwangerschaft erzählen sollen. Du bist wie eine Mutter für mich, und es tut mir leid, dass ich mich so dumm verhalten habe. Aber jetzt ist Kate hier, und ich möchte sie mit euch teilen. Ich weiß auch nicht, warum alles so gut gelaufen ist, aber Reverend Dam spricht immer über unerwartete Wunder, die Gott vollbringt. Vielleicht ist Kate mein unerwartetes Wunder – und offen gestanden, ich war so einsam, seit Mum … also, seit Mum … du weißt schon.«

»Oh, Minnie, das weiß ich doch. Ich habe ja schon versucht, dich aus dem Haus zu locken, und mir ist klar, dass es dir mit Kate besser geht. Das ist mir vollkommen klar.«

»Wenn du mir helfen könntest, June, würde ich dir das niemals vergessen. Und ich habe mich gefragt … also, ich habe gehofft, dass du auf Kate aufpassen könntest, wenn ich zum Amt gehe und den ganzen Papierkram erledige.«

Minnie beobachtete, wie Junes Gesichtszüge weich wurden, so wie sie es vermutet hatte.

»Ich mach dir einen Vorschlag – wir reden nicht mehr darüber. Du gibst mir die Papiere zum Ausfüllen. Es ist ja nur eine kleine Lüge, und ehrlich, wem tut das schon weh?«

»Oh, June, ich danke dir«, sagte Minnie. »Sobald ich die Papiere bekomme, bringe ich sie zu euch rüber.«

»Ruf mich an, meine Liebe. Ruf mich an, und ich werde da sein.«

Minnie rollte den Kinderwagen zurück ins Haus und legte Kate bäuchlings auf ihre Spieldecke. In allen Büchern wurde nachdrücklich empfohlen, Babys lange genug auf den Bauch zu legen. Minnie hatte schon sechs Bücher auf ihrem Nachttisch.

In der Zeitung war ein kurzer Artikel über das vermisste Baby, in dem auch um Informationen aus der Bevölkerung gebeten wurde. Der kleine Artikel war irgendwo in der Mitte der Zeitung vergraben. Wahrscheinlich war Minnie die einzige Person auf der ganzen Welt, die immer noch die Zeitungen und das Internet nach Informationen über das vermisste Baby durchforstete.

Die Öffentlichkeit hatte kein Interesse mehr an der Story. Die Geschichte lag Monate zurück, und anscheinend weigerte sich das junge Mädchen, irgendetwas über die Geburt und das Baby preiszugeben. Minnie machte sich keine Gedanken über die Familie, über das junge Mädchen oder darüber, ob es eines Tages eine Anklage geben würde.

Minnie hatte niemals große Wünsche gehabt. Sie hatte nie Freunde oder einen richtigen Freund gehabt. Sie arbeitete von zu Hause aus, damit sie die stierenden Blicke ihrer Kunden nicht ertragen musste, und sie schaute Fernsehen. Ihr ganzes Leben lang hatte sie sich im Haus versteckt, sie hatte niemals große Ansprüche an ihr Leben oder an die Welt gestellt. Ihrer Meinung nach war Kate die Belohnung für ihr jahrelanges Beten. Ihre Belohnung für ein Leben, das sie nicht wirklich gelebt hatte. Sollte das eine Sünde sein – dann war das eben so.

»So sei es, Mum«, sagte sie und drehte Kate um, damit sie sich anlächeln konnten.

*

Die Papiere kamen ein paar Tage später in einem harmlos aussehenden braunen Briefumschlag. Es waren einfache Formulare, ohne den Anflug eines Verdachts, aber Minnie achtete darauf, dass sie die Wahrheit hinschrieb. Die Wahrheit, wie sie sie sah. Wenn sie die Augen schloss, konnte sie sich die ganze Geschichte vorstellen. Sie konnte den Mann mit den dunklen Augen sehen, der ein oder zwei Mal auf sie draufgestiegen war und dann nicht mehr angerufen hatte. Sie sah sich selbst, wie sie bemerkte, dass ihre Brüste größer geworden waren und ihr Körper sich veränderte, sie aber alle Anzeichen ignorierte. Sie dachte sich einen verregneten Abend aus, als sie zu einer Nachtapotheke gelaufen war und heimlich einen Schwangerschaftstest gekauft hatte. Sie schaute in den Spiegel und machte das entsetzte und angeekelte Gesicht, dass sie bestimmt gemacht hätte. Sie sah sich zwei Mal die Aufzeichnung einer Dokumentation über das Leben im Mutterleib an, legte sich die Hand auf den Bauch und erinnerte sich an das kleine Wesen, das sich in ihr bewegt hatte. Und dann erinnerte sie sich, wie sie das Kind geboren hatte. Sie dachte an die Schmerzen und das Blut und wie sie die Nabelschnur selbst durchgetrennt hatte. Das war doch passiert, oder etwa nicht?

Als Minnie die Formulare ausgefüllt hatte, war sie davon überzeugt, dass Kate so auf die Welt gekommen war, wie sie es beschrieben hatte.

Auf der gegenüberliegenden Straßenseite unterschrieb Lou, ohne ein Wort zu sagen, aber June brachte einen Kuchen nach draußen, und sie stießen mit ihren Teetassen an.

»Du hast sehr viel abgenommen, Minnie«, sagte June.

»Mir ist schon aufgefallen, dass meine Sachen mir zu weit geworden sind.« Als Lou grimmig lächelte, begann Minnie, sich unbehaglich zu fühlen.

»Also, als Mutter musst du besonders gut auf dich achten. Ich werde einen Eintopf kochen und dir etwas rüberbringen.«

Bei dem Gedanken an Eintopf schreckte Minnie zurück. Inzwischen bevorzugte sie leichte, schnelle Mahlzeiten, die man im Stehen essen konnte.

»Das wäre wunderbar, June«, sagte Minnie und schaute zu Lou hinüber.

»Du wirst eine gute Mutter sein, Minnie«, sagte er. »Und ich hoffe, du beziehst uns von jetzt an mit ein.«

»Oh, natürlich, das verspreche ich, Lou. Es tut mir so leid, dass ich das nicht von vornherein getan habe.« Minnie drückte ein oder zwei Tränen heraus, um zu zeigen, wie sehr sie ihr Verhalten bedauerte. Die Tränen, die sie weinte, waren Tränen der Erleichterung, aber das musste Lou ja nicht wissen.

»Genug davon«, sagte June. »Ich habe dir versprochen, die Sache nicht mehr zu erwähnen.«

In diesem Moment wachte Kate auf, und alle Aufmerksamkeit richtete sich auf das Baby. Genau so gefiel Minnie ihr Leben. Es störte sie nicht, unsichtbar zu sein, weil Kate im Raum war. Mutter zu sein, dachte sie, ist der beste Weg, zu verschwinden.

*

Lela stellte unzählige Fragen zur Geburt.

»Du meinst, du warst ganz allein?«

»Ja, ganz allein. Ich wollte nicht, dass jemand von der Schwangerschaft erfährt.«

»Aber ich hätte dir geholfen, Minnie. Ich hätte dich nicht verurteilt – das weißt du. Ich weiß doch, wie einsam du seit dem Tod deiner Mutter warst. Ich hätte nichts dazu gesagt, und ich wäre auch mit dir ins Krankenhaus gegangen.«

»Ich weiß, dass du das getan hättest, Lela. June hat dasselbe gesagt, und ich bin euch sehr dankbar, dass ihr mir so gute Freunde seid. Wirklich, das bin ich – aber ich habe mich so geschämt, und ich wollte einfach nicht über das Baby nachdenken. Und als sie dann auf der Welt war und ich wusste, dass sie gesund war, da habe ich gelogen … ich weiß auch nicht, warum. Ich fand es schrecklich, in meinem Alter plötzlich noch ein Baby zu bekommen.«

»Das verstehe ich, aber was ist mit ihrem Vater? Will er sein Kind nicht sehen? Du solltest ihm von Kate erzählen, Minnie. Väter sind wichtig.«

Minnie spürte, wie sie Kopfschmerzen bekam. »Wir haben uns nur ein oder zwei Mal getroffen, dann hat er sich nicht mehr gemeldet. Ich weiß auch fast gar nichts über ihn. Er könnte verheiratet sein und Kinder haben, was weiß ich.«

»Verheiratet? Oh, Minnie.« Dann begann Lela zu lachen.

»Was ist daran so komisch?«

»Tut mir leid, aber das Ganze ist wirklich ein bisschen komisch. Innerhalb weniger Monate ist dein Leben voller Skandale. Ein verheirateter Mann und Sex, ohne verheiratet zu sein, und jetzt auch noch ein Baby.«

Minnie lächelte. »Ja, also, ich habe lange genug gewartet. Vielleicht sollte meine Geschichte in einer Zeitschrift erscheinen.«

»O ja, unbedingt. Du solltest bei dem Blatt anrufen, das immer diese ganzen persönlichen Storys bringt.«

»Auf keinen Fall, Lela! Stell dir vor, Kate liest so etwas über sich, wenn sie älter ist. Sie wäre am Boden zerstört.«

»Ich mache doch nur Spaß, Minnie. Ich freue mich sehr für dich. Wirklich. Du verdienst etwas Glück – so wie wir alle. Und sieh dich an: Du bist die geborene Mutter. Du hast wahnsinnig abgenommen.«

»Für Babys braucht man viel Zeit.«

»Ja, das weiß ich noch. Erzähl mal, versucht sie schon zu krabbeln?«

Auf dem Nachhauseweg fühlte Minnie tief drinnen eine Leichtigkeit. Alles würde gut. Lela und June glaubten ihr, bald würde Kate eine Geburtsurkunde haben und offiziell ihre Tochter sein.

Sie schaute zu, wie ihre Tochter gegen das Spielzeug oben an ihrem Kinderwagen schlug. Ihre Tochter.

Wenn sie an jenem Tag nicht nach zwei Tassen Kaffee ins Shoppingcenter gegangen wäre, wenn sie den Mut gehabt hätte, den starren Blicken in der großen Toilette zu begegnen, wenn sie nicht genau dort hingegangen wäre. Wenn, wenn, wenn. Minnie wollte nicht daran denken, dass sie Kate nicht gefunden hätte. Sie wollte nicht daran glauben, dass das alles nur Zufall gewesen war. »Gott muss seine Hand im Spiel gehabt haben, Mum – er muss gewollt haben, dass Kate bei mir ist. Er muss das gewollt haben«, sagte sie, während sie den Kinderwagen die Stufen hoch und dann ins Haus zog.

»Wer bin ich, dass ich an Gott zweifele?«, sagte sie laut.

Wirklich, wer …

17

»D-du solltest kommen und d-dir Brents Haus ansehen«, sagte Liam.

Tara schüttelte den Kopf. Sie verspürte kein Bedürfnis, Brent und seine Freunde zu sehen. Sie durfte den Park auf keinen Fall verlassen.

Nur wenn sie mit Liam zusammen war, hatte sie das Gefühl, richtig atmen zu können. Wenn sie auch nur eine Minute zu spät nach Hause kam, würde Alicia sie nie mehr aus dem Haus lassen. Tara wusste, dass Alicia Angst um sie hatte, dass sie sich Sorgen machte und auch, dass sie ahnte, was Tara außerhalb des Hauses tat. Dennoch fühlte es sich für Tara einfach nur grausam an.

Alicia war Liam niemals begegnet, und ihr Vater hatte ihn nur einmal getroffen, als er nachmittags im Auto am Park vorbeigefahren war und Tara und Liam zusammen auf der Bank erwischt hatte. Die Situation war furchtbar unangenehm gewesen. Liam hatte gestottert und war rot geworden, während ihr Vater sich vor ihm aufgebaut hatte. Liam hatte keine Chance gehabt, seine Fragen zu beantworten. Ihr Vater und Alicia hatten vom ersten Mal an, als Tara über Liam geredet hatte, abschätzige Bemerkungen über die Beziehung gemacht.

»Pass auf, dass deine Noten nicht schlechter werden«, sagte ihr Vater.

»Wer ist er überhaupt?«, sagte Alicia.

Sie begannen ihn »dieser Liam« zu nennen. Zum Beispiel sagten sie: »Du bist zu jung für diesen Liam«, und: »Ich hoffe, du triffst heute Abend bei Emma nicht auch diesen Liam.« Ihr Vater und Alicia wussten, dass Tara sich mit Liam traf. Tara konnte sehen, dass die beiden mehr zum Schein protestierten. Wenn Max und Alicia sie wirklich davon hätten abhalten wollen, Liam zu sehen, hätten sie sie zwingen können, zu Hause zu bleiben, sie hätten ihr den Computer wegnehmen und sich mehr um sie kümmern können. Tara hatte mitbekommen, dass andere Eltern all diese Dinge taten. Sie hätte Max und Alicia dafür gehasst, aber zumindest hätten sie ihr gezeigt, dass sie ihnen nicht total gleichgültig war.

Hin und wieder erzählte sie von Liam, aber ihr Vater und Alicia luden ihn nie zu sich nach Hause ein, und Tara wollte Liam nicht ihrer strengen Beurteilung aussetzen. Er hatte Wochen gebraucht, bis er mit ihr reden konnte, ohne rot zu werden, und auf keinen Fall würde sie ihn zwingen, Zeit mit ihren Eltern zu verbringen. Sie war auch nie seiner Familie vorgestellt worden, obwohl die Verhältnisse wohl recht ähnlich waren. Auch seine Eltern waren freundliche Menschen, aber besorgt um ihr schrecklich verdorbenes Kind.

Natürlich war Tara jetzt nicht mehr einfach nur ein furchtbarer Teenager. Jetzt waren ihre Eltern auf eine ganz andere Art und Weise von ihr enttäuscht. Wenn sie die Worte hätte finden können, hätte sie liebend gern gesagt: »Seht ihr? Und ihr habt gedacht, ich wäre vorher schon schlimm gewesen.« Bei dem Gedanken musste sie lächeln.

*

Zu Hause saß sie beim Abendessen und beobachtete, wie Alicia, ihr Vater und ihre Brüder von ihrem Tag erzählten. Das Gespräch wechselte von einem zum anderen rings um den Tisch herum, nur Tara wurde nicht mehr angeschaut.

Tara wollte gern sprechen. Sie versuchte, sich zu einigen Worten, zu irgendeinem Wort zu zwingen. Wenn sie allein in ihrem Zimmer war, stellte sie die Musik laut und versuchte, ihren Namen laut auszusprechen, aber aus ihrem Mund kam kein einziger Laut.

Jeden Abend, nachdem Ethan und Michael eingeschlafen waren, klopfte ihr Vater an ihre Tür und wiederholte das gleiche traurige Ritual. Er versuchte, sie dazu zu bringen, etwas zu sagen oder aufzuschreiben, das ihm und dem Rest der Welt Einblick in ihre Gedanken gewähren würde.

Erster Schritt: Ein leises Klopfen.

Zweiter Schritt: Er hielt ihr den Stift hin.

Dritter Schritt: Er schob sein Notizbuch unter den Stift.

»Du kannst mir eine SMS schicken, eine E-Mail oder einen Brief schreiben. Du kannst mit mir auf jede Art kommunizieren, die dir gefällt, Tara, aber du musst mir antworten. Du musst uns sagen, was passiert ist.«

»Die Polizei wartet auf eine Antwort, Tara«, sagte Alicia oft. »Wenn du uns erzählen würdest, was passiert ist, könnten wir entscheiden, wie wir weiter vorgehen. Dein Vater und ich werden alles tun, um dir zu helfen. Sag uns einfach, was passiert ist, damit auch unser Leben weitergehen kann.«

Tara begriff, dass sie ihrer Familie Leid zufügte, aber immer, wenn sie versuchte, sich zu erinnern, sah sie eine schwarze Steinmauer vor sich, hinter der sich, das wusste sie, die Erinnerung befand. Die Mauer war hoch und dick, und sie konnte nicht darüber hinwegsehen. Wenn ihr doch einmal Bilder ins Gedächtnis kamen, geschah das in vollkommen unerwarteten Momenten. Sie stand unter der Dusche, und plötzlich sah sie geschwollene Füße in Leinenschuhen vor sich. Oder sie bückte sich, und auf einmal erinnerte sie sich, wie sie sich vor Schmerzen gekrümmt hatte. Diese Bilder ergaben keinen Sinn, sie passten überhaupt nicht zusammen. Tara wollte vor Frust laut aufheulen, aber sie brachte nicht einmal dieses Geräusch heraus.

*

Normalerweise wurde über Taras fehlende Kommunikation erst gesprochen, wenn Ethan und Michael vom Tisch aufgestanden waren, um zu baden oder fernzusehen. Aber eines Abends kamen die beiden spät vom Fußballtraining nach Hause, sie waren nass und dreckig. Nachdem sie geduscht und ihre Schlafanzüge angezogen hatten, setzte sich die ganze Familie zu einem Abendessen mit Pizza zusammen.

Ihre Brüder waren still, während sie mit Genuss die Pizza aßen, und anscheinend hatte Max ihre Anwesenheit vollkommen vergessen. Tara war schockiert, dass er das Thema überhaupt ansprach. Zwar hatten weder Max noch Alicia jemals etwas darüber gesagt, dass sie Ethan und Michael vor den Ereignissen beschützen müssten, aber es war klar, dass die beiden nichts davon erfahren sollten.

Vielleicht hatte ihr Vater einen anstrengenden Arbeitstag gehabt, oder vielleicht lag es an der letzten Rechnung des Anwalts, die offen auf dem Küchentisch lag. Sein Tonfall war aggressiv, und sein ganzer Körper war verspannt, während er sprach.

»Hast du deine Facebook-Nachrichten gecheckt, Tara? Hast du mit einer deiner Freundinnen gesprochen? Kannst du jetzt mit uns sprechen? Kannst du uns etwas sagen, Tara, egal was? Kannst du uns zumindest sagen, wie du dich fühlst? Bitte?«

Tara schüttelte den Kopf und aß den Rand ihrer Pizza, während die Fragen an ihr abprallten.

Alicia räusperte sich mehrmals und versuchte, Max ein Zeichen zu geben, er solle still sein. Ethan und Michael hatten aufgehört zu essen und beobachteten, was nun geschehen würde. Ihr Vater stellte die Fragen nicht einmal so, als ob er eine Antwort erwarten würde, er erledigte einfach nur eine tägliche Aufgabe, aber Ethan und Michael hatten dieses Verhör noch nie erlebt. Sie stellten keine Fragen zu ihrer schweigenden Schwester. Für sie war Tara schon immer ein Geheimnis gewesen, weil sie so viel älter war und eine andere Mutter hatte.

Als Max verstummte, stürzte Ethan los und kam mit seiner eigenen Lösung des Problems zurück. »Du kannst meine Zaubertafel benutzen.« Er schob ihr das Spielzeug hin, als wäre das schon die ganze Zeit über die Lösung gewesen.

»Genau«, sagte Michael. »Schreib uns einen Witz auf, Tara.«

Tara hatte schon immer gut Witze erzählen können. Sie lächelte die beiden an. Die einseitige Unterhaltung hatte für ihre Brüder keine Bedeutung. Sie wussten, dass Tara in Schwierigkeiten war, aber sie wussten nicht, warum. Oft wünschte Tara sich, sie könnte sich daran erinnern, einmal so jung und unschuldig gewesen zu sein, aber sie wusste, dass sie das niemals gewesen war.

Schon mit vier Jahren hatte sie sich im Bett vor dem Einschlafen gefragt, wie ihre Mutter wohl am nächsten Morgen sein würde. Die liebe Mami buk gern Kuchen und sang Lieder und spielte mit ihr. Sie sprach schnell und warf Tara in die Höhe oder stieß sie auf der Schaukel hoch in die Luft. Manchmal stieß sie zu heftig an. Die liebe Mami machte ihr manchmal Angst, aber sie war besser als die böse Mami. Die böse Mami sprach nicht mit ihr. Ihre Augen blickten finster, und sie schlief den ganzen Tag. Die böse Mami gab ihr kein Frühstück, und allein kam sie an das Müsli nicht heran. Die böse Mami machte Daddy traurig. Die böse Mami redete die ganze Zeit mit jemand anderem, aber nicht mit ihr. Diese andere Person konnte Tara nie sehen, nur Mami sah sie.

Als sie älter war, dachte Tara von ihrer Mutter, dass sie wie Wasser war. Die liebe Mami war das Meer – wechselnde Farben, sich aufbäumende und brechende Wellen, laut und donnernd. Aufgeregt, freudig lief man ins Meer, aber im Hinterkopf blieb eine Angst, weil man nie sicher sein konnte, wann eine Welle einen in einen erstickenden Strudel aus Wasser und Sand mitziehen würde. Die böse Mami hingegen war ein See an einem brütend heißen Tag. Stehendes Wasser, unbewegt, unter dessen spiegelgleicher Oberfläche sich beißende und kratzende Dinge verbargen.

Tara beneidete Michael und Ethan um die Bedingungslosigkeit, mit der sie ihre eigene, kleine, sichere Welt akzeptierten. Manchmal wurde sie so neidisch, dass sie die beiden hasste. Aber meistens liebte sie ihre Brüder dafür, dass sie ihr zeigten, was eine glückliche Kindheit war.

Beim Abendessen nahm sie die Zaubertafel und hielt den Spezialstift in der Hand. Normalerweise ließ sie den Stift und das Notizbuch ihres Vaters einfach zu Boden gleiten, aber die Zaubertafel hielt sie fest, denn sie wusste, dass sie Worte darauf schreiben konnte, die nur eine Minute später wieder gelöscht werden konnten. Dann wäre es, als hätte sie nie etwas geschrieben.

Sie spürte die Stille, die Alicia und ihren Vater erfasst hatte, während sie darauf warteten, dass sie sich ihnen endlich mitteilte. Sie war ein Tier im Zoo. Sie war ein Affe im Zirkus. Tanz, Äffchen, tanz.

Der Plastikstift klebte an ihrer Handfläche. Seit Monaten hatte sie nichts anderes getan, als zu nicken oder den Kopf zu schütteln. Max und Alicia hatten mit ihr geredet, sie hatten Fragen gestellt, sie hatten sie gebeten und angefleht und ihr gedroht. Über Monate war das so gegangen, aber an diesem Abend *wollte* sie ihnen etwas mitteilen. Sie wollte, dass sie die Wahrheit erfuhren. Deshalb hielt sie den Stift fest und lauschte, wie sie den Atem anhielten. Dann schrieb sie. Sie schrieb über die schwarze Mauer.

Ich erinnere mich nicht.
Ich erinnere mich nicht.
Ich erinnere mich nicht.
Ich erinnere mich nicht.
Ich erinnere mich nicht.

Immer wieder schrieb sie die gleichen Worte, immer härter

drückte sie mit dem Stift auf die graue Tafeloberfläche. Sie malte große Buchstaben, und sie malte kleine. Sie machte immer weiter, bis ihr Vater seine Hand auf ihre legte und behutsam die Zaubertafel wegnahm.

»Es ist in Ordnung, Tara. Hör jetzt auf. Es ist gut.«

Erst in diesem Moment bemerkte sie ihre feuchten Wangen. Ihr Blick wanderte zu Michael und Ethan, denen der Mund vor Entsetzen offenstand.

Sie konnte sich nicht erinnern, aber ihre Tränen sagten ihr, dass ihr Körper etwas wusste. Ihr Körper wusste genug, um zu weinen.

Sie stand vom Tisch auf und ging in ihr Zimmer. Als sie auf dem Bett lag, öffnete sie ihren Mund für einen stummen Schrei.

Sie konnte sich an das Baby nicht erinnern, aber nachts tauchten Blut und Schmerzen und Angst in ihren Träumen auf.

An manchen Tagen sprang sie morgens aus dem Bett, erfüllt von einer rastlosen Energie, die sie nirgendwo loswerden konnte. An anderen Tagen schaffte sie es kaum, sich zu bewegen.

Sie wusste, dass ihre Mutter sich so gefühlt haben musste. Manchmal war der Drang, einfach still liegen zu bleiben und zu warten, dass die Zeit verging, stärker als alles andere. Der einzige Grund, warum sie sich dann zwang, aufzustehen, zu duschen, zu essen und sich anzuziehen, war, dass sie nicht so sein wollte wie ihre Mutter. Die Menschen sagten lauter schreckliche Dinge über sie, aber eines durfte nicht wahr sein: Sie wollte nicht wie ihre Mutter sein.

»Tara«, sagte ihr Vater. Er klopfte an ihre Tür, klopfte noch einmal.

Tara stellte die Musik leiser und stand vom Bett auf.

»Oh, Tara, Liebling. Ich weiß, dass es schrecklich für dich ist. Ich wünschte, ich könnte dir helfen. Ich wünschte, ich könnte dafür sorgen, dass das alles vorbei ist, aber es betrifft zu viele Menschen. Das siehst du doch ein, oder?«

Tara nickte.

»Ich weiß nicht, wie lange uns Daniel die Polizei noch vom Leib halten kann. Tara – verstehst du, was ich sage?«

Tara nickte wieder, dann setzte sie sich auf ihr Bett. Auf dem Nachttisch glänzte ihr Mobiltelefon im Schein der Lampe. Es war mit rosa Glassteinchen besetzt. Vor einigen Monaten hatten alle Mädchen in der Schule ihre Handys mit bunten Steinchen verziert, aber inzwischen war sie so lange fort, dass sich der Trend auch wieder geändert haben konnte. Manchmal änderten sich die Dinge über Nacht oder im Laufe eines Tages, nach ein paar Stunden oder nach wenigen Minuten, oder alles änderte sich mit einem Atemzug. Man atmete aus, und die ganze Welt war eine andere geworden.

Tara nahm das Handy und drückte den Knopf für eine neue Nachricht.

Dad, ich weiß, dass du mir helfen willst, tippte sie. *Ich weiß, wie schwer das alles für dich und Alicia ist, aber ich kann mich an das Baby nicht erinnern. Ich kann mich an gar nichts erinnern.*

Ihr Vater nahm ihr das Handy aus der Hand und las die Nachricht. Tara sah, wie er sich die Augen wischte, und sie erkannte, dass er dankbar war, dass sie endlich versucht hatte, mit ihm zu reden. Sie konnte ihre Stimme nicht wiederfinden, aber sie konnte ihm einige getippte Worte schenken. Sie hatte die Zaubertafel in der Hand gehalten und tief eingeatmet, und als sie ausgeatmet hatte, wollte sie Max und den anderen Erwachsenen ein paar Worte schenken. Es waren nicht die richtigen Worte, und sie würden das Problem nicht lösen, aber im Augenblick musste das genügen.

»Kannst du dich an die Schwangerschaft erinnern? Weißt du noch, wie du schwanger geworden bist? Weißt du, wer dich geschwängert hat? War das dieser Liam? War er es?«

Tara schüttelte den Kopf und löschte die Nachricht.

Bitte Dad, lass das. Ich weiß, dass ich schwanger war, daran kann ich mich erinnern. Aber ich weiß nicht mehr, was an dem Tag geschehen ist, als ich ins Krankenhaus kam. Ich kann mich einfach nicht erinnern, obwohl ich es sehr gern tun würde.

Der letzte Satz entsprach nicht ganz der Wahrheit. Tara war sich nicht sicher, ob sie sich wirklich erinnern wollte.

»Warum hast du uns nichts gesagt, Tara? Wir hätten dir helfen können. Wenn du den Wunsch gehabt hättest, die Schwangerschaft abzubrechen, hätte ich dir geholfen, und wenn du das Baby gern behalten hättest, dann hätten wir …« Er hielt inne.

Was hättet ihr für mich tun können, Dad?, tippte Tara.

Ihr Vater ließ seinen Kopf in beide Hände sinken. »Ich weiß es nicht, Liebling. Ich weiß es wirklich nicht. Ich habe keine Ahnung, wie ich mit dieser Situation umgehen soll. Ich weiß nicht, was ich machen soll. Daniel ruft jeden Tag an, die Polizei drängt darauf, dass du angeklagt wirst, und Alicia ist … Ich weiß einfach nicht, was ich machen soll, Tara.«

Tara sah, dass ihr Vater gleich weinen würde, und sie spürte, wie sich Angst in ihr ausbreitete.

Dad, es tut mir leid, tippte sie.

»Das weiß ich, Liebling. Wenn du einfach nur alles aufschreiben könntest, was du weißt, wenn du nur …«

Wenn ich die Antworten wüsste, würde ich euch das sagen, tippte sie, dann reichte sie das Handy ihrem Vater.

Ihr Vater nickte. »Ich weiß, dass du das tun würdest. Aber wenn du die Antworten nicht allein findest, wenn wir etwas anderes versuchen könnten … Vielleicht sollten wir dir professionelle Hilfe besorgen.«

Ich mag Dr. Adams, tippte Tara.

»Ich glaube, du brauchst noch etwas anderes als Dr. Adams, Tara.«

Tara schaute auf ihren Vater, auf seine müden Augen und

seine eingefallenen Schultern, und sie erkannte denselben Blick, mit dem er auch ihre Mutter angesehen hatte, als er nicht mehr weitergekonnt hatte.

Bitte gib mich nicht auf, Dad, tippte Tara.

Ihr Vater schüttelte den Kopf und stand auf.

Tara hielt ihn fest und zeigte ihm noch einmal das Handy.

Aber er wollte ihre Nachricht nicht sehen. Er schüttelte den Kopf und schloss leise die Tür hinter sich.

Tara legte sich auf ihr Bett und studierte eingehend die schwarze Mauer. Sie war fest und solide, und sie wusste, wenn die Mauer einstürzte, würde sie darunter begraben werden.

*

Max stand im Flur, seine Hand lag noch auf dem Türgriff, und er versuchte die Bilder von Sasha aus seinem Kopf zu verscheuchen. Tara war nicht wie Sasha – das konnte einfach nicht sein.

Tara hatte seine dunklen Augen, aber ansonsten ähnelte sie sehr ihrer Mutter. Manchmal, wenn er sie von der Seite im Profil sah, fühlte er, wie sein Herz im Moment des Wiedererkennens zusammenzuckte.

Kam dieses Schweigen auch von Sasha? Am liebsten wäre er zurück in ihr Zimmer gestürzt, hätte sie bei den Schultern genommen und geschüttelt, bis sie den Mund öffnete und ihm erzählte, was geschehen war und wo sie das Baby zurückgelassen hatte. Normale Menschen bekamen nicht ein Kind und vergaßen es dann. Normale Menschen erinnerten sich daran, ein Kind zur Welt gebracht zu haben.

Max wollte Tara zwingen, zu sprechen, zu antworten, ein normaler, schlecht gelaunter Teenager zu sein, aber es gab nichts, was er tun konnte. Er hatte auch für Sasha nichts tun können.

Sasha war in einer heißen Nacht am Strand in sein Leben getreten – ein richtiger Wirbelwind.

Buchstäblich wie ein Wirbelwind.

Max war an Silvester mit Freunden ausgegangen, und nach mehreren Partys und verschiedenen Drinks stand er bei Sonnenaufgang am Strand. Ein großes Lagerfeuer brannte gerade nieder, und Musik dröhnte in der Dämmerung. Die Leute saßen in Gruppen zusammen, tanzten oder hatten unter ein paar Handtüchern Sex. Max stand da und beobachtete die Glut; er wartete darauf, dass sich sein Kopf nicht mehr so schwer anfühlte, als jemand von hinten gegen ihn stieß. Er drehte sich um und konnte die junge Frau gerade noch festhalten, bevor sie ins Feuer fiel.

»Ich bin herumgewirbelt«, sagte sie, und Max hatte das Gefühl, dass die Welt stillstand. Ihre Blicke trafen sich, und auch in dem schwachen Licht der Dämmerung bemerkte Max, wie tiefgrün sie waren. Der Wirbelwind stellte sich auf seine Zehenspitzen und biss ihn sanft in die Lippe. Sie lachte, und Max lachte auch, und dann waren sie trunken vor Begeisterung füreinander.

Ihre blonden Haare reichten ihr bis zu den Hüften. Max hielt sie fest, obwohl sie sich nicht mehr bewegte, und in dem Moment wusste er, so wie Menschen manchmal etwas sofort wissen, dass er sie niemals mehr loslassen wollte.

Sie studierte Kunst, er studierte Rechnungswesen und Controlling, und er konnte nicht aufhören, an sie zu denken. Jeder Tag mit Sasha war ein Abenteuer. Sie liebte es, nackt unter dem Sternenhimmel zu schlafen oder einfach ins Flugzeug zu steigen, wenn es gerade ein günstiges Ticket gab. Sie schwamm mit alten Männern im eiskalten Winter im Meer, und sie nahm Tanzstunden im Seniorenheim. Sie trug lange, fließende Röcke und enge, kurze Oberteile, und auf der Straße blieben die Männer stehen und starrten sie an. Während ihres letzten Jahres an der Uni waren Max und Sasha immer zusammen, sie aßen und tranken und liebten sich in einem fort. Gegen Ende musste Max sich zwingen, für ein paar Wochen nach Hause zu fahren, um sich auf seine Abschlussprüfungen vorzubereiten.

Den Heiratsantrag machte er ihr, sobald er den ersten Job angeboten bekommen hatte. Seine Mutter war nicht die einzige Person, der diese Verbindung Sorgen bereitete: »Sie wirkt so rastlos, Max – als ob sie ständig auf der Suche wäre. Sie ist immer in Eile.«

»Sie wird ruhiger werden, Mum. Sobald sie einen Job hat und wir verheiratet sind, wird alles gut sein.«

Seine Freunde fanden es schwierig, sich mit ihr zu unterhalten. Sie wechselte fortlaufend das Thema und hörte niemandem zu.

»Sie ist toll«, sagte sein Freund Jake, »hab deinen Spaß mit ihr und dann lass sie laufen, Max. Mit so jemandem kannst du nicht dein Leben verbringen.«

Max lachte seine Freunde aus und schüttelte den Kopf. Niemand verstand Sasha so gut wie er. Er wollte nicht hören, was die anderen ihm zu sagen hatten. Mit Sasha war sein Leben bunter. Sie malte Regenbögen und Einhörner auf die Wände ihres kleinen Apartments, das Badezimmer war voller Wolken mit Sternen an der Decke. Er mochte es, in diese kleine Wohnung zurückzukommen, nachdem er den ganzen Tag Zahlenkolonnen auf dem Computer angeschaut hatte. Er mochte es, dass Sasha ihn dazu anhielt, die Arbeit zu schwänzen und den Tag am Strand zu verbringen.

Sie war immer fröhlich, und sie lachte immerzu. Manchmal tranken sie beide etwas zu viel, dann lachte sie länger, als er es für passend hielt. In manchen Momenten bemerkte er einen Anflug von Hysterie in ihrer Fröhlichkeit, aber er schrieb es dem Alkohol oder dem Schlafmangel oder irgendeinem Stress zu.

Die dunklen Tage bekam er erst mit, als sie schon ein paar Monate verheiratet waren. Als sie noch in getrennten Wohnungen lebten, hatte sie ihm gesagt, sie bräuchte Zeit für ein Kunstprojekt oder für eine Freundin, sodass sie sich einige Tage lang nicht sahen. Meist war er fast ein bisschen dankbar gewesen, dass er dann Zeit hatte, sich um sein eigenes Leben zu kümmern. Erst als sie zusammenlebten, fand er keine Erklärung mehr für die Tage, an denen sie nicht aufstand. Als sie den Job als Kunstlehrerin nicht bekam, den sie sich so gewünscht hatte, war sie sehr niedergeschlagen. Sie verbrachte einige Tage im Bett, bis es Max gelang, ihre deprimierte Stimmung mit einer guten Flasche Wein zu vertreiben. Er hatte keine Erklärung für die dunklen Tage, aber er suchte eine. Er sagte sich, dass Sasha noch Zeit benötige, um sich an das Eheleben zu gewöhnen, dass es schwierig war, mit ihm zusammenzuleben, dass jemand, der so viel Energie hatte wie Sasha, auch mal eine ruhigere Phase brauchte.

Später, im Nachhinein, begriff Max, dass er die Wahrheit über seine schöne Frau bewusst ignoriert hatte. Sasha konnte keinen Job behalten, den sie bekam. Ihr Unterricht verschreckte die Kinder, und Sasha traute sich aus Angst vor einem Gespräch mit dem Rektor eine Woche lang nicht in die Schule. Inzwischen wusste Max, dass die extremen Höhen und Tiefen nur Teil ihrer Krankheit waren. Damals hatte er geglaubt, dass es ihr gut gehen würde, wenn er sie nur glücklich machen könnte, wenn er ihr alles gab, was sie brauchte.

Als sie mit Tara schwanger wurde, hoffte er, dass das einige ihrer Probleme lösen würde. Sie müsste nicht mehr arbeiten und sich nicht mehr mit Menschen auseinandersetzen, die sie aufregten.

Aber alle Ärzte, die Sasha seit Taras Geburt gesehen hatte, waren sich einig, dass die Geburt des Kindes ihre gesundheitliche Situation zum Eskalieren brachte. Als sie aus dem Krankenhaus nach Hause kam, verkroch sie sich wochenlang im Bett. Max musste seine Mutter anrufen und sie um Hilfe bitten.

Sashas Vater lebte am anderen Ende Australiens, und ihre Mutter lebte am anderen Ende der Welt. Keiner von beiden war zu ihrer Hochzeit gekommen. Als seine Mutter wieder nach Hause musste, engagierte Max ein Kindermädchen, das er sich eigentlich nicht leisten konnte. Er wartete und hoffte, und irgendwann stand Sasha auf, aber das Verhaltensmuster setzte sich fort. Wochenlang war sie voller Energie auf den Beinen, dann wieder lag sie tagelang deprimiert im Bett, bis sie schließlich wieder aufstand. Irgendwann sagte er ihr, dass sie zum Arzt gehen müsse. Sie war einverstanden, und dann begann das, was er später als das Medikamentenkarussell bezeichnete.

Von der einen Pille wurde ihr übel, von einer anderen nahm sie zu, die nächste zeigte keine Wirkung. Eine andere wiederum wirkte, aber sie konnte nicht mehr malen, wenn sie die einnahm, und dann wurde alles noch viel schlimmer.

»Kannst du dieses Medikament jetzt nicht einfach nehmen und dich auf Tara konzentrieren, bis wir etwas Besseres finden?«

»Meine Kunst bedeutet mir alles, Max. Verlangst du von mir, dass ich sie aufgebe?«

»Nein, Sasha. Ich bitte dich nur, Tara an erste Stelle zu setzen.«

»Und ich bitte dich, mich an erste Stelle zu setzen.«

»Das geht nicht mehr, Sasha. Wir haben ein Kind.«

»Du kannst mich mal, Max!«

Die Wirkung der verschiedenen Medikamente kollidierte miteinander, und an manchen Tagen schien Sasha überhaupt keinen Bezug mehr zur Realität zu haben. Im Schlaf murmelte sie etwas von einem »schwarzen Engel«.

Max verstand, dass sie eine Pause von den verschiedenen Pillen brauchte. Sie mussten eine andere Lösung finden.

Sie probierten es mit Elektroschocktherapie und kognitiver Verhaltenstherapie, mit speziellen Kräutern, anderen Therapien und neuen Pillen.

Max hatte starke Schuldgefühle, als er Sasha um die Scheidung bat. Sie verstand nicht einmal, was er von ihr wollte. Sie sah ihn verständnislos an. Ein ganzes Jahr lang war sie nicht mehr zu Hause gewesen, und er hatte keine Kraft mehr, so weiterzuleben. Alicia war schon Teil seines Lebens geworden. Sie holte Tara von der Schule ab, bereitete das Abendessen zu und saß beim Treffen mit Freunden im Restaurant neben ihm. Sie hörte zu und redete wie alle anderen auch.

Max hatte den Therapeuten gebeten, Sasha begreiflich zu machen, worum er sie bat. Die Medikamente und die Elektroschocktherapie machten sie benommen. Sie nickte Max zu, zum Zeichen, dass sie verstanden hatte, aber er wusste, dass das nicht der Fall war. Sie verbrachte die Tage mit Malen; das Mischen der Farben nahm sie vollkommen in Anspruch. Manchmal schaffte sie es nicht einmal, die Farbe auf die Leinwand zu bringen.

»Das Mischen der Farben beruhigt sie«, sagte einer ihrer Ärzte.

Sie konnte kein Dokument unterzeichnen, weil ihre Hand so sehr zitterte.

»Sind Sie sicher, dass sie nicht mehr nach Hause kann?«, fragte Max die Ärzte zum wiederholten Mal.

»Sie müssen Ihr eigenes Leben leben«, antwortete Dr. Lawrence. »Heute ist ein guter Tag, aber sie hat auch viele schlechte Tage. Mehr schlechte als gute, um ehrlich zu sein. Machen Sie sich keine Sorgen. Wir kümmern uns um sie.«

Max begriff, dass er aus der Verantwortung entlassen wurde. Zwar musste er noch weiter für Sasha die Klinik bezahlen, aber mehr musste er nicht tun.

Nur wenige Monate, nachdem Alicia und er geheiratet hatten, erklärten die Ärzte Sasha für stabil. »Mit dem neuen Medikament geht es ihr wirklich gut«, sagte man ihm. »Sie leitet die Kunsttherapie, und jetzt möchte sie nach Hause, zurück in ihr altes Leben.«

Max konnte nicht glauben, was er da hörte. Wutentbrannt schrie er Dr. Lawrence an, weil sie ihn in die Irre geführt hatte. Die Ärztin zuckte nur mit den Achseln. »Wir sind keine Götter. Neue Medikamente werden ständig erfunden. Vor einem Jahr haben wir noch nicht gewusst, dass diese Pille so gut bei ihr wirken würde.«

Max und Sasha waren geschieden, und er trug nicht länger die Verantwortung für sie, aber dennoch wollte er Sasha auf keinen Fall allein leben lassen. Er musste sich vergewissern, dass es ihr gut ging. Wenn er sie ansah, erkannte er die junge Frau, die sie einmal gewesen war, und neben ihr fühlte er sich alt. Er musste sie beschützen. Als er sie aus der Klinik abholte, schlang sie ihre Arme um ihn und steckte ihm die Zunge in den Mund. Max spürte, wie er weich wurde, aber er schob sie weg. Auf der Autofahrt nach Hause erzählte er Sasha von Alicia.

»Ich verstehe das, Max – wirklich, absolut«, sagte sie, nachdem er ihr die Situation ein paar Mal erklärt hatte. »Du musstest dein Leben weiterleben, um nicht den Verstand zu verlieren. Tara braucht eine Mutter, die für sie da ist. Ich werde ein paar Tage bleiben, und dann gehe ich in das Rehabilitationszentrum. Ich will wieder auf eigenen Füßen stehen, Max.«

Sie war so wach und klar, dass Max seine Heirat mit Alicia zu bedauern begann. Beim Abendessen beobachtete er, wie Sasha und Tara aufeinander zugingen, und er stellte sich vor, mit den beiden fortzugehen – nach Europa vielleicht – und wieder als Familie zusammenzuleben. Alicia sah er nicht an, obwohl er wusste, dass sie ihn im Blick hatte.

Später im Bett rutschte er möglichst weit von Alicia weg und dachte darüber nach, was er tun konnte. Alicia schwieg und schien einfach darauf zu warten, dass die Situation vorüberging.

Mitten in der Nacht stand Alicia auf, um sich ein Glas Wasser zu holen und entdeckte im Wohnzimmer Sasha, die gerade ihr Hochzeitsalbum zerschnitt.

Sie redete wirres Zeug, und sie war aggressiv.

Als Alicia Max zu Hilfe rief, versuchte er, beruhigend auf Sasha einzureden. Er sprach langsam, so wie er im Auto mit ihr gesprochen hatte. Er dachte, wenn er sie dazu bringen konnte, sich zu beruhigen, könnten sie darüber sprechen, wie sie sich fühlte. Er ging auf sie zu, um ihr die Schere aus der Hand zu nehmen, aber sie stürzte sich auf ihn und verletzte ihn am Arm.

Es war keine tiefe Wunde, aber er blutete stark. Sasha flippte vollkommen aus und schrie ihn an, er wolle sie umbringen.

Alicia rief den Rettungsdienst und die Polizei. Sasha bekam Beruhigungsmittel, und der Rettungswagen brachte sie fort.

Von der Tür ihres Kinderzimmers aus beobachtete die sechsjährige Tara stumm vor Angst, wie die Sanitäter ihre Mutter niederrangen und ihr Beruhigungsmittel spritzten. Max hatte nicht einmal einen Moment, um zu ihr zu kommen. Er musste wegen des Arms ins Krankenhaus. Als er wieder zu Hause war, erklärte Alicia ihm, dass Tara sich in ihrem Zimmer eingeschlossen habe und sich weigere zu reden.

»Ich glaube, wir haben es hier nicht nur mit einer bipolaren Störung zu tun, ich denke, Ihre Frau leidet an Schizophrenie«, sagte Dr. Lawrence.

»Wie ist das möglich?«, fragte Max.

»Die Krankheiten können sich überschneiden.«

»Die Krankheiten können sich überschneiden?«, sagte Max. »Was für eine Antwort ist das denn bitte? Wie wollen Sie wissen, dass sie nicht schon immer schizophren war?«

»Wir können es nicht sicher sagen, denn ihre Symptome haben nicht immer darauf hingedeutet.«

»Und wie können Sie dann wissen, dass sie jetzt an Schizophrenie leidet?«

»Sehen Sie, Max, die Diagnose ist nicht einfach. Sasha sagt, der schwarze Engel hätte ihr befohlen, die Fotos zu zerschneiden. Sie meint, der schwarze Engel will Tara und Sie verletzen.

Das können wir nicht einfach ignorieren. Sie stellt eine echte Gefahr für Ihre Tochter und Sie selbst dar.«

»Liegt es daran, dass ich wieder geheiratet habe? Hat sie das endgültig um den Verstand gebracht?«

»Wir bezweifeln das, aber sicher werden wir das nie wissen. In jedem Fall war es eine traumatische Erfahrung für sie, von der neuen Ehe zu erfahren. Ich weiß, dass Sie ihr schon früher davon erzählt haben, aber möglicherweise hat sie es erst richtig begriffen, als Sie sie zu sich nach Hause gebracht haben. Vielleicht wäre sie so oder so an diesen Punkt gekommen. Machen Sie sich keine Vorwürfe. Wir haben nur Glück gehabt, dass sie niemanden verletzt hat.«

Die Ärzte konnten nicht erklären, was passiert war. Sasha bewegte sich zwischen der Realität und außerhalb von ihr hin und her, und die Ärzte drangen nicht mehr zu ihr durch.

Jetzt saß sie in einem Sessel in Peace Hills, und alles, was man versucht hatte, um ihr zu helfen, hatte dazu geführt, dass sie die Verbindung zur Welt verloren hatte. Max streckte den Rücken durch und richtete sich gerade auf. Er wischte sich die Augen und strich sanft über die Tür zu Taras Zimmer. Seine Tochter steckte in Schwierigkeiten, und er hatte keine Ahnung, wie er ihr helfen konnte oder was er tun sollte. In seiner Erinnerung blitzte ein Bild auf, wie Tara neben ihrer Mutter saß. Er schüttelte den Kopf.

»Auf keinen Fall«, flüsterte er in dem leeren Flur. »Das werde ich auf keinen Fall zulassen.«

Im Erdgeschoss schaltete Alicia den Geschirrspüler an, und Max hörte, wie sie das Licht ausschaltete und die Haustür abschloss.

Morgen war ein neuer Tag. Morgen früh würde er aufstehen und wieder von vorn beginnen.

Verdammt noch mal, er war müde.

18

Minnie schob den Kinderwagen über die Straße zu Junes Haus. Kate hatte sie die ganze Nacht wach gehalten, und June fragte jeden Tag, wann sie denn mal babysitten könne. Minnie wollte Kate nicht aus den Augen lassen, aber June hatte die Unterlagen für die Geburtsurkunde unterschrieben, und Lou ebenso, also hatten sie sich etwas Zeit mit dem Baby verdient. Bald würde June nach Amerika zu ihren Enkeln reisen, und Minnie wusste, dass sie es bedauern würde, wenn sie June nicht ein paar Stunden mit Kate gegönnt hätte.

»Auf eBay kostet dieser Kinderwagen sechshundert Eier«, ertönte eine Stimme in ihrem Rücken.

Minnie hielt inne und drehte sich um. Ihr Herz hörte kurz auf zu schlagen, und ihre Hände wurden sofort feucht. Sie hatte Brent hinter sich nicht gehört.

Ihr war aufgefallen, dass Brent sie in den vergangenen Tagen immer öfter beobachtet hatte. Sobald sie das Haus verließ, schien er da zu sein. Andererseits war er tagsüber immer draußen im Garten. Sie glaubte nicht, dass er jemals wirklich aus dem Haus ging, es sei denn, um Alkohol zu besorgen.

Wenn sie spazieren ging, stand er im Garten, und wenn sie Kate für eine Shoppingtour ins Auto packte, starrte er auf den Motor von seinem dämlichen Bus. Minnie nahm an, dass sie Brent jetzt häufiger sah, weil sie öfter draußen war, aber mit diesem einen Satz hatte er ihre Angst bestätigt. Er beobachtete sie.

Sie hatte sich niemals mit ihm unterhalten. Jetzt wollte sie einfach weitergehen, aber sein kalter Blick hielt sie gefangen.

»Den habe ich … den habe ich gebraucht gekauft«, sagte sie

und verfluchte sich sogleich für die Dummheit, seine Wut anzuheizen.

»Für mich sieht der nagelneu aus«, sagte er lächelnd.

Heftig verneinend schüttelte sie den Kopf. Ihr war klar, dass sie Kate im Kinderwagen aufweckte.

»Ich frage mich, wo du so viel Bargeld her hast«, sagte Brent. Seine Stimme war vollkommen ruhig. Er hätte sie genauso gut nach dem Wetter fragen können.

»Ich muss gehen«, sagte sie.

»Ich bin sicher, auf eBay bekomme ich dafür ein Vermögen«, sagte Brent.

»Ich muss wirklich los«, wiederholte Minnie und ging auf Junes Haus zu.

»Wirklich, dafür bekomme ich ein Vermögen«, rief er ihr hinterher.

Sie klopfte, und als June die Tür öffnete, fiel sie fast ins Haus.

»Minnie, was ist denn los mit dir?«, fragte June.

Minnie brauchte einige Minuten, bis sie die Story herausgebracht hatte.

»Diese Mistkerle«, sagte Lou. »Wir sollten die Polizei rufen.«

»Und was sollen wir denen sagen?«, fragte June. »Er hat ja nichts gesagt, was man als Drohung bezeichnen könnte – und selbst wenn er Minnie gedroht hat, können wir wenig dagegen tun. Mary hat gesagt, solange die Jungs die Miete zahlen, kann sie nichts gegen sie unternehmen, bis der Vertrag ausläuft.«

»Wann wird das sein?«, wollte Minnie wissen.

»In einigen Monaten. Wir müssen einfach bis dahin durchhalten. Solange wir nicht beweisen können, dass sie etwas verbrochen haben, etwas anderes sind als schrecklich unangenehme Nachbarn, sind uns die Hände gebunden. Also, Minnie, geh doch nach Hause und ruh dich etwas aus. Lou wird dich begleiten, ja, Lou?«

»O nein, June, mach dir keine Sorgen, ich gehe allein. Ich bin sicher, dass er jetzt weg ist. Wahrscheinlich war das nur seine Art, sich zu unterhalten. Ich komme schon zurecht.«

Minnie sah Brent nicht, bis sie ihre Haustür öffnete, und auch dann hörte sie nur seine Stimme.

»Alle glauben, dass du Millionen unter dem Fußboden versteckt hast«, sagte er. Er sprach so leise, dass sie ihn kaum verstehen konnte.

Minnie hielt inne und wartete darauf, dass er weiterredete. Wie erstarrt blieb sie vor ihrer Haustür stehen.

»So jemand wie du braucht das Geld doch gar nicht. Was machst du eigentlich die ganze Zeit? Du kümmerst dich um das Baby, und einmal am Tag gehst du spazieren. Du brauchst das Geld nicht.«

»Ich habe gar kein Geld«, erwiderte Minnie leise. Sie drehte sich nicht um, sie wollte ihn nicht ansehen.

»Oh, ich bin sicher, dass du Geld hast. Du hast lauter Zeugs für das Baby gekauft. Ich weiß, dass du die Kartons zerkleinerst, aber mich kannst du nicht austricksen.«

Minnie gab keine Antwort. Sie schlug die Haustür hinter sich zu und setzte sich auf das Sofa.

Wer waren diese Menschen, die meinten, sie hätte Millionen Dollar? War es möglich, dass die gesamte Nachbarschaft über sie redete? Wussten die Nachbarn von der Immobilie, die sie von ihrem Vater geerbt hatte? Und selbst wenn, wer würde schon mit Brent und seinen widerlichen Freunden darüber reden?

Minnie fühlte, wie sich ein dunkler Schatten über ihr ausbreitete. Brent war nicht nur ein Rowdy. Brent war ein Denker, vielleicht sogar einer, der Pläne schmiedete und eine Verschwörung anzettelte. In den vergangenen Monaten war sie so damit beschäftigt gewesen, sich um Kate zu kümmern, dass sie nicht bemerkt hatte, wie die Jungs sie beobachteten. Sie hatte rein gar nichts bemerkt. An manchen Tagen, wenn Kate quengelig war und es draußen regnete, sodass sie nicht mit June spazieren gehen konnte, hatte sie noch am frühen Abend ihr Nachthemd an. Die Welt wurde wirklich klein, wenn man sich um ein Baby kümmerte. Beinahe vergaß man, dass es noch andere Menschen gab.

Brent und seine Freunde beobachteten sie schon seit geraumer Zeit. Der Gedanke war alarmierend. Und wenn sie sie wirklich beobachteten, dann hatte die gesamte Nachbarschaft die Jungs unterschätzt. Lou nannte sie »junge Rowdys«, und Sarah, die am Ende der Straße wohnte, lächelte sie nachsichtig an und sagte: »Jungen sind nun mal so.« Minnie hatte Angst gehabt, dass sie den Fernseher stahlen und June meinte, sie seien »kleine Wilde«. Aber was passierte, wenn sie mehr waren als das? Was würde geschehen, wenn sie aus einem bestimmten Grund in diese Gegend gezogen waren? Denn irgendwie hatten sie von dem Geld erfahren, das unter dem Fußboden versteckt war. In Wahrheit war es nicht sehr viel – ein paar Tausend Dollar in einer Kiste unter den Dielenbrettern im Wohnzimmer –, aber dennoch … wie konnte Brent das wissen?

Das meiste Geld, das sie besaß, war auf der Bank. Sie war nicht so dumm, dass sie ihr gesamtes Vermögen unter dem Fußboden aufbewahrte.

Aber woher wusste Brent davon?

Minnie stand auf und bereitete sich einen starken Tee zu.

»Das ist alles Unsinn, nicht wahr, Mum?«, sagte sie. »Die Jungs wissen, dass ich von zu Hause aus arbeite – ich meine, jeder weiß das. Wahrscheinlich glauben sie nur, dass ich Geld habe. Dieser Brent macht in Wahrheit nur Spaß. Es amüsiert ihn, mir Angst einzujagen.«

Sie ging mit ihrer Teetasse zum vorderen Fenster und schob die schwere Tüllgardine zur Seite. Ihr fiel auf, dass die Gardinen wieder einmal gewaschen werden mussten.

»Ich muss diese nette Marlene anrufen, damit sie mir bei den Gardinen hilft, Mum«, sagte sie.

Sie spähte die Straße hinauf und wandte dann den Kopf zu Junes House.

Brent stand an Minnies Gartentor. Er ging nicht vorbei, und er wartete auch nicht auf jemanden. Er stand einfach an ihrem Gartentor und starrte sie an.

Die Teetasse fiel ihr aus der Hand, und auch die Gardine ließ sie los. Das Herz schlug ihr bis zum Hals.

Sie ging auf die Knie und kroch zum Sofa.

Sie zog sich auf die weiche Sitzfläche hinauf. Dort blieb sie. Eine Stunde lang saß sie regungslos auf dem Sofa. Sie hatte Angst, den Fernseher einzuschalten oder in die Küche zu gehen, um sich etwas zu essen zu holen. Sie saß da und wartete, bis es Zeit war, Kate abzuholen.

Bevor sie das Haus verließ, holte sie aus der Waschküche einen großen Regenschirm. Wenn er mir zu nahe kommt, kann ich mit dem Regenschirm nach ihm schlagen, dann wird er mich in Ruhe lassen, dachte sie, aber im Grunde wusste sie nicht, was sie tun konnte, wenn er sie wirklich angreifen sollte. Er würde sie doch nicht angreifen, oder etwa doch? Der Gedanke war absurd und jagte ihr dennoch Angst ein. Sie öffnete die Tür und blickte die Straße hinauf. Brent war verschwunden.

Sie eilte über die Straße und trank eine Tasse Tee mit June und Lou, bevor sie den Kinderwagen, so schnell sie konnte, nach Hause schob.

Erst als sie die Hintertür drei Mal verriegelt und auch vorne die Sicherheitstür abgesperrt und die Jalousien heruntergelassen hatte, fühlte sie sich sicher.

Als sie an diesem Abend im Bett lag, spitzte sie bei jedem Knarzen und Seufzen die Ohren. Sie lag wach und lauschte, während Kate die ganze Nacht durchschlief. Erst als sie im Morgengrauen die ersten Vögel singen hörte, konnte sie im sicheren Tageslicht einschlafen.

FRÜHLING

19

Morgen kann ich nicht kommen, schrieb Tara auf ihrem Handy.

Liam betrachtete eingehend das Display. »W-warum?«, fragte er.

Ich muss Alicia zur Arbeit begleiten. Ich darf nicht allein sein.

Liam griff nach seinem eigenen Handy; er tippte schneller, als er sprach. *Warum hast du mir nicht gesagt, dass du das Baby behalten willst?*

Tara zuckte die Achseln. Sie wollte keinen Streit anfangen. Sie wollte die Fragen der anderen nicht beantworten müssen, besonders nicht Liams Fragen. Sie wusste, dass er ihr die Schwangerschaft angesehen haben musste. An den Nachmittagen, wenn er im Park auf sie gewartet hatte, und sie einfach vorbeigelaufen war, musste er es gesehen haben. Er war ihr körperlich näher gewesen als irgendjemand sonst, also hätte er sicher auch mitbekommen, dass sie immer dicker geworden war. Sie wollte nicht darüber sprechen, aber sie war sich ziemlich sicher, dass Liam, wie Alicia und ihr Vater, die Schwangerschaft nicht bemerkt hatte, weil er sie nicht bemerken wollte. Tara hatte sich danach gesehnt, dass jemand etwas zu ihr sagte, sie hatte sich danach gesehnt, dass jemand dieses Problem von ihren Schultern nahm. Aber niemand sagte ein Wort. Ihre Eltern nicht, die Lehrer nicht und auch nicht ihre Freunde.

Jetzt war es vorbei, und sie wollte nicht mehr darüber nachdenken – und sie konnte Liams Frage auch nicht beantworten.

Aber die Polizei wollte immer noch von ihr wissen, wo das Baby war, und Daniel Walters gelang es kaum noch, die Beamten von Tara fernzuhalten.

»Es ist alles in die Wege geleitet worden«, erzählte er ihrem

Vater, als er zu ihnen nach Hause kam, um sie über den Stand der Dinge zu informieren.

»Weswegen wird man sie anklagen?«, fragte Alicia.

»Ich bin nicht vollkommen sicher. Im schlimmsten Fall lautet die Anklage Mord.«

»Mein Gott«, sagte ihr Vater.

»Aber sie ist minderjährig«, sagte Alicia. »Und sie kann sich nicht erinnern.«

»Ich weiß nicht genau, was der Staatsanwalt vorhat, aber ich glaube, sie wollen, dass Tara in einer psychiatrischen Einrichtung untersucht wird.«

Tara stand auf und verließ den Raum. Sie wollte nicht schon wieder hören, welchen Mist sie gebaut hatte. Was die Erwachsenen da sagten, klang sowieso nicht nach ihr. Wenn ihre Stimme in Ordnung gewesen wäre, hätte sie ihnen zugestimmt, dass das Mädchen, das ein Kind geboren und es dann dem Tod überlassen hatte, ein schrecklicher Mensch war. Sie musste sich ins Gedächtnis rufen, dass die Erwachsenen über sie sprachen.

Nachdem sie auf der Zaubertafel geschrieben hatte, fing Tara an, Alicia und ihrem Vater auf dem Handy Nachrichten zu schreiben. Sie schrieb nicht viel, aber sie beantwortete Fragen. Sie gab eine Antwort darauf, wo sie hinging, »in den Park«, was sie zum Abendessen wollte, »egal«, oder ob sie die Hausaufgaben, die sie von der Schule zugeschickt bekam, erledigt hatte, »ja«.

Nur auf die Fragen, die ihren Vater und Alicia wirklich interessierten, gab sie keine Antwort.

Wenn sie mit Liam im Park zusammen war, hoffte sie, die Fragen eine Zeit lang vergessen zu können.

Will nicht darüber reden, schrieb sie.

Liam nickte, aber er schien nicht bereit, auf eine Antwort zu verzichten.

»W-was passiert jetzt m-mit dir?«

Weiß nicht, tippte Tara. *Sie wollen mich in die Klapse stecken.*

»W-warum?«

Ich kann mich nicht erinnern, was passiert ist, und ich kann nicht sprechen.

Ich hätte dir geholfen. Wir hätten heiraten können, tippte Liam.

Tara schnaubte verächtlich. *Ja, sicher.*

Ich meine es ernst, T. Alles wäre okay gewesen.

Lass das, Liam. Du redest Blödsinn. Was hätten Brent und die anderen Idioten gesagt?

Du bist wichtiger als die. Und so schlimm sind sie gar nicht.

Egal.

Brent hat eine Idee, wie wir alle reich werden.

Sicher.

Wirklich. Die fette Lesbe in seiner Straße, Brent sagt, sie ist stinkreich.

Und?

Er glaubt, dass sie Geld im Haus versteckt hat.

Super, dann bist du jetzt also auch noch ein Dieb!

Brent hat gesagt, mein Anteil ist riesig. Wir könnten zusammen nach Queensland gehen, heiraten und den ganzen Mist hier hinter uns lassen.

Du hörst dich an wie ein Kind.

»D-du kannst m-mich mal, Tara«, sagte Liam laut. Er stand auf und ging weg.

Tara wollte ihm hinterherlaufen, aber ihr fehlte die Energie, und so blieb sie reglos auf der Bank sitzen.

Liam hasste es, wenn man ihn ein Kind nannte. Tara wusste, dass seine Eltern ihn wie ein Kind behandelten. Sie nahmen an, dass sich sein langsames Sprechen auf sein ganzes Leben übertrug. In der Regel waren sie überbehütend, aber manchmal waren sie auch einfach gemein.

»S-sie h-haben gesagt … w-wenn ich d-den Führerschein machen w-will, muss ich s-selber bei der F-Fahrschule anrufen«, hatte er ihr erzählt, kurz bevor sie herausfand, dass sie schwanger war. Liams Eltern wollten, dass er mit dem Führerschein wartete, bis er achtzehn war, und mit dieser Bedingung konnten sie ihren Willen durchsetzen.

Tara hatte sich zusammen mit Liam darüber aufgeregt, wie unfair seine Eltern waren, aber manchmal musste sie sich zusammenreißen, um ihn nicht ebenso zu behandeln. In der Schule war Liam der stille Junge, der die Mittagszeit mit Malen oder in der Bibliothek verbrachte. Als Tara ihre Freundinnen einmal nicht in der Mensa entdecken konnte, saß sie mit Liam am selben Tisch.

»Zeichne mich«, hatte sie zu ihm gesagt, ohne wirklich damit zu rechnen, dass er es tat. Aber er zeichnete sie. Er war gut. Nicht so gut wie auf dem Skateboard, aber gut genug, dass Tara sich wiedererkennen konnte. Sie mochte es, dass er still war. Sie spürte, dass sich hinter dem Stottern ein komplizierter Mensch verbarg. Sie lockte ihn aus der Bibliothek und nahm ihn mit zum Essen mit ihren Freunden in die Mensa. Nach einer Weile fiel ihr auf, dass sie anfing, Fragen für ihn zu beantworten und ganz generell für ihn zu sprechen. Anfangs störte ihn das nicht, aber dann schüttelte er den Kopf und bedeutete ihr, ihm Zeit zu geben, selbst zu antworten. Bis er den Satz beendet hatte, waren ihre Freunde schon zum nächsten Thema gewechselt.

Als sie ihn jetzt beobachtete, während er den Park verließ, fragte sie sich, ob sie sich in ihm getäuscht hatte.

»Tara glaubt, dass ihr Freund verborgene Talente besitzt«, sagte Emma.

»Wenn das der Fall ist, sind sie tief verborgen«, sagte Jody grinsend.

»Haltet den Mund, alle beide«, sagte Tara.

»Oh, Tara ist verliebt«, sagte Emma.

»Vielleicht.« Tara lächelte.

Sie hatte immer geglaubt, dass mehr in ihm steckte, als man

sah, aber vielleicht hatte sie sich geirrt. Er hatte sie sitzen lassen, als ihre Beziehung schwierig geworden war. Und jetzt war er dabei, etwas sehr Dummes zu tun, nur weil Brent es ihm befahl.

Einer der Gründe, warum sie niemandem von der Schwangerschaft erzählt hatte, war, dass sie Liam beschützen wollte. Sie hatte ihm Zeit gegeben, sich wie ein richtiger Mann zu verhalten, ihr zu sagen, was sie tun solle, oder ihr zu helfen. Sie hatte ihm Zeit gegeben, zu ihr zurückzukommen und sich zu entschuldigen.

Aber vielleicht war das ein Fehler von ihr gewesen. Vielleicht war Liam genau so ein Schwachkopf wie seine idiotischen Freunde.

Wer war Liam überhaupt?

Im Sonnenschein lief Tara nach Hause und überlegte, ob sie Liam an allem, was passiert war, die Schuld geben konnte. Dr. Adams sagte ihr stets, dass sie die Verantwortung für ihr eigenes Leben und ihre eigenen Entscheidungen übernehmen müsse.

Dr. Adams verlangte nicht, dass sie die Antworten auf ihre Fragen aufschrieb, aber sie fragte Tara immer wieder, wie sich ihr Leben jetzt anfühlte.

»Was fühlst du, wenn dein Vater wütend auf dich ist?«

»Was fühlst du, wenn du Nachrichten von deinen Freunden auf Facebook liest?«

»Was fühlst du, wenn die Leute über das Baby reden?«

»Was hast du gefühlt, als du erfahren hast, dass deine Mutter nicht mehr nach Hause kommt?«

»Was hast du gefühlt, als dein Vater Alicia geheiratet hat?«

»Was hast du gefühlt, als deine Brüder geboren wurden?«

»Wie fühlst du dich, Tara? Wie fühlst du dich?«

Tara konnte der Ärztin keine einzige Antwort geben. »An manchen Tagen fühle ich überhaupt nichts«, wollte sie sagen.

Dr. Adams schien die Antworten auf die Fragen, die sie fortlaufend stellte, zu kennen. Sie wiederholte Dinge auf dieselbe und auch auf verschiedene Weise, als ob sie hoffte, dass Tara eine ihrer Spuren aufnehmen würde.

»Die Schmerzen, die du bei der Geburt hattest, das waren nicht nur körperliche Schmerzen, Tara – die waren hochemotional.«

»Es muss wehgetan haben, all diese Geheimnisse zu bewahren, und als du entbunden hast, war es, als ob du all diese Schmerzen in deinem Inneren herausgepresst hättest.«

»Die Probleme mit deiner Mutter und ihr Verlust für dein Leben sind ebenso starke Schmerzen wie die einer Geburt. Du musst darüber hinwegkommen, sonst kannst du nicht heilen. Und du musst mit mir reden, damit ich dir helfen kann, darüber hinwegzukommen. Nur wenn wir uns den Schmerzen stellen, können wir uns von ihnen befreien.«

Welche Schmerzen?, schrieb Tara mit einem dicken schwarzen Stift.

Welche Schmerzen? Weil sie nicht wusste, wo genau sie beginnen sollte.

Sie hatte den Eindruck, an einem Flussufer zu stehen und auf eine Blumenwiese auf der anderen Seite zu schauen. Sie wusste, wenn sie dorthin wollte, musste sie den Fluss überqueren, aber wenn sie ihre Zehen hineinsteckte, konnte sie den Schlamm und die Wassermassen erkennen, die sie durchwaten musste. Es war leichter, am Ufer sitzen zu bleiben und auf die gegenüberliegende Wiese zu blicken. Er war leichter, aufzugeben.

*

Liam wartete hinter einem Baum im Park, bis er Tara nicht mehr sehen konnte. Er wollte nicht nach Hause gehen. Dort fühlte er sich sowieso nicht wohl. Er wollte auch nicht zu Brent gehen. Er hätte Tara gern gesagt, was er wirklich dachte, was er wirklich fühlte. *Wie oft in meinem Leben habe ich mir das schon gewünscht?* An manchen Tagen wollte er sich am liebsten die Zunge herausreißen, damit er wenigstens einen triftigen Grund hatte, weshalb er nicht sprechen konnte.

Er wollte Tara erzählen, dass Brent immer merkwürdiger wurde. Jeden Tag nahm Liam sich vor, nicht zu ihm zu gehen. Er zog seine Schuluniform an und tat auch alles andere, was man von ihm erwartete, aber in der Schule machte einer der Lehrer dann eine Bemerkung: »Also, wir sind alle hocherfreut, dass Liam heute zum Unterricht erschienen ist – ich meine, das ist ja auch nur sein letztes Schuljahr.« Die ganzen Schwachköpfe in der Klasse fingen an zu lachen. Liam riss sich zusammen, bis die Stunde zu Ende war, dann fuhr er mit dem Bus zu Brent. Brent warf ihm eine Dose Bier zu, sobald er das Haus betrat, und Liam spülte seinen Ärger über die blöden Lehrer und seine dummen Mitschüler einfach hinunter.

Im Augenblick hatte Brent nur ein Gesprächsthema. Er war wie besessen von der Frau und ihrem Baby, und Liam konnte nicht verstehen, warum. Auf der Straße hatte Brent einmal mitbekommen, wie ein Nachbar gesagt hatte, dass die Frau – sie hieß Minnie – sich keine Sorgen um Arbeit machen müsse. Brent hatte nicht einmal an dem Gespräch teilgenommen; er hatte die Worte nur zufällig eines Abends mitbekommen, als ein altes Paar an Minnies Haus vorbeiging. Es war das Ehepaar, dem der Kater gehört hatte. Die Sache mit dem Kater ließ Liam keine Ruhe. Brent hatte Callum dazu angestiftet, am selben Abend, als das Ehepaar seinen neuen, großen Fernseher bekommen hatte, in das Haus einzubrechen. Callum konnte überall einbrechen – obwohl das Haus der fetten Lesbe ihm Kopfzerbrechen bereitete.

»Überall Schlösser und Alarmanlagen«, sagte er zu Brent.

»Ich überleg mir was«, hatte Brent geantwortet.

Callum hatte keine Mühe gehabt, in das Haus des alten Ehepaares einzubrechen, denn die beiden stammten aus einer Generation, als noch niemand seine Haustür abgeschlossen hatte. Die Hintertür des Hauses war zwar abgeschlossen gewesen, aber Callum hatte nur gemeint, dass jedes Kind die öffnen konnte.

»Wenn du den Kater siehst, bring ihn mit«, sagte Brent.

Callum hatte nur den Fernseher stehlen können, aber dann hatte der alte Mann ihnen die Polizei auf den Hals gehetzt. Der Fernseher war schon lange wieder aus dem Haus, aber Brent wurde dennoch nervös, und ein paar Tage später kam auch noch der alte Mann zu ihnen, um ihnen ins Gewissen zu reden. Er hatte gesagt, dass sie doch anständige Kerle seien, und in dem Moment wusste Liam, dass Brent, der dem Alten gerade versprach, nicht mehr so viel Lärm zu machen, einen Plan ausheckte. An diesem Abend brachte er Callum dazu, den Kater zu holen. Das Tier war so alt und dick, dass es nicht einmal versuchte, fortzulaufen.

»Wir könnten ihn ein paar Straßen weiter aussetzen«, sagte Leo. »Wahrscheinlich wird er dann überfahren.«

»Nee, Kumpel«, sagte Brent. »Ich will Spaß haben.«

Liam war an diesem Abend nicht dabei. Leo hatte ihm die Geschichte erzählt – er hatte versucht, so zu klingen, als hätten sie Spaß gehabt, aber Liam wusste, dass Leo jede Minute dieses Abends gehasst hatte.

Liams Eltern hatten immer Katzen zu Hause gehabt. Katzen waren merkwürdige kleine Wesen. Manchmal kamen sie auf einen zugelaufen und wollten gestreichelt werden, aber sie liefen immer weg, wenn man auf sie zuging. Katzen waren schlau. Der alte Kater hatte wahrscheinlich ein gutes Leben gehabt. Liam war sicher, dass sein Tod schrecklich gewesen war.

Liam fragte sich, ob er etwas zu Brent gesagt hätte, wenn er an jenem Abend dort gewesen wäre, wenn er die Sätze herausbekommen hätte. Leo und Callum hatten keine Mühe zu sprechen, und sie hatten beide den Mund gehalten. Sie akzeptierten alles, was Brent tat. Aber Brent war nicht mehr der Junge, den Liam kennengelernt hatte. Damals war Brent einer, der fast genauso gut Skateboard fahren konnte wie Liam. Er hasste die Schule und seine Eltern, aber wer tat das nicht? Sein Vater schlug ihn, aber seine Mutter erwähnte er nie. Dann hatte Liam Brent und seine Mutter zufällig eines Nachmittags in der Schule entdeckt, während seine Eltern mit seinen Lehrern sprachen.

Die Frau war fett, nicht nur normal dick, sondern unglaublich fett. Sie war sogar noch dicker als die Frau, die in Brents Straße wohnte, sie war dicker als jeder andere Mensch, den Liam je gesehen hatte. Während Brent und seine Mutter den Flur entlangliefen, starrten alle sie an. Die Frau trug eine Art lilafarbenes Zelt, und Brent hielt ihre Hand fest. Damals war er sechzehn – viel zu alt, um an der Hand seiner Mutter zu gehen, aber er hielt sie fest umschlossen und sprach leise auf sie ein, während sie von einem Klassenzimmer zum nächsten gingen. Ab und an schaute er sich um und versuchte, jemanden beim Starren zu erwischen. Sein Blick warnte alle, etwas zu sagen. Die Schüler blickten zu Boden oder drehten sich weg. Niemand wollte Ärger mit Brent bekommen. Einmal hatte er einen Jungen mit dem Kopf gegen das Klettergerüst geschlagen, weil der schneller war als er, und damals war er erst zehn. Später hatte er behauptet, es sei ein Unfall gewesen, er habe nur gewollt, dass der Junge ihn in Ruhe lasse, und obwohl ihm niemand glaubte, konnte die Schule nichts gegen ihn unternehmen. Der Junge mit der Kopfverletzung wechselte die Schule, und alle anderen hüteten sich, in Brents Nähe zu kommen. Es war nicht das einzige Mal, dass Brent ein anderes Kind schlug. Liam war sicher, dass es eine ganze Akte mit ähnlichen Vorfällen gab. Brent schwänzte die Schule, wann es ihm passte, und beschimpfte die Lehrer. Er schubste und drängelte und raufte, aber er hatte immer eine Entschuldigung, er bekam nie Ärger.

Normalerweise kam sein Vater zu den Gesprächen mit den

Lehrern, oder es kam niemand. Brent zusammen mit seiner Mutter zu sehen war seltsam. Man konnte sich nicht vorstellen, dass er jemals ein kleines Kind gewesen war. Aber an jenem Nachmittag wirkte Brent anders als sonst; als wäre er stolz auf seine Mutter und versuchte, sie zu beschützen. Liam stand weit genug entfernt, er konnte die beiden beobachten, ohne dass Brent es bemerkte. Als seine Mutter sich umdrehte, sah Liam, wie übel sie zugerichtet war. Brents Vater schlug offensichtlich nicht nur seinen Sohn.

Ein paar Monate später fehlte Brent einige Tage in der Schule, und Callum erzählte Liam und Leo beim Mittagessen im Flüsterton, dass er vor Gericht gegen seinen Vater aussagen musste.

»Sie haben den Dreckskerl für mindestens fünf Jahre weggesperrt«, brüstete sich Brent, als er wieder in der Schule war.

»Ich wette, deine Mutter freut sich«, sagte Leo, und Brent hatte bedächtig genickt.

»Ja, sie ist verdammt glücklich.«

»Sie kann nicht arbeiten«, erzählte Callum Liam und Leo, als Brent weggegangen war, um etwas aus seinem Schließfach zu holen. »Sie kann nicht arbeiten, und jetzt, wo der Alte im Kittchen sitzt, haben sie nur die Stütze, und das ist nie genug. Brent hat gedacht, er tut das Richtige, aber ich weiß, dass meine Mutter lieber meinen Stiefvater zu Hause hat als mich.« Liam wusste, dass er nicht die gleichen Probleme hatte wie seine Freunde. Seine Eltern waren strikt dagegen, ihn oder seine Schwestern zu schlagen. Sie waren eine ganz normale Familie, und er wusste, er sollte dankbar für diese Familie sein. Dennoch fühlte es sich oft anders an. Seine Eltern versuchten, ihm zu helfen, wenn sie ihn in eine neue Klinik oder zu einem neuen Therapeuten schickten, aber er konnte ihre Enttäuschung nicht ertragen, wenn eine der Wunderkuren, wieder einmal, nicht gewirkt hatte.

Leo lebte bei seiner Tante und seinem Onkel, die ihm jede

Woche fünfzig Dollar gaben, damit er sich sein eigenes Essen kaufte. »Sie mögen es nicht, wenn ich abends mit ihnen gemeinsam esse«, erklärte er. »Meine Tante meint, meine Piercings und die Glatze machen meiner kleinen Kusine Angst, aber ich glaube, die Kleine kümmert das gar nicht. Sie lacht immer, wenn sie mich sieht.«

Leos Eltern hatten genug damit zu tun, sich um seine Schwester zu kümmern, die an einer seltenen Krankheit litt, bei der ihre Arme und Beine steif wurden. Leo sollte seine Familie jede Woche besuchen, doch meist verbrachte er die Abende mit Brent und Callum im Park. »Ich kann diese Missgeburt nicht ansehen«, sagte er. Inzwischen lebte er bei Brent, und Liam war sicher, dass er seit Monaten nicht mehr zu Hause gewesen war.

Brent war jetzt vollkommen verrückt nach Geld. Ständig redete er darüber, wie unfair alles war.

»Diese ganzen Scheißkerle haben große Häuser, tolle Autos und schicke Klamotten. Was haben sie eigentlich getan, dass sie das verdienen? Irgendjemand muss ihnen mal klarmachen, dass ihr Geld sie nicht immer schützen kann.«

»Also, weißt du, sie arbeiten einfach«, sagte Callum. Da war Brent aufgestanden und hatte ihm einfach eine runtergehauen. Leo und Liam hatten gelacht, aber Liam war klar, dass Brent sie damit alle gewarnt hatte. Er hatte einen Plan, und sie mussten ihm bedingungslos gehorchen.

Als Brent und die anderen zusammengezogen waren, hatte Liam gedacht, in dem Haus seiner Freunde wäre es wie in den Ferien. Endlich gab es einen Ort, wo er hingehen konnte, wenn ihm in der Schule alles zu viel wurde. Die ersten Wochen, in denen er die Schule geschwänzt hatte, waren wunderbar gewesen. Er liebte seine Freiheit. Er musste sich keine Gedanken um die Abschlussprüfungen machen, er musste weder mit den Lehrern noch mit seinen Mitschülern sprechen oder gar ein mündliches

Referat halten. Er konnte einfach still sein. Niemand erwartete oder verlangte etwas von ihm, außer dass er sein Bier trank und den Mund hielt.

Meist fragten seine Eltern abends zu Hause nicht nach, wie sein Tag gewesen war, denn es dauerte einfach zu lange, bis er eine Antwort zustande brachte. Er ging gerade so regelmäßig zur Schule, dass er keinen Ärger bekam.

Aber jetzt war er auch bei Brent nicht mehr in Sicherheit. Seit der Sache mit dem Kater drehte sich Liam jedes Mal der Magen um, wenn er das Haus betrat.

Zu Hause war es ätzend, in der Schule war es ätzend, und jetzt war es auch noch ätzend, zu Brent zu gehen. Wenn sie im Haus der Lesbe wirklich Geld finden würden, könnte er sich damit vielleicht aus dem Staub machen.

Abends vor dem Einschlafen stellte er sich ein kleines Haus am Strand vor, wo er ganz allein wohnen würde. Er malte sich aus, dass Tara auch dort sein würde. Sie würden zusammen sein, nur sie beide.

Seine Eltern würden ihn wahrscheinlich sowieso nicht vermissen. Sie wären eine perfekte Familie ohne ihn, den stotternden Irren, der ihnen jeden Tag mit Spucken und Zucken vermieste.

Brent hatte gesagt, dass im Haus der Lesbe so viel Geld versteckt sei, dass keiner von ihnen sich je mehr sorgen müsse. Aber Liam war nicht klar, woher Brent das wissen wollte oder was passieren würde, wenn kein Geld im Haus war. Er machte sich Sorgen um die Frau und das Kind. Als sie einmal mit dem Baby im Kinderwagen an ihm vorbeigegangen war, hatte Liam in den Wagen geschaut, und das Baby hatte ihm ein bezauberndes Lächeln geschenkt. Als ob die Kleine glücklich wäre, ihn zu sehen, obwohl sie ihn doch gar nicht kannte.

Unentwegt beobachtete Brent die Frau. »Sie war früher einmal dicker als meine Mutter, aber jetzt nicht mehr«, hatte er gestern gesagt, als seine Augen der Frau mit dem Baby im Kinderwagen auf der Straße folgten.

»W-warum interessiert d-dich d-das?« Liam nahm in Kauf, dass Brent ihm befahl, den Mund zu halten.

»Blöde fette Schlampe«, murmelte Brent.

Liam fragte sich, ob Brent überhaupt wusste, über wen er da gerade sprach.

20

Alicia wirkte steif und abweisend, als Minnie sich ins Gesundheitszentrum schleppte, um Kate wiegen zu lassen. Minnie fühlte sich so krank, dass ihr das kaum auffiel. Die Erkältung war ganz plötzlich gekommen. Ihr Körper fühlte sich feucht und kalt an, und ihre Glieder schmerzten, als ob sie einen Marathon gelaufen wäre.

Sie sehnte sich danach, mit einer Tasse Tee im Bett zu liegen, aber auch Kate war krank und ließ sich weder beruhigen, noch wollte sie schlafen.

Die ganze Nacht hindurch war Minnie mit Kate im Arm durch das Haus gelaufen und hatte sich gefragt, ob das die Strafe für ihre schreckliche, furchtbare Sünde war. Kate jammerte und schrie und verweigerte die Flasche, sodass auch Minnie ein paar Tränen vergoss. Mit der Dämmerung überkam sie die Erleichterung, dass auch der Rest der Welt aufstehen musste. »Ich war noch nie im Leben so müde, Mum – wirklich nie. Jetzt weiß ich, warum Schlafentzug als Foltermethode anerkannt ist.«

Sie las in sämtlichen Büchern nach, und sie versuchte zu beten: »Bitte, lieber Gott, mach, dass sie eine Stunde lang still ist.« Aber Kate wollte sich nicht beruhigen. Die ganze Zeit wollte sie im Arm gehalten werden. Sie wollte nicht, dass Minnie still dastand oder sich hinsetzte. Sie wollte, dass Minnie sich bewegte. Minnie lief verzweifelt eine Runde nach der anderen durchs Haus und hielt nur kurz an, um ein Mittel gegen die Erkältung einzunehmen.

Minnie rief beim Arzt an und vereinbarte einen Termin für Kate und sich selbst. Dann fuhr sie zu Alicia ins Gesundheitszentrum, denn sie musste unbedingt aus dem Haus kommen, und der Arzt konnte sie beide erst am Nachmittag einschieben. Minnie mochte Dr. Sing, er hatte Kate die ersten Impfungen verabreicht und gespannt Minnies Bericht von ihrer Geburt zu Hause gelauscht, aber seine Praxis war gut besucht und sie glaubte, nicht mehr bis zum Nachmittag durchhalten zu können.

»Ich weiß, ich stelle mich einfach nur an, Mum«, sagte Minnie, während sie unter der heißen Dusche stand und Kates Jaulen lauschte, »aber ich habe das Gefühl, zu sterben.«

»Ich wollte Sie fragen, ob Sie mir sagen können, was ich tun kann.« Minnie schniefte. »Ich habe überhaupt nicht geschlafen, weil es ihr nicht gut geht. Kann ich etwas tun, dass sie wieder besser schläft?«

»Sie hat nur eine Erkältung«, sagte Alicia. »Sie wird darüber hinwegkommen. Halten Sie sie warm und geben Sie ihr viel zu trinken. Sie können ihr etwas Erkältungssalbe unter die Nase schmieren, dann kann sie besser atmen. Es gibt jede Menge Mittel, die Sie rezeptfrei kaufen können, aber je weniger Sie davon nehmen, desto besser.«

»Oh.« Minnie spürte, wie sich ihr Leid verschlimmerte. In Alicias Worten hatte mitgeschwungen, dass eine gute Mutter die Erkältung mit ihrem Kind einfach klaglos durchstehen würde.

»Sie sehen aus, als bräuchten Sie etwas Ruhe«, sagte Alicia. »Können Sie nicht eine Nachbarin um Hilfe bitten?«

»Meine Nachbarin besucht gerade ihren Sohn in Amerika. Sonst habe ich niemanden.«

»Na ja, ich denke, es wird bald vorüber sein.«

»Ach, wissen Sie, ich bin so furchtbar müde. Ich habe seit Tagen nicht geschlafen.«

»Sie Arme, ja, manchmal sind kleine Babys recht anstrengend. Sie brauchen einen Babysitter, ein nettes junges Mädchen, das sich etwas Geld verdienen möchte. Sie könnten einen Zettel in einer Schule in Ihrer Nähe aufhängen.«

Minnie hörte ein Geräusch, das aus einer Ecke des Raumes kam. Es klang wie Schnauben und Lachen in einem, und sie blickte zu dem jungen Mädchen, das auf einem Stuhl hinter dem Bücherregal saß. Sie hatte blondes Haar und dunkle Augen und kauerte auf einem unbequemen Stuhl. Minnie hatte sie nicht gesehen, als sie den Raum betreten hatte, weil sie so mit ihren eigenen Problemen beschäftigt gewesen war.

»Das ist meine Stieftochter«, sagte Alicia. »Sie hat einen Tag schulfrei.«

»Vielleicht könnte sie auf Kate aufpassen«, sagte Minnie. Sobald sie die Worte ausgesprochen hatte, schien es die perfekte Lösung zu sein. Sie musste ja nur ein wenig schlafen. »Ich würde sie bezahlen. Ich bezahle dich«, sagte sie zu dem Mädchen, das mit grimmigem Gesichtsausdruck auf ihrem Stuhl saß.

»O nein, es tut mir leid, aber Tara ist nur heute hier, und es geht ihr zur Zeit nicht sehr gut. Sie hat ihre Stimme verloren.«

Wieder ertönte ein schnaubendes Lachen, und Minnie schaute dem Mädchen direkt in die Augen.

Tara war wütend, so viel erkannte Minnie sofort. Ihre Hände hatte sie tief in ihren Jackentaschen vergraben.

Minnie versuchte zu lächeln, aber Tara erwiderte ihr Lächeln nicht. Sie blickte weiter zu Alicia, als ob sie ihr etwas sagen wollte.

Normalerweise hätte sie niemanden, dem es nicht gut ging, in Kates Nähe gelassen, aber die Kleine hatte sowieso schon eine Erkältung.

»Wirklich nicht? Sind Sie sicher?«, fragte sie Alicia.

»Ich glaube, das ist keine so gute Idee.«

Das Mädchen sah Alicia noch einmal durchdringend an und schien mit dem Kopf zu nicken.

Tara wollte mit ihr kommen, das konnte Minnie sehen. Sie wollte nicht den ganzen Tag hier sitzen und zusehen, wie Babys gewogen und gemessen wurden. Und Minnie war klar, dass das Mädchen seine Zeit ebenso wenig mit Alicia verbringen wollte.

Minnie konnte die Erleichterung, die ihr eine Stunde Schlaf bringen würde, geradezu spüren. Sie sehnte sich nach Schlaf, wie sie sich früher nach Essen gesehnt hatte.

»Ich weiß, dass das eine ungewöhnliche Frage ist, aber ich habe sonst niemandem, dem ich trauen kann, und ich brauche wirklich nur mal eine Stunde Ruhe. Bitte, ich werde sonst noch verrückt.«

»Hören Sie, es tut mir wirklich leid, aber ich kann Tara nicht mit Ihnen gehen lassen. Wir kennen uns nicht sehr gut, und sie ist erst fünfzehn. Sie muss bei mir bleiben. Ich gebe Ihnen die Adressen einiger Babysittervermittlungen, oder Sie rufen den Kinderpflegeservice an. Die Kräfte sind nicht ganz billig, aber sie sind sehr gut.«

Alicia war unnachgiebig. Minnie bemerkte ihre Ungeduld, während sie eine Mappe durchblätterte und einige Namen und Telefonnummern für Minnie aufschrieb.

»Oh«, sagte Minnie. »Okay, danke.«

Das Mädchen stand auf und zeigte Alicia ihr Handy.

»Nein«, sagte Alicia.

Das Mädchen zeigte ihr wieder das Handy.

»Das reicht.« Ihre Stimme war etwas lauter geworden. »Setz dich hin, Tara.«

Tara setzte sich nicht hin. Sie nahm das Handy weg, tippte wütend, zeigte es dann wieder Alicia.

Minnie konnte die angespannte Atmosphäre förmlich spüren. Alicia sah dem Mädchen direkt in die Augen, und Minnie begriff, dass sich hinter ihren Blicken ein ganzes Gespräch verbarg. Während der stummen Auseinandersetzung der beiden tat Kate quengelnd ihre Unzufriedenheit kund. Minnie schaukelte sie im Arm.

Dann riss sich Alicia von ihrer Stieftochter los und setzte sich wieder an ihren Schreibtisch. Sie ließ den Kopf in beide Hände sinken. Minnie glaubte, Alicia würde gleich anfangen zu weinen. Minnie griff nach ihrer großen Tasche und stand auf, um den Raum zu verlassen.

»In Ordnung«, sagte Alicia. »Geh mit ihr, Tara.«

»Oh, bitte machen Sie sich um mich keine Gedanken«, entgegnete Minnie schnell.

»Nein«, sagte Alicia. »Tara möchte mit Ihnen mitgehen. Sie will hier raus, sie will weg von mir. Sie ist lieber mit einer vollkommen fremden Person zusammen als mit mir. Alles ist besser als das. So ist es doch, Tara, oder?«

Tara zuckte die Achseln. Minnie errötete, es war ihr peinlich, diesen Familienstreit mitzuerleben. Tara schaute sie an und nickte leicht.

Jetzt wollte Minnie das Mädchen nicht mehr mit zu sich nach Hause nehmen. Auf keinen Fall wollte sie sich in die Beziehung zwischen Alicia und ihrer Stieftochter einmischen. Aber sie hatte um Hilfe gebeten, und nun bekam sie, worum sie gebeten hatte. Minnie verspürte einen Anflug von Überheblichkeit, als sie sah, wie wenig Alicia mit Tara umgehen konnte. Letztlich war auch sie nicht perfekt.

Sie wusste, sie sollte das Angebot des Mädchens ablehnen, aber Minnie glaubte, Gott selbst hätte ihr eine Lösung gesandt. Sie war viel zu müde, um einen klaren Gedanken zu fassen.

»Mitgefangen, mitgehangen«, hatte ihre Mutter immer gesagt.

»Meine Adresse und meine Telefonnummern haben Sie ja. Ich bringe Tara in zwei Stunden zurück, das verspreche ich.«

Alicia nickte, sagte aber kein Wort mehr. Sie öffnete für Minnie und Tara die Tür und blickte sich im Wartezimmer nach der nächsten Mutter mit Kind um.

*

»Hast du Erfahrung mit Babys?«, fragte Minnie, während Tara und sie zum Auto liefen.

Das Mädchen tippte auf ihrem Telefon und zeigte es dann Minnie. *Eine Menge.*

Minnie spürte erschöpft die Erleichterung in ihre Knochen kriechen. Sie hätte sich Gedanken über dieses junge Mädchen machen sollen, warum es nicht sprechen konnte, aber ihr war schon ganz übel vor Müdigkeit.

»Bitte, lieber Gott, gib mir eine Stunde Ruhe«, betete sie.

Mum, bitte pass auf uns auf, dachte sie.

Es wird alles gut gehen, tippte Tara.

Und Minnie fand sich damit ab, dass es so sein würde.

Das Mädchen konnte vollkommen verrückt sein, was wusste sie schon, aber Alicia war Krankenschwester, und sie hätte etwas gesagt, wenn Tara ihrer Meinung nach der Verantwortung nicht gewachsen wäre.

»Ich lasse die beiden ja nicht allein, Mum«, flüsterte Minnie, während sie den Kinderwagen im Kofferraum verstaute.

Sie hörte, wie Kate aus Protest zu heulen anfing, als sie in ihrem Kindersitz angeschnallt wurde.

O Gott, was mache ich nur, wenn ich mich falsch entschieden habe?, dachte Minnie.

Im Auto war Kate plötzlich still.

Minnie öffnete die Fahrertür, stieg ein und drehte sich zu Kate, um zu sehen, wieso sie aufgehört hatte, zu weinen.

Auf dem Rücksitz strich das Mädchen mit einem Finger langsam über Kates Gesicht, von der Stirn bis zu ihrem Kinn. Kate fielen immer wieder die Augen zu, während sie gegen den Schlaf ankämpfte.

Tara lächelte Kate freundlich an, während sie sanft mit dem Finger über Kates Gesicht fuhr.

Minnie drehte sich nach vorn und startete den Wagen.

»Es wird alles gut gehen«, sagte sie zu der Straße vor sich.

Minnie trug Kate ins Haus, und Tara nahm die Wickeltasche und folgte ihr.

Als sie das Haus betraten, errötete Minnie angesichts der Unordnung überall. Sie deutete auf die verkrumpelten Wäscheberge auf dem Sofa im Wohnzimmer und den Abfalleimer voller benutzter Taschentücher. »Entschuldige bitte die Unordnung – wir waren die ganze Zeit so krank.«

Das Mädchen zuckte die Achseln und blickte Minnie verständnislos an.

Augenblicklich stieg in Minnie Panik auf. Wie in drei Gottes Namen konnte sie Kate diesem merkwürdigen stummen Kind anvertrauen?

Tara holte ihr Handy hervor, und Minnie schaute zu, wie sie etwas tippte.

Ich kann aufräumen und das Baby im Arm halten.

»Kate«, sagte Minnie. »Ihr Name ist Kate.«

Tara lächelte Kate an, die an Minnies Brust zusammengesunken war. Ihre Äuglein waren rot, und sie weinte.

»Also, vielleicht mag sie nicht … Ich weiß nicht.« In diesem Moment bereute Minnie, dass sie Alicia gebeten hatte, Tara mit ihr gehen zu lassen.

Tara streckte die Arme nach Kate aus, und zu Minnies Überraschung ließ das Baby sich von ihr auf den Arm nehmen. Kates kleiner Kopf fiel auf Taras Schulter, und Tara begann sie behutsam hin und her zu wiegen. Minnie hatte schon tausend Mütter so ihr Kind schaukeln sehen, so wie sie es auch selbst gelernt hatte.

Sie war so voller Dankbarkeit, dass sie am liebsten geweint hätte.

»Ich brauche nur eine Stunde Schlaf. Im Kühlschrank ist noch eine Milchflasche, wenn du die vierzig Sekunden lang in der Mikrowelle erwärmst, trinkt sie die vielleicht. Vergiss nicht, die Flasche zu schütteln, bevor du sie ihr gibst. Und wenn es dir gelingt, sie hinzulegen, ihr Babybett ist in dem Zimmer am Ende des Flurs. Wenn du irgendetwas wissen musst, weck mich einfach auf. Wenn Kate plötzlich Fieber bekommt oder zu weinen anfängt …«

Tara holte wieder ihr Handy hervor und tippte mit einer Hand eine Nachricht. *Sie ist okay bei mir. Legen Sie sich hin. Ich habe zwei kleine Brüder, ich weiß, was ich tun muss.*

Minnie nickte und ging in ihr Schlafzimmer, wo sie sich aufs Bett legte.

Augenblicklich versank sie in tiefen Schlaf. In ihren Träumen wurde Kate ihr aus den Armen gerissen, aber sie war unfähig, sich zu bewegen oder ihr hinterherzulaufen.

Als sie aufwachte, stellte sie schwitzend und zitternd fest, dass sie mehr als eine Stunde lang geschlafen hatte. Ihr Kopf fühlte sich leichter an.

Im Haus war es still.

Sie sprang aus dem Bett und lief ins Wohnzimmer. Tara lag mit geschlossenen Augen auf dem Sofa. Kate lag auf ihrem Bauch und hielt ihre rosafarbene Decke fest umklammert. Im Schlaf ging ihr Atem langsam und gleichmäßig; nur das leichte Schnarchen verriet, dass sie erkältet war. Tara lag vollkommen entspannt da. Einen Arm hatte sie um Kate geschlungen, der andere ruhte auf dem Sofa.

»Oh«, entfuhr es Minnie, und Tara öffnete die Augen.

Sie nahm das Handy, das auf dem Sofa lag, und tippte eine Nachricht. *Sie ist eingeschlafen, und ich hatte Angst, sie aufzuwecken, wenn ich sie in ihr Bettchen lege. War das richtig?*

»Ja«, flüsterte Minnie. »Das war richtig.«

21

»Hast du vollkommen den Verstand verloren?«, fragte Max beim Abendessen.

Alicia sah auf ihren Teller und war froh, dass zumindest Ethan und Michael schon zu Ende gegessen hatten und nun fernsahen. Sie hasste es, wenn Max so mit ihr redete. Jedes Mal, wenn sie etwas tat, womit er nicht einverstanden war, zweifelte er an ihrem Verstand, als ob der Mangel an Denkvermögen der einzige Grund dafür war, dass jemand eine Entscheidung traf, die er nicht nachvollziehen konnte.

Alicia vermutete, dass Max sich dieses Verhalten während seiner ersten Ehe angewöhnt hatte. Sie vermutete, dass darin der Grund lag, und sie verzieh ihm, weil seine erste Ehe so schwierig gewesen war. Seine Ehe mit der nachweisbar verrückten Sasha, die sie beide jetzt jeden Monat tausende Dollar kostete.

Habe ich den Verstand verloren?, überlegte Alicia, während Max auf eine Antwort wartete.

Für Alicia waren die zwei Stunden, die Tara fort gewesen war, qualvoll gewesen. Eine Mutter hatte sie sogar zurechtgewiesen, weil sie so unaufmerksam war, aber Alicia hatte das kaum zur Kenntnis genommen, sie hatte nur an all die Katastrophen denken können, die Tara passieren konnten. Sie hatte Tara mit einer ihr fremden Person nach Hause gehen lassen. Wenn sie jetzt darüber nachdachte, konnte sie das Ausmaß ihrer Dummheit selbst nicht fassen, aber sie konnte nicht darüber nachdenken, weil sie dann zugeben musste, dass sie Tara loswerden wollte.

Den ganzen Vormittag über hatte Tara im Gesundheitszentrum gesessen, auf ihrem Handy gespielt und gelegentlich höhnisch gelacht, wenn Alicia einer Mutter einen Ratschlag gab. Normalerweise hatte Alicia bei ihrer Arbeit immer alles im Griff; sie war die Expertin, die von den Müttern, die zu ihr kamen, bewundert und gebraucht wurde. Aber heute merkte sie, wie Tara sie beurteilte, und sie spürte die Verachtung ihrer Stieftochter. Tara war in den einzigen Bereich ihres Lebens eingedrungen, den Alicia für sich allein hatte, und es fühlte sich schrecklich an. Als sie zur Arbeit zurückgekehrt war, nachdem Tara aus dem Krankenhaus entlassen worden war, hatte sie darauf gewartet, dass eine der Schwestern etwas zu ihr sagen würde, dass eine Mutter mit dem Finger auf sie zeigen würde, aber im Gesundheitszentrum war sie in Sicherheit. Ihre Kolleginnen behielten ihre Fragen zu Tara für sich. Meg hatte sie behutsam am Arm gefasst, als sie sich in der Teeküche begegnet waren. »Du weißt doch hoffentlich, dass wir alle für dich da sind, falls du uns brauchst«, war alles, was sie gesagt hatte. Alicia hatte dankbar genickt und war wieder an die Arbeit gegangen.

Außerhalb des Gesundheitszentrums war es nicht so einfach gewesen, die Ereignisse zu Hause von sich selbst zu trennen.

Als Taras Geschichte die Titelseiten füllte, hatte Alicia ihre Sonnenbrille aufgesetzt und starr zu Boden geblickt, wenn sie beim Abholen vor der Schule auf ihre Söhne wartete, denn die anderen Mütter ließen beim Tratschen in der Regel keinen Skandal aus. Einmal kam Belinda, die sie sonst kaum beachtete, vor der Schule auf sie zu, und Alicia wusste, dass sie mit der Auserwählten sprach. Belinda hatte ein Gespräch mit ihr begonnen, um Informationen zu bekommen, die sie den anderen neugierigen Müttern zutragen konnte.

»Uns allen tut es ja so leid, was bei euch los ist«, begann sie das Gespräch, und Alicia musste sich auf die Lippe beißen, um die Frau mit den langen dunklen Haaren und der seltsamen orangenen Bräune nicht zu beschimpfen.

»Oh, ich danke dir«, hatte sie stattdessen erwidert. »Ich bin natürlich dankbar für jede Unterstützung, aber ich bin sicher, ihr werdet verstehen, dass das eine Familienangelegenheit ist.« Zur Hölle, wenn alle berühmten Leute etwas so Lächerliches sagen konnten, warum dann nicht auch sie?

Belinda hatte die hübsch verpackten Worte geschluckt und nicht mehr gewusst, was sie darauf erwidern sollte. Sie war einfach zu den wartenden Geiern zurückgegangen. Alicia wusste, dass sie sich genauso schuldig machte, wenn Gerüchte über zerbrochene Ehen oder pleitegegangene Firmen kursierten, aber ihr eigenes Leid gönnte sie niemandem.

Ein paar Wochen lang hatte sie sich sogar geweigert, Anrufe von guten Freunden entgegenzunehmen, und dann hatte sie einfach behauptet, dass sie alle zu Hause gut mit der Situation zurechtkämen, und das Thema gewechselt. Sie hasste die Vorstellung, dass andere sie mitleidig ansahen, dass sie ihr ihr Mitgefühl zeigen und ihr helfen wollten. Das war ihre Rolle – und sie mochte es nicht, wenn die Dinge sich umkehrten.

Heute Morgen hatte es sich angefühlt, also ob sie die einzige Oase der Ruhe verlieren würde, die ihr geblieben war. Tara konnte nicht allein bleiben, und zum ersten Mal seit vielen Wochen hatten sie und Max keine Möglichkeit gehabt, ihre Terminpläne aufeinander abzustimmen. Sie waren übereingekommen, dass Taras stundenlange Ausflüge in den Park ihr wahrscheinlich guttaten, dass sie aber auf keinen Fall allein zu Hause bleiben konnte. Aus diesem Grund hatte Alicia Tara mit zur Arbeit genommen.

Als sie heute Morgen mit Tara im Schlepptau ins Gesundheitszentrum gekommen war, hatte Sylvia fragend die Augenbrauen in die Höhe gezogen, aber Alicia hatte nur die Schultern gezuckt, zum Zeichen, dass sie keine andere Wahl gehabt hatte. Sie hatte geglaubt, Tara würde still dasitzen und sich alte Zeitschriften ansehen, bis es Zeit war, wieder nach Hause zu gehen, aber Tara hatte sich geärgert, dass sie aus dem Haus gehen musste. Sie tat ihr Missfallen mit Geräuschen und Seufzern kund, sie klopfte mit dem Fuß auf den Boden und mit den Fingern auf dem Stuhl, wo sie saß. Geräuschvoll blätterte sie die Seiten einer Zeitschrift um und ließ sie auf den Boden fallen, wenn sie sie durchgeblättert hatte.

Während der Morgen voranschritt, fühlte Alicia lodernden Zorn in sich aufsteigen, und gelegentlich musste sie ihre Hand zur Faust ballen, um Tara nicht zu schlagen. Max und sie hatten die Kinder nie geschlagen – niemals.

Sie hätte Tara nicht erlauben dürfen, wegzugehen, aber sie hatte das Gefühl gehabt, sich selbst beschützen zu müssen.

Wenn sie gerade nicht daran dachte, was Tara zustoßen konnte, machte sie sich Sorgen um Minnie und Kate. Tara hatte irgendwo ein Baby ausgesetzt – wahrscheinlich dem sicheren Tod überlassen. Konnte so ein Mensch sich um das Kind von jemand anderem kümmern? Moralisch gesehen, und auch in rechtlicher Hinsicht, war es sicher falsch von ihr gewesen, Tara zu Minnie nach Hause zu lassen. Aber Alicia wusste noch, wie Tara zu ihren kleinen Brüdern gewesen war. Schon im Alter von acht Jahren hatte sie scheinbar instinktiv gewusst, wie man ein Baby beruhigte. Sie würde doch Minnies Kind gewiss nichts antun?

Als Minnie zwei Stunden später mit Tara zurückgekommen war, hatte Alicia vor Dankbarkeit beinahe geweint.

Sobald sie zu Hause war, goss sie sich ein großes Glas Wein ein und beschloss, nicht weiter über die Sache nachzugrübeln, aber Tara erzählte alles ihrem Vater.

Sie kann nicht sprechen, aber sie kann mir trotzdem den Tag vermasseln, dachte Alicia, als Max sie zur Rede stellte.

Inzwischen hatte sie schon drei Gläser Wein getrunken, und sie wusste, dass Max immer noch auf eine Erklärung wartete. Sie verzog das Gesicht, während sie sich ausmalte, wie er reagieren würde, wenn sie schlicht und einfach sagte: »Ja, Max, ich bin verrückt geworden – steck mich zu Sasha in die Klinik und entbinde mich von jeglicher Verantwortung.«

Stattdessen ließ sie die Stimme der Vernunft sprechen: »Bitte rede nicht so mit mir, Max. Ich wusste nicht, wie ich sie aufhalten sollte. Ich musste arbeiten und ich habe Minnie – meiner Patientin – mehrmals gesagt, dass Tara ihr nicht helfen könne, aber Tara wollte mit ihr mitgehen.«

Am Tisch häufte Tara ihre Käsemakkaroni zu einem Berg auf und walzte ihn dann wieder platt.

»Warum in aller Welt wolltest du mit einer Frau nach Hause gehen, die du gar nicht gekannt hast?«, fragte Max Tara.

Tara zuckte die Achseln.

»Das reicht nicht«, sagte Max.

Tara griff nach ihrem Handy und tippte. *Ich brauchte etwas Raum zum Atmen. Minnie ist sehr nett, sie musste sich nur ausruhen. Sie hat mir zwanzig Dollar gegeben. Ich habe ihr gesagt, dass ich ihr an zwei Nachmittagen in der Woche helfen würde. Ich kann zu Fuß bis zu ihrem Haus laufen.*

Max las die Worte und reichte das Handy dann an Alicia weiter. Das ganze Gespräch war einseitig und auch grotesk.

»Du sollst aber die ganze Zeit beaufsichtigt werden, Tara«, sagte Max.

Sie kann mich beaufsichtigen, schrieb Tara.

»Willst du wirklich, dass wir dieser Frau den Grund verraten, warum sie dich beaufsichtigen soll?«, sagte Max.

Eine Minute lang haute Tara heftig auf die Tasten, dann reichte sie Max das Handy, der den Kopf schüttelte, es aber nicht an Alicia weitergab. »Nein, Tara. Ich hasse dich nicht. Du musst nur bitte verstehen, dass dies eine schwierige Situation ist. Ich kann nicht erlauben, dass du auf dieses Kind aufpasst, bevor wir wissen, was dir passiert ist.«

Tara zuckte die Achseln und konzentrierte sich wieder auf ihren Makkaroni-Berg.

»Wann wird das endlich aufhören, Tara?«, fragte Alicia.

»Meine Güte, Alicia, glaubst du im Ernst, sie kann dir darauf eine Antwort geben?«

Tara schlug mit der flachen Hand auf den Tisch.

»Wenn es dir nicht gefällt, dass man dich so behandelt, als hättest du keine Stimme, dann mach den Mund auf und sag etwas«, fuhr Alicia sie an. Die drei Gläser Wein waren schuld daran, dass sie Sachen sagte, die sie besser nicht gesagt hätte.

Tara schob ihren Stuhl zurück und tippte wieder in ihr Handy.

»Sie sagt, sie wird zwei Nachmittage pro Woche bei dieser Frau verbringen, bis sie wieder in die Schule geht«, sagte Max.

Alicia sah ihren Ehemann an und biss sich auf die Lippe, aber sie sagte kein Wort. Er sah erschöpft aus. Vor wenigen Monaten noch hatten sie einen Sommerurlaub geplant, wo sie Achterbahn fahren und am Strand faulenzen wollten, und jetzt waren sie in diesem Albtraum gefangen, in dem Ärzte, Anwälte und die Polizei ihnen im Nacken saßen.

»Wenn Minnie die Wahrheit über dich wüsste, würde sie nicht wollen, dass du auf ihr Baby aufpasst«, sagte Alicia.

»Himmelherrgott noch mal!« Max ließ den Kopf in die Hände sinken.

Tara starrte Alicia mit offenem Mund an.

Alicia goss sich Wein nach. Sie hatte keine Ahnung, was zum Teufel sie gerade trieb. Sie wusste, dass ihr alles, was sie sagte, morgen früh leidtun würde, aber die Worte sprudelten einfach aus ihr heraus. »Die arme Frau hat sich so verzweifelt nach etwas Schlaf gesehnt, dass sie sogar dich, Tara, mit deinem griesgrämigen Gesicht, für ein Geschenk des Himmels gehalten hat. Stell dir mal vor, ich erzähle ihr, dass sich irgendwo da draußen die Leiche eines Babys befindet, das du zur Welt gebracht und getötet oder einem schrecklichen Tod überlassen hast.«

»Alicia, was zum Teufel soll das?«, schrie Max.

Tara ließ ihre Gabel auf den Teller fallen. Sie schloss die Augen, dann schniefte sie und ihr Finger tanzten über die Handytastatur.

Tara gab ihr das Handy. Alicia widerstand dem Wunsch, das Ding einmal quer durch den Raum zu schleudern, nahm es in die Hand und las.

Würdest du das wirklich tun?, hatte Tara geschrieben.

Alicia seufzte. Tränen stiegen ihr in die Augen. Sie spürte, dass ihr Zorn genauso schnell verrauchte, wie er gekommen war. Eine erschöpfte Traurigkeit überkam sie, während ihr Mann und ihre Stieftochter auf eine Antwort warteten.

»Nein, Tara, ich würde das nicht tun – aber die Sorge bleibt. Wenn du uns nur sagen könntest, wo das Baby ist, wenn wir nur wüssten, ob es in Sicherheit ist oder ob es tot geboren wurde, dann könnte unser Leben endlich wieder weitergehen. Diese Sache macht uns fertig – uns alle. Hast du deinen Vater mal angesehen, Tara? Hast du ihn einmal richtig angesehen?«

Max sagte schnell: »Mir geht's gut, Tara. Alicia, ich glaube, du gehst jetzt besser ins Bett. Ich kümmere mich um Ethan und Michael. Ich verstehe nicht, was mir dir los ist. Wirklich nicht. Du bist sonst nie so grausam. Ich hätte nie gedacht, dass du so sein kannst.«

Alicia hielt die Tränen nicht mehr zurück und nickte. Sie stand auf, um im Bett zu verschwinden, bevor sie noch mehr Unheil anrichtete.

Tara drückte ihr das Handy in die Hand, aber Alicia schob es zur Seite. Sie konnte keine Antworten mehr geben. Tara schob ihr wieder das Handy hin.

Alicia blickte auf das Display.

Es tut mir leid, Alicia, unendlich leid. Ich will mich erinnern, aber ich kann nicht. Ich würde niemals einem Baby etwas zuleide tun. Ich würde nie meinen Brüdern wehtun. Es tut mir leid.

Alicia schaute Tara an und bemerkte die Tränen auf ihrem Gesicht. Für einen Augenblick war sie wieder das sechsjährige

Mädchen, das nach einem qualvollen Besuch bei ihrer Mutter schluchzend in ihren Armen lag. Damals hatte Alicia sich nicht vorstellen können, dieses Kind eines Tages nicht mehr von ganzem Herzen zu lieben. Sie hob ihre Hand und wischte eine Träne fort, die über Taras Wange lief. »Mir tut es auch leid, Tara. Ich bin nur … es tut mir leid.«

Sie lehnte sich vor und küsste Tara leicht auf den Kopf. Dann ging sie nach oben und überließ die ganze Verantwortung Max allein, obwohl sie ein schlechtes Gewissen hatte, obwohl er total abgespannt und verzweifelt war, obwohl sie ihn liebte und wusste, sie hätte hinter ihm stehen und ihn stützen sollen.

*

Im Bett rasten unaufhörlich ihre Gedanken. Sie hatte zu viel Wein getrunken, um schlafen zu können. Sie hörte, wie Max Ethan und Michael ins Bett brachte und im Wohnzimmer der Fernseher weiterlief. Die beiden Jungen, mit der Kindern manchmal eigenen Einsicht, fragten nicht einmal nach ihr.

Alicia lag auf dem Rücken und starrte an die Decke. War sie verrückt? Würde es leichter, wenn sie verrückt wäre?

Der Mythos der kranken Sasha hing über ihrer Ehe und überschattete alles, was Alicia tat.

Manchmal drohten Sashas Bedürfnisse die der anderen vollkommen zu verdrängen. Es schien kaum möglich, denn sie war kaum mehr als das Flüstern eines Namens, aber es kam vor. Max würde niemals aufhören, die enormen Kosten für die Privatklinik Peace Hills zu bezahlen, er würde nie aufhören, einmal im Monat jemanden zu besuchen, der sich selbst kaum im Spiegel erkannte, er würde niemals aufhören, Tara überreden zu wollen, mit ihm zu kommen, obwohl das Mädchen sich Monat für Monat weigerte.

Ein oder zwei Mal hatte Alicia Max begleitet, aber sie konnte sich nicht auf die unsinnige Unterhaltung mit der schwer mitgenommenen Sasha einlassen, die darauf bestand, dass nachts Männer in ihr Zimmer kamen und versuchten, sie zu vergewaltigen. Max hielt dann ihre Hand, erzählte ihr von Tara und rief ihr die schönen Tage in Erinnerung, die sie erlebt hatten. »Weißt du noch, wie du Tara zu ihrem zweiten Geburtstag ein Schloss aus Kuchenteig gebacken hast? Weißt du noch, wie sie einfach darauf losstolzierte und mit beiden Hände große Stücke herausbrach? Ich bin ganz wütend geworden, weil ich wusste, wie lange du dafür gebraucht hattest, aber du hast nur gelacht und gesagt: ›Es ist ihr Kuchen.‹ Erinnerst du dich daran, Sasha?« Alicia hatte zugesehen, wie Max mit ihren Fingern in seiner Hand spielte und ihr gelegentlich übers Haar strich, aber ihr Blick war leer wie der jedes Menschen, der mit Medikamenten vollgepumpt wurde. Sasha hatte grüne Augen, und auf Fotos von früher hatte Alicia gesehen, wie diese Augen ihr Gesicht zum Leuchten brachten, aber jetzt waren sie stumpf und ausdruckslos.

»Warum besuchst du sie, Max?«, hatte Alicia ihn im Auto auf dem Weg nach Hause gefragt.

»Ich habe keine andere Wahl – sie ist meine Frau«, antwortete Max. »Ich meine, sie ist meine Exfrau. Sie ist Taras Mutter. Ich muss sie besuchen. Ich könnte es nicht ertragen, wenn sie niemals Besuch bekäme.«

An jenem Abend im Bett hielt Alicia Max so fest, dass er auf ihr liegen blieb, auch als er sich schon von ihr fortdrehen und schlafen wollte.

»Bleib bei mir«, flüsterte sie.

»Ich bleibe, wo ich bin«, sagte Max und küsste sie noch einmal, aber Alicia wusste, dass ein Teil von ihm immer fort sein würde.

Alicia dürfte nicht die Kosten ansprechen, die sie tragen mussten, damit Sasha nicht auf der Straße landete. Jedes Mal, wenn Max und Tara über sie sprachen, galt die unausgesprochene Abmachung, dass ihre Krankheit nicht erwähnt wurde. Stattdessen konzentrierten Max und Tara sich auf die Kunstprojekte, die Sasha sich ausgedacht hatte, oder auf die Tage, an denen sie dumme Theaterstücke verfasste. Sie konzentrierten sich auf die perfekten Momente, sie polierten sie, bis sie glänzten wie ein Hochglanzbild.

Sasha litt, und aus diesem Grund würden auch Max und Tara immer leiden. Taras Zimmer war voller glücklicher Familienfotos. Max mit Tara und Sasha, schick angezogen auf dem Weg zu einer Party. Max und Tara und Sasha, die um einen perfekt glasierten rosafarbenen Geburtstagskuchen standen. Sasha, die Tara an sich drückte und sie so ansah, wie auch Alicia Ethan und Michael ansah. Max und Tara, die im Garten Seifenblasen pusteten und mit großen Augen in die Kamera schauten.

Max sah so jung aus auf diesen Fotos. Sasha hatte ihn als jungen Mann gehabt.

Aber jetzt habe ich ihn, und ich behalte ihn für den Rest unseres Lebens, tröstete Alicia sich selbst.

Sie war von Anfang an dagegen gewesen, dass Sasha zu ihnen zog, damals, als Tara sechs Jahre alt war. Sie hatte versucht, Max ihre Sicht der Dinge darzulegen, aber noch bevor er seine Exfrau aus der Klinik abgeholt hatte, spürte sie, wie sich ihr Ehemann von ihr distanzierte.

Sashas blondes Haar fiel ihren Rücken hinunter, und sie war spindeldürr. Sie sah aus, als ob sie jeden Moment auf einer steifen Brise hinwegschweben konnte.

Sie bedankte sich unablässig bei Alicia, dass sie bei ihnen im Haus wohnen dürfe, und sie gab sich Mühe, ihr beim Abendessen und im Haushalt zu helfen. Ihre Hände zitterten, und ihr Mund war immer trocken. Sie verbrachte Stunden in Taras Zimmer. Dann schlich Alicia an der geschlossenen Tür vorbei, lauschte dem Gekreische und Gekicher und redete sich ein, Tara hätte nur eine Freundin zu Besuch.

Sie hatte gesehen, wie Max Sasha anschaute, sie hatte das Verlangen gesehen, das er immer noch nach ihr spürte, und sie hatte versucht, sich nicht davon verunsichern zu lassen. Alicia ließ Max keinen Moment aus den Augen, in der Hoffnung, er würde aufsehen und ihren Blick bemerken, denn dann könnten sie sich zulächeln und wüssten, dass sie in dieser Sache zusammenhielten. Die Tage vergingen, Max klammerte sich an die äußerste Kante seiner Bettseite – er hatte Angst, sie zu berühren –, und er sah durch sie hindurch oder an ihr vorbei. Er sah sie nicht an, und Alicia war sich bewusst, dass das das Ende ihrer Beziehung sein würde. Sie war froh, dass sie keine Kinder hatten und sie noch jung war: Sie konnte noch einmal von vorn anfangen. Sie fühlte, wie der Schmerz in ihrem Herzen ihren Hals hinaufzog, und sie bekam nichts mehr hinunter. Im Geist begann sie ihre Koffer zu packen.

Eines Nachts stand sie auf, um sich ein Glas Wasser aus der Küche zu holen und entdeckte Sasha, die dabei war, das Fotoalbum ihrer Hochzeit zu zerschneiden.

Im Grunde wollte sie gar nicht schreien, aber sie hatten keine Kopien der Fotos, und es machte ihr Angst, Sasha so merkwürdig singen und tanzen zu sehen, während sie Augen ausstach und Arme abhackte.

Max und Tara kamen angerannt, und dann war es sehr chaotisch zugegangen.

Wenn Sasha stabil gewesen wäre, wenn sie ihre Medikamente genommen hätte, hätte Max niemals nach einem anderen Leben gesucht. Wüsste eine lebensfähige Sasha, wie man mit Tara umgehen musste, wie man mit dem umging, was Tara getan hatte? Wäre das alles überhaupt passiert, wenn Sasha Tara immer noch eine Mutter wäre?

Alicia versuchte sich vorzustellen, wie ihr Leben aussehen würde, wenn sie Max niemals begegnet wäre. Wenn sie einfach einen normalen Mann ohne emotionalen Ballast und ohne

Kind kennengelernt hätte. Die schönen Zeiten mit Max waren wunderschön gewesen, aber genügte das, damit sie jetzt hierblieb? Was würde mit Ethan und Michael geschehen, wenn sie hierblieben und Tara ins Gefängnis kam?

Im Augenblick hatte die Presse das Interesse an der Story verloren, aber vorher hatten sie noch Sasha ausfindig gemacht und versucht, sie zu interviewen.

Als die Story in ihr Leben platzte und überall in den Nachrichten erschien, hatte Alicia Angst gehabt, den Fernseher einzuschalten. In den ersten Wochen hatte man Mitgefühl mit Tara gezeigt, mit ihr und allem, was die Familie durchmachen musste, aber dann begann die Presse, des Mitleids überdrüssig zu werden, und ging zum Angriff über. Eines Morgens nahm Alicia die Zeitung zur Hand und sah auf der Titelseite ein altes Foto von Sasha aus einer örtlichen Theaterproduktion. Sasha hatte herausfordernd in die Kamera geblickt und jedem getrotzt, der es wagte, über sie oder ihre Tochter zu urteilen. In dem Artikel stand auch, dass Sasha seit Langem in einem Heim lebte und ihre Tochter seit Jahren nicht gesehen hatte.

Die Zeitung schrieb auch, dass Max sich weigerte, Tara einem psychologischen Gutachten zu unterziehen. So ging es immer weiter. Alicia war davon ausgegangen, dass ihr Leben wieder leichter sein würde, wenn der Rest des Landes sein Interesse an ihrer Familientragödie verloren hatte, aber nun, da es so weit war, wollte sie manchmal laut rufen: »Hallo, ihr da draußen, nur für den Fall, dass es euch interessiert: Hier drinnen herrscht immer noch ein schreckliches Chaos.«

Im Grunde wusste sie nicht, wer sie hören sollte. Als Familie hatten sie sich erfolgreich von allen anderen abgeschnitten.

Keine von Taras Freundinnen war sie besuchen gekommen, und obwohl Max Tara mit dem Computer allein ließ, in der Hoffnung, dass sie irgendjemandem die Wahrheit sagen würde, blieb ihre Facebook-Seite inaktiv.

Tara sprach nicht.

Sie war nicht mehr das kleine Mädchen, das Alicia vor zehn Jahren kennengelernt hatte. Sie war überhaupt kein Kind mehr, natürlich nicht. Alicia konnte spüren, wie Tara sie und Max mit all ihrer Kraft auseinandertrieb. Max wollte der Tatsache, dass seine Tochter möglicherweise an der gleichen Störung litt wie seine erste Frau, nicht ins Auge sehen. Er war immer noch entschlossen, in Tara das kleine, unschuldige Mädchen zu sehen, das in der Manie ihrer Mutter gefangen war. Er büßte immer noch dafür, dass er die kleine Tara damals allein bei Sasha gelassen hatte und zur Arbeit gegangen war. Er büßte dafür, dass er Taras Mutter um die Scheidung gebeten hatte und eine Einwilligung bekam, weil sie lebensuntüchtig war. Er büßte dafür, dass er sich ein neues Leben aufgebaut hatte, und obwohl er Tara in dieses Leben miteinbezogen hatte, glaubte er immer noch, es sei nicht genug. Max hatte unzählige Gewissensbisse wegen Taras Kindheit, und deshalb weigerte er sich jetzt, zu sehen, dass sie erwachsen wurde.

Zehn Minuten später öffnete sich die Tür, und ein schmaler Lichtstreifen fiel ins Zimmer.

»Bist du noch wach?«, flüsterte Max.

Alicia dachte daran, einfach still zu bleiben. Wenn sie nicht antwortete, würde er sie in Ruhe lassen und sie könnten die Auseinandersetzung morgen klären. Aber er klang wie Ethan, wenn er kam, um sie aufzuwecken, weil er sich krank fühlte. »Schläfst du, Mum?«, sagte er, voller Hoffnung und Angst über sie gebeugt.

»Ich bin noch wach, Max.«

Max kam ins Zimmer und schloss die Tür. »Ethan und Michael sind im Bett. Tara schaut noch Fernsehen, aber ich habe sie gebeten, alle Lichter hinter sich auszumachen.«

»Und was hat sie gesagt?«, fragte Alicia.

Max atmete tief ein, dann hüstelte er, und dann noch einmal, und endlich begriff Alicia, dass er lachte. Sie stimmte in sein Lachen ein. Es war ein schreckliches, trauriges Lachen, aber immerhin lachten sie.

Max legte sich neben sie aufs Bett und fuhr ihr mit den Fingern durch die Haare. »Ich weiß, du gibst dein Bestes, Ali. Es tut mir leid, dass ich so ein Arsch bin. Es tut mir leid, aber – meine Güte, ich kann das nicht mehr länger aushalten. Heute Morgen hat Daniel mich angerufen und mir gesagt, dass die Polizei einen Gerichtsbeschluss bekommt, mit dem sie Tara einweisen können. Ich weiß nicht, wie ich sie aufhalten kann, und ich weiß nicht, was Daniel noch tun kann.«

»Ach du lieber Gott, Max! Das ist so ein verfluchtes Chaos.«

»Es ist nur – ich kann nicht zulassen, dass sie Tara in eine Anstalt einweisen. Das kann ich nicht zulassen.«

»Das weiß ich, Max. Und ich verstehe dich. Aber vielleicht hilft ihr das, wenn sie eine Weile nicht zu Hause ist. Wenn sie an einem sicheren Ort ist, wird sie vielleicht wieder reden können.«

»Das hier ist der einzige sichere Ort für Tara. Ich muss sie hier bei uns behalten. Ich muss sie hier zu Hause behalten.«

»Hier fühlt es sich nicht mehr sehr sicher an. Eher, als wären wir nur einen Schritt vom Sturz in den Abgrund entfernt.«

»Ich glaube nicht, dass wir noch einen Schritt entfernt sind, Ali. Für mich fühlt es sich an, als wären wir genau im Auge des Sturms. Ich glaube, es wird alles noch viel schlimmer werden, bevor es irgendwann wieder besser wird, aber auch dann, das weiß ich, kann ich es allein nicht schaffen. Bitte sag mir, dass du noch eine Weile bei mir bleibst. Bitte, Ali. Ich verstehe, dass das alles zu viel ist, aber ich kann dich nicht verlieren. Ich kann die Jungen nicht verlieren. Sag mir, dass du bei mir bleibst, Ali. Ich muss das von dir hören.«

»Oh, Max!« Alicia griff nach seiner Hand und drückte sie. »Ich bleibe, wo ich bin.«

Max erwiderte nichts, aber er bedeckte ihren Körper mit seinem und für kurze Zeit verloren sie sich in dem Gefühl, zusammen zu sein.

Später streichelte Alicia über Max' Rücken und fuhr mit den Fingern die Muskeln nach, die sie so gut kannte.

»Vielleicht wird ihr etwas Zeit mit Minnie richtig guttun«, sagte sie.

»Wer ist Minnie?«, fragte Max. Er war kurz davor, einzuschlafen.

»Minnie ist die Frau, die sie heute mit zu sich nach Hause genommen hat. Die Frau mit dem Baby.«

»Oh.«

»Vielleicht tut es ihr gut, in der Nähe eines Babys zu sein. Vielleicht hilft es ihrer Erinnerung auf die Sprünge.«

»Oder sie verliert vollkommen den Verstand.«

»In diesem Stadium kann sie alles um den Verstand bringen, Max – warum sollen wir das nicht versuchen? Es ist ja nicht so, dass die Polizei sie ununterbrochen beobachtet.«

»Nein, jedenfalls noch nicht.«

»Dann sind wir uns einig. Ich setze sie zweimal in der Woche für ein paar Stunden bei Minnie ab, okay?«

»Ja, in Ordnung. Aber weiß diese Frau denn nicht, wer Tara ist? Ich meine, hat sie nichts über die Geschichte im Fernsehen gesehen oder in der Zeitung gelesen?«

»Ich glaube, es fällt ihr schwer, sich an die Mutterrolle zu gewöhnen. Es ist ihr erstes Kind, und sie sagt, sie habe nicht mal gemerkt, dass sie schwanger war. Sie ist eine sehr kräftige Frau, genauer gesagt, war sie es einmal. Sie hat mir erzählt, dass sie kaum noch zum Essen kommt.«

»Tara sollte ihre Zeit nicht mit jemandem verbringen, der mit seinem Leben nicht zurechtkommt. Davon hatte sie mit Sasha schon mehr als genug.«

»Minnie ist vollkommen normal, Max. Sie ist so wie alle anderen jungen Mütter auch, die ich täglich sehe. Einmal ordentlich schlafen macht da einen himmelweiten Unterschied. Minnie wird etwas Zeit für sich selbst guttun, das ist alles. Wenn ich auch nur den geringsten Zweifel an ihr hätte, würde ich das Tara nicht erlauben.«

»Was, wenn sie herausbekommt, wer Tara ist?«

»Nirgendwo war je ein Foto von Tara zu sehen. Die Leute verbinden deine Person mit der Geschichte. Und es ist jetzt auch schon Monate her. Wenn sie etwas vermuten würde, hätte sie Tara nicht bei sich im Haus haben wollen, da bin ich sicher. Aber sie kennt nicht einmal meinen Nachnamen, weil mich auf der Arbeit alle nur Alicia nennen.«

»Irgendwie kommt mir das komisch vor, dass man eine vollkommen fremde Person bittet, auf das eigene Kind aufzupassen.«

»Na ja, ich glaube, das machen wir alle mal. Ich wusste auch nichts über Kathy, bis ich ihre Annonce in der Schule sah, dass sie babysittet, und es hat super mit ihr geklappt.«

»Ich weiß nicht mal mehr, wie das ist, wenn man am Samstagabend ausgeht.«

»Ja, also …«

»Ja.«

*

Tara sah fern, bis die Bilder vor ihren Augen verschwammen. Sie wollte ins Bett fallen und den gesamten Abend aus ihrer Erinnerung löschen, aber oben in ihrem Zimmer war sie wieder hellwach. Alicia hatte noch niemals zuvor solche Dinge wie heute ausgesprochen. Ihr Vater hatte sie »grausam« genannt. Alicias Worte waren hasserfüllt und hart gewesen, aber sie waren auch eine Erleichterung. Ihr Vater ging immer so schrecklich vorsichtig mit ihr um. Er sprach sanft und leise mit ihr, und selbst wenn sie bockig war, blieb er ruhig, als ob er ein Bombenentschärfer wäre und sie jeden Moment explodieren könnte. Als ob sie wie ihre Mutter wäre.

Seit diese Sache mit dem Baby passiert war, tanzte er um sie herum und vermied um jeden Preis die Frage: »Hast du dein Baby umgebracht?«, denn das war es ja, was alle wissen wollten, oder nicht?

Hatte sie ein Kind geboren und es dann umgebracht oder es einfach sterben lassen?

Habe ich das fertiggebracht?, dachte Tara. *Wirklich?*

Alicia war die Erste und die Einzige, die ausgesprochen hatte, was alle um sie herum dachten. Tara hatte beobachtet, wie sie ein Glas Wein nach dem anderen getrunken hatte, und sie war neugierig gewesen, was passieren würde. Sie wusste, dass Alicia es lieber gesehen hätte, wenn sie über den Besuch bei Minnie geschwiegen hätte. Und dennoch hatte sie ihrem Vater von dem Babysitting erzählt, obwohl sie wusste, dass Alicia dann einen Haufen Ärger bekommen würde.

Warum tue ich das?, fragte sie sich.

Zumindest wusste sie jetzt sicher, wie Alicia über sie dachte. Sie hatte sich ihre Abneigung also nicht nur eingebildet. Das entsprang nicht der Fantasie eines Teenagers, das war die Realität. Und wahrscheinlich hatte Alicia diese Meinung schon über sie gehabt, bevor die Sache mit dem Baby passiert war.

Oder doch nicht? Vielleicht war die ganze Sache doch zu viel für Alicia. Zumindest schien es für ihren Vater zu viel zu sein, er sah furchtbar alt und müde aus. Oh, warum nur konnte sie sich an nichts erinnern?

Sie ging einmal in ihrem Zimmer umher, dann begann sie, die Schubladen aufzuziehen und ihre Klamotten herauszunehmen.

Sie nahm jedes Kleidungsstück einzeln in die Hand, legte es dann sorgfältig wieder zusammen oder warf es zu anderen Sachen auf einen Stapel, die sie wegschmeißen wollte. Einige Klamotten sahen einfach dämlich aus, richtig kindisch. Sie hatte das dringende Bedürfnis, diese Sachen jetzt gleich loszuwerden. Wahrscheinlich würde sie es später bereuen, die engen Röcke und kurzen Oberteile wegzuwerfen, die sie eines Tages gern auf einer Party anziehen würde, aber sie konnte sich nicht vorstellen, jemals wieder auf eine Party zu gehen. Die Vorstellung, mit ihren Freundinnen zusammenzustehen und über belangloses Zeug zu plaudern, war vollkommen absurd.

Nächste Woche würde sie wieder die kleine Kate babysitten, und in diesem Augenblick war das das Einzige, worauf sie sich ein wenig freute. Sie hatte sich so schrecklich gelangweilt, als sie in dem Sprechzimmer im Gesundheitszentrum gesessen hatte, während Alicia endlos über Babys sprach und versuchte, aufgeregte Mütter zu beruhigen.

Tara verstand nicht, wie man so viel über Kacka reden konnte, ohne sich kaputtzulachen. Dann waren Minnie und Kate hereingekommen, und Tara hatte gefühlt ... ja, was? Sie hatte etwas gefühlt. Vielleicht auch nur, weil das kleine Ding, so krank es auch war, sie dennoch angesehen und angelächelt hatte. Das Baby war, abgesehen von Alicia, der erste Mensch, der ihre Anwesenheit in diesem Raum überhaupt bemerkt hatte. Tara hatte in Kates dunkelbraune Augen geblickt, und zum ersten Mal an diesem Tag wollte sie eines der Babys im Arm halten.

Sie hatte die Mutter angesehen und sich gewundert, dass sie schon so alt war. Bekamen denn Frauen jedes Alters Babys? Gab es nicht einen Zeitpunkt, ab dem das nicht mehr möglich war? Minnie sah zu alt aus, um noch ein Baby zu bekommen. Andererseits bekamen diese Filmstars auch fortlaufend Kinder. Als Minnie darüber gesprochen hatte, dass sie Hilfe benötigte, waren Taras Finger wie von selbst über die Tasten geflogen. Wenn die Frau wüsste, wer sie war, hätte sie ihr nie erlaubt, auf das Baby aufzupassen, das wusste Tara, aber sie verspürte plötzlich das dringende Bedürfnis, dieses Kind im Arm zu halten.

Sie musste ihre Arme an den Körper pressen, um sie nicht weit für das Kind zu öffnen. Natürlich sagte Alicia Nein, aber Tara wusste, wie schwer es ihr fiel, den ganzen Tag mit ihr zusammen in einem Raum zu sein. Alicia tat so, als wäre Tara gar nicht da, aber ihre finstere Miene und die Art, wie sie mit den Patienten sprach, verrieten Tara, dass sich Alicia ihrer Anwesenheit sehr wohl bewusst war. Es war nicht Taras Schuld. Sie hatte Alicia gebeten, sie zu Hause zu lassen. Schließlich ließ Alicia sie auch allein in den Park gehen, nicht wahr? Deshalb hatte Tara in Großbuchstaben auf ihr Handy geschrieben: LASS MICH MIT IHR GEHEN. Sie konnte sehen, dass ihre Art Alicia zermürbte. Darauf konnte sie sich verlassen, so war es auch schon vor der Sache mit dem Baby gewesen. Alicia und ihr Vater hatten das Streiten sehr viel schneller satt als sie.

Als sie im Auto neben dem Baby saß, triumphierte sie innerlich, dass sie etwas tat, was eigentlich verboten war. Und nachdem Minnie sie endlich mit Kate allein gelassen hatte, lief sie die ganze Zeit mit dem Baby im Arm auf und ab, denn es wollte nicht, dass sie sich hinsetzte.

Später blieb sie am Fenster stehen und sah hinaus. Sie merkte, dass sie sich unwillkürlich sanft hin und her bewegte, so wie sie es schon bei anderen Müttern gesehen hatte. Kate hatte sich entspannt und war immer schwerer geworden. Ihr kleiner Kopf fiel auf Taras Schulter, und Tara vernahm die tiefen Atemzüge des Schlafs, aber sie schaukelte weiter hin und her, denn sie liebte es, dieses Baby im Arm zu halten. Kate roch süß und ein bisschen nach Schweiß. Schließlich setzte Tara sich mit dem Baby im Arm hin, obwohl Minnie gesagt hatte, sie könne sie in ihr Bettchen legen, wenn sie eingeschlafen war. Während Tara in Minnies Haus ihr Baby im Arm hielt, spürte sie einen wunderbaren Frieden – als ob sie genau dort wäre, wo sie hingehörte. Und sie würde wieder zu Minnie gehen, um Kate zu sehen, und niemand würde sie aufhalten.

22

Jedes Mal, wenn sie ein Auto vorbeifahren hörte, sprang Minnie auf, um aus dem Fenster zu schauen. Alicia brachte Tara für zwei Stunden zu ihr. Minnie war nicht sicher, wann Tara aus der Schule kam, aber Alicia hatte gesagt, drei Uhr würde Tara gut passen.

Minnie wusste, dass Alicia mit ins Haus kommen und einige Minuten bleiben wollte. Den ganzen Morgen lang hatte sie sauber gemacht und dabei für Kate gesungen und mit ihr geredet. Sie hatte sogar einen Biskuitkuchen gebacken und das gute Porzellanservice ihrer Mutter aus dem Schrank geholt. »Es ist für einen guten Zweck, Mum, und ich weiß, du hast es gern, wenn ich das Service benutze, nicht wahr?«

Nachdem sie geduscht hatte, stand sie vor dem Spiegel im Schlafzimmer und suchte nach etwas anzuziehen. Die Frau im Spiegel wirkte unter den großen Hautfalten eingefallen. Minnie hasste ihren Anblick jetzt noch mehr als früher, als die hängende Haut mit Fett gefüllt war. Auch ihr Gesicht war schlaff. Ihr ganzes Leben lang hatte sie geglaubt, dass im Abnehmen der Schlüssel zum Glück liege. Sie hatte von bewundernden Blicken geträumt und von Männern, die um ihre Aufmerksamkeit buhlten. Sie stellte sich vor, wie sie durch die Welt reiste und sich in Europa unter große Touristengruppen mischte.

»Ich glaube, ich habe zu lange gewartet, Mum.« Sie wandte die Augen von dem enttäuschenden Anblick im Spiegel ab und griff ganz hinten in den Schrank hinein, wo sie ein Kleid fand, das sie vor vielen Jahren nach einer schlecht durchdachten Flüssigdiät gekauft hatte. Die verlorenen Pfunde waren sofort wieder auf ihren Hüften gelandet, als sie feste Nahrung zu sich genommen hatte, aber Minnie hatte es genossen, sich einige Monate lang nicht so monströs dick zu fühlen. Das Kleid war aus einem weichen rostbraunen Stoff, und es verbarg alles, was es zu verbergen galt.

Sie war überrascht, als sie feststellte, dass das Kleid ihr gut passte und sogar ein wenig locker saß. Ihre normalen Kleider waren inzwischen alle viel zu weit für sie. Sie hatte nicht bewusst versucht abzunehmen, sie versuchte nur, ihren Tag zwischen Arbeit und Kind zu bewältigen. Hin und wieder überlegte sie, ob sie den Job aufgeben sollte, aber dann dachte sie daran, dass Kate eines Tages zur Schule gehen würde und sie dann nichts mehr mit ihrer Zeit anzufangen wüsste. Minnie begriff, dass Kate ihr alles bedeutete. Und im Augenblick bedeutete sie auch alles für Kate. Aber ihre Liebe für das Kind war auch beängstigend und erdrückend. Sie konnte sich nicht vorstellen, jemals von ihr getrennt zu sein, aber sie wusste, dass Babys größer wurden und Kinder einen nicht mehr so sehr brauchten und Jugendliche ihre Eltern sowieso nur hassten.

Minnie stellte sich vor, dass sie eine der Mütter war, die in der Klasse aushalfen, und sie war die Erste am Schultor und die Letzte, die ihre Teenagertochter gehen ließ, wenn diese sich über sie aufregte. Und dann war da noch diese Sache, über die sie nicht nachdenken wollte: die Wahrheit über Kate und die schreckliche Sünde, die sie begangen hatte, und was passieren würde, wenn die Welt davon erfuhr.

Nachts traf sie dieser Gedanke manchmal ganz plötzlich, und sie schwor, ihrem Leben ein Ende zu setzen, wenn Kate nicht mehr bei ihr war. Es schien die einfachste Lösung zu sein. Aber in anderen Momenten, wenn das Sonnenlicht durchs Fenster schien, fühlte sie, dass sie die Schönheit der Welt vermissen würde, und sie versuchte, ein paar Dinge aus ihrem alten Leben beizubehalten, damit sie auf etwas zurückgreifen konnte. Wenn man ihr erlauben würde, in ihr altes Leben zurückzukehren.

»Ich werde jetzt nicht länger darüber nachdenken, Mum. Gerade wacht Kate auf, und gleich wird Tara hier sein. Sie ist ein nettes Mädchen – ich bin sicher, du würdest sie mögen, und Kate scheint sie zu lieben. Wir haben wirklich Glück, dass wir sie gefunden haben.«

Sie hatte sich vorgenommen zu arbeiten, während Tara auf Kate aufpasste. Minnie war noch nicht so weit, dass sie das Haus verlassen wollte, wenn Tara da war, aber sie würde ihr Laptop und ihr Handy mit ins Schlafzimmer nehmen und so tun, als wäre sie nicht da. Für den Moment musste das genügen.

Endlich hörte sie ein Auto vor dem Haus anhalten und Schritte, die sich der Tür näherten.

Minnie öffnete die Tür, bevor Alicia klingeln konnte.

»Kommen Sie rein, kommen Sie nur, Alicia. Hallo, Tara. Bitte, setzt euch. Mögt ihr einen Tee? Ich habe gerade Wasser aufgesetzt. Und wie wär's mit etwas Kuchen? Ich habe einen Biskuitkuchen gemacht, ein Rezept von meiner Mutter. Dafür nehme ich einen Hauch Zitrone.«

Minnie beobachtete, wie Alicia sich umsah und alles genau in Augenschein nahm. Kates Spielzeuge waren ordentlich in einer rosafarbenen Kiste gestapelt, und die Wäsche hatte sie in der Kammer versteckt. Die Oberflächen der Möbel glänzten, und auf dem Esstisch stand eine Vase mit frischen Blumen. Mütter waren oft die ersten, die eine potenzielle Gefahr erkannten. Minnie konnte sehen, wie Alicia in Gedanken alles überprüfte. Dann holte sie tief Luft und lächelte Minnie an, und Minnie spürte, wie auch sie erleichtert aufatmete. Sie hatte bestanden.

»Bitte, Minnie, machen Sie sich keine Umstände. Ich habe Tara nur hergefahren, und jetzt werde ich ein paar Besorgungen machen. Sie haben ein schönes Zuhause. Ich kann sehen, dass Kate alles in Beschlag genommen hat.«

Minnie lächelte noch einmal und blickte sich im Zimmer um. Kate lag auf ihrer Matte am Boden und versuchte, ihre Füßchen zu greifen. In der Ecke stand ein Hochstuhl, auf dem Kate eines Tages sitzen würde.

»Ja, das hat sie wohl. Abends räume ich immer auf, aber im Laufe des Tages kramt man doch alles wieder hervor.«

»Ja, ich weiß noch, wie das in diesem Alter bei uns war. Sie machen das wirklich großartig mit der Kleinen. Ich hoffe, Tara wird Ihnen eine Hilfe sein.«

»Oh, auf jeden Fall«, sagte Minnie. Tara kniete schon neben Kate auf dem Boden und half ihr, ihren Fuß zu greifen. »Es war so wunderbar, Tara letzte Woche hier zu haben. Sie hat Kate eine ganze Stunde lang durch die Wohnung getragen. So konnte ich etwas schlafen und war wieder fit genug, nachts für Kate aufzustehen. Ich bin Ihnen sehr dankbar, dass sie kommen durfte, Alicia, wirklich.«

»Ja, Tara kann wundervoll mit Kindern umgehen. Sie hat mir auch immer bei ihren Halb- … bei ihren Brüdern geholfen.«

»Sind Sie sicher, dass Sie nicht zum Tee bleiben wollen?«

»O nein, danke. Ich muss wirklich ein paar Besorgungen machen. Hm, Sie wissen, dass Tara … also, sie spricht immer noch nicht.«

»Mein Gott, die Arme. Ich habe nicht gedacht, dass sie immer noch krank wäre.«

»Sie ist nicht krank, dann hätte ich ihr nicht erlaubt, zu kommen. Sie ist nur … es ist etwas kompliziert, aber zur Zeit spricht sie nicht. Wir hatten einige – sie hatte einige emotionale Probleme und …«

Minnie wartete ab, ob Alicia noch mehr sagen würde, ob sie ihr erklären würde, warum Tara nicht sprach, aber Alicia schienen die Worte zu fehlen. Sie stand neben Minnie und beobachtete, wie Tara mit Kate spielte. Minnie konnte sehen, dass Tara sich voll darauf konzentrierte, Kate verschiedene Formen zu zeigen.

Minnie hatte nicht vermutet, dass das Mädchen immer noch

nicht sprechen konnte. Sie hatte geglaubt, dass sie eine Krankheit gehabt hatte, die inzwischen vorüber war, aber wenn das Mädchen selektiven Mutismus – oder wie nannte man so etwas? – hatte, welche Auswirkungen hatte das für das Babysitten von Kate? Man musste mit Babys sprechen. Kate fasste nach Taras Gesicht und lächelte dabei. Ein oder zwei Stunden würden ihr sicher nicht schaden, und sie hatte so viel Arbeit …

»Vielleicht war das keine gute Idee«, sagte Alicia.

Minnie sah, wie ihr die Chance auf etwas Zeit für sich entglitt. »Ich bin sicher, alles wird gut gehen. Kate stört es nicht, dass Tara nicht spricht, oder, Kate?«

»Bah«, machte Kate.

»Gut, Minnie, aber ich möchte Sie nicht belügen – Tara ist nur …«

Minnie bemerkte, wie Tara Alicia einen Blick zuwarf, der sehr deutlich »Sei still« bedeutete.

»Alicia, ich bin sicher, wenn Sie nicht fest davon überzeugt wären, dass ich Tara Kate anvertrauen kann, dann hätten Sie sie heute nicht hierhergebracht. Oder letzte Woche mit mir gehen lassen.«

Tara nickte Minnie zu. »Meine Güte, natürlich nicht, Minnie. Ich würde Kate niemals in Gefahr bringen. Tara ist eine hervorragende Babysitterin. Sie ist nur …«

»Ich habe schon verstanden. Im Augenblick spricht sie nicht. Das ist okay für mich. Wir haben alle mal eine schlechte Phase, nicht wahr?« Minnie hoffte, dass ihre Stimme zuversichtlich klang. Sie war noch nie einem Menschen begegnet, der sich entschlossen hatte, zu schweigen, aber vielleicht war das Taras Art, mit ihren Problemen fertigzuwerden. Sie hätte sich auch entscheiden können, unglaublich viel zu essen oder Drogen zu nehmen. Minnie war sich klar darüber, dass sie kaum die Richtige war, um andere für ihr sonderbares Verhalten zu verurteilen.

»Ja, uns geht's allen mal schlecht.«

»Ich weiß, dass diese Teenagerzeit schwierig ist, Alicia. Ich kann mich noch gut daran erinnern. Sie sollten sich keine Sorgen um sie machen. Wir werden gut miteinander auskommen, nicht wahr, Tara?«

Tara schaute zu Minnie und Alicia und lächelte. Minnie konnte die Herzlichkeit, die in diesem Lächeln lag, spüren. Alicia schien etwas überrascht davon zu sein.

»In zwei Stunden bin ich wieder da«, sagte Alicia.

Minnie begleitete sie zur Tür und beobachtete, wie Alicia noch regungslos im Auto saß und ins Leere starrte, bevor sie schließlich losfuhr.

Minnie schloss die Tür und entschied sich, bis zum Beweis des Gegenteils gut über Tara zu denken.

»Wer im Glashaus sitzt, sollte nicht mit Steinen werfen«, hatte ihre Mutter immer gesagt.

»Möchtest du etwas essen oder trinken, Tara? Vielleicht eine Tasse Tee und ein Stück Kuchen?«

Tara nickte zu beidem, und Minnie ging in die Küche, um Tee und Kuchen zu holen.

»Was meinst du, Mum?«, flüsterte sie. »Kann ich ihr Kate anvertrauen?«

In diesem Augenblick klingelte Minnies Handy. Ein sehr aufgeregter Mr Peterson war dran; er hatte seine Steuerunterlagen verloren. Minnie hatte Mr Peterson noch nie persönlich getroffen. Ihr Kontakt war immer per Telefon oder E-Mail gewesen. Mr Peterson hatte eine hohe, piepsige Stimme; in Minnies Vorstellung war er klein und glatzköpfig, hatte einen runden Bauch und schlaffe Schultern. Er hatte eine eigene kleine Firma, und er schien sich fortwährend in einer Krise zu befinden.

Minnie ging ins Wohnzimmer und deutete auf das Handy. Mr Petersons Piepsstimme war laut genug, dass auch Tara sie hören konnte.

Tara nickte, stand auf und ging in die Küche. Als sie mit einer Tasse Tee und einem Stück Kuchen wieder im Wohnzimmer erschien, bemerkte Minnie, dass Tara sich nach einem Platz umblickte, wo sie Tasse und Teller abstellen konnte.

»Nicht in der Nähe von Kate«, dachte Minnie, aber sie sagte nichts. Tara fand einen Platz auf dem Kamin. Während sie den heißen Tee trank, stand sie in einiger Entfernung von Kate und beobachtete sie beim Spielen.

Minnie lächelte. »Machen Sie sich keine Sorgen, Mr Peterson – wir bringen das schon in Ordnung.«

Wir werden das Kind schon schaukeln, dachte sie.

Sie winkte Tara zu und ging dann ins Schlafzimmer. Sie musste arbeiten, und Kate war in guten Händen. Gott und Mum würden über sie beide wachen.

23

Tara lag neben Kate auf dem Teppich und schlug mit ihr gegen die Spielzeuge. Kate war ein sehr hübsches Baby. Sie hatte dunkle Augen und noch ganz kurze, blonde Locken. Für sie musste Tara nicht sprechen. Als Alicia Minnie erzählt hatte, dass sie nicht sprach, dass sie sich entschieden hatte, zu schweigen, hatte sie in Minnies Gesicht geblickt und sich innerlich darauf eingestellt, aufzustehen und zu gehen. Sie hätte Minnie keinen Vorwurf gemacht. Wer wollte schon, dass ein verrücktes Mädchen auf das eigene Kind aufpasst? Denn das war Tara doch, verrückt, oder nicht? Sie war verrückt. Die Leute hielten einen Menschen für verrückt, dessen Entscheidungen sie nicht nachvollziehen konnten. Im Alter von acht Jahren war Tara eine Sonderrolle zugefallen, weil ihre Mutter verrückt war. Sie erwähnte nie ihre richtige Mutter, ließ alle in dem Glauben, dass sie Alicias Kind war, aber die Eltern ihrer Schulkameraden hatten die ungute Angewohnheit, über alles vor ihren Kindern zu reden. Auch jetzt kam es noch vor, dass Alicia und ihr Vater Dinge sagten, ohne zu bemerken, dass Ethan und Michael im Zimmer waren. Kinder hörten alles, und eines Tages kam ein Junge aus Taras Klasse mit dem Wissen in die Schule, dass ihre Mutter verrückt sei.

In der Mittagspause wartete Tara darauf, beim Seilspringen an die Reihe zu kommen, als sich Vincent neben sie stellte und laut verkündete: »Meine Mum sagt, deine Mum ist nicht ganz richtig im Kopf.«

Einen Moment lang stand Tara einfach nur da und sah den Jungen mit der schwarzen Brille und den Hasenzähnen durchdringend an.

»Geh weg, Jungen können nicht seilspringen«, sagte sie.

»Meine Mum sagt, deine Mum ist verrückt und sie wohnt in einem Haus mit lauter anderen verrückten Leuten.«

Inzwischen hatten die anderen Mädchen aufgehört seilzuspringen und verfolgten neugierig den Wortwechsel.

»Geh weg«, wiederholte Tara, dann drehte sie sich zu Emma und Jody um, die sie aufmerksam ansahen. Tara hoffte auf die Unterstützung ihrer Freundinnen. Sie hoffte, dass eine von ihnen vortreten und den dummen Vincent ordentlich schubsen würde, sodass er auf seinem dummen Hintern landete. Aber niemand sagte ein Wort. Emma und Jody schienen wie erstarrt, während das Geheimnis, von dem sie beide schon eine Weile wussten, über den Schulhof hallte.

Tara spürte, wie ihre Ohren brannten, und sie glaubte, gleich in Tränen auszubrechen.

»Verrückte Mum, verrückte Mum, verrückte Mum!« Vincent hüpfte auf einem Bein wie ein Wahnsinniger.

Tara streckte die Arme aus und stieß mit aller Kraft zu. Vincent fiel zu Boden, seine Brillengläser zerbrachen auf dem Asphalt.

»Aah«, schrie Vincent. »Du bist auch verrückt!« Dann kamen die Lehrer angelaufen.

Eine Stunde später kam Alicia. Sie wirkte zermürbt, aber Tara erzählte ihr nicht, wie sie Vincent geschubst hatte.

Vincent hatte sich am Handgelenk verletzt, als er hingefallen war, und in den folgenden Wochen zeigte er jedem stolz seinen dünnen Fiberglasverband. Emma und Jody machten ihre mangelnde Unterstützung wieder gut, indem sie besonders nett zu Tara waren und sie beim Seilspringen stets vorließen. Zu Hause flüsterten Alicia und Max einige Tage lang angestrengt miteinander, während sie Tara verstohlene Seitenblicke zuwarfen.

Nach diesem Vorfall erzählte Tara ihrem Vater, dass sie ihre

Mutter nicht mehr besuchen wolle. Manchmal warf sie sich in der Haustür auf den Boden und weigerte sich, ins Auto zu steigen. An anderen Tagen gab sie vor, krank zu sein. Ihr Vater versuchte, sie zur Vernunft zu bringen, bat sie inständig, mitzukommen, aber Tara verschränkte die Arme vor der Brust und hörte ihm nicht zu.

»Lass sie bei mir, Max«, sagte Alicia dann, und Tara liebte sie dafür, dass sie sie vor ihrer verrückten Mutter rettete.

»Und nun sieh mich einer an«, dachte Tara. »Ich beweise, was alle immer vermutet haben – ich bin genauso verrückt wie meine Mutter.«

Minnie hätte sie fortschicken können, aber Tara hatte etwas in ihrem Gesicht bemerkt, während Alicia sprach. Der Zug um ihren Mund und wie sie den Kopf hielt, zeigten Tara, dass Minnie diese miesen Tage kannte, an denen man wählen musste, wie man den Schmerz am besten aushielt. Minnies Gesicht verriet Tara, dass sie wusste, was es hieß, zu leiden.

Tara war sehr froh, dass sie Kate weiter babysitten durfte. Mit Kate zusammen zu sein fühlte sich gut an. Sie wollte das Baby fest an sich drücken und seine weiche Haut küssen.

Draußen strahlte die Sonne vom Himmel, und Tara wünschte sich, sie könnte mit Kate einen Spaziergang zum Park machen. Aber sie wusste, dass sie erst Minnies Vertrauen gewinnen musste. *Und wie sollte ich sie auch fragen?*, dachte sie wehmütig.

Sie hob Kate hoch und nahm sie mit zum Fenster, um ihr den Garten zu zeigen.

»Oooh«, machte Kate.

»Oooh«, flüsterte Tara ganz nah bei dem perfekten Öhrchen. Sie spürte, wie ihr der Atem stockte, als der leise, raue Laut zwischen ihren geöffneten Lippen herauskam.

»Oooh«, machte Kate.

»Oooh«, sagte Tara. Sie fühlte, dass dieser Laut tief aus ihrem Inneren kam.

Kate berührte ihr Gesicht und lächelte. Tara glaubte, man würde sie beglückwünschen.

»Oooh«, sagte sie noch einmal, und aus Kates kleinem Bauch stieg ein leises Kichern auf.

Zusammen blickten sie in den Garten und kicherten über ihre Fähigkeit, Geräusche zu machen.

SOMMER

24

»Ich weiß nicht, Tara«, sagte Minnie. »Vielleicht solltest du Kate erst mal mit mir zusammen in der Stadt spazieren fahren?«

Tara zuckte die Achseln. Minnie redete immer noch mit ihr, als würde sie jeden Moment den Mund öffnen und etwas sagen, aber Tara hatte rasch begriffen, dass es Minnie ganz gut gefiel, mit Menschen zu sprechen, die nie eine Antwort gaben.

»Ja, ich weiß schon, die Innenstadt ist nicht der beste Ort für ein Baby – aber bist du sicher, dass du hier mit ihr allein zurechtkommst? Ich habe euch beide nie richtig allein gelassen, ich war ja immer nebenan, nicht wahr?«

Tara beobachtete, wie Kate die Tischkante packte und sich nach oben zog. Das war ihr neuester Kniff, und Tara klatschte in die Hände und lobte sie dafür, sobald sie beide allein waren.

Tara wollte Minnies Aufmerksamkeit auf ihre Tochter lenken, aber Minnie lief aufgeregt murmelnd durchs Zimmer. Tara wusste, dass sie dann entweder betete oder mit ihrer Mutter sprach.

Als sie zum dritten Mal auf Kate aufgepasst hatte, war ihr bereits aufgefallen, dass Minnie die Angewohnheit hatte, mit ihrer Mutter zu reden. Minnie war an dem Tag in der Küche gewesen, wo sie Tee gemacht hatte, als Tara sie fragen hörte: »Mum, glaubst du, ich sollte ihm von dem fehlenden Geld erzählen? Ich möchte niemanden in Schwierigkeiten bringen, aber ich bin Buchhalterin, und ich muss ihm meine Entdeckung mitteilen.«

Tara hatte nie es nicht klingeln gehört oder gemerkt, dass jemand ins Haus gekommen war. Sie wusste, dass Minnie mit Kate allein lebte, weil es nur zwei Schlafzimmer im Haus gab.

Sie vergewisserte sich, dass Kate ruhig auf dem Teppich

spielte, stand dann leise auf und ging in die Küche, um Minnies Mutter zu begrüßen. Als sie in der Tür stand, blickte sie sich um und heftete den Blick dann auf Minnies Rücken.

»Ich denke, das ist meine Aufgabe, Mum, oder nicht?«, sagte Minnie.

Tara schaute sich noch einmal in der Küche um und warf sogar noch einen Blick unter den runden Holztisch in der Mitte.

»Oh …« Minnie errötete und lächelte zaghaft. »Ich habe nur gerade … Ich habe vor einiger Zeit meine Mutter verloren, und, na ja, man ist so gewöhnt daran, dass jemand da ist, nicht wahr?«

Tara spürte einen Anflug von Panik. War Minnie etwa wie Sasha?

»Ich weiß, dass sie nicht mehr hier ist, aber die Menschen sind niemals wirklich verschwunden, oder? Ich fühle, dass sie noch da ist. Sie hat ihr ganzes Leben in diesem Haus gewohnt, deshalb weiß ich, dass sie noch hier ist.«

Tara hatte genickt und gelächelt. Viele Menschen sprachen mit den Verstorbenen.

Minnie redete mit ihrer Mutter, und sie betete. Sie hielt keine Predigten, weder Tara noch sonst jemandem; soweit Tara es beurteilen konnte, waren ihre Mutter und Gott einfach Teil ihrer Familie. Wenn man mit dem schwarzen Engel redete, wurde man verrückt, aber wenn man mit Gott und seiner verstorbenen Mutter sprach, wurde man einfach nur … exzentrisch.

Weder ihre verstorbene Mutter noch Gott befahlen Minnie, Fotoalben zu zerschneiden oder Menschen mit dem Messer zu verletzen.

Inzwischen fand Tara Minnie nicht mehr so sonderbar, obwohl sie in ihren viel zu großen Kleidern recht merkwürdig wirkte. Jedes Mal, wenn Tara sie sah, schien Minnie ein wenig dünner geworden zu sein. Sie behauptete, dass sie keine Zeit zum Essen habe, aber Tara hielt das für Blödsinn, denn sie selbst war stets vollkommen ausgehungert, wenn sie nach dem Babysitten nach Hause kam. Kate war zwar eine kleine Person, aber sie verschlang eine gewaltige Menge an Zeit und Energie.

Selbst ihre Schuhe waren Minnie zu groß. Zu Hause trug sie ein Paar flache blaue Leinenschuhe, in denen sie aussah wie ein Kind, das in die Schuhe seiner Mutter geschlüpft war. Wenn sie Minnie in diesen zu großen Schuhen sah, wollte Tara in Gelächter ausbrechen, aber irgendwie fand sie den Anblick auch beruhigend.

Heute trug Minnie hohe Schuhe für ältere Damen und dasselbe braune Kleid, das sie auch schon bei Taras erstem Besuch getragen hatte. Wahrscheinlich war das das einzige Kleidungsstück, das ihr jetzt, wo sie dünner geworden war, noch passte. Tara wäre gern mit Minnie shoppen gegangen und hätte sie zum Friseur begleitet, aber Minnie war weder ihre Mutter noch sonst jemand aus ihrer Familie.

»Lieber Gott«, flüsterte Minnie. »Bitte sag mir, was ich tun soll.«

Tara hatte selbst schon versucht, zu beten. Wenn es nachts im ganzen Haus still war und sie im Bett lag, zog sie sich die Decke über den Kopf und bat Gott um Hilfe. Sie flüsterte in die Dunkelheit, in der Hoffnung, dass Gott sich ihrer erbarmen würde und ihr die Antworten sandte, die alle von ihr erwarteten. Sie konnte Gott etwas zuflüstern. Zwar konnte sie die Laute, die sie machte, kaum hören, aber sie wusste, dass ihre Lippen sich bewegten.

Kate war es egal, ob sie sprach oder nicht, und Tara ging jede Wette ein, dass es Gott auch gleichgültig war. Sie betete mit gefalteten Händen, sie flehte, dass die Erinnerung zu ihr zurückkehrte, aber die Vorstellung des verschwundenen Babys blieb weiterhin nur eine Reihe von Worten, die alle um sie herum ständig wiederholten. An manchen Tagen glaubte Tara fast, die Erwachsenen hätten sich das alles nur ausgedacht, um sie vollkommen in den Wahnsinn zu treiben. Um sie so werden zu lassen wie ihre Mutter.

Tara fühlte einen kleinen Ruck tief drinnen und wusste, das war die Sehnsucht nach Sasha. Sie schüttelte den Kopf und setzte sich dann neben Kate auf den Teppich. Sie setzte alles daran, ihre Mutter als nichts anderes als die Wahnsinnige zu sehen, die sich mit einer Schere auf ihren Vater gestürzt hatte, aber Erinnerungen stiegen einfach aus der Dunkelheit auf und nahmen einen mit sich. Dennoch hatte sie manchmal ein so klares Bild von einer Mutter vor Augen, die sich um sie sorgte und sie beschützte, dass sie meinte, sie stünde vor ihr. »Wie wäre es wohl, wenn ich so geliebt würde?«, fragte sie sich manchmal, wenn sie Alicia dabei beobachtete, wie sie Ethan auf dem Weg zur Küche an die Schulter fasste und einen Kuss auf die Haare drückte, obwohl er sich protestierend abwandte.

Tara wartete, während Minnie ihre Hände ineinander faltete und der unsichtbaren Präsenz im Zimmer zuflüsterte, und dann versank sie in einer Erinnerung an ihre Mutter an guten Tagen.

Sie roch den Vanilleduft, als sie die Augen öffnete, und sie wusste, heute war ein Tag für die gute Mami. Sie rannte die Treppe hinunter in die Küche, wo unzählige Köstlichkeiten standen. Ihre Mutter war schon seit Stunden auf. »Guten Morgen, du Schlafmütze«, begrüßte sie sie dann, obwohl die Sonne gerade mal am Horizont erschienen war.

Dann gab es Pancakes zum Frühstück, danach bastelten sie Collagen, malten und buken Kuchen. Aber in irgendeinem Moment des Tages fing ihre Mutter an, nervös hin und her zu laufen – meist, wenn es Zeit fürs Abendessen war, und Tara wusste, der Grund dafür war ihr Vater, der bald nach Hause kommen würde. Ein Erwachsener stellte eine Bedrohung dar. Ein Kind konnte mit ihr in ihrer Scheinwelt leben, aber ein anderer Erwachsener stand wie Taras Vater in der Küchentür und schüttelte den Kopf beim Anblick von drei Kuchen und mehreren Tellern voller Cupcakes mit rosa Zuckerguss.

Sasha lief unruhig durchs Haus und sprach mit der unsichtbaren Präsenz. Sie flüsterte und kicherte, und Tara konnte sich erinnern, dass sie sich ausgeschlossen fühlte und deshalb wütend war. Ihrem Vater erzählte sie nie von den geflüsterten Gesprächen ihrer Mutter, denn sie wusste nicht, dass das wichtig war. Erst als Sasha das Hochzeitsalbum von ihrem Vater und Alicia zerschnitten und dem schwarzen Engel die Schuld daran gegeben hatte, erinnerte sich Tara an das Flüstern. Sie hatte nie gewusst, mit wem ihre Mutter eigentlich sprach.

Tara liebte es, ihrer Mutter zu helfen, sie liebte es, die Schüssel auszulecken und den Kuchenteig in die Form zu geben. Ehrfürchtig schaute sie zu, wenn wie von Zauberhand aus Pappkartons und alten Sachen aufwändige Puppenhäuser entstanden.

Manchmal brachten ihre kleinen Hände ihre Mutter zur Verzweiflung. Tara zerbrach oder verschüttete etwas, und Sasha schrie gequält auf und begann wieder, vor sich hinzumurmeln.

Dann wartete Tara in einer Ecke der Küche darauf, dass ihre Mutter wieder Notiz von ihr nahm und sie in ihr Tun miteinbezog. Sie wartete darauf, dass ihre Mutter zu ihr zurückkam. In diesen Momenten sehnte sie sich danach, dass ihr Vater nach Hause käme, denn dann wäre die Welt wieder ein sicherer Ort.

Wenn ihr Vater dann tatsächlich nach Hause kam, endete das Gespräch. Ihre Mutter war angespannt und vorsichtig, sie bemühte sich, die Stimmen in ihrem Kopf vor einem anderen Erwachsenen zu schützen. »Wir hatten einen schönen Tag, nicht wahr, Tarakind, wirklich schön«, sagte ihre Mutter, und Tara nickte bekräftigend, während sie in Gedanken die schwierigen Momente verdrängte.

Schon mit vier Jahren wusste Tara, dass sie ihre Mutter vor ihrem Vater schützen musste.

»Er will mich von hier fortbringen, mein Vöglein. Er will mich aus unserem Nest stehlen.«

Tara schloss die Augen und schob die Erinnerung mit einem Atemzug von sich fort. Minnies Gemurmel störte sie nicht so wie früher das Flüstern ihrer Mutter.

Tara wusste, wenn sie den Mund öffnete und Minnie versicherte, dass Kate und sie gut allein zurechtkämen, würde Minnie sich sehr viel besser fühlen, aber Tara war nicht bereit, das Geheimnis um ihre wiedergefundene Stimme mit irgendjemandem zu teilen. Nur Kate hörte sie sprechen. Wenn Minnie zu Hause war, arbeitete sie stets hinter verschlossener Tür. Dann trug Tara Kate, die sie aus großen, dunklen Augen ansah, im Flüsterton Lieder und Geschichten vor. Kate war es egal, ob sie sprach oder nicht. Kate streckte ihre kleinen, dicken Arme vor, wenn Tara zum Babysitten kam, und lächelte ihr zahnloses Lächeln.

Tara beobachtete Minnie noch einige Minuten lang, dann holte sie ihr Handy hervor und tippte. *Minnie, es wird alles gut gehen. Ich gehe mit ihr spazieren, dann gebe ich ihr die Flasche und lege sie schlafen. Ich habe mein Handy dabei, so kann ich Alicia eine SMS schicken, wenn ich Hilfe brauche. Sie kann in fünf Minuten hier sein. Ich werde dafür sorgen, dass Kate nichts passiert. Ich liebe sie auch!!!!!*

Minnie las die Nachricht und nickte. »Wahrscheinlich muss ich sie irgendwann einmal allein lassen, nicht wahr? Du weißt, ich würde das nicht tun, wenn es nicht unbedingt sein müsste, aber Mr Chalmers braucht mich in seinem Büro, damit ich seine Geschäftsvorgänge besser verstehe.«

Tara nickte. Minnie sprach von Mr Chalmers, als würde er buchstäblich explodieren, wenn sie nicht genau das tat, was er sagte. Sie hatte Angst, Nein zu sagen. Minnies Kunden waren eine Horde Schulkinder, und sie sorgte dafür, dass sie nicht aus der Reihe tanzten. Sie verwöhnte sie, und sie beschützte sie.

Tara zeigte Minnie noch einmal das Handy. Minnie nickte und ging ihre Tasche suchen.

»In Ordnung«, sagte Minnie, als sie in der Haustür stand. »Wir werden das Kind schon schaukeln.« Tara lächelte. Minnie war immerzu dabei, »das Kind zu schaukeln«.

Während Minnie aus der Einfahrt fuhr, hielt Tara Kate hoch, und sie winkten ihr zum Abschied. Dann atmete Tara tief durch und entspannte sich.

»Nun, meine kleine Katie«, sagte sie. »Wie wäre es mit einem Spaziergang?« Sie musste husten, weil sie bis jetzt mit Kate immer nur in leisem Flüsterton gesprochen hatte. Ihre Stimme kam ihr fremd vor.

Mit der Stimme teilte man der Welt mit, dass man da war. Als die Worte aus ihrem Mund strömten, spürte Tara, wie sie auf einmal wieder festen Boden unter den Füßen hatte. *Hier bin ich,* dachte sie.

»Hier bin ich, Kate. Ich bin Tara, und du bist Kate, und ich durfte lange Zeit nicht sprechen.«

Kate schlug mit den Armen wie ein Vogel mit den Flügeln und machte: »Bah, bah, bah, baah.«

»Genau«, sagte Tara.

*

Draußen auf der Straße sorgte Tara dafür, dass die Sonne nicht direkt in den Kinderwagen fiel und Kates Gesicht und Arme verbrannte. Schweigend schob sie den Kinderwagen den Bürgersteig entlang. Niemand außer Kate sollte sie sprechen hören. Sie wusste, dass sie irgendwann wieder mit ihrem Vater und Alicia reden musste, aber im Augenblick war ihr Schweigen das Einzige in ihrem Leben, was sie wirklich unter Kontrolle hatte.

Bald würde sie wieder zur Schule gehen. Sie hätte schon längst wieder am Unterricht teilnehmen sollen, aber Dr. Adams hatte empfohlen, dass sie noch einige Zeit zu Hause blieb. Sie hatte mehr als ein halbes Jahr Schule versäumt, aber ihr Vater war überzeugt, sie würde das nächste Schuljahr, das nach den Sommerferien begann, dennoch schaffen. »Du wirst nicht ein Jahr zurückgestellt werden«, sagte er zu Tara, nachdem sie gehört hatte, wie er mit der Schulrektorin über ein Wiederholen des Schuljahres diskutiert hatte. Tara machte sich Sorgen, wie sie den Stoff in Mathe und Physik aufholen sollte, aber sie hatte bereits angefangen, einige Aufgaben, sie ihr per E-Mail geschickt wurden, zu bearbeiten. Jedes Mal, wenn Alicia und ihr Vater sie lernen sahen, wirkten sie sehr zufrieden.

Dr. Adams hatte auch vorgeschlagen, dass Tara zu einem Logopäden gehen solle, damit sie auf dieselbe Art und Weise sprechen lernte, wie sie es als Baby schon getan hatte. Als sie das hörte, hatte Tara gelacht.

»Ein Lächeln und ein Lachen«, sagte Dr. Adams. »Ich denke, das ist ein Fortschritt.«

Tara meditierte mit Dr. Adams, und zusammen suchten sie nach den verschollenen Stunden und ihrer verschwundenen Stimme. Es gab Momente, in denen sich ihr Körper leicht genug anfühlte, um über die schwarze Mauer zu schweben und die Antwort zu finden, aber letztlich schaffte sie es doch nie. Sie spürte, wie sie wieder auf die Erde fiel und ihre Augen sich öffneten.

»Vielleicht willst du die Antwort nicht wissen«, hatte Dr. Adams letzte Woche gesagt, aber ihre Stimme hatte dabei freundlich geklungen. Es war keine Anschuldigung, es war lediglich eine Feststellung. Tara hatte genickt und wieder nach der immer bereitstehenden Taschentücherbox gegriffen.

»Wir kommen dorthin, Tara. Das verspreche ich dir.«

Tara hatte angefangen, die Nachrichten zu beantworten, die ihre Freunde ihr auf Facebook schickten. Als sie zum ersten Mal wieder etwas gepostet hatte, war eine Flut von Antworten, meist

Mut machende Worte, über sie hereingeströmt. Emma hatte sich nicht gemeldet, bis Tara ihr persönlich ein Wort schickte: *Sorry.* Sie wusste nicht, was sie sonst sagen oder schreiben sollte.

Die Sprache des Internets war leicht. Sie musste nichts sagen. Ein Emoticon genügte, um ihre Freunde wissen zu lassen, ob sie etwas lustig oder traurig fand. Niemand stellte ihr je eine Frage, außer, wann sie wieder zur Schule käme.

Weiß nicht, hatte sie gepostet.

Monatelang war sie abgemeldet gewesen, und endlich war sie zurückgekehrt. Kate zog und zerrte sie zurück in die Welt. Tara wusste nicht, wieso, aber so war es. Sie war am glücklichsten, wenn sie mit Kate zusammen war.

Alle Häuser, an denen sie vorbeigingen, hatten gepflegte Gärten mit hübschen Sommerblumen. Der Duft von Jasmin hing schwer in der Luft. Es war einer dieser sengenden Sommertage, an denen Fernsehmoderatoren die Zuschauer über Sonnenschutz und Klimatisierung belehrten. Ein leichter Dunstschleier hing fortwährend über der Stadt als Folge all der hektischen kontrollierten Feuermaßnahmen.

An der nächsten Straßenecke hatte jemand eines der kleinen Häuser abgerissen und stattdessen einen klotzigen Bau auf das Grundstück gequetscht. Minnies Freundin June fand, dass dieses Haus das Auge beleidige. Tara gefiel der Springbrunnen im Vorgarten, wo Wasser über Glassteine floss. Sie wusste, dass auch Kate sich den Springbrunnen gern ansehen würde. Die kleinsten Dinge übten die größte Faszination auf sie aus. Wenn Tara »Inzi Winzi Spinne« flüsterte und mit ihren Hände die Spinne nachmachte, die das Regenrohr hochkletterte, beobachtete Kate sie sehr genau.

»T-T-Tara?«

Tara schrie erschrocken auf. Liam stand genau vor ihr.

»W-was machst d-du hier?«

Tara deutete auf Kate.

»Wem gehört d-dieses B-Baby?«

Beinahe musste Tara lächeln, weil Liam so panisch guckte. Sie hatte ihn ein paar Wochen lang nicht gesehen. Alicia ließ sie nicht mehr allein in den Park gehen. Tara hatte ihren Vater gedrängt, ihr mehr Freiheiten zu geben, aber es war schwierig, gut zu argumentieren, wenn man nur schrieb.

»Ich bin ganz einer Meinung mit Alicia, Tara. Wir haben beschlossen, dass du nirgendwo mehr unbeaufsichtigt hingehen darfst. Ich weiß nicht, was geschieht, wenn die Polizei davon erfährt. Aber du weißt ja, dass du das alles ändern kannst, wenn du nur willst.« Tara begriff, dass ihr Vater sie drängte, endlich etwas zu sagen. Ihr die Ausflüge in den Park zu verbieten war eine erste Maßnahme. Sie wollte nicht darüber nachdenken, was als Nächstes kommen würde.

Tara war aus dem Zimmer gestürmt und hatte Liam geschrieben, dass sie ihn nicht mehr sehen konnte. Er mochte es sowieso nicht, dass sie ihn ständig ermahnte, seine Noten zu verbessern, und sie war es leid, von Brents Plänen zu hören, der irgendeiner lesbischen Frau ihr Geld stehlen wollte. Und wenn sie vor die Wahl gestellt wurde, Liam oder Kate zu sehen, gab es nur eine Antwort. Kate zog sie nach vorn, wohingegen Liam sie zurückzuziehen schien, hin zu der Person, die sie früher einmal gewesen war. Er wollte immer nur über ihre Zeit im Park reden. Tara wusste, was er wollte, aber sie konnte nicht einmal darüber nachdenken. Es war einfach nicht möglich.

Tara deutete die Straße hinunter. Sie holte ihr Handy hervor und tippte: *Ich bin ihr Babysitter. Was machst du hier?*

Liam drehte sich um und zeigte auf das einzige Haus in der Straße, das nicht von einem gut gepflegten Garten umgeben war. Auf dem Rasen vor dem Haus stand ein altes Sofa; darauf saß Brent mit einer Dose Bier in der Hand und einem schiefen Lächeln im Gesicht.

Tara fühlte, wie ihr beinahe das Herz stehen blieb. Das war

das Haus, in dem Brent wohnte? Das war die Straße mit dem Haus, das Brent ausrauben wollte? Sie schaute sich um und überlegte, in welchem Haus wohl eine lesbische Frau wohnte. Liam hatte ihr erzählt, dass die Frau ein Kind hatte, aber die einzige Person in der Straße, die ein kleines Kind hatte, war … *o mein Gott,* dachte sie.

Minnie hatte ihr erst zum zweiten Mal erlaubt, mit Kate draußen spazieren zu gehen. Beim ersten Mal war Minnie noch hinter ihnen hergetrottet und hatte telefoniert. An dem Tag hatten sie einen anderen Weg genommen. Aber heute wollte sie Kate den Springbrunnen im Vorgarten des großen Hauses zeigen.

Jetzt wünschte Tara sich verzweifelt, sie wären in die andere Richtung gegangen. Ihr Verlangen, umzudrehen und fortzulaufen, war überwältigend.

»K-komm mit und s-sag Hallo«, sagte Liam.

Tara schüttelte den Kopf und begann den Kinderwagen zu wenden.

Liam legte seine Hand auf ihren Arm. »Bitte.«

Tara schüttelte wieder den Kopf.

Liam ließ ihren Arm nicht los. »N-nur … ganz kurz, T.«

Tara seufzte und ging auf das Haus zu.

»Hallo, Tara«, sagte Brent. Leo und Callum nickten in ihre Richtung.

»Komm rein, Tara«, sagte Brent. »Komm rein und schau dir unseren Palast an.«

Callum und Leo brachen in idiotisches Gelächter aus.

Tara schüttelte den Kopf und deutete auf den Kinderwagen.

»Was?«, fragte Brent. »Sorry, aber ich kann dich nicht verstehen. Was hast du gesagt?« Dann lachte er. »Hey, ich will dich nur verarschen. Komm, wir trinken was. Verdammt noch mal, Leo, steh auf und hilf ihr mit dem Kinderwagen.«

»I-ich mach schon«, sagte Liam.

Tara wollte wieder den Kopf schütteln, aber Liam probierte bereits aus, wie er den Kinderwagen hochheben konnte. Brent blickte sie unverwandt an, seine Augen wanderten ihren Körper entlang. Selbst in ihrem lockeren T-Shirt und Jeans fühlte sich Tara entblößt. Ihr Gesicht brannte, und sie spürte wieder seine Hand auf ihrer Brust. Er grinste breit, sodass sie glaubte, er hätte ihre Gedanken gelesen.

Sie wusste, dass sie umkehren und weggehen musste. Sie legte ihre Hand auf Liams Arm und schüttelte noch einmal den Kopf, aber er hob den Kinderwagen hoch und trug ihn über die zersprungene Steinstufe in den Vorgarten.

Kate riss die Augen weit auf, als Liam und Leo den Kinderwagen die Treppe hinauf ins Haus trugen. Tara folgte ihnen. Sie merkte, wie ihre Hände feucht wurden. Sie brachte sich in eine gefährliche Lage, wenn sie dieses Haus betrat, und sie war nicht allein – sie hatte Kate bei sich.

Drinnen setzte sie sich vorsichtig aufs Sofa, in der Hand eine Dose Coca-Cola, die Brent für sie geöffnet hatte. Die weißen Wände waren vergilbt, der Teppich war voller Flecken. Brent und Leo und Callum lebten genau so, wie sie sich das vorgestellt hatte, umgeben von Schmutz und Chaos. Sie spürte, wie sich ihr der Magen umdrehte bei dem Gedanken daran, wie dreckig das Haus war. Sie musste Kate von hier fortbringen.

Brent setzte sich ihr gegenüber auf einen abgewetzten Sessel aus Lederimitat und öffnete sich noch eine Bierdose. Als er ihr die Coca-Cola gereicht hatte, war er mit der Hand leicht über ihre Brust gestreift, und Taras Herz hatte zu rasen begonnen. Jetzt ruhten seine Augen unablässig auf ihr.

»Also, ist das etwa das Baby, nach dem alle Welt sucht?«, sagte er.

Tara schüttelte den Kopf und Liam sagte: »T-Tara ist nur die B-Babysitterin.«

»Nur die B-Babysitterin, wirklich?«, sagte Brent.

Tara nickte.

»Etwa für die fette Lesbe weiter unten in der Straße?«

Tara schüttelte den Kopf. *Nein, nein, nein,* dachte sie. *Das ist unmöglich.*

Brent nahm einen großen Schluck Bier.

Tara wollte am liebsten einfach fortlaufen. Sie stand auf.

»Setz dich, verdammt noch mal, hin«, sagte Brent, aber er lächelte dazu. Tara merkte, dass sie sich wieder hinsetzte. Sogar Liam, der die ganze Zeit gestanden hatte, fiel nach hinten auf den Boden.

»Weißt du, was ich glaube?«, sagte Brent.

Tara starrte ihn an. Er brauchte gar keine Antwort; er brauchte nur einen Zuhörer.

»Ich glaube, das hier ist das Kind der fetten Lesbe«, sagte Brent. »Den Kinderwagen kenne ich. Ich habe sie damit auf der Straße gesehen. Wir beide haben sie damit gesehen, nicht wahr, Liam?«

Liam nickte, aber er sah Tara nicht an.

Sie stand wieder auf, um zu gehen, aber auch Brent stand auf und stieß sie wieder auf das Sofa zurück. Sie verschüttete etwas Cola auf ihre Jeans, und er lehnte sich vor, um die Flüssigkeit von ihrer Hose zu streichen. Wieder berührte seine Hand ihre Brust.

Tara schaute zu Liam hinüber, der mit einer Zigarette beschäftigt war. Diese dumme Art von ihm, so zu tun, als hätte er nichts gesehen, ekelte sie an. Zwar war seine Schwäche nichts Neues für sie, aber in diesem Moment kristallisierte sich eine Erkenntnis heraus. Wenn das Baby, von dem alle sprachen, wirklich existierte, dann war es bei jemand anderem oder auch tot besser dran. Liam wäre ein beschissener Vater.

Die ganze Zeit hatte sie geglaubt, Liam sei eine empfindsame Seele, er würde sie über alles lieben, aber wenn sie jetzt sah, wie er vortäuschte, Brents Berührungen nicht zu bemerken, wollte sie ihm am liebsten ins Gesicht spucken. Auch Leo und Callum blickten einfach irgendwo anders hin, und ein angstvoller Schauder ergriff Tara, als sie erkannte, dass die beiden ihr nicht helfen würden.

Sie war in Gefahr, und das bedeutete, Kate war in Gefahr. Diesen Gedanken konnte Tara nicht ertragen.

Tara wollte schreien und wegrennen, aber sie wusste, sie würde Kate nicht schnell genug aus dem Haus bekommen. Brent spielte nur mit ihr. Sie würde das hier einfach durchstehen müssen, und dann würde sie Minnie sagen … Was würde sie Minnie sagen?

Wenn Minnie wüsste, dass Tara so dumm gewesen war, sich in diese Situation zu bringen, würde sie sie auf keinen Fall mehr auf Kate aufpassen lassen. Und das würde Tara das Herz brechen.

»Ein süßes Kind«, sagte Brent über den Kinderwagen gelehnt, wo Kate an ihrer Faust saugte.

Tara stand wieder auf. Dieses Mal stellte sie sich breitbeinig hin und reckte sich in die Höhe. Sie wollte nicht, dass er Kate nahe kam.

»Setz dich«, sagte Brent.

Pure Angst überkam Tara, diese Worte waren ein Befehl. Aber sie setzte sich nicht. Sie stand da und wartete. Sie schaute sich um und überlegte genau, wie sie Kate und den Kinderwagen hier rausbringen konnte. Sie konnte sich Kate schnappen und weglaufen, den Kinderwagen einfach da lassen. Einen Kinderwagen konnte man ersetzen.

Brent beugte sich in den Kinderwagen und öffnete Kates Sicherheitsgurte. Bei dem Gedanken, dass er das Baby berühren würde, bekam Tara eine Gänsehaut. Sie machte einen Schritt auf ihn zu, um ihn aufzuhalten. Brent sah sie aus seinen kalten, blauen Augen an, und sie hielt inne. Sie begriff, dass dieser Blick eine Warnung war.

»Alles okay, kleines Baby«, sagte er. »Onkel Brent ist bei dir. Du magst doch Onkel Brent, oder?«

Kate lächelte und warf die Beinchen in die Höhe.

»Sie ist wirklich süß, Tara«, sagte Brent. »Wirklich süß.«

Mit einer schnellen Bewegung packte er Kate an den Füßen und schwang sie mit dem Kopf nach unten aus dem Kinderwagen. Kate kreischte laut auf und schrie immer weiter.

»Mann, Brent«, sagte Leo. »So hält man doch kein Baby, du verdammter Idiot.«

Mit der schreienden Kate in den Händen fuhr Brent Leo an: »Verflucht noch mal, ich weiß, wie man ein Baby hält, du Blödmann.« Er schwang Kate durch die Luft. Ihr Gesichtchen war hochrot. Tara hätte sich am liebsten übergeben.

»Jetzt hör mal her, Tara, Ihre Erlaucht und Eingebildet. Du wirst mir helfen, in das Haus dieser Lesbe reinzukommen. Du wirst tun, was ich dir sage, oder, das schwöre ich, ich mach Hackfleisch aus der Kleinen, und aus dir auch!«

Tara war plötzlich stocksteif vor Schreck. Sie hatte die Arme für Kate geöffnet, deren Schreie in ihrem Kopf hämmerten.

Liam stand auf, aber ein Blick von Brent genügte, und er setzte sich wieder. Ein widerliches Gefühl der Angst hüllte den ganzen Raum ein. Tara drehte sich unaufhörlich der Magen um.

»Verflucht, Tara, verstehst du, was ich sage? Hast du mich verstanden?«, fragte Brent.

Tara nickte und öffnete ihre Arme noch ein Stück mehr. Sie ging auf Brent zu. Sie öffnete den Mund, um zu schreien, aber es kam nur ein Fauchen heraus. Ein langes, seltsames Fauchen.

Brent lachte und trat einen Schritt mit dem schreienden Baby zurück.

»Man wird das Babygeschrei hören«, sagte Callum.

Brent hielt Kate immer noch an den Füßen und hob und senkte sie jetzt wieder, dann drehte er sie mit einem Ruck in der

Luft um und hielt sie in seinen Armen. »Schsch, kleines Baby«, sagte er.

Kate weinte immer noch. Ihr Körper war steif, und ihr Gesicht war beängstigend tiefrot.

»Mann, was für ein Scheißlärm«, sagte Brent und drückte Kate Tara in die Arme.

Tara hielt das Baby ganz fest, dann begann sie, die Kleine sanft auf und ab zu schaukeln, um sie zu beruhigen. Ihre Schreie wurden weniger, aber sie quengelte immer noch. Tara wandte sich zur Tür.

»Scheiße, du gehst nirgendwo hin«, sagte Brent.

»B-B-Brent, lass … lass … lass sie … gehen«, sagte Liam.

»Halt's Maul, Spasti«, sagte Brent. Er setzte sich wieder in den Sessel und zündete sich eine Zigarette an. »Wir brauchen den Schlüssel für die Hintertür, Tara, und du wirst uns helfen, den zu bekommen.«

Tara schaukelte weiter Kate. Sie sah weder Brent noch Liam an. Sie blickte zu Boden. In ihrem Kopf tönte ein Klingeln, das wie der Feueralarm in der Schule klang.

In ihrer Hosentasche wurden die Schlüssel, die Minnie ihr mitgegeben hatte, schwer und brannten auf der Haut.

Er darf das auf keinen Fall wissen, dachte sie, aber sie bewegte ganz leicht den Kopf. Und obwohl sie später vollkommen sicher war, nichts verraten zu haben, sprang Brent aus seinem Sessel und kam auf sie zu. Sie wollte gerade zurückweichen, aber er packte sie am Arm und zwängte seine Hand brutal in ihre Hosentasche.

»Na also, seht mal, was wir hier haben«, sagte er lachend. »Du Miststück. Du hältst dich wohl für viel schlauer als alle anderen. Ich habe schon zu Liam gesagt, dass du nur schmarotzt.«

Tara schaute auf und begegnete Liams Blick, aber er schüttelte nur den Kopf.

Alle im Raum schwiegen. Kate, die sicher in Taras Armen

lag, war jetzt still. Tara konnte hören, wie sie atmete: Sie konnte spüren, wie ihr kleiner Körper erschauderte, während Kate sich von einem Schrecken erholte, an den sie sich sehr bald nicht mehr erinnern würde.

»Ich glaube, du musst noch ein bisschen bei uns bleiben, T.«, sagte Brent. »Wann kommt die Lesbe zurück?«

Tara zuckte die Achseln.

»Gib mir eine Antwort, Tara, oder ich schwöre, dass es dir leidtun wird. Eine Stunde? Zwei Stunden? Wie lange ist sie weg?«

Tara hob einen Finger.

»Das sollte reichen. Wir machen ruckzuck diese Schlüssel nach, und dann ist alles vorbei. Dann musst du gar nichts mehr machen. Hast du ein Glück!«

Tara schaukelte weiter Kate hin und her und starrte an die Wand. Callum und Leo saßen nebeneinander auf dem Sofa und warteten ab, was passieren würde.

Im Fernsehen hatte Tara einmal eine Sendung angesehen, in der gezeigt wurde, wie eine Frau reagieren sollte, wenn sie von einem Mann angegriffen wurde. Der Moderator führte eine Reihe Selbstverteidigungstechniken vor und redete über die Kraft des Schreiens. Als einer der Zuschauer fragte, wie man sich verhalten solle, wenn man von einer Gruppe angegriffen würde, antwortete der Moderator: »Verhalten Sie sich so, wie es ein Tier in dieser Situation tun würde – stellen Sie sich tot.«

Tara konnte sich nicht schnell bewegen, denn sie hatte Kate auf dem Arm. Sie konnte nicht kämpfen, denn sie musste das Baby beschützen. Sie konnte nicht einfach weglaufen, denn die Jungs würden sie einholen, und schreien konnte sie auch nicht. Also beschloss sie, sich tot zu stellen.

Sie sah sich nicht um, und sie dachte nicht nach. Ihr Kopf wurde frei, ihre Glieder wurden taub, und sie wartete darauf, dass alles vorüber wäre.

»Wir müssen die Schlüssel jetzt gleich nachmachen lassen«, sagte Brent. »Wie lange dauert das wohl?«

»Ich kann zum Shoppingcenter fahren, dann ist das in ein paar Minuten erledigt«, sagte Callum.

»Ich … ich … ich mach das«, sagte Liam.

Tara blickte in sein zerknittertes Gesicht. Er wollte nicht hier sein. Er wollte nicht mitansehen, was seine Freunde ihr antaten, er versuchte nicht, sie zu beschützen. Sie fing wieder an, ihn zu hassen.

»Du kannst dem Typen doch nicht mal sagen, was du willst«, sagte Leo.

»D-du k-kannst mich mal«, sagte Liam.

»Ach, haltet das Maul, ihr Schwachköpfe. Callum, du fährst, und Liam geht rein.«

»Aber er …«

»Ich hab dich nicht nach deiner Meinung gefragt. Geh einfach. Tara, setz dich hin. Wir werden lange warten müssen. Mach inzwischen keinen Ärger.«

Tara setzte sich auf das ekelhafte Sofa. Sie schaute in die Wickeltasche, in der sich immer auch eine Wasserflasche und ein Zwieback für Kate befanden.

Als Liam und Callum gegangen waren, machte sich Brent eine neue Bierdose auf.

»Warum hast du den Behindi losgeschickt?«, fragte Leo.

»Mann, bist du dämlich. Falls sie uns schnappen – und ich betone, falls –, ist er unsere Versicherung. Wenn irgendjemand rauskriegen will, wie wir an die Schlüssel gekommen sind, an wen soll sich der Typ im Shoppingcenter dann erinnern?«

Leo lachte und machte sich auch ein Bier auf.

Dann herrschte Schweigen, nur Leos und Brents Schlucke waren zu hören.

»Wir könnten doch etwas Spaß miteinander haben, während wir warten, T.«, sagte Brent.

Tara heftete ihren Blick auf Kates kleinen Kopf.

»Wir könnten alle etwas Spaß haben«, sagte Leo.

»Na, T., was sagst du? Ich verspreche dir, es wird dir gefallen.«

Tara sah nicht zu Brent, blickte ihm nicht in die Augen. Wenn sie ihn nicht ansah, war sie nicht hier, und wenn sie nicht hier war, dann konnte ihr nichts passieren.

Brent nahm einen großen Schluck Bier. »Blöde Schnalle – als ob ich was von dir wollte.«

Tara schluckte schwer, um den bitteren Geschmack im Mund loszuwerden, und wartete darauf, dass alles vorüber wäre.

25

Eine Viertelstunde später kamen Callum und Liam zurück. Callum hielt die Schlüssel hoch – das stolze Zeichen seiner erfolgreichen Aktion.

»Gut gemacht, Kumpel«, sagte Brent.

Während die beiden weg gewesen waren, hatte er noch zwei Bier getrunken und drei Zigaretten geraucht. Tara hatte genau mitgezählt. Das war das Einzige, was sie sich erlaubte, zu tun.

Kate musste in dem verrauchten Zimmer husten. Tara gab ihr immer wieder Wasser zu trinken und Zwieback zu essen. Sie hoffte, Kate würde ruhig bleiben.

Sobald er die nachgemachten Schlüssel in der Hand hielt, entspannte Brent sich. Einen Moment lang sah er so glücklich aus wie ein kleiner Junge. Minnies Originalschlüssel warf er Tara zu, der Bund landete auf dem Boden neben ihren Füßen. Tara beugte sich vor und hob die Schlüssel auf.

»Warum trollst du dich jetzt nicht mal?« Brent klang, als wäre er von ihr gelangweilt.

Tara nickte ihm zu, immer noch zu erschrocken, um etwas anderes zu tun. Sie stand auf und ging hinaus. Liam folgte ihr mit dem Kinderwagen.

»Oh, und Tara«, sagte Brent.

Tara hielt inne, drehte sich aber nicht um.

»Wenn du denkst, dein Freund hier könnte die Lesbe und das Kind beschützen, irrst du dich. Er geht abends zu Mami und Papi nach Hause, aber zum Teufel, ich kann die Lesbe immer beobachten. Ich sehe, wenn sie das Haus verlässt, ich sehe, wenn sie zurückkommt. Ich weiß immer, wo sie ist. Denk daran.«

Tara atmete tief durch und ging dann weiter.

»Und sollte die Polizei zu uns kommen, werde ich sagen, dass du dir das alles nur ausgedacht hast. Glauben sowieso schon alle, dass du nicht ganz richtig im Kopf bist. Und wenn die Scheißbullen zu uns kommen, dann wirst du, und dieses stinkende Baby, ihr werdet dafür büßen. Verstanden?«

Tara nickte. Sie hatte verstanden. Sie schaukelte Kate, damit sie ruhig blieb und keinen Mucks machte.

Draußen auf der Straße legte sie Kate wieder in den Kinderwagen und hüllte sie gut in ihre dünne Decke ein.

Dann sah sie Liam an, der still dastand und an ihr vorbeiblickte. Sie wollte sich umdrehen und weggehen, Kate wieder in Minnies Haus bringen, wo sie in Sicherheit war, aber ihre Wut war jetzt stärker als die Angst, und sie blieb wie angewurzelt stehen.

Als sie dort in der drückenden Sommerhitze stand, erkannte sie, dass sich nichts geändert hatte. Ihr Besuch in dem Haus hatte den Rest der Welt nicht im Geringsten verändert, und doch war alles anders. Sie beugte sich in den Kinderwagen und hantierte mit den Gurten, versicherte sich, dass sie fest saßen und Kate gut geschützt war. Dann richtete sie sich wieder auf, und ohne einen Laut von sich zu geben, stieß sie Liam so heftig, dass er rückwärts stolperte.

»T-T-Tara, bitte«, sagte er und kam mit ausgebreiteten Armen auf sie zu.

Als er nahe genug gekommen war, schlug Tara ihm mit der flachen Hand so fest sie konnte auf die Brust. Ein lodernder Zorn hatte sie gepackt. Noch nie hatte sie eine solche Wut verspürt.

Liam rührte sich nicht, deshalb holte sie noch einmal aus, und dann prügelte sie mit beiden Händen auf ihn ein. Sie schlug immer fester zu, bis sie ganz außer Atem war.

Liam stand einfach da; mit herunterhängenden Armen und gesenktem Kopf steckte er die Schläge ein.

Schließlich hob er die Arme, trat vor und umarmte sie so, dass ihre Arme zum Stillstand kamen. Tara widersetzte sich, aber Liam hielt sie fest. Dann bewegte er seinen Mund zu ihrem Ohr und einen Moment lang meinte Tara, er würde sie küssen wollen, aber er flüsterte nur: »H-hol … sie aus dem … H-Haus, bevor wir kommen. Ich schreib dir, wann. E-er wird sie sonst nicht am L-Leben lassen.«

Seine Hand berührte ihre Gesäßtasche, wo sie den Schlüssel hineingesteckt hatte, und sie fühlte die spitzen Kanten eines zweiten Bunds, der in ihre Tasche glitt. Tara erschlaffte, und Liam trat mit einem zögerlichen Lächeln von ihr weg.

Er sah aus wie Ethan an dem Tag, an dem er sich in Taras Zimmer geschlichen und einen Glaskasten zerbrochen hatte, der auf ihrem Schreibtisch stand. Er hatte versucht, den Kasten wieder zusammenzukleben und sich dabei geschnitten, aber er war so stolz auf sich, dass er das Teil wieder zu einer annähernd kastenähnlichen Form zusammengefügt hatte. Alicia hatte ihn geschimpft, er solle nicht in Taras Zimmer gehen und auch ihre Sachen nicht anfassen, aber Tara konnte ihm nicht lange böse sein. Er hatte es vermasselt, das wusste er, aber er dachte, er hätte das Problem gelöst, indem er den Kasten wieder geklebt hatte.

Aber Liam war kein kleiner Junge von sechs Jahren. Liam war siebzehn, fast schon ein Mann. Einen Moment lang sah sie ihn nur an, dann spuckte sie und traf ihn an der Wange. Sie hörte Brent, Leo und Callum schallend lachen, und einen Moment lang tat es ihr leid, dass sie Liam gedemütigt hatte. Dann kehrte die brennende Angst zurück. Brent hätte Kate töten können, einfach so. Er hätte ihren wunderschönen Kopf an einer Wand zerschmettern können, und er hätte nichts dabei empfunden.

Ihr ganzer Körper fühlte sich kalt an, als ob sie von innen frieren würde. Brent war zu allem – *zu allem* – fähig, und das

Kind, das Minnie und sie zu beschützen versuchten, war in Lebensgefahr.

»O mein Gott«, flüsterte sie laut, während sie die Straße entlanglief. »O mein Gott, o mein Gott, o mein Gott!«

Tränen liefen ihr die Wange herunter. »O mein Gott, o mein Gott, ogottogott!«

Schnell lief sie zu Minnies Haus und schob den Kinderwagen ums Haus herum zur Hintertür. Sie preschte zu schnell um die Kurve, und der Wagen kippte beinahe um. Sie konnte ihn gerade noch mit ihrem Schienbein abfangen, was furchtbar schmerzhaft war.

Als sie ins Haus kam, ging sie geradewegs zur Eingangstür und vergewisserte sich, dass sie verriegelt war. Sie schob die Gardine beiseite und sah die Straße hinunter zu Brents Haus.

Liam stand noch immer auf der Straße. Seine Schultern zitterten.

Tara ließ die Gardine wieder los. Sie wollte ihn nicht ansehen. Sie hob Kate aus dem Kinderwagen und legte sie vorsichtig auf den Boden.

Kate entdeckte die über ihr hängenden Spielzeuge und lächelte. Sie hatte jetzt keine Angst mehr, fühlte sich auch nicht mehr unwohl, für sie war die letzte Stunde einfach verschwunden.

»Bah, bah, bah«, sagte Kate.

»Ja – bah«, sagte Tara. Dann fiel sie neben dem Baby auf den Boden und spürte Wut und Verzweiflung und Angst durch ihren Körper rauschen. Sie fühlte, wie sich etwas öffnete und herausströmte. Sie saß in einem Vergnügungspark in der Gondel einer Bahn, und sie wusste nicht, wie sie das Drehen stoppen konnte. Sie wusste nicht, wie sie die Kontrolle über die Situation wiedererlangen konnte.

Tara griff sich ein Kissen vom Sofa und schrie hinein. Die erstickten Schreie füllten ihre Ohren, bis sie nichts anderes mehr hörte, und sie machte weiter, bis ihre gerade wiedergefundene Stimme heiser war.

*

Als Minnie aus der Stadt nach Hause kam, war das Wohnzimmer aufgeräumt und ihr Baby glücklich.

»Du bist wirklich die beste Babysitterin, die es gibt«, sagte sie und schaukelte Kate auf ihrer Hüfte auf und ab. »Das ist sie doch, oder Kate? Was haben wir für ein Glück, dass Tara auf dich aufpasst.«

Tara konnte Minnies erleichtertes Lächeln nicht erwidern. *Wenn du wüsstest, was ich getan habe!*, dachte sie.

Zum Abschied gab Tara Kate einen Kuss.

»Dann sehe ich dich in ein paar Tagen«, sagte Minnie, und Tara nickte.

Auf dem Weg nach Hause hielt sie ihr Gesicht in die Sonne. Der Park war voller Kinder in Shorts und T-Shirt, die an nichts anderes dachten, als begeistert die Rutsche hinunterzusausen oder hoch in die Luft zu schaukeln. Tara wollte auch gern wieder fünf Jahre alt sein, oder sieben oder neun, irgendein Alter, in dem sie nicht in einer so schrecklichen Lage steckte wie jetzt.

Ich muss das sagen, dachte sie.

Ich muss das sagen.

Ich muss.

Ich werde das sagen.

Ich muss meinen Mund aufmachen und mit meinem Vater sprechen, und dann muss ich Minnie alles über Brent erzählen, und obwohl ich nicht sagen kann, wo das Baby ist, kann ich zumindest Kate und Minnie retten.

Je näher sie ihrem Zuhause kam, desto entschlossener war sie, den Mund zu öffnen und zu sprechen, einfach nur zu sprechen. Sie würde all die Worte ausspucken, die sie in den vergangenen Monaten festgehalten hatte. Sie würde reden und rufen und schreien, und sie würde alle zwingen, ihr aufmerksam zuzuhören, damit Kate nichts geschah.

Das bin ich, dachte sie. *Ich bin Tara und ich gehe nach Hause, um allen zu erzählen, was ich weiß. Hier bin ich. Endlich bin ich wieder da.*

An der Haustür drückte sie ihren Schlüssel ins Schloss. »Jetzt komm ich«, flüsterte sie. Dann atmete sie tief ein und benutzte die Stimme, die sie noch im Gedächtnis hatte: »Jetzt komm ich«, sagte sie.

26

Im Haus hatte Michael gerade einen seiner unnachahmlichen Wutanfälle; er lag auf dem Rücken am Boden und brüllte die Decke an. Diese seltsame Art eines Anfalls hatte er einmal in einem Zeichentrickfilm gesehen. Ethan packte Spielzeug aus der Spielzeugkiste im Wohnzimmer in einen Rucksack. Alicia kam mit einem Koffer in der Hand die Treppe herunter.

Taras Vater saß in einem Sessel, auf dem Tischchen neben ihm stand ein Glas Bourbon, und er hielt den Kopf in den Händen.

Als Tara eintrat, schaute er auf.

»Alicia wird mit Ethan und Michael einige Zeit bei ihrer Mutter bleiben«, sagte er mit leiser, bitterer Stimme.

Alicia stellte den Koffer bei der Haustür ab. »Nur für ein paar Tage. Wir machen bei Großmama Ferien, stimmt's, ihr beiden? Michael, hör jetzt endlich auf und hol deine Decke. Ethan, kannst du mir helfen, deinen Bruder zu beruhigen?«

Ethan ging zu Michael und versetzte ihm einen halbherzigen Fußtritt. Michael sprang auf die Füße und schubste Ethan. Er rannte in den ersten Stock, Michael folgte ihm kichernd. Michael wusste nicht, wie man einen richtigen Wutanfall bekam, aber er sorgte gern für noch mehr Chaos, wenn er spürte, dass die Lage außer Kontrolle geriet.

Tara beobachtete, wie Ethan und Michael das Haus verließen. Das Drehwurmgefühl der Bahn im Vergnügungspark begann von Neuem.

»Wir müssen mal ein paar Tage raus«, sagte Alicia.

»Ihr müsst nicht weggehen«, sagte Taras Vater. »In ein, zwei Tagen ist das vergessen. Ihr müsst euch nicht von fremden Leuten von zu Hause fortjagen lassen.« Ganz offensichtlich war diese Unterhaltung an diesem Nachmittag schon oft geführt worden.

Tara berührte ihren Vater am Arm und sah ihn fragend an. Er schüttelte den Kopf und nippte an seinem Drink.

»Irgendwelche Eltern aus der Schule müssen ihrem Kind etwas erzählt haben«, sagte Alicia. »Ich habe gedacht, wir stehen diese Sache durch, ohne dass Ethan und Michael in Mitleidenschaft gezogen werden, aber anscheinend reden die Leute immer noch.«

Tara drehte sich um und sah ihr ins Gesicht.

»Ein Kind in der Schule hat zu Ethan gesagt, seine Schwester sei eine Babymörderin«, sagte Alicia.

Tara schnappte nach Luft, und sie fühlte den schmerzhaften Stich, den ihr diese Worte versetzten und den auch Ethan gespürt haben musste.

Taras Vater erhob sich aus dem Sessel. »Ihr müsst nicht weggehen, Alicia – überlass es der Schule, die Sache zu klären. Bitte, lauf nicht weg.«

»Ich muss mich um Ethan und Michael kümmern, Max. Ich kann nicht zulassen, dass sie auf diese Art beleidigt werden. Es ist doch nur für ein paar Tage, bis der Rektor die Angelegenheit geregelt hat. Das verstehst du doch, Tara, nicht wahr? Ich lasse deinen Dad und dich nicht allein – ich muss nur ein paar Tage woanders sein.«

»Zur Hölle noch mal, frag doch nicht sie, ob sie dich versteht, Alicia. Ich verstehe dich nicht. Ich weiß, dass die letzte Zeit schwer war, aber ich weiß auch, dass du, wenn du jetzt durch diese Tür gehst, vielleicht nie wieder zurückkommst.«

»Bitte, Max«, sagte Alicia. »Bitte.«

»Ich weiß nicht, wie ich ohne dich leben soll, Ali.« Max setzte sich wieder in den Sessel und nahm einen großen Schluck Bourbon.

»Es ist doch nur für ein paar Tage«, sagte Alicia. Sie ging zu Tara hinüber und fasste sie an den Schultern. »Wirklich, Tara, nur für ein paar Tage, das verspreche ich.« Sie sah ihr in die Augen. Als Tara ihrem Blick begegnete, erkannte sie die Last, die Alicia trug. Sie machte einen Schritt auf Alicia zu und umarmte sie. Zuerst bewegte Alicia sich nicht, dann legte sie die Arme um Tara und hielt sie fest. Fester, als Liam sie umarmt hatte, fester als ihr Vater. Alicia hielt sie fest, dann ließ sie sie los und trat zurück. Tara sah, dass sie weinte: »Nur ein paar Tage, Tara, dann bin ich wieder da, und wir bringen alles in Ordnung.«

Tara nickte und zog die Nase hoch.

»Ethan, Michael, wir müssen los.«

Die beiden Brüder kamen einer über die Füße des anderen stolpernd die Treppe herunter. »Warum müssen wir jetzt gehen?«, fragte Ethan.

»Geh nur, Kumpel«, sagte sein Vater. »Ihr beide werdet sicher viel Spaß haben. Ich wette, Nana geht mit euch in diesen großen Park mit dem riesigen Klettergerüst.«

»Jo«, sagte Michael und hüpfte vor und zurück. »Der große Park, der große Park!«

»Ich werde die Schule versäumen«, sagte Ethan. »Jetzt sind keine Ferien. Mr Leith hat nichts davon gesagt. Er hat gesagt: ›Bis morgen, ihr wilden Tiere.‹ Und dann musste jeder ein Tier sein, und ich war ein Affe, und ich habe lauter als Ryan gebrüllt, der war ein Löwe. Aber wenn Ferien sind, sagt Mr Leith: ›*See you later, alligators*‹, und wir antworten: ›*In a while, crocodile.*‹ Heute hat er das mit dem Alligator nicht gesagt, deshalb sind keine Ferien, und ich will nicht bei Großmama bleiben.«

Tara lächelte über den Wortschwall, den Ethan ohne Hintergedanken herausließ. Sie holte ihr Telefon hervor und tippte: *See you later, alligator.* Dann zeigte sie ihm das Display und beobachtete, wie sein Mund beim Lesen die Worte formte.

Ethan seufzte. »*In a while, crocodile.*«

Tara umarmte ihn schnell, dann umarmte sie auch Michael. Zusammen luden sie das Gepäck ins Auto. Tara und ihr Vater standen in der Einfahrt und sahen zu, wie Alicia wegfuhr.

»Heute sind wir wohl nur zwei beim Abendessen«, sagte Max.

Tara nickte.

»Nur wir zwei«, sagte Max, und Tara konnte hören, wie es ihm das Herz zerbrach. Im Haus holte Tara sich aus der Küche eine Chipstüte und ging zur Treppe in den ersten Stock.

»Warte, Tara«, sagte Max. »Wir müssen reden.« Er lachte über seine Worte. »Ich meine, ich muss mit dir reden.«

Nachdem sie sich ins Wohnzimmer gesetzt hatten, reichte er ihr ein Schreiben. »Es tut mir leid, Liebling, aber das hier ist der Gerichtsbeschluss«, sagte Max. »Ich habe alles getan, was ich konnte, und Daniel auch. Es ist nur für zwei Wochen, dann entscheiden sie noch mal neu. Ich habe Alicia noch nichts davon gesagt. Das Schreiben ist erst heute gekommen, ich wollte es ihr zeigen, aber dann … na ja, dann gab's so viele andere Probleme.«

Tara saß mit dem Blatt Papier in der Hand da und dachte nach: *Ich könnte ihm jetzt alles erzählen. Ich könnte einfach meinen Mund aufmachen und reden. Ich könnte ihm klarmachen, dass ich meine Stimme wiedergefunden habe, dann müsste ich nicht ins Krankenhaus.* Aber sie sagte nichts. Ihr Entschluss, zu reden, war mit der Hälfte ihrer Familie verschwunden. Wenn ihr Vater nicht mal seine eigene Familie retten konnte, wie sollte er dann Minnie und Kate helfen? Selbst Erwachsene konnten nicht alle Probleme lösen.

Wann muss ich dahin?, tippte sie auf ihr Handy.

»Morgen. Tut mir leid, aber das ist schon morgen.«

Tara nickte, dann schrieb sie: *Ich gehe laufen.*

»Aber …«, sagte Max, aber dann machte er nur eine wegwerfende Handbewegung. »In Ordnung. Bleib nicht zu lang weg.«

*

Tara ging aus dem Zimmer, um sich umzuziehen, und Max trank sein Glas leer. Der Bourbon breitete sich in seinem Magen aus, wärmte ihn, und gleichzeitig schoss ihm Säure die Kehle hinauf. Er wollte warten, bis Tara das Haus verlassen hatte; dann würde er aufstehen und sich noch einen Drink eingießen. Vielleicht würde er auf dem Boden des nächsten Glases die Ruhe finden, die er brauchte, um einen Weg aus diesem Chaos zu finden.

Er wollte Tara nicht fortlassen. Es war schon spät, und auch wenn es jetzt länger hell war, sah er sie nicht gern allein draußen auf der Straße. Aber er konnte niemanden mehr festhalten. Alicia hatte gesagt, sie ginge nur für ein paar Tage, aber aus Tagen wurden Wochen, bevor man es auch nur merkte.

Max sah, wie Tara an ihm vorbei zur Haustür ging. Sie hielt so viel zurück, sie hatte so viele Geheimnisse. Mit ihren zu einem strengen Pferdeschwanz zusammengebundenen Haaren sah sie immer noch aus wie eine Erstklässlerin. Bei ihrer Einschulung hatte sie seine Hand fest umklammert gehalten und sich geweigert, mit irgendjemandem zu sprechen. Alicia hatte gemeint, sie müsse sich allein zurechtfinden, und er hatte sich zurückgenommen. Er hatte sie aufwachsen sehen, und irgendwie hatte er aus den Augen verloren, wer sie wirklich war. Jetzt glaubte er, dass er sehr bald auch seine Frau und seine Söhne verlieren würde. Er stand auf und goss sich noch einen Drink ein. Na ja, vielleicht lag die Lösung nicht am Boden dieses Glases. Vielleicht erst im nächsten …

27

In der späten Nachmittagssonne fing Tara diesmal nicht langsam an zu laufen. Nach dem Stretching verfiel sie direkt in den Sprint. Sie musste laufen. Sie musste brennen, sie musste ihre vollgepumpten Lungen spüren, den Schmerz.

In Rekordzeit erreichte sie den Park und lief dann Runde um Runde.

Sie keuchte schwer, und ihre Augen tränten, aber sie lief immer weiter, bis sie über ihre eigenen Füße stolperte und unsanft auf den Boden knallte.

Sie würde von zu Hause weg müssen. Die Ärzte würden sie mit Medikamenten vollstopfen, und sie würde wie ihre Mutter werden. Sie würden sie drängen, bis sie einknickte, und Tara wusste, dass sie nie wieder dieselbe sein würde. Die Vorstellung war so schrecklich, dass sie kaum darüber nachdenken konnte, aber das Schlimmste an allem war, dass sie Kate zwei Wochen lang nicht sehen würde, vielleicht niemals mehr.

Wie sollte sie Kate vom Krankenhaus aus beschützen? Wie konnte sie Brents schreckliche Pläne durchkreuzen?

Eine Weile lag sie keuchend und weinend am Boden, dann beruhigte sie sich allmählich. Im Park ging eine sanfte, warme Brise, die ihr Gesicht küsste. »Lass los und atme«, sagte Dr. Adams, wenn sie zusammen meditierten. »Atme langsam ein und aus, Tara, lass die Gedanken los und atme einfach.« Tara spürte, wie sich ihr Körper vollkommen entspannte. Sie schloss die Augen, und während sie langsam ein- und ausatmete, zählte sie. Sie stellte sich die schwarze Mauer vor – hoch und massiv. Sie sah sich die Mauer hochklettern; sie stemmte ihre Hände dagegen, ihre Armmuskeln spannten sich an und traten hervor. Während sie sich selbst beobachtete, begann die schwarze Mauer zu bröckeln. Sie bemerkte Lichtblitze, deshalb blieb sie still liegen, bis die Mauer vollkommen eingebrochen war und die Erinnerung auf sie einstürmte.

Da war sie.

Die Antwort, vor der sie sich versteckt hatte.

Plötzlich waren die Bilder ganz deutlich.

Sie erinnerte sich, dass sie ein Kind geboren hatte.

Sie erinnerte sich an das Baby.

Sie erinnerte sich an den Schmerz und an ihr verzweifeltes Verlangen, sich vor allen Menschen zu verstecken, bis alles vorüber war.

»Ich habe ein Baby bekommen«, flüsterte sie. »Ich habe ein Baby zur Welt gebracht. Ich habe ein Kind geboren.«

Nachdem sie an jenem Tag das Haus verlassen hatte, als Alicia sich bei ihrer Mutter am Telefon über sie beklagt hatte, war sie einfach losgegangen. Ihre Füße waren wie losgelöst vom Rest ihres Körpers, der von einem so heftigen Schmerz geplagt wurde, dass sie glaubte, er würde nie mehr aufhören. Aber der Schmerz hörte auf, und als er vorüber war, konnte sie sich nicht vorstellen, so etwas jemals wieder zu ertragen. Und dann erfasste sie der gleiche Schmerz aufs Neue.

Sie wusste, dass sie ins Krankenhaus musste, aber sie wusste auch, dass ein Krankenhaus oft genug kein sicherer Ort war. Ihre Mutter war im Krankenhaus nicht sicher gewesen, und jetzt war ihr Gehirn nur noch Brei. Also war Tara etwa eine Stunde lang im Park umhergelaufen, hatte sich an einer Parkbank oder einem Baum festgehalten, wenn der Schmerz sie überfiel, bis er wieder abebbte. Und als ihr schließlich so kalt war, dass sie meinte, sterben zu müssen, war sie plötzlich im Shoppingcenter gewesen.

Sie wusste nicht, wo sie hinlief; angetrieben von dem Bedürfnis, sich vor der Welt zu verstecken, durchquerte sie das ganze

Shoppingcenter, bis zu dem Bereich, wo einige Geschäfte bereits zugemacht hatten und kaum noch Leute unterwegs waren.

Die Toiletten hatte sie gerade noch rechtzeitig in dem Moment gefunden, als sie glaubte, den Druck auf der Blase nicht mehr aushalten zu können.

Sie war froh, dass die Toiletten leer waren. Sie hatte sich die Hosen heruntergerissen und sich auf die Toilette gesetzt. Dann hatte sie nur noch unerträgliche Schmerzen gespürt. Fest biss sie die Zähne aufeinander; das Verlangen nach Stille war heftiger als der Schmerz.

Nach einigen Minuten, oder auch Stunden – sie konnte es nicht sagen – wandelte sich der Schmerz. Aus der unerträglichen Qual im ganzen Körper wurde ein brennendes, aufschlitzendes Gefühl, und weil sie den Schmerz loswerden musste, drückte sie in einem fort.

Irgendwann war der Schmerz vorbei, und sie vernahm ein kurzes, leises Geräusch, wie ein wimmerndes Kätzchen. Sie wusste, dass es vorbei war, aber sie wusste auch, dass sie nicht hinsehen konnte.

Nicht hinsehen durfte.

Sie stand auf und spürte, wie etwas aus ihrem Körper rutschte. Danach fühlte sie sich frei. Sie schaute nach unten und bemerkte, dass das blutige Ding in der Toilette mit dem Kopf nach unten zum Wasser lag. Ohne nachzudenken hob sie das glitschige Ding hoch und drehte es um. Sie wollte nicht, dass der Kopf im Wasser war. Das Ding wirkte kalt und einsam, aber sie konnte es nicht noch einmal hochnehmen. Das alles schien nicht ihr zu passieren. Trotz der Schmerzen und des vielen Bluts fühlte sie sich von allem abgeschnitten. Sie beobachtete sich selbst, wie sie das Ding berührte und dachte: *Ich würde das nicht berühren.*

Ihre Beine waren blutverschmiert, sie ging aus der Kabine und hinein in die nächste, wo sie sich säuberte und abwischte.

Dann stopfte sie sich Toilettenpapier in die Hose, wusch sich die Hände und verließ die Toilette. Das Wimmern hielt an, aber sie schaute nicht mehr hin, und sie ging auch nicht zurück.

Sie trat hinaus in die Ladenzeile und eilte zum Ausgang. Das Einzige, woran sie sich erinnern konnte, war der flüchtige Anblick von großen Füßen, die aus blauen Leinenschuhen quollen.

Auf dem Weg nach Hause hatte sie sich leicht und frei gefühlt, trotz der stechenden Schmerzen, und sie hatte gebetet, dass nun alles vorüber sei. Am nächsten Tag würde sie wieder zur Schule gehen und sich um den Rest ihres Lebens kümmern.

Jetzt fühlte sie sich sehr viel älter als an jenem Tag. Inzwischen wusste sie, dass man vor seinen Fehlern nicht einfach so davonlaufen konnte. Fehler verfolgten einen auf Schritt und Tritt und forderten Wiedergutmachung.

Den Rest des Tages hatte sie in ihrem Zimmer verbracht und versucht, den Schmerz mit Kopfschmerztabletten zu lindern. Das Toilettenpapier in ihrer Unterhose hatte sie gegen eine Binde getauscht, aber nur eine halbe Stunde später wechselte sie diese, und auch das war beinahe zu spät, deshalb setzte sie sich auf die Toilette im Bad und ließ das Blut einfach aus sich herauslaufen.

Das kann nicht gut sein, dachte sie, als das Blut nicht zu fließen aufhörte. Da sie aber nicht wusste, was sie tun sollte, blieb sie einfach auf der Toilette sitzen, und als sie sich richtig müde fühlte, zu müde, um aufzustehen, dachte sie daran, Alicia zu rufen. Aber dann war plötzlich alles schwarz.

Im Krankenhaus war sie wieder aufgewacht, ohne Stimme und ohne eine Erinnerung an das, was passiert war.

Jetzt schämte sie sich dafür, wenn sie daran dachte. Sie schämte sich, dass sie Max und Alicia so viel Ärger bereitet hatte, dass Ethan und Michael bei ihrem Anblick ausgeflippt waren. Und ihr Gesicht brannte wie Feuer, wenn sie daran dachte, dass ihr

Vater durch die Badezimmertür gekracht war und sie mit heruntergelassener Unterhose vorgefunden hatte.

Sie hatte ein Baby geboren und es dann in der Toilette des Shoppingcenters dem Tod überlassen.

Sie hatte es dem Tod überlassen.

Sie hatte es dem Tod überlassen.

Sie hatte sie dem Tod überlassen.

Das alles war Monate her – aber es fühlte sich wie Jahre an, und als wäre es jemand anderem passiert. Sie hatte ein Baby in der Toilette dem Tod überlassen, aber das Baby war nicht mehr in der Toilette. Jemand hatte es … sie … sie gefunden.

»Woher weiß ich, dass das Baby ein Mädchen war?«, sagte Tara zu dem leeren Park. Sie hatte es doch nicht angesehen. Oder etwa doch?

Sie stand auf.

»Woher weiß ich das?«, sagte sie noch einmal.

Sie bewegte ihre Beine, schlug mit den Fäusten in die Luft und rannte nach Hause.

Schwitzend und keuchend kam sie zu Hause an und hörte ihren Vater rufen: »In fünf Minuten gibt es Abendessen, Tara.«

Sie flitzte die Treppe hinauf in ihr Zimmer, griff nach ihrem Handy, das neben ihrem Bett lag, und öffnete die Fotogalerie.

Minnie bat sie stets, Fotos von Kate zu machen, wenn sie auf sie aufpasste. Tara machte Hunderte Fotos, damit Minnie sehen konnte, dass sie Kate gut behandelte. Kate lächelte viel. Manchmal wollte Kate auf Taras Handy herumkauen, dann nahm Tara es ihr weg, sagte: »Lächeln, Katie« und machte eine Aufnahme nur für sich. Sie scrollte durch die Bilder und fand ein Foto von Katie und ihr zusammen auf dem Spielteppich. Sie hatte ein Foto von ihnen beiden für Minnie gemacht und eins für sich selbst.

Kate war so ein hübsches Baby. Ihre Haare hatten dieselbe Farbe wie Taras. Ihre Augen waren dunkler – nicht sehr viel, nur ein klein wenig. Beide hatten sie Grübchen im Kinn. Ihr Lächeln war … war …

Tara fühlte, wie ihr Herz zusammenzuckte. »Oh«, sagte sie. »Oh … oh … oh.«

Jetzt verstand sie.

Sie ging zu ihrer Kommode und suchte fieberhaft zwischen Socken und Unterwäsche nach einem kleinen rosafarbenen Plastikalbum, das sie nur selten hervorholte – nur ab und zu schaute sie das Album an, denn es waren Bilder einer glücklichen Familie, und Tara wusste, die Bilder erzählten die falsche Geschichte. Die Fotos erzählten nur die äußere Geschichte, und es fiel Tara schwer, sie anzusehen, denn sie kannte die innere Geschichte – die wahre Geschichte.

Sie schlug das Album auf der ersten Seite auf und berührte das lächelnde Gesicht ihrer Mutter. In ihren Armen lag Tara als Neugeborenes. Man sah kaum mehr als ein fest eingewickeltes rosa Bündel. Tara erkannte gerade noch eine winzige Nasenspitze. Sie blätterte zwei Seiten weiter, untersuchte genau jedes Foto, das das wachsende Baby Tara zeigte.

Dann blätterte sie noch einmal um und fand das Bild, das sie gesucht hatte.

Das war Kate.

Das war Kate, die auf Sashas Hüfte saß. Es war Tara, aber es war auch Kate. Kein Zweifel.

Es war wahr. Sie hatte nicht gewusst, dass es wahr war, und sie hatte immer gewusst, dass es wahr war. Seit jenem Tag, vom ersten Moment an, als Minnie in Alicias Sprechzimmer gekommen war, hatte Tara gewusst, dass sie in Kates Nähe sein musste. Nur dann war sie glücklich, nur dann fühlte sie sich sicher. Nur dann konnte sie sprechen – wenn sie mit Kate zusammen war.

Auch Kate liebte sie. Schon als sie die Kleine zum ersten Mal im Arm gehalten hatte, hatte sie sich an sie gekuschelt.

Tara glaubte, dass Körper sich aneinander erinnerten. Kate

war ein Teil von ihr. Sie war neun Monate lang in ihr herangewachsen, daran erinnerte sich ihr Körper. Kate erinnerte sich wahrscheinlich an ihre Stimme. Kate erinnerte sich.

Sie verglich das Foto aus dem Album mit dem aus dem Handy.

»Das ist mein Baby«, sagte sie laut.

»Das ist mein Baby«, sagte sie noch einmal.

»Komm jetzt essen«, rief ihr Vater von unten.

Tara legte das Handy aus der Hand und schob das Fotoalbum wieder unter die Socken in der Schublade.

Minnie war siebenundvierzig. June hatte mal erwähnt, dass Minnie fast sechzig sein würde, wenn Kate zwölf war. »Wenn sie in die Pubertät kommt, musst du stark sein, Minnie«, hatte sie gesagt, als sie einmal an einem Nachmittag, an dem Tara babysittete, zum Tee gekommen war. Minnie hatte gelacht, aber Tara hatte im Kopf ausgerechnet, dass Minnie Kate mit siebenundvierzig bekommen hatte. Sie nahm an, dass das möglich war, aber wurden Frauen nicht irgendwann zu alt, um Babys zu bekommen?

Tara hatte mitbekommen, wie Alicia Max erzählt hatte, dass Minnie das Kind ganz allein zur Welt gebracht hatte. In ihrem Haus gab es kein einziges Foto von einer schwangeren Minnie und auch keines von einem Mann. Minnie sprach nie von Kates Vater. Vielleicht bedeutete das alles gar nichts – und vielleicht bedeutete das alles genau das.

Minnie musste direkt nach ihr in die Toilette im Shoppingcenter gegangen sein.

Sie mussten genau aneinander vorbeigelaufen sein. Vielleicht hatten sie sich an der Schulter berührt. Man atmete einmal tief ein und aus, und plötzlich hatte sich das ganze Leben geändert. Man lief in eine Richtung, statt in die entgegengesetzte, und die Welt war eine andere.

Blaue Leinenschuhe. Sie hatte blaue Leinenschuhe gesehen. Dicke Füße, die aus blauen Leinenschuhen quollen.

Minnie trug sie immer noch. Inzwischen waren ihr die Schuhe zu groß, aber sie zog sie immer noch an. Es war Minnie, vor vielen Monaten und viele Kilos schwerer, aber es war Minnie.

Was hatte sie wohl gedacht, als sie Kate gefunden hatte? Warum war sie nicht zur Polizei gegangen? Das hätte vielen Menschen viele Monate quälender Angst erspart. Sie hätte sagen können: »Ich habe dieses Baby in der Toilette gefunden«, und man hätte ihr geantwortet: »Danke, danach haben wir gesucht.«

Warum hatte sie niemandem etwas erzählt? Die ganze Zeit hatte sie gelogen. Sie hatte ihre Freunde belogen und Alicia und die ganze Welt.

Jedes Mal, wenn Tara sie sah, war Minnie dünner geworden. Sie sagte, dass sie keine Zeit zum Essen habe, aber vielleicht fraßen ihre Schuldgefühle sie auf.

Tara hatte begriffen, dass ein Geheimnis einen Menschen aufzehren konnte. Ihr Geheimnis hatte ihr die Stimme genommen. Die geheimen Gespräche ihrer Mutter mit dem schwarzen Engel hatten ihr den Verstand geraubt, und Minnies Geheimnis hatte ihre Pfunde schmelzen lassen.

Minnie hatte Taras Kind gestohlen. Sie hatte das Baby aus der Toilette geholt und mit sich nach Hause genommen, um es vor der Welt zu verstecken. *Wie konnte sie das nur tun?*, dachte Tara.

»Was für ein Mensch tut so etwas?«, sagte sie laut. Was für ein Mensch war Minnie? Was für ein Mensch war Minnie? Minnie war … Minnie war … Minnie war eine Mutter. Minnie liebte Kate. Sie liebte sie, so sehr sie konnte. Tara wusste, dass Minnies Augen leuchteten, wenn sie das Baby ansah. Es war der gleiche Blick, mit dem Alicia Ethan und Michael ansah. Hatte Minnie Kate schon immer geliebt? Hatte sie das Baby von dem Moment an geliebt, als sie es in der Toilette gefunden hatte? Wie schwer war es, etwas aufzugeben, das man so sehr liebte?

Noch einmal verglich Tara die beiden Fotos. Nicht jeder

Mensch hatte das Recht, sich Mutter zu nennen. Sasha hatte dieses Recht nicht, und sie hatte es auch nicht, aber Minnie war eine Mutter. Minnie war Kates Mutter.

»Ich danke dir, lieber Gott, für Minnie«, sagte sie.

Sie war Minnie dankbar, dass sie Kate gerettet hatte. Sie war dankbar dafür, dass Minnie sich einer Sache annahm, die sie selbst nicht in den Griff bekam. Sie war dankbar, dass Kate nicht einen traurigen, einsamen, kalten Tod gestorben war.

Minnie war eine gute Mutter, und sie schien ihre eigene Mutter und Gott auf ihrer Seite zu haben. Das war mehr, als Tara von sich sagen konnte.

Tara starrte im Spiegel in ihre eigenen dunklen Augen. Sie konnte dieses Geheimnis nicht für sich behalten. Jetzt, da sie wusste, was geschehen war, musste sie es allen erzählen. Zuerst wollte sie mit ihrem Vater sprechen. Beim Abendessen wollte sie ihm alles erklären. Und sie wollte ihm auch von Brents Plänen erzählen und von der Gefahr für Minnie und Kate, für Minnie und ihre Tochter – seine Enkelin.

Ihr Vater würde ihr helfen. Er würde mit ihr zur Polizei gehen, und sie würden die ganze Sache aufklären und in Ordnung bringen. Alicia und Ethan und Michael könnten nach Hause kommen, und sie könnten einfach wieder so leben wie früher, so wie es alle wollten.

Tara zog ihr verschwitztes T-Shirt aus und streifte sich ein sauberes Sweatshirt über.

Ihre Hand lag bereits auf dem Türgriff, als ihr Handy eine SMS ankündigte.

Heute Abend, lautete die Nachricht.

Sie starrte auf das Display. Liam hatte getan, was er versprochen hatte, der Rest war ihre Sache.

Heute Abend würde es passieren.

Immer im Kreis drehte sich die Bahn im Vergnügungspark, und Tara konnte die Fahrt nicht anhalten.

Sie wollte weinen. Sie wollte sich auf ihr Bett legen und weinen, bis alle Gefühle aus ihr herausgeflossen waren. Jetzt war es zu spät, um Hilfe zu holen. Es war zu spät, um das aufzuhalten, was passieren würde.

Wenn sie nach unten ging und sich zu ihrem Vater an den Tisch setzte, würde sie ihren Mund so weit wie eine Schlucht aufreißen können, und doch würde sie kein Wort hervorbringen.

Es gab einfach zu viel zu sagen. Im gesamten Universum gab es nicht genügend Worte, und sie hatte auch nicht genügend Zeit, um sie auszusprechen.

Das war auch der Grund, warum ihre Stimme verschwunden war.

Die Geschichte war zu lang, zu kompliziert und zu schmerzhaft.

Manche Geschichten waren so. Die Geschichte ihrer Mutter und der Krankheit, die ihr Gehirn auffraß, war zu viel, man konnte nicht darüber reden, deshalb sagte sie einfach gar nichts; und die Art, wie ihre Mutter immer noch mit im Haus lebte, obwohl sie dort gar nicht lebte, war zu viel für Alicia und ihren Vater, und deshalb sagten sie einfach gar nichts.

Und auch die Beziehung zu Liam, wie ihr Herz zunächst groß und weit geworden war, und dann wieder klein und schrumpelig, war zu viel. Für manche Dinge gab es keine Worte.

Sie konnte nicht mit ihrem Vater reden. Das alles zu erklären würde viel zu lange dauern. Und sie hatte nicht ewig Zeit, denn es würde heute Abend passieren.

Immer im Kreis und hoch und runter fuhr die Bahn.

Sie musste sie unbedingt anhalten.

28

Nachdem Minnie die Küche aufgeräumt hatte, setzte sie sich vor den Computer. Sie sehnte sich nach ihrem Bett, aber sie wollte nicht eine von diesen Müttern sein, die Hunderte Fotos von ihrem Kind machten und diese niemals sortierten und zeigten. Sie wollte einige Bilder auf ihren digitalen Bilderrahmen herunterladen. Früher, bevor sie Kate gefunden hatte, hätte sie sich einfach mit einer Packung Kekse aufs Sofa vor den Fernseher plumpsen lassen, in der Erwartung, ihren Verstand den ganzen Abend lang mit Essen und Fernsehen zu betäuben.

»Wie sich alles verändert hat, nicht wahr, Mum?«

Jetzt ertappte sie sich dabei, wie sie im Spiegel ihre Wangenknochen anstarrte und die Frau bewunderte, die unter den vielen Lagen versteckt gewesen war. Ihre Haut hing in losen Falten an ihrem Körper herunter. Manche Menschen ließen sich die überflüssige Haut entfernen. Sie hatte solche Veränderungen in einer Gesundheitssendung gesehen. Riesige, dicke Amerikaner ließen sich den Magen verkleinern und verloren dann Unmengen an Gewicht, sodass ihre Haut sehr komisch aussah. Kameras folgten ihnen während ihrer seltsamen und demütigenden Besuche bei Ärzten, die ihre Haut wogen und anhoben und das verwundbare Fleisch offenlegten. Hängebrüste wurden gezeigt, die mit dicken blauen Markierungen versehen waren. Schließlich wurde operiert, und am Ende verwandelten die Frauen sich in bezaubernd schöne Puppen.

Kurz stellte sie sich vor, wie es wäre, wenn sie sich einer Schönheitsoperation unterziehen würde, die ihren Körper für immer veränderte, aber sie wusste, dass sie das nie tun würde. Sie würde Wochen brauchen, um sich von dem Eingriff zu erholen, und weshalb sollte sie das tun? Niemand außer Kate würde je ihren Körper sehen. Kinder kümmerte es nicht, wie man aussah. Aber vielleicht, eines Tages, wenn Kate älter war … Minnie lächelte, als sie sich Kates Hochzeit in ferner Zukunft ausmalte. Sie selbst trug ein enges, schwarzes Kleid, und Kate war in cremefarbene Seide gekleidet.

»Ich bin wirklich albern, Mum, nicht wahr? Jetzt wollen wir mal diese Fotos anschauen.«

Sie hatte Tara ihre Kamera gegeben und sie gebeten, schnell ein Foto zu machen, wenn Kate etwas besonders Niedliches tat – was sie, Tara und Minnie zufolge, fast die ganze Zeit tat.

Mit sieben Monaten konnte Kate schon gut krabbeln. Sie stellte sich auf alle viere und schaukelte auf den Knien vor und zurück, als ob sie ihren Motor starten wollte, und dann sauste sie los. Minnie wurde nie müde, ihr zuzusehen. Kate brabbelte unentwegt, und konnte immer mit einem Lächeln ihrer Umwelt rechnen. Manchmal sah Minnie sie an, und die Liebe zu dem Kind machte ihr das Herz schwer. Vor Zuneigung wurde ihr ganz schwindelig. Minnie war niemals verliebt gewesen, aber sie glaubte, dass sich das genau so anfühlen musste.

»Das ist unser kleines Mädchen, Mum«, sagte sie, als sie das erste Foto öffnete. Sie klickte sich durch die Fotos der lächelnden Kate, der lachenden Kate, von Kate, die sich auf die eine Seite drehte und dann auf die andere. Mit den Fotos von Tara mussten es einige Hundert Bilder von Kate sein. Tara hatte auch einige Aufnahmen von Kate und ihr zusammen gemacht. Auf einem Bild sah man ihre beiden Köpfe nebeneinander auf dem Spielteppich. Beide schauten in die Kamera, die Tara offensichtlich in einer Hand hielt. Minnie konnte sehen, dass Taras Lippen ein Wort formten.

Sie wusste, dass Tara mit Kate sprach. Als sie das zum ersten Mal gehört hatte, wollte sie aus ihrem Schlafzimmer laufen und überprüfen, ob Tara wirklich ihr Schweigen gebrochen hatte, aber irgendetwas hielt sie zurück. Sie stand einfach still da, die Tür einen Spalt geöffnet, und lauschte Tara, die Kate im Flüsterton ein Lied vorsang.

Als Minnie eine Stunde später aus ihrem Zimmer kam, schwieg Tara wieder, kommunizierte mit Achselzucken und Nachrichten auf ihrem Handy. Minnie begriff, dass sie nichts über Taras wiedergefundene Stimme wissen sollte. Sie überlegte, ob sie Alicia davon erzählen sollte, unterließ es aber. Tara sah jetzt glücklicher aus. Vielleicht war das Schweigen heilsam. Was auch immer in ihrer Familie vorgefallen war – Alicia erzählte Minnie nie etwas darüber, außer dass Tara eine Menge durchgemacht hatte und ihre leibliche Mutter nicht gerade perfekt war –, vielleicht war es das Beste, zu schweigen. Vielleicht brauchte Tara das Schweigen. Irgendwann würde sie beschließen, wieder mit der Welt zu sprechen, und dann würde sie wieder das Leben eines Teenagers führen und kein Interesse mehr am Babysitting haben. Minnie fühlte sich schlecht, weil sie hoffte, Tara würde weiter schweigen, aber seit sie wusste, dass sie ihr Kate anvertrauen konnte, wollte sie nicht mehr auf ihre Hilfe verzichten.

Minnie klickte noch ein paar weitere Fotos an und kehrte dann zu dem Foto zurück, wo Tara und Kate zusammen auf dem Teppich lagen. Irgendetwas störte sie an diesem Foto, obwohl Tara und Kate ganz glücklich wirkten. Es war auch keine besonders gute Aufnahme. Das Foto war ohne Blitz im Haus aufgenommen worden, und Tara und Kate sahen beide blass und erschöpft aus.

Sie stand auf und ging in die Küche, um sich eine Tasse Tee zu machen. Zuerst sah sie nach Kate, so wie immer. Das Baby lag auf dem Bauch und hatte eine Hand in die rosafarbene Decke gewickelt. Wenn Minnie sie ins Bett brachte, legte sie Kate immer auf den Rücken, so wie man es tun sollte, aber Kate bewegte sich so viel, dass sie nie lange in einer Position liegen blieb.

Trotz der Sommerhitze war es im Zimmer kühl. Der schwere Geruch von Babypuder hing in der Luft.

Minnie stand am Bettchen und blickte auf ihre Tochter. »Hast du auch so für mich empfunden, Mum?«, flüsterte sie.

Tränen der Traurigkeit stiegen ihr in die Augen, dass ihre Mutter Kate nicht mehr kennengelernt hatte.

Sie ging in die Küche, machte Tee und setzte sich dann wieder vor den Computer. Das Foto füllte den gesamten Bildschirm aus, und Minnie starrte es an.

Taras helle Haut schien Kates Gesichtsfarbe zu entsprechen. Ihre Haare hatten fast die gleiche Farbe. Taras langes Haar hing über Kates Kopf, sodass es aussah, als hätte das Baby lange Haare. Das hätte seltsam aussehen sollen, aber so war es nicht. Aus irgendeinem Grund fand Minnie, dass es mit den langen Haaren einfacher war, sich vorzustellen, wie Kate in einigen Jahren aussehen würde. Tara und Kate hatten beide dunkle Augen mit dem gleichen glücklichen Strahlen. Tatsächlich hatten ihre Augen die gleiche Farbe, und die gleiche Form und das Kinn von beiden sah aus …

»Ah«, atmete Minnie aus, als ihr klar wurde, was sie da sah. Die Bedeutung des Fotos war unmissverständlich. Die zwei Gesichter, die in die Kamera lächelten, waren sich nicht nur ähnlich. Sie waren gleich.

»Ah«, sagte sie laut und spürte, wie sich ihr die Kehle zuschnürte.

Keine Sünde blieb je ungestraft.

Gott hatte sie die ganze Zeit beobachtet und nur auf den rechten Augenblick gewartet.

Sie hatte ihre Strafe schon seit Monaten vor Augen, aber sie hatte sie nicht gesehen, denn sie hatte sie nicht sehen wollen. Sie war eine dumme Person, die in eine Welt gestolpert war, in die sie nicht gehörte. Es stand außer Frage, dass sie jetzt die Wahrheit erkannt hatte.

June hatte ihr einmal erzählt, dass ihr Sohn Charles vom Moment seiner Geburt an genau wie Lou ausgesehen hatte. Wenn er jetzt hin und wieder zu Besuch kam, war Minnie jedes Mal verblüfft, wie ähnlich er seinem Vater sah. Manche Kinder vereinten Aussehen und Charakterzüge von beiden Eltern in sich, und dann gab es Kinder wie Kate, die genau wie ein Elternteil aussahen.

Minnie ließ ihren Kopf in die Hände sinken, aber ihr fehlten die Worte für ein Gebet.

Wieder sah sie sich das Foto an. Da waren sie und lächelten in die Kamera – genaugenommen lachten sie sogar. Was hatte Tara gesagt, das Kate zum Lachen brachte?

Minnie berührte den Bildschirm und fuhr mit dem Finger erst Kates und dann Taras Gesicht nach.

Da waren sie.

Mutter und Kind.

Minnie drehte sich vom Computer weg und ging den Whisky suchen, den ihre Mutter und sie für besondere Anlässe aufhoben. Sie hoffte, dass das Zeug nicht schlecht geworden war. Sie goss sich großzügig ein und trank das Glas in einem Zug leer. Der Whisky brannte, sie musste husten, Tränen traten ihr in die Augen, aber sie konnte sich besser auf den körperlichen Schmerz konzentrieren.

Wie war es möglich, dass sie so blind gewesen war? Wieso hatte sie das nicht gesehen?

Sie ging zum Computer zurück und tippte in die Suchleiste ein: *Teenagermutter will nicht verraten, wo Baby ist.*

Diese Schlagzeile hatte sie monatelang verfolgt. Sie hatte jeden Artikel, jeden Tweet und jeden Kommentar zu dem Thema gelesen. Vor einem Monat kam die Nachricht, dass der Vater des Mädchens einen hochkarätigen Anwalt damit beauftragt hatte, zu verhindern, dass seine Tochter in eine Klinik eingewiesen wurde. »Ihr fehlt nichts; sie muss nur eine traumatische Erfahrung verarbeiten«, sagte der Vater. In dem Artikel stand auch, dass das Mädchen nicht redete, aber Minnie hatte gedacht, sie würde einfach nur der Polizei nicht die gewünschten Informationen geben. Sie hatte nicht gedacht, dass das Mädchen buchstäblich nicht den Mund öffnete und kein Wort herausließ.

Jetzt verstand sie Taras Schweigen. Sie hatte begriffen – aber es war zu spät.

Den Medien war es nicht erlaubt gewesen, den Namen des Mädchens zu nennen oder ein Foto von ihr zu zeigen. Der Vater sah ganz anders aus als Tara – bis auf die Augen, sie schienen so dunkel wie die von Tara, wie die von Kate –, aber möglicherweise ähnelte Tara ihrer Mutter. Was hatte sie noch über die Mutter gelesen? Minnie begann wieder, die alten Artikel zu durchforsten. Bipolare Störung, das war's. Minnie stand vom Computer auf und ging noch einmal zu der Whiskyflasche. Ihr war schon ganz schwindelig, aber Kate würde die Nacht durchschlafen. Minnies Magen bäumte sich auf, und sie wusste, beim nächsten Glas würde sie sich übergeben. Und genau das wollte sie.

Wieso hatte Alicia Tara das Babysitting erlaubt? Was wusste Alicia? Was wusste Tara?

Sie ließ den Whisky die Kehle hinunterrinnen und rannte dann ins Bad, wo sie ihre schreckliche Angst in die Toilette erbrach.

Danach stand sie zitternd unter der Dusche, das heiße Wasser vermischte sich mit ihren Tränen.

Wie war es möglich, dass sie so blind gewesen war?

»Der ist sehr blind, der nicht sehen will«, hatte ihre Mutter immer gesagt.

»Ich weiß, Mum«, sagte Minnie, während das heiße Wasser sie wärmte, bis es ihr fast die Haut verbrannte. »Ich wollte nicht sehen. Aber wie konnte das passieren?«

Sie grübelte noch eine Zeit lang über die zerstörerische Kraft des Zufalls, aber dann wurde ihr klar, dass es kein Zufall gewesen war. Gott hatte in allem, was passierte, seine Hand im Spiel.

Das Gesundheitszentrum, wo Alicia arbeitete, befand sich in der Nähe des Shoppingcenters, und offensichtlich wohnte Alicia mit ihrer Familie in der Gegend. Wahrscheinlich war Minnie ihnen schon früher mal im Supermarkt begegnet, aber man konnte direkt neben jemandem wohnen, ohne ihn je kennenzulernen. Die Welt war gleichzeitig absolut riesig und unglaublich winzig.

Minnie wollte nicht glauben, dass Gott ihr Kate gesandt hatte, damit sie sich verliebte und das Kind ihr dann aus den Armen gerissen wurde. Aber sie hätte auch nicht geglaubt, dass er ihr den einzigen Menschen, den sie im Leben hatte, fortnahm und sie zu einem Leben in Kummer und Leid verurteilte. »Die Wege des Herrn sind unergründlich«, hätte ihre Mutter jetzt gesagt. Früher einmal hatte Minnie das genügt, aber jetzt spürte sie Zorn in sich aufsteigen. Sie würde das nicht zulassen. Sie würde nicht zulassen, dass man ihr Kate wegnahm.

Bevor Kate ein Teil ihres Lebens wurde, wäre sie einfach daneben gestanden und hätte jede Strafe hingenommen, die man über sie verhängte. Die alte Minnie wäre niemals für sich selbst eingetreten. Die alte Minnie hätte gewusst, dass sie niemals so viel Freude im Leben haben dürfte. Aber was auch immer die Welt für richtig hielt, was auch immer Gott wollte – Minnie bedeutete das jetzt nichts mehr. Sie würde nicht mehr so leicht aufgeben.

Sie trat aus der Dusche und warf sich einen alten Bademantel über, den sie fest um die Taille band. Dann holte sie Papier und Stift.

Es war ganz leicht, zu verschwinden. Wenn man Geld hatte, war alles leicht. Während Minnie ihre Liste schrieb, dachte sie über ihr Leben vor Kate nach. Sie erinnerte sich, dass sie jeden Morgen aufgewacht war und sich gewünscht hatte, dass sie gehofft und gebetet hatte, etwas in ihrem Leben möge sich ändern, nur um am Ende des Tages auf demselben alten Sofa zu sitzen, in dem Wissen, dass sie dort den Rest der Woche, den Rest des Monats und den Rest ihres Lebens verbringen würde.

»Wir werden das Kind schon schaukeln«, sagte Minnie, während ihre To-do-Liste immer länger wurde.

Am nächsten Mittwoch würde Tara wieder kommen, aber dann würden Minnie und Kate schon weit weg sein.

»Es ist schrecklich, so etwas zu tun, Mum«, sagte Minnie. »Aber es kann auch nicht schlimmer sein als das, was ich schon getan habe. Ich mag Tara, aber ich liebe Kate, und ich kann mich nur um sie kümmern. Ich kann mich nur um sie und um mich selbst kümmern. Ich denke, Gott wird mich verstehen, meinst du nicht, Mum?«

Aber ihre Mutter schwieg, und auch Gott hatte nur wenig zu sagen. Minnie kümmerte das nicht mehr. Sie schrieb ihre Liste und machte ihre Pläne, und sie fragte niemanden mehr, was sie tun sollte.

29

Es war ein Uhr morgens, aber Minnie konnte nicht schlafen. Sie war immer noch ganz benebelt von dem Whisky. Das Zimmer drehte sich träge im Kreis, und Minnie dachte darüber nach, was June und Lela wohl sagen würden. Wenn sie erst einmal verschwunden war und Kate und sie in Sicherheit waren, dann würde sie den beiden schreiben und alles erklären. Sie wollte daran glauben, dass June und Lela sie verstehen würden. Schließlich waren sie auch Mütter, nicht wahr?

Aber wahrscheinlich würden die beiden anders reagieren … nur wie? Mit Abscheu? Mit Zorn?

Minnie konnte sich ihr Unverständnis und ihre verletzten Gefühle genau vorstellen. Sie würden es bereuen, jemals mit ihr befreundet gewesen zu sein.

»Ich bin froh, dass du das nicht miterleben musst, Mum«, flüsterte Minnie. »Ich frage mich, was du wohl getan hättest. Wenn du nicht mich, sondern nur die Gelegenheit bekommen hättest, dir ein Leben zu stehlen, hättest du das getan?«

Sie lauschte in die Dunkelheit und hoffte auf ein Zeichen von ihrer Mutter oder sogar von Gott, aber sie war allein. Sie konnte sich nicht mehr mit Essen und Fernsehen trösten. Sie konnte weder ihre Freunde um Hilfe bitte, noch ihren Gott, gegen den sie sich versündigt hatte. Sie war allein, abgesehen von dem kleinen Wunderwesen im Nebenzimmer.

»Du brauchst Schlaf, Minnie«, sagte sie zu sich selbst.

Am nächsten Morgen wollte sie fertig packen, das Geld nehmen und mit Kate verschwinden. Zunächst würden sie den Bundesstaat verlassen und dann, sobald Kate einen Reisepass hatte, würden sie das Land verlassen.

»Ich hasse die Vorstellung, das Haus aufzugeben, Mum, aber was soll ich sonst tun?«, sagte sie. »Ich darf sie nicht verlieren. Lieber würde ich sterben. Ich weiß, das habe ich auch gesagt, als du von mir gegangen bist, aber als Mutter fühlt man anders, nicht wahr? Wenn sie nicht Teil meines Lebens ist, kann ich nicht einmal mehr atmen.«

In Gedanken ging sie alle Dinge durch, die sie am nächsten Morgen mitnehmen musste. Sie konnte nicht einfach mit ihrem Geldbeutel aus der Haustür marschieren. Als Mutter war es nicht mehr so leicht, wegzulaufen.

Minnie hatte es gewusst, sie hatte immer gewusst, dass sie für ihre Sünde bestraft werden würde. Wie konnte es anders sein? Sie hatte ein Kind gestohlen. Richtig, ein Kind, das zurückgelassen worden war. Und was war das für ein Mensch, der ein Baby in die Toilette warf? Wenn sie daran dachte, dass dieselbe Person auf Kate aufgepasst hatte! War Tara bewusst, dass Kate ihr Baby war? Hatte sie deshalb auf sie aufpassen wollen? Hatte sie die Absicht, sich eines Nachmittags mit Kate fortzustehlen, weil sie wusste, dass Minnie nicht zur Polizei gehen konnte, ohne selbst Ärger zu bekommen? Wollte Tara Kate etwas antun? Wollte sie Kate aus dem Weg schaffen, damit es keinen Beweis für ihr Verbrechen gab?

Immer schneller jagten die Fragen einander, bis Minnies Kopf einem Strudel aus Angst und Sorge glich.

»Du bist lächerlich«, sagte Minnie zu der weißen Decke. »Ich bin lächerlich, nicht wahr, Mum?«

Niemand hatte einen Masterplan. Tara wusste nichts, Alicia wusste nichts. Tara hatte nicht die Absicht, Kate etwas zuleide zu tun.

»Tara liebt Kate, Mum. So eine Liebe kann man nicht vorspielen. Ich habe gesehen, wie sie die Kleine anschaut. Babys wissen, wenn sie nicht geliebt werden, und Kate liebt Tara. Ich weiß, dass Tara Kate genauso liebt wie wir, und sie würde ihr auch niemals etwas antun. Wahrscheinlich weiß sie nicht, dass Kate ihr Baby ist, aber da ich das jetzt weiß, muss ich es ihr sagen. Ich kann nicht immer weiterlügen. Wenn Kate größer ist und die Wahrheit herausfindet, wird sie mich hassen.«

Minnie schloss ihre brennenden Augen und ließ ihren Gedanken freien Lauf.

»Ich muss es ihr sagen, Mum, aber ich kann es ihr nicht ins Gesicht sagen. Ich werde ihr schreiben. Wenn Kate und ich weit genug weg sind, werde ich Tara und der Polizei schreiben und sie wissen lassen, dass es dem Baby gut geht. Ich werde ihnen alles sagen, aber erst, wenn ich sicher bin, dass sie uns niemals finden werden. Ich kann meinen Namen ändern. Ich kann vieles tun, aber ich kann Kate nicht aufgeben. Das kann ich einfach nicht.«

Draußen versank die Welt in tiefes nächtliches Schweigen. Minnie spürte, wie ihre Glieder schwer wurden, und schließlich ergab sie sich dem Schlaf. Sie schlief unruhig und angsterfüllt, aber sie schlief, und deshalb hörte sie nicht, wie die Hintertür des Hauses geöffnet wurde. Sie hörte überhaupt nichts.

Minnie wachte erst auf, als eine Hand auf ihrem Mund lag.

»Du musst aufstehen«, sagte die Stimme, die zu der Hand gehörte. Sie war leise, kaum mehr als ein Flüstern, und Minnie spürte, wie ihr Körper dieser Stimme gehorchte.

30

Liam ging langsam durch das Haus. Brent war mit Callum in der Küche, der genau wusste, wie man die Scheißalarmanlage ausschaltete. Als sie ins Haus gekommen waren, schien die Anlage nicht angeschaltet zu sein, aber Callum fummelte trotzdem an den Kabeln herum.

»Warum sollte die Anlage nicht eingeschaltet sein?«, flüsterte Leo.

Liam hielt den Atem an und wartete darauf, dass Brent etwas sagte, aber der schüttelte nur den Kopf und stieß Leo zur Seite.

Sie trugen alle schwarze Kleidung.

Leo war im Garten, verschwand in den Schatten der Nacht und hielt Wache. Liam sollte herausfinden, in welches Zimmer sie zuerst hineingehen mussten.

»Ich will wissen, wo das Balg ist. Wir bringen es zu seiner Mutter, wenn wir die fette Lesbe aufwecken. Ich halte ihr den Mund zu, dann wacht sie mit einer Scheißangst auf. Und wenn ich ihr zeige, was ich mit ihrer Brut machen kann, wird sie uns sofort sagen, wo das Geld versteckt ist.« Diesen Plan hatten sie monatelang diskutiert. Als Tara auf der Bildfläche erschienen war, hatten sie einiges geändert, aber die Grundidee war dieselbe geblieben: Sie wollten das Kind dazu benutzen, um die Mutter so einzuschüchtern, dass sie ihnen sagte, wo das Geld war.

»Und was machen wir, wenn sie uns nicht sagt, wo das Geld ist?«, fragte Callum.

»Dann vergrabe ich das Balg neben der verfluchten Katze«, erwiderte Brent.

»W-was m-machen wir … wenn wir das G-Geld haben?«, fragte Liam.

»Darum musst du dir, verflucht noch mal, keine Gedanken machen.«

»Im Ernst, Mann«, sagte Leo. »Die Lesbe geht doch direkt zur Polizei, und die wissen alles über uns – einfach alles.«

»Sei nicht so bescheuert, Leo. Sie wird nicht zur Polizei gehen.«

»Woher willst du das wissen, Brent? Auch wenn sie sagt, sie tut's nicht, macht sie's bestimmt.«

»Wenn sie nicht sprechen kann, dann nicht«, sagte Brent und zeigte ihnen das Benzin, das er in der Garage versteckt hatte.

»A-aber, aber dann st-sterben sie«, sagte Liam.

»Aber dann sterben sie«, höhnte Brent. »Das ist verdammt noch mal richtig, du Schisser. Ich werde keine Spuren hinterlassen. Ich werde die Scheißbude abfackeln mit allem, was drin ist. Das wird ein verfluchtes Freudenfeuer. Wir werden in Sekundenschnelle wieder zu Hause in Sicherheit sein. Dann können wir mit den anderen Nachbarn im Schlafanzug auf die Straße laufen und uns das Spektakel ansehen.«

Leo und Callum lachten, aber Liam fiel auf, dass sie sich nicht in die Augen sehen konnten. Als Liam Tara vor ein paar Tagen ins Haus eingeladen hatte, war ihm nicht klar gewesen, dass Tara auf »das Baby« aufpasste, das Baby, das zu der Frau mit dem Geld gehörte. Erst als Leo und er den Kinderwagen anhoben, erkannte er die Farben, den rosa Stoff, wieder. Erst da begriff er, dass das der Kinderwagen war, den sie jeden Tag beobachteten. In dem Moment dachte er, dass es Hunderte von diesen Kinderwagen gab, aber er wusste, dass das nur Wunschdenken war. Brent hatte den Kinderwagen sofort wiedererkannt. Später erzählte er den anderen, dass das Schicksal sein müsse, und er gratulierte Liam dazu, dass er Tara mitgebracht hatte, als ob das ein lange gehegter Plan gewesen wäre. Liam hatte nichts geplant, er hatte nur etwas Zeit mit Tara verbringen wollen. Jetzt schämte er sich, schämte sich dafür, dass er daran gedacht hatte, mit Tara in einem der Schlafzimmer zu verschwinden. Er war so ein verdammter Idiot gewesen!

Sobald Tara im Haus war, konnte er nichts mehr tun, um sie zu schützen. Er hatte Brent angeboten, die Schlüssel im Shoppingcenter nachmachen zu lassen, weil er Taras anklagenden Blick nicht länger ertragen konnte.

»Ich weiß noch, wie du so verdammt verknallt in sie warst«, sagte Leo lachend auf dem Weg zum Shoppingcenter. Liam starrte einfach nur aus dem Seitenfenster, denn wenn er jetzt den Mund öffnete, würde er anfangen zu weinen. Er würde immer in Tara verliebt sein, aber er war nicht stark genug, sie zu retten. Das Einzige, was er tun konnte, hatte er getan: Als er auf den Bund nachgemachter Schlüssel wartete, fiel ihm ein, dass er einen Extrabund für Tara besorgen und ihr sagen könnte, was Brent wirklich im Sinn hatte.

Nachdem er ihr mitgeteilt hatte, dass die Aktion heute Abend stattfinden würde, hatte er ihr noch eine einzige SMS gesandt.

»Warum zur Hölle willst du das unbedingt wissen?«, fragte Brent, als Liam ihn drängte, ihm die Uhrzeit zu sagen. »Verdammt noch mal, wir gehen, wenn es mir passt.«

»Ich will ja nur nicht, d-dass meine E-Eltern die P-Polizei rufen. Sie werden fragen, w-wann ich n-nach Hause komme.«

»Scheiße, du bist echt noch ein kleiner Junge. Ich weiß nicht, wann wir losgehen, Liam. Wenn es sich richtig anfühlt. Nach Mitternacht.«

Nach Mitternacht, schrieb Liam an Tara, und dann beschloss er, dafür zu sorgen, dass sie alle bis ein Uhr im Haus abhingen.

Er musste sich keine Sorgen machen. Brent brauchte lange, bis er fertig war. Ungefähr hundert Mal noch wollte er den Plan durchsprechen, und dann wollte er trinken. Er will sich Mut antrinken, dachte Liam. Das ist es wohl.

Bitte, lieber Gott, betete er jetzt, als er vorsichtig einen Fuß vor den anderen setzte, um die Stille im Haus nicht zu stören, bitte mach, dass Tara sie weggebracht hat.

Die ganze Sache fühlte sich seltsam unwirklich an; als ob es in Wahrheit ein Spielfilm oder eine Story im Internet wäre. Liam hätte niemals gedacht, dass er in ein Haus einbrechen und dann tatenlos zusehen könnte, während die Bewohner in den Flammen starben.

An diesem Morgen wollte Leo aussteigen.

»Ich glaube, ich pack das nicht«, sagte er zu Brent. »Ich kann es mir nicht leisten, bei so was erwischt zu werden. Meine Eltern würden ausflippen. Sie packen das nicht, wenn ich Ärger mache.«

»Aber, Kumpel, du musst doch gar nicht mehr bei deinen Eltern leben«, erwiderte Brent. »Im Grunde haben sie dich doch rausgeschmissen, damit sie sich ausschließlich um deine verblödete Schwester kümmern können.«

»Nenn sie nicht so!«, fuhr Leo ihn an. Liam bekam zum ersten Mal einen Anflug von Widerstand gegen Brent mit.

Brent schlug sofort einen anderen Kurs ein. Er legte seine Hand auf Leos Schulter und stellte sich nah vor ihn. »Stell dir mal vor, was du mit dem Geld alles machen kannst, Kumpel. Du kannst dein ganzes Leben ändern. Du kannst auch das Leben deiner Schwester ändern. Du kannst nach Hause gehen und deinen Eltern Tausende Dollar geben. Stell dir mal vor, wie glücklich die wären. Sie würden dich für einen Helden halten, Kumpel. Nachdem sie die ganzen Jahre fanden, dass du nur im Weg bist, würden sie endlich kapieren, was für ein guter Kerl du bist, ein guter Sohn und ein guter Bruder. Du warst schon immer ein super Typ, jetzt kannst du ihnen beweisen, wer du wirklich bist.«

Als Brent seinen Vortrag beendet hatte, nickte Leo. Er war

wieder im Boot, und Liam sah seine Chance zum Ausstieg schwinden. Wenn Leo gegangen wäre, hätte er mitgehen können, aber allein würde Brent ihn nicht weglassen. Er wusste zu viel.

Liam hatte Hoffnung geschöpft, als er gemerkt hatte, dass die Alarmanlage nicht eingeschaltet war. Das konnte bedeuten, dass Tara hier im Haus gewesen war und die Lesbe und das Kind in Sicherheit gebracht hatte. Es konnte auch bedeuten, dass die Polizei sie beobachtete oder auf dem Weg hierher war, aber Liam war es egal, wenn er erwischt wurde. Bisher hatten sie nur einen Einbruch begangen. Dafür könnte er ein paar Jahre bekommen, aber er war noch unter achtzehn, vor Gericht würde er nicht wie ein Erwachsener behandelt werden. Brent würde voll bestraft werden, er war schon zweimal wegen Körperverletzung angeklagt. Brent würde lange im Gefängnis verschwinden, und Liam konnte noch einmal neu anfangen. Er konnte einen Schlussstrich ziehen. Vielleicht konnte er weit weg von hier einen Job finden und ein ganz anderes Leben führen.

Natürlich würde Brent wissen, dass er Tara seinen Plan verraten hatte. Aber was konnte er schon anderes tun?

Im Augenblick schien alles außer Kontrolle zu sein. Sie hatten sich auf diese Nacht genauso vorbereitet, wie sie sich auf alles vorbereiteten: mit Alkohol und einer Menge Gras. Der Joint wanderte hin und her, und Liam merkte, wie Brent sie alle beobachtete und dafür sorgte, dass jeder an die Reihe kam. Als der Joint bei ihm war, inhalierte er ein wenig und tat so, als hätte er einen sehr tiefen Zug genommen. Liam wollte einen klaren Kopf behalten, auch wenn es Brents Absicht war, dass sie sich alle zudröhnten. Was man auch anstellte, wenn man zugedröhnt war, konnte man immer auf die Drogen und den Alkohol schieben. So musste man sich nicht am nächsten Morgen im Spiegel anschauen und sich fragen, wer zum Teufel man eigentlich war.

Kurz bevor sie alle ihre schwarzen Sachen anzogen, holte Brent noch eine Überraschung hervor.

Vier rosafarbene Ecstasypillen mit kleinen Herzen.

»Scheiße, das letzte Mal habe ich die mit ordentlich viel Bourbon gemixt, und dann hatte ich das Gefühl, ich könnte fliegen. Zu Hause habe ich Russell dann die Seele aus dem Leib geprügelt«, sagte Callum.

»Deinem Stiefvater?«, fragte Leo.

»Ja.«

»Scheiße, der war bestimmt echt angepisst«, sagte Brent.

»Ja. Er hat gewartet, bis ich wieder runter von dem Trip war, und dann hat er mir den Arm gebrochen.«

»W-warum hat er ge-gewartet?«, fragte Liam.

»Er wollte sicher sein, dass ich den Schmerz spüre«, sagte Callum.

Brent fing an zu lachen, dann lachte Callum. Nur Liam konnte nicht lachen.

»Runter damit, Mädels«, sagte Brent, und alle schluckten ihre Pille.

Liam hielt seine Pille unter der Zunge fest und spuckte sie im Badezimmer aus.

Zwanzig Minuten später waren sie bereit. Brent hatte glasige Augen und war unruhig, Callum und Leo kicherten ununterbrochen, bis Brent Leo am Hemd packte und ihm sein Knie in den Bauch rammte.

»Mensch, Brent«, sagte Callum.

»Willst du auch mal?«, fragte Brent.

»Nee, Kumpel, lass uns einfach gehen, okay?«, sagte Callum.

Leo richtete sich wieder auf, und sie gingen alle hinaus auf die Straße.

Liam hörte das Pochen seines Herzen in den Ohren. Er fragte sich, ob Brent noch etwas anderes eingeworfen hatte. Er fühlte die extreme Spannung in der Gruppe. Alle schwiegen sie. Liam bemerkte, dass Leo sich konzentrieren musste, aufrecht zu gehen. Brent hatte ihm wirklich wehgetan.

Wie bin ich bloß hierhergekommen?, dachte Liam, während er gespannt auf jedes Geräusch im Haus lauschte.

Bitte, lieber Gott, betete er, *bitte, lieber Gott.* Mist, er hoffte, Gott würde ihn hören – nach Liams Erfahrung hatte er ihn noch nie erhört, aber Liams Stablampe hatte schon zwei Kruzifixe an der Wand im Flur hängen sehen. Vielleicht würde Gott ihn in diesem Haus hören?

Er ging an dem Zimmer vorbei, das seiner Meinung nach das des Babys war. Der süßliche Geruch von Babytüchern hing in der Luft. Er trat ein und hoffte, das Zimmer würde leer sein. Ein Nachtlicht an der Wand leuchtete in schwachem Orange. Kleine Sterne tanzten über die Decke. Liam wollte stehen bleiben und die Sterne beobachten.

*

Brent und Callum schütteten überall Benzin hin. Sobald sie das Geld hatten, wollte Brent das Haus in Flammen aufgehen lassen.

»Zisch!«, machte er lachend, wenn er die Situation beschrieb. »Gegrillte Lesbe.«

»Warum müssen wir das Haus in Brand stecken?«, fragte Callum.

»Nach einem Brand ist nichts mehr übrig. Keiner, der sagen kann, er hätte uns gesehen, keine Fingerabdrücke, rein gar nichts.«

»Die Polizei wird glauben, dass wir das waren«, sagte Leo. »Selbst wenn wir auf der Straße stehen und wie alle anderen verwirrt dreinblicken, werden sie immer noch glauben, dass wir das waren.«

»Halt dein verdammtes Maul, Leo«, sagte Brent. »Ich hab euch doch gesagt: Ich hab für alles gesorgt.«

*

Liam trat vor, um einen Blick in das Kinderbettchen zu werfen, und wurde von einer Bewegung in der Ecke des Zimmers aufgeschreckt. Im Dämmerlicht kniff er die Augen zusammen und erkannte Tara.

Dummes Mädchen, fuhr es ihm durch den Kopf.

»T.?«, flüsterte er.

Auch Tara war schwarz gekleidet und hatte eine Beanie auf dem Kopf.

»Ich hab sie rausgebracht«, flüsterte sie.

»D-du … kannst wieder sprechen?«

»Ich habe sie rausgebracht, aber ich war zu spät. Ich war zu spät, Liam.«

»W-wo sind sie?«

»In Sicherheit.«

»W-wenn er dich sieht …«

Tara nickte, und Liam sah, dass sie weinte. Jetzt wünschte er sich, er hätte ihr nichts gesagt. Er hätte es sein lassen sollen. Nun hatte Tara die Frau und das Kind gerettet und würde selbst dafür bezahlen müssen.

»Wo soll ich langgehen?«, fragte Tara. »Wo sind sie?«

Liam legte den Finger auf die Lippen und ging zur Zimmertür zurück. Überall im Haus hörte er Schritte.

»Ich g-gehe und r-rede mit i-ihnen. N-nimm das«, er zog seinen Rucksack von der Schulter und suchte darin nach dem Hammer, mit dem er den Fußboden aufreißen sollte. Er gab Tara den Hammer, die ihn mit zitternden Händen entgegennahm.

»L-lass nicht zu, dass sie dir wehtun«, sagte Liam.

»Ich habe Angst.«

Liam nickte, denn er wusste, was es bedeutete, Angst zu haben, und er wusste, dass Tara jetzt Angst haben musste.

»R-ruf die Polizei.« Er zog sie zur Tür.

Tara sah nicht so aus, als könnte sie sich allein bewegen.

»Du m-musst w-weglaufen«, drängte Liam. Er roch den metallischen Benzingeruch, der sich im Haus ausbreitete. Er musste sie aus dem Haus bringen.

Liam ließ Tara in der Tür des Babyzimmers stehen und trat in den Flur. Er musste Brent von dem Zimmer weglocken. Er wollte ihm sagen, dass das Haus leer war, dann würden sie nach dem Geld suchen, und währenddessen konnte Tara sich fortschleichen. Er konnte den anderen sagen, dass er den Hammer bei Brent liegen gelassen hatte. Vielleicht würden die anderen dann deshalb zurückgehen, und in der Zeit konnte Tara weglaufen. Tara konnte weglaufen, und sie konnte die Polizei holen, denn jetzt hatte sie ihre Stimme wieder. Er fragte sich, wann das passiert war.

Schnell lief er den Gang zurück zur Küche. Die Hintertür stand offen. Brent musste Leo ins Haus gerufen haben, denn im Garten war er nicht zu sehen.

Gut so, dachte Liam. Er wollte gerade losgehen und Tara holen, als er Brents Stimme hörte.

»Sieh mal einer an – wen zum Teufel haben wir denn hier?«, sagte Brent.

»O mein Gott, nein«, flüsterte Liam in die Dunkelheit der Küche.

Er folgte Brents Stimme ins Wohnzimmer. Dort waren Brent, Leo und Callum. Sie starrten in die Ecke, wo Tara stand. Der Schein der Straßenlaternen fiel durch die Tüllgardinen und erhellte den Raum.

Liam sah sie zutiefst erschrocken an. Warum war sie nicht weggelaufen?

»Was zur Hölle hattest du vor, Schlampe?«, sagte Brent. Er hatte den Hammer in der Hand und schwang ihn ein, zwei Mal hin und her, bevor er ihn durch das Zimmer schleuderte.

Liam sah, dass Tara immer weiter in die Ecke zurückwich. Wie konnte sie nur so dumm sein? Sie hätte die Polizei rufen müssen. Warum hatte sie das nicht getan? Die Polizei wäre längst hier gewesen.

Wenn ich es ihr hätte erklären können!, dachte er. Wenn ich nur die Worte rausgebracht hätte!

Jetzt würde er sprechen müssen. Jetzt würde er sich zwingen, die Worte zu sagen.

»Brent«, sagte Liam. Er sprach sehr laut.

»Verpiss dich, Liam. Mach das hier nicht zu deinem Problem«, sagte Brent, ohne sich umzudrehen.

»Lass sie in Ruhe«, sagte Liam. Er sprach deutlich, ohne zu zögern.

»Halt sie fest, Leo«, sagte Brent, und Leo machte einen Schritt nach vorn und packte Taras Arme.

Tara trat mit den Füßen nach ihm. »Lass mich los, du Wichser«, fauchte sie. Ihr Fuß traf hart gegen sein Schienbein.

»Au«, schrie Leo. Er ließ einen ihrer Arme los, um sie in den Bauch zu boxen.

Tara krümmte sich.

Brent ging langsam und bedächtig zu Liam, der ein Dröhnen in seinen Ohren wahrnahm.

»Hast du ihr von dem Plan erzählt? Hast du ihr gesagt, dass wir heute kommen?«

»Nein«, sagte Liam. Er schaute auf seine Füße. Seine Schuhe konnte er kaum erkennen. Seine Taschenlampe steckte in der Hosentasche. Er fühlte sich seltsam an, als würde er schweben. Er musste mehr von dem Joint abbekommen haben, als er gedacht hatte.

»Ehrlich gesagt«, meinte Brent, »denke ich, du hast es ihr erzählt. Ich glaube, du hast deinen Schwanz für dich denken lassen, und dann hast du deiner kleinen, dreckigen Freundin gesagt, was wir vorhaben.«

»N-nein«, erwiderte Liam.

Brent stand jetzt genau vor ihm. Er fasste Liam vorn am

T-Shirt, und Liam spürte, wie viel Kraft er in den Armen hatte. »Die fette alte Lesbe ist nicht hier, und das Balg ist nicht hier, also müssen sie etwas gewusst haben. Ich weiß, dass du es ihr gesagt hast.« Er zog Liam an seinem T-Shirt zu sich, hob sein Knie und rammte es ihm in den Bauch. Liam fiel zu Boden, und Brent setzte schnell drei Fußtritte hinterher.

»Lass ihn laufen«, sagte Tara. »Bitte, Brent, lass ihn einfach laufen. Er hat nichts getan.«

Brent starrte an die Decke. »Ah, so'n Scheiß – du bist es eh nicht wert, du dummer Spasti. Das hier hätte so gut für uns sein können, und jetzt habt ihr, du und dein kleines Mädchen, es versaut. Ich wette, gleich sind die verdammten Bullen hier. Scheiße, Scheiße, Scheiße! Das war ein echt perfekter Plan.«

Leo hielt Tara weiter fest. Er drückte sich mit dem ganzen Körper gegen sie und sie flüsterte: »Danke dir, Gott.«

»Also, ich werde nicht hierbleiben, bis die Bullen kommen«, sagte Brent. »Die Einzige, die sie hier finden werden, ist sie. Allerdings werde ich sie ein wenig vermöbeln müssen – nur so zum Spaß. Alles rächt sich irgendwann, hey, T.? Wirf ihn raus, Leo.« Und zu Liam sagte er: »Wenn ich dich je wiedersehe, du Arsch, dann bring ich dich um.«

Liam konnte sich kaum bewegen. Leo ließ Tara los, Callum nahm seinen Platz ein und hielt ihre Arme fest. Leo zog Liam an der Schulter hoch und schleifte ihn durch die Küche.

»Du hättest es dir nicht mit ihm versauen sollen, Kumpel«, sagte er leise, als er Liam in den Garten hinausschubste.

»P-pass auf, d-dass er ihr n-nicht wehtut.«

Leo schüttelte den Kopf und ging weg.

Liam lag auf dem Rasen. Er atmete ein und wieder aus. Er musste Tara helfen, aber er wusste, Brent würde ihn umbringen, wenn er wieder zurück ins Haus ging.

*

Im Haus stand Brent vor Tara. »Du hättest auch was abbekommen, T. Ich bin sicher, Liam hätte mit dir geteilt; ihr hättet euch ein nettes, kleines Häuschen kaufen können. Aber jetzt hast du mich so richtig schön verarscht. Mist, ich hab Durst.« Brent redete schnell, und Tara bemerkte, dass er stark schwitzte. *Er ist total high,* dachte sie.

Er packte Taras Gesicht und drückte fest zu.

»Hau ab«, sagte Tara.

»Nein, das glaube ich nicht«, entgegnete Brent. Er drehte sich zu den anderen beiden. »Legt sie auf den Boden.«

Leo und Callum sahen ihn an. »Kumpel, vielleicht sollten wir einfach … du weißt schon … abhauen«, sagte Leo.

»Verdammt noch mal, wirf sie auf den Boden, oder willst du etwa nicht, du Schwuchtel«, sagte Brent.

Callum sagte nichts. Er blickte Brent nur an, als hätte er Mühe zu verstehen, was er tun sollte.

»Legt sie auf den Boden, ihr Arschlöcher«, sagte Brent etwas lauter, und plötzlich schien Callum aus seiner Lähmung zu erwachen.

Leo und Callum zwangen die sich wehrende Tara auf den Boden. Tara konnte etwas unter sich auf dem Teppich riechen. Sie brauchte einen Moment, um zu begreifen, dass das Benzingeruch war. Sie lag auf einem mit Benzin durchtränkten Teppich.

Tara verfluchte ihre Dummheit. Sie hatte geplant, die Polizei zu alamieren, damit Brent und seine dämlichen Freunde auf frischer Tat ertappt würden, aber es hatte lange gedauert, bis sie Minnie überzeugen konnte, dass sie und Kate das Haus verlassen mussten.

Als sie Minnie aufgeweckt hatte, war diese vollkommen benommen gewesen.

Tara sah, dass sie gleich schreien würde, deshalb sagte sie schnell: »Minnie, ich bin's, Tara.«

»Tara? Du sprichst?«

»Ja«, erwiderte Tara nur.

»Wie spät ist es? Was tust du hier?«

Dann hatte Tara versucht, Minnie alles zu erklären. Nach den langen Monaten des Schweigens kam ihr die Erklärung nur stolpernd und abgehackt über die Lippen. Die gesprochenen Worte fühlten sich seltsam an.

»Du kannst sagen, dass du im Auto durch die Gegend gefahren bist, damit Kate einschläft. Und dann bist du so müde geworden, dass du einfach auf dem Seitenstreifen gehalten hast und selbst eingeschlafen bist«, sagte Tara, nachdem sie erklärt hatte, was Brent vorhatte.

»Aber woher kennst du ihn überhaupt? Wann hast du ihn kennengelernt?«, fragte Minnie.

»Mein Freund, mein Exfreund, kennt ihn. Sie haben mich mit Kate beim Spazierengehen gesehen.«

»Aber du hast doch gesagt, dass du in die andere Richtung gelaufen wärst. Du hast gelogen.«

»Ja, habe ich«, sagte Tara. »Ich hatte Angst und – wirklich, es dauert zu lange, jetzt alles zu erklären. Bitte, fahr einfach mit dem Auto weg. Du kannst doch sagen, du musstest mit Kate aus dem Haus, weil sie total aufgedreht war.«

»Aber wird das irgendjemand glauben?«, fragte Minnie. Tara hatte die Skepsis in ihrem Gesicht bemerkt und auch noch etwas anderes – Angst. Minnie hatte die Augen geöffnet und sie erblickt, und sie fürchtete sich vor ihr, Tara.

Sie kennt die Wahrheit, dachte Tara, aber in dem Moment konnte sie nichts sagen. Sie musste Minnie und Kate aus dem Haus schaffen. Sie wollte vor Verzweiflung aufheulen, weil kostbare Minuten verstrichen, aber sie spürte, dass Minnie ihr nur sehr widerwillig vertraute.

»Alicia hat früher manchmal meinen Dad mit Ethan mitten in der Nacht rausgeschickt. Er schlief schrecklich schlecht. Dad hat ihn dann im Auto umhergefahren, bis er einnickte. Dann ist er nach Hause gekommen und sie haben versucht, Ethan in sein Bettchen zu legen, ohne dass er aufwachte. Viele Eltern tun das.«

»Aber ich hab das noch nie getan. Es wäre eine Lüge.«

»Du hast noch nie in deinem Leben etwas Falsches getan, Minnie, warum sollte die Polizei an deinen Angaben zweifeln?«

»Oh, Tara, das ist nicht wahr. Ich habe … ich habe einige schreckliche Dinge getan.«

Im Nebenzimmer murmelte Kate im Schlaf.

»Hör zu, Tara, ich muss …«

»Nicht jetzt, Minnie. Sie werden bald hier sein. Geh zu einer Freundin, geh irgendwohin, aber geh aus dem Haus. Wenn das alles hier vorbei ist, kannst du wiederkommen.«

»Ich kann June jetzt nicht aufwecken. Sie würde furchtbare Angst bekommen. Ich weiß, ich kann zur Polizei gehen. Ich gehe zur Polizei, und die kommt dann hierher und nimmt Brent fest.«

»Ja, ruf die Polizei. Du kannst ja sagen, dass du Licht im Haus gesehen hast, als du von deiner nächtlichen Tour zurückgekommen bist.«

»Und wenn sie mir nicht glauben? Wenn sie mir Fragen stellen?«

Tara spürte, wie ihnen die Zeit davonlief. »Minnie, lass uns jetzt nicht weiterreden – bitte, steh auf und geh weg. Ich kümmere mich um alles.«

Schließich hatte Minnie sich aus dem Bett gehievt.

»Ich bin gleich da. Ich will nur wieder die Tür abschließen.«

»Komm jetzt gleich mit uns«, sagte Minnie. »Du musst jetzt gar nichts machen, komm einfach mit.«

»Ich komme«, sagte Tara.

Sie half Minnie, Kate im Auto anzuschnallen. Das Baby schlief fest und seufzte nur ein wenig, als es hochgehoben wurde.

»Okay, auf geht's«, flüsterte Minnie.

Tara glitt auf den Beifahrersitz und suchte unterdessen ihr Handy.

»Mist«, sagte sie im Flüsterton zu Minnie. »Ich habe mein Handy drinnen vergessen. Ich muss es holen. Du fährst los. Ich hole das Handy, und dann treffe ich dich in der Wilson Street.«

»Ich habe ein Telefon bei mir, Tara.«

»Ich weiß, aber …« Tara stieg aus dem Auto. »Ich muss es wiederhaben. Ich kann es unmöglich da drinnen lassen.«

»Nein, Tara, lass das. Wir holen es später.«

»Das geht nicht, Minnie. Fahr jetzt los.«

»Ich warte, bis du dein Handy gefunden hast«, sagte Minnie.

»Nein, bitte tu das nicht.« Irgendwo in der Straße fiel eine Tür krachend ins Schloss. »Minnie, fahr einfach los. Warte in der Wilson Street auf mich. Ich komme dahin, aber jetzt fahr los.«

»Ich werde dort auf dich warten, Tara.«

Tara sah zu, wie Minnie rückwärts aus der Einfahrt fuhr und, ohne die Scheinwerfer anzumachen, auf die Straße glitt. Tara wandte sich zum Haus um. Sie musste ihr Handy holen. Ihr Handy war voller Fotos von Kate, voller Nachrichten von Liam, voll der ganzen Worte, die sie in den letzten Monaten getippt hatte. Sie musste es wiederhaben.

Das Schweigen im Haus hüllte sie ein und beruhigte sie. Sie fand ihr Handy auf Minnies Nachttisch und steckte es rasch in ihre Hosentasche. Sie war erleichtert. Jetzt musste sie schnell das Haus verlassen und die Polizei rufen – und dann würde sie mit ihrem Vater reden müssen. *Ich werde nie wieder schweigen,* dachte sie.

Sie ging durch das Haus zur Hintertür, aber als sie an Kates Zimmer vorbeiging, konnte sie sich nicht zurückhalten und trat ein. Sie nahm eine Decke aus dem Bettchen und rieb den weichen, rosafarbenen Stoff gegen ihre Wange. Der Decke haftete dieser süße Geruch nach Kate an, den sie so gut kannte und sie dachte: *Meine Tochter.* Dann hörte sie, wie die Küchentür geöffnet wurde und sie konnte weder einen klaren Gedanken fassen noch sich bewegen. Es war zu spät.

*

Auf dem Fußboden spürte sie, wie Brents Hände sich zu dem Knopf ihrer Jeans hin bewegten. Es war widerlich, seine Finger auf ihrer Haut zu spüren. Er zerrte an ihrer Hose, und Tara hörte sich selbst wimmern. Seine langen Fingernägel kratzten sie. Sie konnte sich nicht vorstellen, wie es sich anfühlen würde, wenn er in sie eindrang. Sie spürte, wie ihr eine Träne über die Wange lief. Sie war so hilflos. Sie wehrte sich immer noch, bewegte sich und hoffte, dass er aus seiner Betäubung gerissen würde, aber Brent war ganz weit weg. Sein Körper betatschte sie, aber sein Geist war irgendwo anders.

»Nein«, flüsterte sie, »nein, nein, nein.« Und dann: »Bitte«, aber keiner hörte ihr zu.

»Hier, zieh ihr die Hose runter«, sagte Brent zu Callum, der ihn ablöste. Callums Hände waren rau und unbeholfen. Tara sträubte sich verzweifelt, aber Leo hielt sie fest. Callum kicherte leise, als ob jemand ihm einen Witz erzählt hätte.

Als ihre Jeans bis zu den Kniekehlen heruntergezogen war, grabschte Callum ihre Brust und drückte sein Knie in ihren Bauch, sodass Tara kaum noch atmen konnte.

Das hier geschieht nicht, dachte Tara. Brent stieß Leo mit dem Ellbogen zur Seite und beugte sich wieder über sie. Er steckte seine Hand in ihr Höschen, und dann schob und drückte er seine Finger in sie rein. Mit der anderen Hand öffnete er seine Hose.

»Gott? Mum? Irgendjemand? Helft mir!«, schrie Tara lautlos.

Hinter Brent tanzte Leo von einem Fuß auf den anderen und schien die Situation sichtlich zu genießen.

Tara wäre gern ohnmächtig geworden, hätte ihre Augen geschlossen und wäre verschwunden, aber sie war hellwach und vollkommen präsent. Sie wandte den Kopf ab, als sie merkte, wie sie innerlich zerriss. Der Schmerz war gewaltig. Sie spürte immer noch die Verletzungen der Geburt, und obwohl jetzt schon Monate vergangen waren, war sie furchtbar schmerzempfindlich. Sie biss sich auf die Unterlippe und wünschte sich weit fort von diesem Ort, denn sie wusste, dass das, was ihr bevorstand, sehr viel schlimmer war als Brents Finger.

»Hey«, sagte Leo; dann fiel er seitwärts auf den Boden.

Hinter ihm stand Liam mit dem Hammer in der Hand.

»Lass … sie … in Ruhe«, sagte er.

Brent hielt inne und sah sich um. Als er Liam entdeckte, lachte er, und Callum lachte mit ihm. »Leg das lieber hin, du kleiner Schisser. Wenn Leo aufwacht, wird er dich umbringen.«

Der Hammer sauste auf Callums Kopf nieder.

»Hey, du Arsch«, sagte Callum und hielt sich den Kopf. Im Licht der Straßenlaterne konnte Tara feucht schimmerndes Blut auf seinem Kopf und an seinen Fingern sehen. Callum stand auf, die eine Kopfseite fest umklammert, und holte zum Schlag gegen Liam aus, der ihm auswich. Callum lief noch ein paar Mal in einem komischen Kreis herum.

Dann stürzte er sich auf Liam, der noch einmal den Hammer schwang und ihn genau im Gesicht traf. Callum fiel zu Boden. Tara erhaschte einen Blick auf Liam; in seinen weit aufgerissenen Augen erkannte sie Angst und Adrenalin.

»Wow«, sagte Brent, stand auf und ging ein paar Schritte zurück. »Spinnst du jetzt total, Liam? Dafür wirst du bezahlen. Wir machen dich fertig. Du hast die beiden wirklich verletzt, du Arschloch.«

Liam warf Brent den Hammer mitten ins Gesicht.

»Hau … ab«, sagte er.

»Okay.« Brent hob die Hand in die Höhe. »Ich muss nur meinen Gürtel zumachen, Mann – lass mir kurz Zeit.«

Tara zog sofort ihre Jeans hoch und ihr Oberteil nach unten. Sie wollte sich so klein wie möglich machen und sich selbst festhalten, aber sie wusste, dass sie sich bewegen musste.

Sie stand auf und trat zur Seite, außer Brents Reichweite.

Liam nickte Brent zu und ließ seinen Arm sinken, und in dem Moment knallte Brent gegen ihn und beide flogen der Länge nach auf den Boden.

Brent saß auf Liam, riss ihm den Hammer aus den Händen, schmiss ihn zur Seite und fing an, Liam ins Gesicht zu schlagen. Hinter ihm stand Tara und versuchte, den Lärm im Zimmer auszuschalten. Jemand schrie. Sie schrie.

»Stopp! Brent, hör auf, hör auf – bitte, hör auf. Brent, stopp!«

Tara verstand nicht, warum niemand zu Hilfe kam, warum niemand sie hörte. Jetzt kamen die Worte aus ihrem Mund. Ihre Stimme war laut und schrill.

Liam bewegte sich mit den Schlägen hin und her wie eine Stoffpuppe, wie ein Spielzeug. Brent schlug immer weiter auf ihn ein.

Tara raste zu der Stelle, wo der Hammer hingefallen sein musste, und tastete suchend den Boden ab. Im Dunkeln fand ihre Hand das Werkzeug, sie hob es hoch und schwang es, ohne weiter nachzudenken. Der Hammer traf Brent am Kopf, er fiel zur Seite und schlug mit dem Kopf auf den Tisch.

Augenblicklich war es totenstill im Zimmer.

Brent lag still da.

Sehr still.

Vollkommen still.

Er sah … tot aus.

»Liam, steh auf«, sagte Tara. Ihre Stimme zitterte, und Tränen liefen ihr über die Wangen. »Bitte, Liam, bitte – steh auf, bitte. O mein Gott – Liam, steh bitte auf. Steh auf. Bitte Gott, mach, dass er aufsteht.«

»Sch, T.«, sagte Liam.

»Oh, Gott sei Dank, du lebst noch. Ich dachte …«

»Hilf mir auf, T.«, sagte Liam.

Tara zog ihn auf die Füße. Sein Gesicht sah schlimm aus, aber er konnte gerade stehen.

»Wa… mach… wi…?« Seine Lippen waren stark angeschwollen, und er sprach undeutlich.

»Du gehst jetzt«, sagte sie. »Lauf, Liam. Lauf. Verstehst du mich?«

»Nein, T. … ich bleibe hier … helfe dir.«

»Nein, Liam, geh einfach – bitte, geh weg. Du kannst nicht hierbleiben. Du musst jetzt gehen!«

»O-okay«, sagte Liam und hielt beide Hände hoch.

Er drehte sich um und ging in Richtung Küche, dann hielt er inne und drehte sich wieder um. »Liebe dich«, sagte er klar und deutlich.

Tara nickte. Sie hoffte, er konnte ihre Kopfbewegung im Dunkeln erkennen.

*

Draußen fing Liam an zu rennen. Sein ganzer Körper schmerzte, aber er sah sich nicht um, und er hielt auch nicht an. Tara würde jetzt die Polizei rufen, und alles wäre vorüber. Sie konnte wieder sprechen, also würde sie allen die Wahrheit erzählen, aber er wusste, sie würde ihn außen vor lassen. Das war seine Chance.

Bei Brent im Haus überprüfte er, ob irgendwo etwas von ihm herumlag. Er fühlte Erleichterung, dass er nie hier gewohnt hatte; dass er in diesem grässlichen Loch keine Spuren hinterlassen hatte. Er ging ins Badezimmer und wusch sich, so gut es ging, das Blut ab, dann wischte er das Becken mit einem Handtuch sauber und stopfte das blutgetränkte Handtuch in seinen Rucksack.

Schließlich ging er wieder auf die Straße.

Er hätte wieder zurück zu Tara gehen und ihr helfen sollen, um bei ihr zu sein, wenn die Polizei kam, aber er brauchte all seine Kraft, um sich aufrecht zu halten, und die Polizisten würden ihm wahrscheinlich sowieso nicht zuhören.

Er würde warten, bis Tara das Haus verließ und die Polizei kam, und dann würde er weglaufen, richtig weglaufen. Vielleicht würde er einfach immer weiterlaufen, oder er konnte nach Hause gehen und seinen Eltern erzählen, er wäre auf einer Party in eine Schlägerei verwickelt worden. Er konnte ihnen sagen, er würde gern seine Abschlussprüfungen wiederholen. Er konnte alles machen. Sollte irgendjemand behaupten, dass er in dem Haus gewesen sei, würde er das abstreiten, und auch Tara würde es abstreiten. Er konnte besser lügen als alle anderen. Er konnte alles tun.

31

Im Haus biss sich Tara auf die Lippe, um sich davon abzuhalten, nochmals zu schreien. Sie musste die Polizei rufen, aber sie konnte ihr Handy nicht finden. Es war in ihrer Hosentasche gewesen, aber jetzt war es weg.

Sie kroch zu Brent hinüber, der immer noch bewegungslos dalag, und befühlte seine Taschen nach ihrem Handy.

»Was zum Teufel?«, hörte sie eine Stimme hinter sich, als Callum sich auf seinen Ellbogen aufstützte.

Sie drehte sich um und sah ihn direkt an. »Du solltest zusehen, dass du von hier wegkommst, Callum, und am besten nimmst du Leo gleich mit.«

»Du kleine Fotze«, sagte Callum. Er versuchte aufzustehen, fiel aber sofort wieder um. »Du dumme Schlampe«, sagte er. »Sag mir nicht, was ich tun soll. Es … Es wird dir noch leidtun, wenn Brent erst aufwacht. Ich werde der Polizei sagen, dass du das warst. Dass ihr das wart, du und dein bescheuerter Freund. Scheiße, hat der mich geschlagen. Der dumme Spasti hat mich mit einem Hammer geschlagen, einem verdammten Hammer. So ein blöder Spasti. Ich werde alles erzählen.« Die letzten Worte sang Callum, und Tara schaute zu ihm hinüber. Er klang verrückt. Selbst in dem Dämmerlicht konnte sie erkennen, dass seine Augen seltsam aussahen: riesig groß und schwarz.

»Geh einfach, Callum«, sagte Tara und stand auf.

»Brent hat gesagt, wir werden das Haus in Brand stecken. Zisch! Gegrillte Lesbe«, kicherte er.

»Bitte, Callum. Die Polizei kommt gleich. Mach nicht alles noch schlimmer. Wenn du jetzt abhaust, werden sie nur Brent finden. Du kannst weglaufen, dann wirst du nicht geschnappt.«

»Ich will die Lesbe sehen. Wo ist sie?«, sagte er und stand auf. Er berührte die Wunde an seinem Kopf, dann rieb er die Finger aneinander und fühlte sein eigenes Blut. »Verdammter Vollidiot«, sagte er.

Tara wich vor ihm zurück. Callum war stärker als sie. Sie musste raus hier. Den Anruf bei der Polizei würde sie von der Straße aus machen.

»Wo sind die anderen hin?«, fragte Callum. »Ich will den Brand sehen. Zisch!« Wieder lachte er.

»Ich rufe die Polizei«, sagte sie, dann trat sie in den Flur.

»Siehst du das hier?«, fragte Callum. Er hielt eine Schachtel Streichhölzer hoch.

»Sei nicht dumm, Callum. Hau einfach ab. Die Polizei ist schon unterwegs.«

»Dumme Sau«, sagte Callum und zündete ein Streichholz an. »Ich werde nicht mit euch Arschlöchern ins Gefängnis wandern.« Und er ließ das Streichholz fallen.

Flammen sprangen vom Teppich in die Höhe, als hätten sie die ganze Zeit auf ihren Einsatz gewartet. Augenblicklich gingen die Flammen Tara bis zur Hüfte und griffen sie von der Seite an. Sie schlug mit der flachen Hand danach, sprang dann über eine Feuerlinie, um weiter in den Flur vorzudringen. Im Nu waren die Flammen überall, und Tara sah, wie Callum sich immerzu ringsherum drehte. Er war in einem Kreis aus Flammen gefangen.

Für einen kurzen Moment überlegte Tara, Callum da rauszuholen, aber dann füllten sich ihre Lungen mit Hitze und Rauch, und sie rannte fort.

Sie drückte die Flurtür auf und floh in Richtung Küche. Dort stürzte sie krachend durch die Hintertür hinaus in die Nacht und atmete verzweifelt tief ein.

Leo, Callum und Brent waren noch im Haus. Sie waren alle dort drinnen.

Tara drehte sich um und blickte zum Haus. Ich kann wieder reingehen, dachte sie, aber gleichzeitig beobachtete sie, wie sich die Rollläden bogen und die dahinter liegenden Fenster zerbarsten, sodass Glasscherben in den Garten flogen. Das ganze Haus war ein Flammenmeer. Es war zu spät.

Tara schoss die Straße hinunter und kauerte hinter einem Busch, während sie versuchte, wieder Luft zu bekommen. Ihre linke Seite brannte, und sie hielt die Hände auf die Stelle, um den Schmerz zu bekämpfen.

»Daddy«, wimmerte sie leise.

Dann hörte sie jemanden »Feuer!« rufen, und sie wusste, dass sie jetzt loslassen konnte.

Jemand hatte das Feuer gesehen, jemand würde kommen, und sie musste sich nicht mehr darum kümmern.

Hinter dem Busch rollte Tara sich zu einem Ball zusammen. Ihre Brust hob und senkte sich, ihre Seite brannte, aber sie gab keinen Laut von sich.

Als sie endlich das Gefühl hatte, wieder richtig atmen zu können, drehte sie sich um und schaute auf das Haus. Es verschwand rasend schnell.

Sie wartete, bis einige Nachbarn sich auf der Straße versammelt hatten, dann stand sie auf und ging zu ihnen hin.

32

Liam fand einen großen Baum, der ihn gut verdeckte. Sobald die Polizei da war, würde er aus seinem Versteck kommen, aber zuerst musste er nachsehen, ob Tara heil aus dem Haus gelangt war. Er hasste sich dafür, dass er nur zuschaute, dass er nicht mehr tat, aber er konnte sich kaum aufrecht halten. Er lehnte sich gegen die raue Baumrinde und wartete.

Er spürte die warme Luft, und als er aufsah, stand das Haus vor dem hell leuchtenden Nachthimmel in Flammen. Ein tiefes Stöhnen stieg in seiner Kehle auf. Er hatte sie nicht aus dem Haus gehen sehen. Wie konnte das Haus dann in Flammen stehen? Wo war Tara? Wo waren Leo und Callum? Wie konnte es sein, dass sie da noch drin waren?

Das Geräusch von sich biegendem und dehnendem Metall und zerspringendem Glas drang an seine Ohren. In den anderen Häusern der Straße ging Licht an.

Hatte sie es geschafft, hinauszukommen, oder kam sie jetzt in den Flammen um? Und was war mit Brent? Verbrannte er dort drinnen? Wer hatte das Feuer angezündet? »Ich wusste nichts davon«, stöhnte Liam. »Ich wusste nichts davon«, sagte er noch einmal. Das Haus sollte nicht brennen. Er musste zurückgehen und die anderen rausholen. Er ließ seinen Rucksack fallen und trat vor, aber seine Knie knickten ein, und er sackte gegen den Baum. *Ich kann nicht mal mich selbst retten,* dachte er.

»Meine Kumpel«, sagte er laut. »Meine Freunde.«

Er hatte sie alle dem Tod überlassen. Er hatte sie verletzt und sterben lassen, und er wusste, dass ihm diese Schuld niemals vergeben würde. Die Polizei würde ihn finden, und er würde den Rest seines Lebens hinter Gittern verbringen.

Er musste wegrennen, aber seine Füße ließen ihn nicht fort. Zuerst musste er Tara sehen. »Bitte, Gott, lass es ihr gut gehen. Bitte, nur sie – bitte.«

Die Straße war voller schwarzem Rauch, und in der Ferne hörte er das Heulen der Sirenen.

Das Haus war fast völlig niedergebrannt.

Dann entdeckte er sie. Sie hielt sich die linke Seite, als ob sie sich selbst verletzt hätte. Er wollte zu ihr hingehen und sie festhalten. Er wollte ihr Auf Wiedersehen sagen, aber es waren zu viele Menschen in der Nähe.

Als ob sie seinen Ruf gehört hätte, drehte sie sich um und entdeckte ihn. Er hob seine Hand und winkte zum Abschied, und sie tat das Gleiche.

»Leb wohl, T.«, sagte er leise, dann drehte er sich um und ging weg. Er ließ den Lärm und das Chaos hinter sich. Ein oder zwei Mal stolperte und strauchelte er, aber er lief weiter, bis sich das Heulen der Sirenen entfernt hatte und die Luft nicht mehr nach Rauch roch.

Im ersten Morgengrauen sog er den Duft des Jasmin ein und spürte die Hitze des beginnenden Tages. Es würde ein wunderschöner Tag werden.

Ich bin erst siebzehn, dachte er. *Das kann noch nicht das Ende für mich bedeuten, oder?*

Er wollte nach Hause gehen und seine Eltern aufwecken und ihnen alles erzählen. Er wollte sie zwingen, ihm bis zum Schluss zuzuhören. Eltern liebten ihre Kinder, was auch immer sie anstellten, nicht wahr? Würden seine Eltern ihn nach dieser Geschichte noch lieben?

Langsam schritt er dem perfekten Tag und dem, was sonst noch auf ihn zukommen würde, entgegen.

33

Vier Straßen weiter klopfte Tara sacht gegen ein Autofenster und schreckte Minnie aus ihrem Gebet auf.

»Warte auf mich in der Wilson Street«, hatte Tara gesagt. Minnie hatte Tara nicht beim Haus zurücklassen wollen. Sie wusste nicht, warum Tara das Handy so wichtig war, aber das Mädchen war zu schnell für sie gewesen.

Minnie fuhr in die Wilson Street und wartete dort. Die Minuten verstrichen langsam. »Wo ist sie, Mum?«, fragte Minnie. »Sie hat gesagt, sie würde kommen. Ich hätte sie nicht allein im Haus lassen sollen. Ich habe nicht richtig nachgedacht. Wo ist sie?«

Minnie wartete noch etwas länger, dann fuhr sie einmal um den Block und parkte wieder. Sie fuhr nicht in ihre Straße zurück. Alles war ruhig. *Ich sollte jetzt gleich zur Polizei gehen,* dachte sie. *Es muss etwas passiert sein.* Sie würde zur Polizei gehen und alles erzählen. Sie konnte nicht zu ihrem Haus zurück, sie konnte Kate dieser Gefahr nicht aussetzen.

»Wem gehört dieses Kind?«, würden die Polizisten fragen.

»Ach, herrje, Mum«, sagte Minnie. »O mein Gott, o Gott, was mache ich nur?« Sie hätte auf Tara hören sollen. Aber Kate musste in Sicherheit sein, das war das Einzige, was zählte.

Sie wünschte sich, sie hätte bereits ihren Koffer und den von Kate ins Auto gepackt. Dann hätte sie jetzt einfach in einen anderen Bundesstaat fahren können. Aber sie konnte Tara nicht diesen Wölfen überlassen. Sie musste Hilfe holen.

Noch einmal war Minnie um den Block gefahren, wollte sich zwingen, einfach geradeaus zu steuern, wegzufahren. In ihrer Handtasche befanden sich der Schmuck ihrer Mutter und das Geld, das unter den Dielen im Haus versteckt gewesen war.

Sie konnte einfach weiterfahren. Alles, was sich noch im Haus befand, sollten sie ruhig haben, sie hatte genug Geld, um neue Sachen für Kate und sich zu kaufen. Aber ein Gedanke hielt sie fest und ließ sie immer neue Runden drehen. »Wo ist sie, Mum? Wo ist sie?«

Minnie hatte daran gedacht, dass Tara vielleicht mit den Jungs gemeinsame Sache machte, dass sie diese gemeinen Kerle vorsätzlich in ihr Haus gelassen hatte, um sie zu bestehlen. Aber dann hatte sie beschlossen, dass ihr das egal war.

Tara hätte jederzeit ins Haus kommen und ihr Kind holen können, aber das hatte sie nicht getan, und sie hatte auch nicht die Polizei gerufen, um Minnie anzuzeigen, obwohl Minnie sicher war, dass Tara inzwischen die Wahrheit über Kate wusste. Minnie war klar, dass sie besser bei Tara geblieben wäre, um ihr zu helfen – das Mädchen war zu jung, um allein mit jemanden wie Brent fertig zu werden –, aber sie musste dafür sorgen, dass Kate nichts zustieß. Das war das Allerwichtigste.

Ich sollte zum Haus zurück, dachte sie. Oder ich sollte zur Polizeiwache. Dort wird man mir helfen.

Sie fuhr weiter durch die Straßen und kehrte dann in die Wilson Street zurück. Dort parkte sie den Wagen, aber ihre Gedanken kreisten wie hypnotisiert immer weiter.

Ich gehe zur Polizei.

Ich fahre zum Haus zurück.

Ich fahre in die Freiheit.

Ich gehe zur Polizei.

Ich fahre zum Haus und helfe Tara.

Ich fahre in den nächsten Bundesstaat.

Unaufhörlich kreisten ihre Gedanken.

»Ich wünschte, du wärst hier, Mum.«

»Fünf Minuten noch«, sagte sie zu sich, als sie wieder in der Wilson Street parkte. »Ich bitte dich, lieber Gott. Bitte.« Sie schloss die Augen und zählte die Minuten.

Jetzt öffnete Minnie die Beifahrertür, und Tara rutschte auf den Sitz.

Minnie spürte, wie sie eine Welle der Erleichterung überkam. Tara war unversehrt.

»Das wird bald in den Nachrichten kommen«, sagte Tara. »Ich habe die Ü-Wagen gesehen, bevor ich gegangen bin.«

»Ü-Wagen?«

»Es gab einen Brand. Ich meine, es brennt immer noch. Tut mir leid, Minnie, aber ich konnte das Feuer nicht löschen. Ich war noch im Haus, und Brent hat mich erwischt … Es tut mir leid.«

Minnie bemerkte den beißenden Rauch, der über das Wohnviertel zog. Sie sah, wie Tara eine Hand gegen ihre linke Seite drückte, und erkannte den Geruch von verbrannter Haut.

»Du bist verletzt.«

»Ist schon okay.«

»Hast du die Polizei gerufen?«

Tara schüttelte den Kopf.

»Du wärst beinahe gestorben.«

»Bin ich aber nicht. Ich weiß, dass das dumm von mir war, aber jetzt ist es vorbei …«

»Es ist vorbei«, wiederholte Minnie.

»Ich habe ihnen die Schlüssel gegeben, Minnie. Ich habe sie ins Haus gelassen. Sie haben mich dazu gezwungen.«

»Sie machen mir Angst.«

»Mir auch«, sagte Tara. Minnie musste nicht sofort erfahren, was mit Brent, Leo und Callum geschehen war.

»Du musst zum Arzt. Du bist verletzt.«

»Das geht vorbei.«

Der Schmerz kümmerte Tara nicht. Der Schmerz lenkte ihre Aufmerksamkeit auf das Hier und Jetzt. In diesem Augenblick saß sie mit Minnie und Kate in einem Auto. Die ganzen letzten Monate über war sie verschwunden gewesen. Nur mit Kate war sie gegenwärtig gewesen. Nur mit Kate zusammen konnte sie sich selbst sehen.

»Was ist da drin passiert?«, fragte Minnie.

»Das kann ich nicht sagen.« Tara schüttelte den Kopf.

Minnie schloss die Augen, und neben ihr schob Tara die Bilder dieser Nacht weit von sich fort. Der Schmerz in ihrer Seite breitete sich im ganzen Körper aus.

»Minnie, ich …«, sagte sie.

»Ich weiß schon seit einigen Wochen, dass du mit Kate redest«, sagte Minnie, bevor Tara ihren Satz beenden konnte.

»Es ist leicht, mit Kate zu reden.«

»Ta, ta, ta«, machte Kate auf dem Rücksitz.

Tara und Minnie lächelten.

»Das mit dem Haus tut mir leid«, sagte Tara.

»Es ist nur ein Haus, Tara. Kate und ich sind unversehrt. Hat dich jemand gesehen?«

»Nee – und wenn, dann haben sie nicht richtig hingeschaut. Da waren so viele Menschen auf der Straße. Ich war bestimmt nur ein Gesicht in der Menge.«

»Und alles ist verbrannt?«

»Ja, Minnie, es ist alles verbrannt. Das ging so schnell … ich konnte es kaum glauben.«

Minnie fuhr sich mit der Hand über das Gesicht und wischte eine Träne fort.

»Minnie, es tut mir so leid …«

»Nein, Tara, meine Liebe. Sag das nicht.«

»Aber das war dein Zuhause, Minnie. Deines und das von Kate, und dort ist auch deine Mutter gestorben.«

»Ich weiß, meine Liebe. Mach dir keine Sorgen. Es war nur ein Haus. Mum ist nicht mehr dort, und mit dem Geld von der Versicherung können wir wieder von vorn anfangen. Ich *muss* noch einmal neu anfangen.«

»Das müssen wir alle«, sagte Tara.

34

»Mum, mum, mum«, sagte Kate auf dem Rücksitz.

»Sie brabbelt nur«, sagte Minnie. »Sie ist noch zu klein für ihr erstes Wort.«

»Mein Dad hat mir erzählt, dass ich in ihrem Alter mein erstes Wort gesagt habe«, sagte Tara.

Schweigen breitete sich im Wagen aus.

»Ich weiß nicht, ob solche Dinge in der Familie liegen«, sagte Minnie.

»Wahrscheinlich nicht«, erwiderte Tara. Minnie und sie tauschten einen langen, wissenden Blick aus.

Minnie öffnete die Tür, um zu Kate zu gehen, aber dann hielt sie inne. Sie neigte den Kopf und sagte leise, so leise, dass Tara nicht sicher war, ob sie die Worte wirklich gehört hatte: »Willst du zu ihr gehen?«

Tara atmete tief durch und blickte zu Kate. Sie sah ihr Kinn und ihre Augen, ihre Haarfarbe, und wenn das Baby lächelte, erkannte sie Liams Lächeln.

Das war sie.

Ihre Tochter.

Ihr Baby.

»Wie lange weißt du es schon?«

»Erst seit einigen Stunden. Ich habe es herausgefunden, kurz bevor ich gestern ins Bett gegangen bin. Ich habe es auf den Fotos am Computer entdeckt. Es ist so offensichtlich, ich weiß nicht, wie ich das nicht merken konnte. Ich wusste nicht, ob ich etwas zu dir sagen sollte. Ich wusste nicht, was ich tun sollte. Ich weiß, ich habe mich an dir und deiner Familie versündigt, und an Gott. Ich weiß nicht, warum du sie nicht einfach mitgenommen und die Polizei gerufen hast. Warum hast du das nicht getan?«

»Ich weiß es auch erst seit gestern.«

»Aber …«

»Ich habe es auf diesem Foto von uns beiden gesehen. Ich bin sicher, du hast dasselbe Foto angeschaut. Da habe ich es plötzlich gewusst, und ich habe mich an alles erinnert.«

»Du hast dich erinnert? An was?«

»An alles. Ich habe mich an das Shoppingcenter erinnert. Und ich habe mich an deine Schuhe erinnert. Du trägst diese Schuhe immer noch. Du hast Kate doch im Shoppingcenter gefunden, oder nicht? In der … Toilette?«

Minnie nickte. »Ich habe gedacht, sie wäre ein Geschenk Gottes. Ich wusste, dass das nicht so war, aber für mich musste sie das sein.«

»Ich bin froh, dass du da warst. Ich bin froh, dass du sie gefunden hast.«

Minnie blickte Tara an. »Also, was wirst du jetzt tun?«

»Mum, mum, mum«, sagte Kate wieder und streckte die Ärmchen vor, weil sie hochgenommen werden wollte.

Minnie ließ den Kopf sinken und wischte sich wieder die Augen. Tara berührte sie sanft an der Schulter.

»Sie ist dein Baby«, sagte Tara zu Minnie. »Du bist ihre Mutter. Sie weiß das.«

Minnie tat einen Seufzer, in dem Kummer und Erleichterung mitschwangen. Sie stieg aus dem Auto und öffnete die hintere Tür, um Kate aus ihrem Sitz zu holen. Wegen des Rauchs musste Kate etwas husten, und sie vergrub ihren kleinen Kopf an der Schulter ihrer Mutter.

Tara stieg aus dem Auto, lief herum und blieb neben Minnie stehen. Inzwischen heulten noch mehr Sirenen durch die Nacht.

»Wir müssen jetzt Bescheid sagen«, sagte Minnie. »Wir müssen der Polizei Bescheid sagen, und auch deinen Eltern.«

»Du solltest deine Freundin June anrufen, damit sie weiß, dass es dir gut geht. Sie war in Tränen aufgelöst.«

»Ich bin eine schreckliche Freundin«, sagte Minnie.

»Sie wird dir verzeihen. Sie wird dir verzeihen, wenn du ihr die Wahrheit sagst. Ich denke, wir sollten jetzt beide die Wahrheit erzählen. Die ganze Wahrheit.«

»Ja«, sagte Minnie. »Ja, die Wahrheit.« Sie wusste, nach all diesen Lügen würde die Wahrheit sich seltsam anfühlen.

»Zuerst musst du mich zu Hause absetzen. Ich muss mit meinem Dad reden, und wir müssen Alicia anrufen.«

»Und dann?«

»Mein Dad wird wissen, was zu tun ist. Alicia wird wissen, was zu tun ist. Jetzt, wo ich meine Stimme wiedergefunden habe, werden sie wissen, was sie tun müssen.«

Minnie nickte. Sie weinte jetzt. »Sie werden mir Kate wegnehmen«, sagte sie.

»Das weiß ich nicht, Minnie. Mein Dad wird dir helfen. Er hat einen Anwalt. Wir können die Geschichte der Presse erzählen. Wir können …«

Minnie rieb sich das Gesicht und schniefte. »Sünden und Geheimnisse bleiben niemals verborgen. Ich habe immer gewusst, dass ich bestraft werden würde.«

»Das war keine Sünde, Minnie. Du hast Kate das Leben gerettet, und du hast sie versorgt, bis ich mich wieder erinnert habe. Und jetzt möchte ich, dass sie bei dir bleibt.«

»Damit werden deine Eltern nicht einverstanden sein.«

»Ich kann keine Mutter sein, Minnie, noch nicht. Kate braucht eine richtige Mutter. Sie braucht eine Mutter wie dich.«

»Wie mich.« Minnie nickte.

»Ich möchte sie besuchen, wenn ich darf – ich möchte sie sehr gern sehen. Ich könnte immer noch babysitten.«

»Natürlich kannst du das, Tara. Du kannst sie immer sehen.«

»Das wird ein langer Weg«, sagte Tara.

»Wir beide sind schon ein gutes Stück gegangen. Jetzt umzukehren wäre sinnlos.«

Die Sirenen heulten immer weiter, die Sonne ging auf, und die Hitze des Tages würde an die Hitze der Flammen erinnern.

Sie stiegen wieder ins Auto, und Minnie gab der quengeligen Kate einen Zwieback zum Kauen.

»Also gut«, sagte sie und startete den Motor.

»Also gut«, sagte Tara.

Minnie lachte, und auf dem Rücksitz lachte auch Kate.

»Komm schon, Mum«, sagte Tara mit Blick in den Himmel.

»Wir werden das Kind schon schaukeln.«

Danksagung

Mein Dank gilt Ali Lavou für ihr kompetentes Lektorat und Laura Mitchell für ihre wachsame Durchsicht des Texts. Jane Palfreyman und dem Team von Allen & Unwin danke ich für ihre tolle Unterstützung.

Ich danke Gaby Naher, die mich immer ermutigt, noch bessere Romane zu schreiben.

Und ich danke meiner Mutter Hilary, die das Manuskript immer wieder gelesen hat und jedes Mal am Ende weinte.

Und wie immer danke ich David, Mikhayla, Isabella und Jacob.